魅丽文化 飞言情工作室

他又吃醋了

蓝手
著

江苏凤凰文艺出版社
JIANGSU PHOENIX LITERATURE AND ART PUBLISHING

图书在版编目（CIP）数据

他又吃醋了 / 蓝手著. -- 南京 : 江苏凤凰文艺出版社, 2024.12
ISBN 978-7-5594-8649-3

Ⅰ. ①他… Ⅱ. ①蓝… Ⅲ. ①长篇小说一中国一当代 Ⅳ. ①I247.5

中国国家版本馆CIP数据核字(2024)第090300号

他又吃醋了

蓝手 著

责任编辑 周颖若
出版统筹 曾英姿
选题策划 飞言情工作室
特约编辑 何 进
封面设计 殷 舍
出版发行 江苏凤凰文艺出版社
南京市中央路 165 号，邮编：210009
网 址 http://www.jswenyi.com
印 刷 长沙金鹰印务有限公司
开 本 880mm × 1230mm 1/32
印 张 10.5
字 数 312 千字
版 次 2024 年 12 月第 1 版
印 次 2024 年 12 月第 1 次印刷
书 号 ISBN 978-7-5594-8649-3
定 价 46.80 元

目　录

楔　子　一切的缘起　· 001

第一卷　攻略那个霸道总裁　· 003

第一章　她是小撩精　· 004
第二章　心底的裂缝透进光　· 036
第三章　谈一辈子的恋爱　· 062
第四章　爱这么甜又这么痛　· 089

第二卷　攻略那个美惨强少年　· 098

第一章　她成了恶毒公主　· 099
第二章　许我皇后之位可好　· 120

第三章　心痛只是错觉吧？ · 148
第四章　我不是喜欢你，我爱你 · 169

第三卷　攻略那个冷酷督军 · 199

第一章　她一出场就被退婚 · 200
第二章　拆穿她的伪装 · 232
第三章　霸道抢婚 · 262
第四章　死亡也不能将我们分离 · 299

楔子

一切的缘起

23世纪末，浩瀚的宇宙中，一艘巨大的飞船悬浮于星际。这艘精密壮观的飞船，船翼机甲上雕刻着独特的帝国皇室印记，形如火焰，尊贵而凛冽。

飞船内，一间布满高科技仪器的舱房里，摆放着两个透明的营养舱，里面躺着一男一女。男人年轻俊美，五官轮廓深邃，身躯高大挺拔。如果他睁开眼，就能从他的蓝色眼眸看出，他是星际混血，拥有着星际联邦最强大的两个帝国的血统。而女孩，乌发如瀑，脸蛋娇艳明媚，皮肤白皙得似乎会发光，一双眼睛紧紧闭着，乌黑卷翘的长睫如翅般垂掩。

"布鲁博士，你看，殿下的精神力波动达到高点，然后又逐渐回落到低点。"一个身穿笔挺军服的上尉，指着一面光屏上的数据曲线图说。

"不用担心，根据以往的波动记录，当殿下出现'爱''恨''绝望''痛苦''嫉妒''愤怒'等特定情绪时，精神力就会接近觉醒的峰值。"被称为布鲁博士的白发老人冷静地回答。

"这个地球女孩，真的能唤醒我们的殿下吗？"年轻的上尉忧虑地问，他的目光投向营养舱内的女孩。

这个女孩名叫曲嫣，来自两百多年前的那颗蓝色星球——地球。自从殿下一年前在那场星际大战中受重伤，几近死亡，只剩下微弱的精神力残留。

陛下和女皇大人用尽了方法，最后借助虫洞技术捕捉到了两百多年前地球上这一缕灵魂，它与殿下的磁场能量最为契合。事实证明，这个女孩非常出色，她在每一个构建的虚拟世界里，都能成功引发殿下的精神力波动。

如今，她是殿下醒来的唯一希望。

“经过前几个虚拟世界的证明，曲嫣确实做得非常出色。殿下苏醒，指日可待。”布鲁博士手指划过光屏，按下了一个指令——下一个世界，宿主的任务：获得真爱！

第一卷

攻略那个霸道总裁

第一章

她是小撩精

“夫人，先生回来了，叫你下楼。”帮佣敲了敲房门，进来传话。

曲嫣坐在梳妆台前，懒洋洋地挥了挥手：“让他等着。”

帮佣吃了一惊：“让先生等？这恐怕不好吧……”

要知道，以前只要听说先生回来，夫人就会立刻飞奔下楼，乖乖巧巧地到大门口去迎接。今天这是怎么了？

曲嫣漫不经心地梳理着长发：“好了，你下去吧，让他等等又不会死人。”

帮佣一脸愕然，这话可不像是温婉贤淑的夫人平时会说的。帮佣不敢多言，退出了卧室。

曲嫣一边照镜子，一边摇头嫌弃：“这穿的是什么衣服？而且妆也太显老了。”

曲嫣索性把身上保守的长至脚踝的黑色长裙脱掉，去浴室卸妆，顺便冲澡。热水冲淋在肌肤上，很舒服。她仰起头，优美的下颌线映照在水雾模糊的玻璃门上。

这具身体的原主其实很美，只不过太拘束了，为了讨好丈夫，努力变得听话贤淑。但是你越听话，他越觉得你无趣。这不，联姻结婚整整一年，这个男人连碰都没碰过原主一次。

原主患上抑郁症，她丈夫却毫不知情。她服药过量，昨夜死在浴缸里，也没有任何人知晓。可怜的姑娘啊……

曲嫣叹息。

幸好，因为原主的执念和怨念过于强烈，被系统捕获，所以才有她来帮助原主圆梦。原主的心愿很简单，她想要丈夫傅廷川后悔，更想要得到真正的爱情，被人呵护被人宠爱。

曲嫣慢条斯理地洗完澡，裹上白色浴袍，在浴室里吹干头发。她的发质极好，未经染烫，乌黑如瀑，只是平时总盘成老气的发髻，平白降低了颜值。白皙的瓜子脸，虽不艳丽，却精致小巧，樱唇琼鼻，一双水汪汪的杏眼稍稍画上一抹微翘的眼线，便能溢出三分风情。

曲嫣一点也不着急，尽管她丈夫在楼下等她，仍慢悠悠地化了一个粉嫩的裸妆，任由乌黑的长发披散在肩上，才踩着悠闲的步伐下楼。

一楼，欧式装修的客厅。一个西装笔挺的男人正站在落地窗前，指间夹着烟，抖落烟灰的动作透着几分不耐烦。

曲嫣慢腾腾地走到他身后，随意地说："你回来了。"

傅廷川转过身来，上下打量了她一眼，皱起眉头："你就这样下楼？"

"我这样怎么了？"曲嫣低头看看自己，白色浴袍裹得紧紧的，没有露出什么不宜露的。

"身为傅夫人，你连最基本的礼仪修养都不懂？穿着浴袍四处走？"傅廷川微怒地斥责。

"在自己家里，还不能穿浴袍了？"曲嫣只觉得他莫名其妙。

他在外面爱上的那个小三，可不是什么懂礼仪、有修养的女人。

"算了，我和你没什么可说的。"傅廷川懒得和她再废话，指了指茶几上的文件，"离婚协议书，你签了吧。"

曲嫣扬唇，微微一笑。啧，这么急啊。他在夜色会所里认识那个女人才多久？两个月？就肯为了她离婚。

"你要是不肯签，我们就走法律程序。"傅廷川见她迟迟不回应，以为她肯定要哀求挽回，当机立断地说，"傅家和曲家两边，我会出面，就说我们结婚这么久一直怀不上孩子。"

当初联姻，一方面是为了商业合作，另一方面自然是为了子嗣继承人。既然曲嫣怀不上孩子，离婚也说得过去。

"我怀不上孩子？我一个人无性繁殖吗？"曲嫣听着都要气笑了。

男人一旦无耻起来，真是令人大开眼界。

“那你想怎么样？”傅廷川眉头皱紧，厌恶地看着她，“北城的公寓，就当我送给你的离婚赡养费，最多再给你三百万现金。你不要得寸进尺。”

“傅先生可真大方。”曲嫣鼓了鼓掌。

“曲嫣，你——”傅廷川恼怒。

曲嫣抬手，制止他未完的话，干脆利落地说：“签，我现在就签，我还怕你后悔呢。”

傅廷川一愣，半晌才说：“你说这种气话没有意义……”

曲嫣挑眉看着他：“谁说气话了？”

她走向茶几，翻看协议书，唰唰地签下了名字。决绝，洒脱。

傅廷川在旁边看得发愣。她居然不挽留他？她不是偷偷爱了他整整七年吗？她竟然二话不说就同意离婚了……傅廷川心底滑过微妙的复杂感，但随即感到一阵轻松。她不哭不闹，这样最好。他终于可以给他心爱的女人名分，堂堂正正地交往在阳光下。

签署完离婚协议，却还需要等下周的工作日去民政局办理正式的离婚手续。

曲嫣不想再继续待在傅廷川的别墅，随便收拾了一些行李，就搬去了北城公寓。

这间公寓不大，两室一厅，但也足够她一个人住了。

曲家，她是不打算回去的，那边都是欺负人的极品亲戚，她又不是自虐狂。

天色渐暗，夜幕降临。曲嫣稍作打扮，换上了一条漂亮的红裙，穿上高跟鞋，出门打车去夜色会所。

这是一家VIP会员制度的顶级会所，出入全是豪车，城中出了名的贵公子专属销金窟。

曲嫣不是会员，进不去。她在露天停车场，准备“碰瓷”。

一辆黑色的迈巴赫缓缓驶入停车场，曲嫣微微眯眼，看清楚车上的人后，红唇轻扬。她迎上前去，巧妙地在车头前转身滑过，然后软软地跪倒在地。黑色迈巴赫紧急刹车，车窗降下，露出一张棱角分明的俊脸。

车内的男人极为英俊，鼻梁高挺，眉目深邃，一双狭长的黑眸带着几分冷酷的锐气，淡淡地扫过车外的女人。

“先生……”曲嫣眨着水汪汪的杏眼，无辜地指控，“你的车撞到我了。”她说得直白而笨拙，透着一股天真的任性。

这是一场明眼人都看得出的碰瓷,偏偏她演得漏洞百出,还理直气壮。

薄司晏挑起长眉，瞥了她一眼，慢条斯理地开口：“你确定？”

曲嫣点点头，拍了拍裙摆上沾染的尘土，自己站了起来，靠近车窗，弯眸一笑：“先生，我不要求你赔偿，只要你带我进夜色会所就行。”她歪着脑袋，又补了一句，“我是不是很宽宏大量？”

她靠得很近，巴掌大的小脸就轻轻搁在车窗玻璃边缘上，看上去可怜兮兮，狡黠的双眸中却又泄露出一丝小坏。

薄司晏冷漠的目光从她漂亮的脸蛋上扫过,不为所动地按下关窗键。

玻璃窗慢慢上升，曲嫣偏就不肯把脸蛋挪开。

“让开。”男人冷冷地说。

“你不带我进去,我就不让。”曲嫣固执地把头靠在车窗上,闭上眼睛,轻声嘟囔，“你干脆杀了我吧，反正你已经撞过我了。”

男人伸出手,修长的手指点在她的额头上,稍一用力,将她推了出去,毫不怜香惜玉。接着，车窗关紧，车子启动，驶入停车位。

曲嫣轻哼一声，没有再纠缠。

“这位美丽的小姐，您是一个人吗？”她身边另一辆车停了下来，车主是个年轻的公子哥儿，笑容可掬地向她示好，“我听到您想去夜色？让我带您进去，好吗？”

曲嫣挑眉，懒洋洋地瞥了他一眼，点了点头。

曲嫣顺利进入了夜色会所，身边的这位公子哥儿名叫李瀚，对她垂涎三尺，硬是拉着她进了一间包厢。

“来来，我们一起玩。”

曲嫣扫了一眼包厢号，VIP888。

根据“快穿”系统给她的资料，这是傅廷川平日应酬经常来的包厢。

曲嫣跟着进去，环顾一圈，果不其然，在露台那边发现了傅廷川的身影。他正在和一个服务员打扮的女孩说话。

曲嫣远远看着，钩了钩手指，叫来包厢内服务的另一名服务员，问：“露台那边的女孩，叫什么名字？”

服务员恭敬地回答：“您好，她叫白佳宁。”

“哦……”曲嫣扬唇轻笑，“是她。”

曲嫣从服务员的托盘里取过一杯红酒，悠然地啜了一口，靠在墙角打量露台上的男女。

白佳宁长得不错，白皙娇小，柔柔弱弱，是很容易引起男人怜惜的类型。据资料显示，白佳宁是大三在读的学生，家境贫寒，为了生活费和母亲的医药费，不得不边读书边打工。她到夜色会所工作也才三个月，很快就认识了傅廷川。

白佳宁很懂得示弱，在包厢里被客人灌酒时，会可怜巴巴地缩到傅廷川身边。

傅廷川这个人，自小就有英雄主义的梦想，正巧就吃这一套。

“漂亮妹妹，你一个人躲在这里喝酒可不行。”带曲嫣进来的公子哥儿李瀚走过来，笑嘻嘻地说，“过来，跟哥哥们一起喝一杯。”

“好啊。”曲嫣答应得很痛快。

这个包厢很宽敞，是个套间，厅里的沙发吧台边，一群男男女女饮酒作乐，嬉笑成一团。

曲嫣随着李瀚过去，其他公子哥儿们发现她这张新鲜面孔，顿时来了兴致。

“哟，新来的妹妹啊，来，咱们先喝一杯！”其中一个男人凑过来，给她倒满酒。

“好。”曲嫣毫不啰唆，举杯仰头，一饮而尽。

男人们哈哈大笑，鼓掌起哄：“好酒量，那可得每人敬一杯！”

这架势，显然是要灌醉她。

曲嫣不拒绝也不答应，眸光一转，望向露台。

露台那边，傅廷川已经注意到这边的喧闹，目光望过来，恰好与曲嫣的视线隔空对上。

曲嫣弯唇一笑，挑衅地举起酒杯，做了个“敬酒”的姿势。

她今天来夜色会所，目的很简单，就是为了刺激傅廷川。

曲嫣才接着喝了两三杯酒，那边傅廷川已经按捺不住，从露台走了过来。他紧皱着眉头，一言不发，攥住曲嫣的手腕，强行把她从男人堆里拉出来。

“你来这里干什么？”两人到一个角落，傅廷川压低声音质问。

“想来就来了呀。”曲嫣答得很轻松。

“你这么做没有意义。”傅廷川厌烦地看着她，“你跑到这里是想为难谁？就算你闹得再厉害，我和你的婚也离定了。”

“你以为我是来捉奸的？”曲嫣匪夷所思地瞧他一眼，“一个已经出轨的男人，你觉得还值得我费心捉奸闹腾吗？”

傅廷川的脸色有些难看。

“你放心，我就是来玩的。”曲嫣说着，还很好心地叮嘱一句，“你千万要装作不认识我，别提我们的关系，要不然我怕你的小情人会吃醋生气。”

傅廷川面色铁青，又愤怒又无法反驳。

曲嫣才不管他的脸色，轻盈地转身，绕过他，走向人群。经过隔间的门口，她脚步一顿。咦？这么巧啊。

隔间包房里，两个男人正在抽雪茄，谈论事情。

曲嫣听到中年男人毕恭毕敬地对另一个男人说：“晏少，那帮兔崽子都已经处置了。”

年轻的英俊男人冷冷回道：“你回去告诉他们，这次留他们一条命，让他们将功补过。”

中年男人连忙点头：“是！”

年轻男人忽然转头，目光扫过门外偷看的小女人。那个胆大包天的女人发现他看过来，竟还对他吐舌头做了个鬼脸。

曲嫣做完鬼脸，便堂而皇之地走进去，说：“先生，你撞了我还没赔偿呢。”

薄司晏眉眼冷漠，并未理会她。

旁边的中年男人恭敬地询问：“晏少，要不要我处理一下？”

薄司晏却说：“不用，你先出去。”

中年男人退了出去，识趣地关上门。

曲嫣笑眯眯的，比画着自己的脖子：“我刚刚被你的车窗卡到这里了。”

薄司晏不冷不热地瞥了她一眼：“是吗？”

“是呀。”曲嫣把头凑过去，侧仰着脖子让他看，“你看，是不是有一条红痕？”

她靠得很近，身上弥漫着一股独特的玫瑰香味，极为特别，不像是香水味，更像是天然的女人味。她伸展着修长的脖子，露出凝白如雪的颈部，纤细而莹白，脆弱得仿佛一触即断。

薄司晏的黑眸微微眯起。这个奇怪的女人，勾起了他心底的一丝暴虐欲。

“你看到了吗？”曲嫣缩回脑袋，挺直腰杆站好，言辞凿凿地说，“这是你犯下的罪证。还有，我被你的车撞到的时候，膝盖还磕伤了。”

她伸出右腿，把裙摆稍稍撩起一点，雪白的膝盖上确实磕破了皮，血丝殷红，似染了胭脂的红。

她的肤色极白，红裙艳烈，两色相映，那露出的一小截大腿足以令人心神摇曳。

薄司晏眸底泛起暗色，语气却更加冷漠：“罪证？那我送你去警局。”

曲嫣放下裙摆，同意道：“好，我们现在就去。”

她说着，就挽上他的手臂。

男人高大颀长的身躯微微一顿，伸手拂开她：“够了。想来夜色钓男人，外面多的是富二代公子哥儿。”

曲嫣嘟了嘟唇，摇头，固执地道：“不行，必须是你。”

她说的是真话。既然她要刺激傅廷川，当然要挑选一个自己最看得顺眼的男人。眼前这位，不仅英俊卓绝，浑身那股杀伐决断的尊贵气息掩都掩不住。他绝对是这个世界的真大佬。

“为什么必须是我？”薄司晏睨她。

“因为我对你一见钟情。”曲嫣说得流畅，对他弯起眼笑得甜甜的。

“满嘴谎话的女人。”薄司晏冷嗤一声，不再理她，迈开长腿，往外走。

曲嫣也不气馁，跟在他身后，慢悠悠地走出包间。

她刚出去，就被傅廷川一把捏住了手腕，扯到一旁。

曲嫣吃痛，有些气恼：“你有完没完？我说得还不够清楚吗？大家各玩各的，你别纠缠不清。”

傅廷川捏着她手腕的力气骤然加大，含怒道：“你别忘了，我们还没有办理离婚手续，你现在还是傅太太！”

“傅太太？”曲嫣抽不回手，疼得直皱眉头，“你什么时候当过我是傅太太？有本事你现在出去向大家宣布，说我是你妻子。”

傅廷川脸色黑沉，怒火堵在胸口，憋得难受。

曲嫣什么时候变得这么伶牙俐齿了？她一向是最温顺听话的，他叫她往东，她不敢往西。

“你松手。我警告你哦，你那位小情人正朝我们走过来。”曲嫣疼得满脸不悦，瞪着他，“你信不信，我能当场让你的小情人哭爹喊娘？”

傅廷川虽不信，但还是松开了手。他压低声音命令：“你现在立刻回家。”

曲嫣却没听他的：“不，我还有事找他——”

她纤细的手指指向走向露台抽烟的英俊男子。

傅廷川脸色瞬间剧变，咬牙低声道：“曲嫣，你闹够了吗？那人，你知道他是谁吗？离他远点！”

“他是谁？”曲嫣反而好奇起来，她还没查过系统的资料。

“你不需要知道他是谁，总之离他远点，你招惹不起！”

“我招惹不起吗？你这么说，我就不服气了。”曲嫣的兴趣反而更浓了。

傅廷川见她目光闪烁，兴致盎然，胸口的憋闷更甚。他烦躁地扯了扯领带：“我再给你五百万的离婚赡养费，你现在立刻滚回家去。”

曲嫣摇头：“我还没玩够呢。”

傅廷川不耐烦再和她纠缠，正要强行拉她走，那边的白佳宁已经走近，怯怯地唤了声：“川哥。”

曲嫣不禁挑起眉梢，好整以暇地看着小白花走过来。

白佳宁的五官不算出色，但胜在小巧清纯。她大约不足一米六的身高，站在傅廷川身边，显得娇小柔弱。

“川哥，这位是……”白佳宁一副小心翼翼的模样，看曲嫣的眼神仿佛曲嫣会冲上来打她。

“你不用管，先去做你的事吧。”傅廷川语气放柔，“我处理完这边的事，就过去找你。”

曲嫣“啧啧”两声，毫不掩饰讽刺。这两个狗男女，当着她的面就开始亲昵起来。

白佳宁听到曲嫣的讽刺声，小脸一白，眼眶瞬间就红了，小声对傅廷川说：“川哥，对不起，我……”

“你又没做错什么，不用道歉。”傅廷川轻声哄着她。

曲嫣实在听不下去了，凉凉地开口：“她没做错什么吗？勾引有妇之夫，做小三，这还不算错？”

傅廷川转头冷瞪她一眼：“你别胡说八道，我和佳宁之间清清白白，什么都没做过。她不是小三。”

要做，他也会等离婚之后。佳宁脆弱，他自然要保护好她，不能让她背上污名。

曲嫣忍不住鼓掌，发出啪啪的清脆掌声：“厉害，厉害。按照你的说法，只要没做最后那一步，就不算出轨？我懂了，我会严格按照你的标准来。”

曲嫣是个行动派。她说完就走，直接走向大露台。

这个露台很宽敞，摆放着L型的白色沙发，另外有许多绿植点缀。

身形高大挺拔的男人站在栏杆前，修长的手指间夹着一支烟，烟头火光忽明忽暗。仅是一个背影，就透出难以形容的男性荷尔蒙。

曲嫣踩着高跟鞋，嗒嗒嗒地走过去，一边走，一边打开脑海中的“快穿”系统智脑光屏，查看这个男人的资料——

薄司晏，29岁，身高187厘米，江城首富薄家掌舵人的私生子。他14岁被薄家找回，却不愿接受薄家的任何产业，靠着超凡的高智商和雷厉风行的魄力，一手打下属于自己的江山。他既是天才股神，又是商业巨擘。司晏的私生活低调神秘，身边没有关系亲近的女人，传闻他对女人极度不信任。

曲嫣飞快地翻阅着，走到男人身后时，已经看完。

她伸出手，去拍男人的肩膀。

薄司晏的反应极为敏捷，身体本能比他的脑子更快，反手一把抓住曲嫣的胳膊，一个过肩摔把她狠狠摔在后面的白色沙发上。

“啊……”曲嫣痛呼一声。

薄司晏这才看清“袭击”他的女人是谁。他自幼在贫民区长大，打架和危险是家常便饭，这也铸就了他特别敏锐迅速的自保反应。她刚才偷偷摸摸地在身后拍他，这种行为分明就是找死。

薄司晏皱起好看的眉头，低眸扫视着女人。

因为摔倒，女人的红裙狼狈地卷起，一双笔直莹白的长腿露了出来。

她怕走光，慌忙交叠起双腿，反倒形成了一个更加妖娆诱人的姿势。侧躺屈腿的模样，腰线又细又弯，美艳得不可方物。

“你怎么打人？”曲嫣控诉。

“你动手在先。”薄司晏冷淡地道。

“我不管，反正你把我摔了，你有义务拉我起来……”曲嫣伸出一只白皙的手，停在他身前。

男人无动于衷，冷漠地看着她。

曲嫣眼睛一眨，呜呜地哭了起来：“你欺负人，车子撞到我还不肯负责任，现在又打人……呜呜，你打女人……”

她哭得很假，半滴眼泪都没有。边假哭，还边抽空瞄他一眼。

薄司晏被女人爱慕、勾引过许多次，但第一次碰到她这么假的。偏偏她还完全不掩饰，摆明了告诉他，她就是在算计他。

“起来。”

鬼使神差地，薄司晏伸出手掌，握住了女人的小手，将她从白色沙发上拉了起来。

曲嫣得逞，冲他弯了弯嘴角，露出又甜又得意的小酒窝。

薄司晏松开她的手，没想到她却不放手，甚至胆大妄为地贴上来，踮起脚，在他下巴轻轻一吻。

她没有得寸进尺，很快就退开了，嘻嘻一笑：“算是奖励你的绅士行为。”

女人柔软的唇滑过他坚毅的下巴，触感如羽毛，无声地撩拨。

薄司晏眯了眯黑眸：“我最后警告你一次，别在我身上白费力气，否则——”

曲嫣好奇地歪了歪脑袋：“否则怎么样？”

薄司晏张唇，还未出声，便听到一阵急促的脚步声由远及近。

曲嫣顺着他的视线望过去，是傅廷川追了过来。

傅廷川脸上的神情似乎有些气急败坏，大概看到了她亲男人的举动。

曲嫣轻轻耸肩，不以为意地等着。

傅廷川一过来，就立刻狠狠抓住曲嫣的手臂：“跟我走！”

曲嫣甩开他：“先生，你哪位？凭什么要我跟你走？”

傅廷川脸色阴晴不定，下意识地看了眼一旁冷眼旁观的薄司晏，压低嗓音，对曲嫣怒道：“你是不是想当着这么多人的面出丑？你故意做这种事刺激我，想让我回头？太拙劣了！”

“你清醒点，我并不想你回头。”曲嫣转眸，指尖一指，正对着旁边英俊冷漠的男人，“我对他是真的有兴趣。”

她这个“有兴趣”用得很微妙。

傅廷川气得额角青筋暴起。

薄司晏挑了挑眉，眸底掠过一抹玩味之色。

敢说对他有兴趣的，她是第一个。

胆大包天的女人。

“别在这里丢人现眼！跟我回去！”傅廷川已气得想骂脏话，再次伸手抓住曲嫣的手臂，“走！”

他力道很大，曲嫣这次没能挣脱，疼得蹙眉：“傅廷川，你放手！我说到做到，你少在这里妨碍我。”

傅廷川听她这话，如同戴了顶绿帽，身为男人的尊严让他怒火中烧。他扬起手，对着曲嫣的脸就要扇下去：“贱人！”

曲嫣没有躲，只是闭眼转过了脸去。

预期的疼痛并未降临，她睁开眼，看见傅廷川扬起的手被另一个男人强有力的手掌截住。

薄司晏只用了五分力，轻轻一挡，傅廷川便踉跄几步，差点摔倒。

“打女人，不是男人该有的行为。”薄司晏冷冷地睨着他。

傅廷川脸上青一块紫一块，却不敢发怒，恭敬地垂下眼：“晏少说得对。只不过这个女人是……”

薄司晏毫不留情地打断他的话：“我不管她是你的什么人，在我面前打女人，就是犯了我的忌讳。”

傅廷川一惊，忙道歉：“对不起，晏少，我这就走！”

傅家虽然是江城四大豪门之一，但晏少的规矩可从来不管你是谁，得罪他的下场十分可怕。

傅廷川本想抓着曲嫣一起走，但鉴于薄司晏冰冷的眼神，最终还是缩回了手，只低声对曲嫣警告道：“你给我安分点！”

曲嫣看着他离去，幽幽地叹了口气。

安分，那是不可能的。

原主多安分啊，就连白佳宁这个小三私底下约她，当面挑衅她，她都没敢和傅廷川说。

“我让司机送你回去。”薄司晏淡淡地开口。

“不要。”曲嫣拒绝。

“随你。”薄司晏转身便走。

他不是什么大善人，难得的一分好意，她不领就罢了。

“我不要你司机送我。”曲嫣追上去，在他身后清晰地说，“我想要你送我。”

薄司晏脚步一顿，忽然转过脸，薄唇扬起似笑非笑的弧度：“你知不知道和我同坐一辆车，意味着什么？”

曲嫣摇头：“不知道。”

薄司晏低沉悦耳的嗓音染上几分危险："死亡之车，敢坐？"

曲嫣弯唇笑起来："哎，我还以为什么呢。坐，我为什么不敢坐？谁怕谁是小狗！"

"你可想好了，我并不是吓唬你。"薄司晏幽深的眸子紧盯着她，"这座江城，有多少人怕我，就有多少人想要我的命。上了我的车，你随时可能遭遇车毁人亡的下场。"

"我不怕。"曲嫣扬起优美的下巴，红唇如胭，骄傲地道，"我会保护你！"

薄司晏低笑一声。

这恐怕是他今年听过最好笑的话了。这个纤细娇艳的女人，他动动手指就能弄死她，她居然敢妄言说要保护他。

曲嫣跟着薄司晏离开夜色会所，上了他的车。

"住哪儿？"薄司晏问。

"北城。"曲嫣将公寓的地址告诉前座的司机。

后座宽敞，曲嫣倚着车窗，并未刻意靠近薄司晏。

半开的车窗外，夜风轻轻吹入，十分舒适。曲嫣静静地看着外面的风景，任由风吹起她的长发。

薄司晏微微眯起眼眸。

也许是因为狭小的空间，她身上的玫瑰香味越发浓郁。

他天生具有警惕的心性，侧身靠近她，闻了闻，低沉地问："用的什么香水？"

曲嫣转过目光来，诧异道："什么？我没有喷香水。"

薄司晏缓缓皱起眉宇，眸色变得幽暗危险。

他伸出两根手指，捏住她小巧的下巴，冷声道："如果让我查出你的香味有问题，你会后悔来到这个世上。"

曲嫣被捏痛，却反而轻笑了起来："你是不是有疑心病啊？我不会害你的，真的。"

她确实没有喷香水。只不过她自带一股清香，气味像玫瑰花，闻之令人心旷神怡。

这是"快穿"系统送给她的福利，但没有任何作用！

"最好如此。"薄司晏松开手指，冷冷地瞥着她。

她被他用力捏过的下巴，浮现出一小团红印。她的皮肤太嫩，稍一用力就会留下痕迹。

薄司晏眯紧了眸子，心底莫名腾起一股怒气。

“我保证！”曲嫣竖起三根嫩白的手指，认真地道，“我会保护你，不害你。我对有兴趣的男人，会很好很好很好！”

薄司晏不禁嗤笑：“你想追我？”

曲嫣眨着水光潋滟的杏眸：“不行吗？男人可不能说不行哦。”

薄司晏还未回答，车速突然紧急加快。他神色不变，扬声问前面驾驶座的司机：“老陈，什么情况？”

司机老陈踩紧油门加速，一边回答：“晏少，咱们被人追击了，后面有三辆车。”

这种情况显然不是第一次出现，司机处理得相当老练，专挑刁钻难走的小路钻。

薄司晏置身危险中，依旧波澜不惊，淡淡地看了一眼身边的女人：“坐稳，抓住车窗上面的扶手。”

曲嫣不废话：“好。”

后面跟踪的三辆车，很快被甩掉了两辆，只剩一辆吉普车还在紧追不舍。

吉普车上的人打开窗户，持枪对准他们这辆迈巴赫。砰砰两声！子弹击中车身！

“俯身，不要暴露在窗户边。”薄司晏冷静地道。

“嗯。”曲嫣照做，弯身，侧转过来，伏在他腿上。

薄司晏被她的动作气笑。这个女人，在这么危险的情况下，倒还不忘勾引他。胆子大得出奇。

不过他没有推开她，这种时候不方便计较。

他从座椅下翻出一把手枪，装上消音器，降下一点车窗，对着逼近的吉普车猛地一枪！

他的枪法极为精准，吉普车的司机中枪，车轮开始疯狂打转。他乘胜追击，瞄准后座持枪的人，又是两枪。就在这时，电光石火间，一道晶亮的细光闪过，直入未关的车窗！

“小心！”曲嫣突然惊呼。

她是被系统光脑的警示声提醒，危险正在逼近。

她抬头就见一把细薄的小刀飞射进车内，正对着薄司晏的头！她毫不犹豫，一个纵身，飞扑到薄司晏的身上。只听噗的一声钝响，刀尖刺入肉里的声音令人毛骨悚然。

薄司晏解决了吉普车上的全部刺客，扶住落入他怀中的女人。

“你真不要命了？”他低声道。

曲嫣趴在他胸膛上，那把薄刀刺入她后背靠近肩头的位置，一阵阵剧烈的痛。

“我说过要保护你，说到做到。”她俏丽的小脸苍白，疼得额上渗出一层冷汗。

薄司晏用指腹擦拭她额头的汗，扬声对前面的司机命令道：“立刻开去医院！”

“是！晏少！”

性能极佳的迈巴赫立即加速，前往最近的医院。

车轮碾过凹凸不平的一块地面，颠簸了一下，曲嫣痛呼一声，双手本能地环住薄司晏的腰。

薄司晏极少让女人近身，看她疼得楚楚可怜的模样，终究没有将她推开。

他扫了一眼她后肩的薄刃，插得不深，但鲜血渗透她的红裙，隐约透出异常的黑色。

薄司晏皱了皱眉，低声道：“刀刃上可能涂抹过某种特殊药剂。”

曲嫣靠在他怀里，嗓子因为疼痛而有点发抖：“有毒吗？会不会死人？”

薄司晏只说：“要到医院检查过才知道。怕死？”

曲嫣半边脸颊贴在他的胸口衬衫上，轻哼道：“怕。谁不怕死？”

薄司晏抬手，修长的手指漫不经心地抚过她的唇：“这张嘴，总算说了一句真话。”

曲嫣闷闷地埋下脸，不吭声了。她确实怕死，只不过在执行任务时她是死不了的，除非完成任务才能顺利脱离。

但是，疼痛是实实在在的。

“既然怕死，为什么还拿命来搏？”薄司晏低眸看她，她因为痛楚而汗湿的头发黏在颊边，越发显得小脸苍白，“想从我这里得到什么？”

曲嫣微微抬眸，对上他幽沉深邃的目光，诚实地回答：“我想要你的爱。”

原主的心愿除了要让傅廷川后悔，还想要得到真正的爱情。

原主并没有执着于非要傅廷川的爱不可，那么，她就替原主做主，选择一个更优秀的人。

“我的爱？”薄司晏冷嗤，“你不如直接开口要钱要房子，来得实际。”

“不，我不要你的钱，一分都不要。”曲嫣晶亮的眸子凝视着他，一脸认真，“如果你需要的话，我养你也行。不过你要省着点花，我没有太多钱。”

“你养我？”薄司晏挑起长眉。

“嗯，养你一年需要多少钱？”她问得诚恳。

薄司晏低声笑起来，肌肉紧实的胸膛因笑声而微微震动。

曲嫣靠着不舒服，哼了一声，不满地说：“你笑什么？很贵吗？你开个价，我看看我付不付得起。”

薄司晏并未当真，此时车子已到最近的一家医院，司机稳稳地停下车，恭敬地打开车门：“晏少，需要我抱这位小姐出来吗？”

“不必。”薄司晏将曲嫣拦腰抱起，亲自抱她进医院。

司机老陈愣了愣，他跟随晏少这么多年，第一次看见晏少这样抱一个女人！

这家医院恰好是薄司晏的好兄弟唐泽开设的。

曲嫣很快被送入急诊室。她的刀伤不严重，拔出后，敷药包扎，并不需要动手术。但她流出的血呈瘀黑色，需要验血后才能知道具体情况。

半个小时后，曲嫣伤口包扎完毕，被护士小姐送入一间高级病房。她躺在病床上，听见门口两个男人的对话声——

“我们出了名冷酷的晏少，居然抱着一个女人冲进医院，你知不知道这个消息一旦传出去，多少女人要心碎了。”

“少废话。验血报告出来了吗？”

“就快了。哎，晏哥，我真的好奇，这个女人到底有什么魅力能让你破例？”唐泽八卦兮兮地搭着薄司晏的肩，“你跟我透露透露，我不告诉那些爱慕你的女人。”

薄司晏推开他的手，漫不经心地道：“一个开价说要养我的女人，你说她有什么魅力？”

"噗……"

唐泽刚举杯喝了一口咖啡，差点就喷出来。他听到了什么天大的笑话？居然有女人敢说要养叱咤商界的晏少！

"她开价多少？"唐泽忍不住更加好奇。

"她让我省着点花。"

"扑哧……"

唐泽这次终于没忍住，一口咖啡喷到地上。

薄司晏有洁癖，移开两步，嫌弃地离他远一点。

唐泽顾不上自己向来俊朗潇洒的形象，一擦嘴角，追问："晏哥，你不会真的接受吧？她开价多少，我出双倍！"

"滚。"薄司晏冷冷地吐出一个字。

唐泽缩了缩脖子，没再嬉闹，见走廊上护士拿着报告走过来，主动上去接过来。

他把报告递给薄司晏。

薄司晏打开看了一遍，俊脸微沉。刀刃上果然有毒。

"怎么？情况很严重吗？"唐泽凑过来，瞧了一眼，顿时咦了声，"不妙。这是最新研发出来的致幻剂，量大可致命，量少会上瘾。"

"有没有办法解？"薄司晏沉着声问。

"据我所知，暂时没有。"

病房内，曲嫣听到他们的对话，默默打开脑中智能光屏，把系统助手小七叫出来。

"小七，我中的什么毒？上瘾那可不行，我不做瘾君子。"

"宿主，你自带玫瑰香，可溶解任何毒素。"

曲嫣惊讶："咦？还有这作用？"

"是的，宿主。"

曲嫣还想再问，耳边听见男人的脚步声渐近。她迅速切断智脑，抬眸向男人看去，无辜地说："你在外面的谈话，我都听见了。"

薄司晏走到病床前，居高临下地看着她，英俊的脸上看不出什么情绪，淡声道："你既然是为我挡的刀，我会负责到你解毒为止。"

"那我不要解毒了。"曲嫣嘟了嘟嘴，"解完毒，你就不管我了。"她坐起来，下床，"我要出院，回家。"

曲嫣穿好鞋子，就往病房外走。才走两步，忽觉腰间一紧，男人宽厚的手掌握住了她的细腰。

“你就这样走回家？”男人低沉的磁性嗓音近在她耳侧。

曲嫣感觉身子有点酥软。

“我、我这样怎么了？”她偏过头看，肩头因包扎伤口而被剪掉了一块布，后背露了一半，衣不蔽体。

“我送你回去。”薄司晏如刚才进医院时一样，再次将她拦腰抱起来。

曲嫣嘤咛一声，嗓子又软又糯。

她赶紧咬住嘴唇。

“你怎么了？”薄司晏察觉她有些不对劲，低头看她，见她面色绯红，杏眸水润欲滴，格外娇艳。

“我，我不舒服……”曲嫣半真半假地说，“这种药物是不是会让人产生错觉？我感觉我现在有点不清醒了……”

“我去叫医生。”

薄司晏准备将她放回床上，曲嫣忙阻止道：“不用，反正也解不了毒，我想回家睡一觉。”

薄司晏沉眸看她片刻，如她所愿，带她离开医院。

回到北城公寓，曲嫣感觉自己浑身发烫，已在失控的边缘了。她赶紧对薄司晏说：“谢谢你送我回来，我自己一个人可以了，你走吧。”

她一反常态地赶人。

薄司晏反倒不急着走了。他脱下西装外套，随手搁在客厅的沙发上，环顾四周。

空荡荡的公寓，没有人气，墙角搁着一个粉色行李箱，看起来她才刚刚搬进来。

“我想睡觉了……”曲嫣继续逐客。

“你去睡。”薄司晏不疾不徐地道，“我在客厅，如果你有什么状况，就喊我。”

“我没事，不用人守着，你回去吧。”

曲嫣蹭掉高跟鞋，斜靠在墙壁，双腿有点发软。她看不到自己的脸，所以不知道自己此刻的模样早已出卖了她。一张俏丽的小脸染着酡红霞色，眼里媚得几乎快滴出水来。

薄司晏不动声色地看着她。

这个女人从出现开始就很奇怪。停车场的碰瓷，会所里的蓄意撩拨，车上的不要命挡刀，现在的古怪娇态，无一不令人怀疑。

曲嫣对上他幽深审视的目光，心底微微一惊。这个男人太睿智，太难糊弄了……

她若不诚实点，根本不可能走近他，更别说得到他的心了。

“我……”她咬了咬下唇，难为情地开口，“我实话跟你说吧，我现在浑身难受，可能是药物带来的副作用……”她仰着小脸，祈求地看着他，“你快走吧，我不想在你面前出丑。”

薄司晏冷冷地睨着她，带着几分探究。

曲嫣一狠心，转身去厨房拿了一把水果刀，然后走进浴室。她把浴缸放满冷水，赤足躺进去。冰凉的水温激得她一阵颤抖，身体的异样慢慢褪去。但冷水的刺激很快过去，她又感到一阵阵热浪涌上来，难耐又羞耻。

她余光瞥见浴室门口，男人站在那里观察她。她咬牙，握紧手里的水果刀，狠狠一划，往自己的大腿割去！

“你疯了！”男人冷喝一声，大步过来，夺走她手里的刀子。

“可是我难受……”曲嫣呜咽，泪水从眼角滚落。

薄司晏俯身，将她从浴缸里抱出来，拿过一条干净的浴巾给她裹上。

他把她抱到卧室，放到床上。

“我叫医生过来给你打镇静剂。”薄司晏松开她，她却抬手环住他的脖颈。

他原以为她想趁机吻他诱惑他，冷眼等着她的心机暴露。但她只轻轻摸了一下他的脸庞，轻声道：“这个毒很难受，幸好是在我身上。”

她还能靠玫瑰香化解。

如果是他中毒，恐怕就棘手了。

薄司晏微微一怔，眯起黑眸，直接问：“有人派你来接近我？”

甚至不惜用苦肉计。

曲嫣松开他，摇了摇头：“你想多了。我是什么人，你一查就能查到。”

薄司晏不语。他确实已经让人查过她的底细。她是江城四大家族傅家的儿媳妇，傅廷川的联姻妻子。

傅廷川最近在会所迷上一个服务员，找律师事务所拟了“离婚协议书”，看来是要抛弃她了。

而曲嫣的娘家曲家虽然也算得上豪门，但家庭内部混乱，曲父风流成性，子女众多。曲嫣不受宠，从小就是作为联姻棋子培养长大。她短短二十三年的经历，不是读书学习才艺，就是结婚持家，没有任何可疑之处。

“我不管你是不是和傅廷川斗气，拿我当作刺激他的棋子，这件事都到此为止。”薄司晏收回审视的目光，冷声道，“看在你挡了这一刀的分上，我不跟你计较。我会派专门的医生过来给你注射镇静剂，直到你完全解毒。”

他说完，转身便走，高大挺拔的背影显得十分冷酷无情。

曲嫣没有挽留他，来日方长，她迟早会拿下他那颗坚硬冰冷的心。

薄司晏走到玄关，正要开门离开，恰巧，门一开，外面有人刚抬手要按门铃。

外面那人见到薄司晏，一愣：“晏少？你……你怎么会在这里？”傅廷川心底狠狠一抽。

这里是他作为离婚赡养费送给曲嫣的公寓，难道曲嫣和晏少已经……给他戴了绿帽？

薄司晏冷冷地扫了傅廷川一眼，懒得与他废话。区区一个傅家子弟，还配不上他费心解释。

傅廷川脸上青白交加，越发怒火中烧，他不敢对薄司晏无礼，抬腿就冲进屋子，嘭地踹开卧室的门！

“曲嫣！”

他一进卧室，就见曲嫣躺在床上，脸色潮红，水眸妩媚，一副娇艳欲滴的样子，他顿时愣住了。

果然！果然是他想的那样！

傅廷川上前一把拽起曲嫣：“你这个不知羞耻的女人！”

曲嫣被他扯到后肩的伤口，痛吟一声，怒道：“傅廷川，你能不能做个人？没看见我受伤了吗？”

傅廷川一怔，看见她肩头缠着白色纱布，此时点点殷红血色渗出来，触目惊心。

他攥着她胳膊的手劲不禁放松了一些，怒气却未消，质问道：“为什么晏少会在这里？你们——”

曲嫣懒懒睨他一眼："我受伤了，他送我回来。你以为我们会怎么样？"

傅廷川看到她的伤，心里已经信了大半，但孤男寡女共处一室，早晚会出事。他心中莫名火起："曲嫣，你懂不懂什么叫遵守妇道？"

曲嫣摇头："我不懂。不如你先示范一下，什么叫遵守夫道？"

傅廷川悻悻地松开手，心里奇怪地感到舒坦一些。她是在吃醋。所以才做出今晚这些反常的事情，都是为了引起他的注意罢了。

傅廷川到这时才留意到曲嫣身上半湿的红裙，紧贴在她玲珑的身躯上，勾勒出前凸后翘的弧度，性感得犹如妖精。她的长发也未吹干，湿漉漉地垂散在颊边、颈边、胸线……

傅廷川无端感觉腹部一阵燥热。

结婚整整一年，他还从来没有这样仔细打量过她。她的身材竟好得如此极致，皮肤白皙得令人手痒……

"看够了吗？"曲嫣慢悠悠地撩开颈边的发丝，微嘲地问。

傅廷川竟觉得尴尬了一下，恼羞成怒地道："我身为你名正言顺的丈夫，你身上有什么我不能看的？"

曲嫣轻笑一声："在你能看的时候，你不看。以后，你没有资格了。不配。"

傅廷川只当她在说气话，轻咳两声，说："你把湿衣服换了，这样子成何体统。"

何况，这间公寓里还有别的男人在。

曲嫣才不听他的指挥："这里没你的事，你可以走了。"

"别闹。"傅廷川难得纵容了一下她的脾气，正准备亲手找衣服给她换，屋外突然响起一阵女人的哭泣声——

"川哥！呜呜呜……"

听这声音，应该是白佳宁。

傅廷川不禁皱眉，他让佳宁在车里等他，她怎么擅自跑上来了？

"你的小情人在呼唤你呢。"曲嫣挑眉，望向房门外。

白佳宁捂着脸，直冲到房门口，凄凄楚楚地哭。

傅廷川皱紧眉头，走过去，低声问："你怎么上来了？"

白佳宁哭得眼睛通红，好不可怜："川哥……呜呜，我本来在车里等你，谁知道忽然有人敲车窗，我下车之后……那个男人把我打了……"

"什么？！"傅廷川震惊。

“川哥，你看……”白佳宁放下捂脸的手，露出半边红肿的脸颊，上面还残留着清晰的掌痕。

她额角也被弄破了，血丝殷红，流下几滴血，看上去状况凄惨。

“我的天！”傅廷川心疼，小心翼翼地抬手轻摸了一下她的脸，“痛吗？到底是什么人打你？你看清那个人的样子了吗？”

白佳宁流着泪，目光刻意地望向卧室内的曲嫣。

傅廷川顺着她的视线看去，下意识地否定：“不会是曲嫣，她没这个胆子。”

白佳宁哭得更厉害了，呜咽着道：“我也不敢胡乱指控，但是那个男人打我的时候，嘴里说着，‘看你还敢不敢抢曲小姐的男人’，还说什么收人钱财替人办事，下次要彻底毁掉我的脸……”

傅廷川一听，脸色陡然阴沉下来。

“曲嫣,你竟然做出这种丧心病狂的事！”他厉声道,“你有什么不满，冲着我来。你叫人把佳宁打成这样，我可以报警让你坐牢！”

曲嫣粉唇微弯，笑了：“好啊，咱们报警。让警察叔叔来看看，到底谁才应该坐牢。”

白佳宁马上扯住傅廷川的衣袖，委屈地小声说：“算了，川哥，就当我倒霉吧……曲小姐误会我们有见不得人的关系，难免生气。”

“她生气就可以喊人打你？居然还要毁你的脸，简直心肠恶毒！”傅廷川怒火中烧，喝道，“曲嫣，你现在立刻向佳宁道歉，否则，你让人打过佳宁哪里，我也照样奉还！”

白佳宁缩在傅廷川背后，偷瞄了曲嫣一眼，眼底藏不住的得意。仿佛在炫耀示威：看吧！就算你能把男人叫回来，我还是有办法让你输得很难看。

曲嫣冷睨了这个小白花一眼：“道歉？她向我道歉还差不多。”

白佳宁可怜地啜泣：“算了，是我不好……就算曲小姐指使人打我，她也只是一时冲动，川哥，你就别怪她了。”

曲嫣忽然从床上下来，大步走向她。

白佳宁吓了一跳，哆哆嗦嗦道：“曲、曲小姐，你想干什么？当着川哥的面，难道你还想打我吗？”

曲嫣扬唇，笑得风情万种：“打你就打你，怎么，我还打不起了？”

她话未说完，扬起素手，一巴掌就扇在白佳宁红肿的那半边脸上。

白佳宁“啊”的一声惨叫，本就浮肿的脸颊顿时肿得更高，像猪头一样：“你、你打我！”

“打的就是你。”曲嫣揉了揉手腕，淡淡地说，“你不就是欠打吗？自己巴巴地跑到我公寓里来，还敢诬赖我指使人打你。你以为别人的脑子都和你一样进水了吗？”

曲嫣骂人不带半句脏话，却让白佳宁听得脸色发白。

“既然你有胆子跑到我的地盘来，今天我就跟你好好算一算总账。”曲嫣不紧不慢地说，“第一，你勾引有夫之妇也就罢了，却还恶毒地约一个有抑郁症的女人见面，蓄意刺激她。”

据她得到的系统资料，白佳宁早就暗中调查过原主，知道原主有抑郁症，所以故意约原主见面。

见面时，白佳宁讲了很多挑衅的话，存心刺激原主。因此导致原主回家后加大服药量，不慎身亡。

“我没有……”白佳宁脸色微变，柔弱地看向傅廷川，“川哥，你相信我，我没有做过……”

然而她此刻脸肿得像猪头，傅廷川再心疼她，也看不下去了，微微别开了脸。

白佳宁恨得直咬牙。

曲嫣继续说：“第二，你刚才说是在车库里被人打的吧？你有没有常识？车库里有监控，我现在就让物业查监控，看看到底是谁打了你。”

这一点，白佳宁倒是不怕，挺起腰杆说：“你查！”

曲嫣看她那样子，就知道她肯定收买了物业的员工，在监控上做了手脚。

曲嫣轻蔑一笑。就这点手段，敢跟她玩心机，还嫩了点。

曲嫣走出卧室，不出意外地看到客厅里，高大英挺的男人还在。她向薄司晏走过去，踮起脚在他耳畔轻声说：“晏少，看在我替你挡了一刀的情分上，帮我一个忙，可好？”

薄司晏英俊的脸上淡漠无温。他还没走，只是因为医生还未到，他并不打算插手她和傅廷川的一摊烂事。

“你帮我一下，我就答应你，不纠缠你了，好不好？”曲嫣信口承诺。

薄司晏深邃的黑眸微挑，玩味地睨她一眼：“你想要我帮什么忙？”

“以晏少你的能耐和人脉，恢复一段被删掉的监控视频，找出一个打人者，应该是小菜一碟吧？”

论狠辣手段，谁又比得过薄司晏呢？这种小事，他一定轻车熟路。

曲嫣笑吟吟地看着薄司晏，狡黠地激他：“如果你肯帮我这么一个小小的忙，我以后就不缠着你，让你落得清净。除非……你希望我继续纠缠你？你喜欢上我了？”

薄司晏轻扫她一眼，薄唇扬起似笑非笑的弧度。这个女人，狡猾得像一只小狐狸。颠倒黑白，混淆逻辑，还理直气壮。

薄司晏没有回答她，拿出手机，拨打一个号码，言简意赅地命令：“给我查一个人。”

他把北城公寓的地址和事情简单说了一遍。

手机那头的下属，恭敬回道：“是，晏少！半个小时内，一定办妥！”

曲嫣听着他打电话，笑眯眯地道谢：“多谢晏少的帮忙。”

薄司晏挑眉：“就这么信任我的能力？”

曲嫣点头：“那当然！我看上的男人，一定是最强最优秀的！”她忽然捂住嘴，露出一双可爱的大眼睛，闷声道，“啊，我错了，我答应不再撩你了。”

薄司晏嗤了一声，目光扫过她半湿贴身的红裙，突然觉得碍眼，沉声道：“去把衣服换了。”

“好。”曲嫣乖乖答应。

半个小时后，两个黑衣壮汉押着一个猥琐瘦小的男人过来：“晏少，人找到了，监控视频也已修复。”

薄司晏坐在沙发上，一双大长腿随意伸展，修长的手指夹着一支还未点燃的香烟，姿态慵懒而冷酷：“播放监控视频。”

“是！”

下属拿出一个平板电脑播放车载监控视频。

画面里，猥琐瘦小的男人打了白佳宁一个耳光，白佳宁痛得骂了一句脏话，皱眉说：“疼死我了，你动作轻一点！”

猥琐男忙说：“是你说做戏要做全套，抱怨什么？”

白佳宁骂骂咧咧道：“你快点滚，别让人看见了。”

她泼妇的本质，在视频里显露无遗。

傅廷川表情十分呆滞，这还是他认识的那个柔弱、令人心疼的白佳宁吗？他印象中的白佳宁，像一朵迎风绽放的小花，尽管处境艰难，却坚韧不拔，从不放弃。她虽然弱小，却很善良。视频里那个满口脏话的女人……他感到很陌生。

傅廷川难以置信地转头看向白佳宁。

“不、不！这个视频是假的！是合成的！不是我！”白佳宁捂着肿起的半边脸，尖叫着喊道。

“视频绝对是真实的。”黑衣下属上前，踹了那个猥琐瘦弱的男人一脚。

猥琐男人一阵哆嗦，对着沙发上的薄司晏立刻跪下，痛哭流涕：“晏少！对不起，我不知道曲小姐是您罩着的人。如果我知道，就算给我一百个胆子，我也不敢啊！对不起，我错了，求您大发慈悲，饶了我吧……”

白佳宁愣然傻眼。她惊恐地看向沙发上英俊无匹的男人：“晏少？难道是传说中的那位晏少？”

黑衣壮汉斥责道：“什么东西，胆敢在晏少面前胡乱说话！”

白佳宁面色惨白，浑身发抖。

完蛋了……她彻底完了……她怎么不知道曲嫣和江城商业大佬晏少有交情？

“白佳宁，你竟然是这种恶毒卑贱的女人！”傅廷川这时候，还有什么不明白的，又愤怒又恶心，“算我瞎了眼，被你这种女人蒙蔽！”

白佳宁还想要挽救，扑过来抱住傅廷川的腿：“川哥！你相信我，我真的是无辜的……”

傅廷川一脚踢开白佳宁，犹如沾染上什么脏东西：“滚！”

曲嫣在旁边安静地看完一整场好戏。就算此时此刻，傅廷川终于看清了白佳宁的真面目，又如何？原主错付的青春和爱，甚至性命，都从未被珍惜过。

曲嫣抱着靠垫，倚在沙发上，眼角渗出两滴悲伤的眼泪，这是属于原主残留的情绪、悲凉和一丝释然。

“哭了？”薄司晏侧头，不经意看见她的泪水，有几分诧异。

“没。”曲嫣抽了抽鼻子，抹掉眼泪，歪在沙发上昏沉沉地说，“你让他们都走吧，好吗？”

她刚才等待查证的时候，薄司晏安排的医生来过，给她打了镇静剂，此时药性上来，整个人又软又困。

“好。”薄司晏抬手，示意手下办事。

“曲嫣，我……”傅廷川还不肯走，奈何他根本抵不过黑衣壮汉的力量，被强硬地拽走了。

白佳宁也被拖了出去，所有人都离开了，屋内只剩下曲嫣和薄司晏两人。

曲嫣睡意浓浓，镇静剂的效果发作，她此刻只想要一个拥抱。她向来遵从自己的内心，侧过身子，张开手臂就抱住了身边的男人。

她把脸庞枕在他的肩头，软软地困倦道：“借我抱一下，就一下。等我睡着了，你就不用管我了。”

也许是因为刚刚掉过眼泪，她的眼尾微红，不像清醒时那样狡黠娇纵，而罕见地流露出一丝脆弱。

薄司晏想要推开她的手顿在半空。罢了，从今往后，他与这个女人不会再有什么交集。

最后破例一次。

曲嫣睡了很沉的一觉。她醒来时，窗外霓虹灯闪烁，夜色迷离。她拿起床头的手机，看了一眼时间——她居然睡了整整一天一夜，差不多快二十四小时了。

那么，她的毒应该解了吧？

曲嫣起床，去浴室洗漱，一边唤出助手小七，问：“我体内的毒，彻底解了吗？”

小七用机械音回答：“宿主，毒已解，你可以活蹦乱跳了。”

“别卖萌。我问你，我突然之间毒素全清，怎样才能不引起别人的怀疑？”

小七继续卖萌：“这个问题，并不在小七的权限之内哟。”

“好了，你退下吧！”

曲嫣没好气地关掉系统。

她小心避开伤口处，慢吞吞地洗个澡，才出去厨房找吃的。冰箱里空荡荡的，什么都没有。

“叩叩——叩叩——”忽然有人敲响她的屋门。

曲嫣前去开门，外面是一个穿白大褂的中年女医生，和蔼地开口道：

“曲小姐，您总算醒了。”

“你是？”

“我是晏少安排给您的私人医生。您昏睡时，我来给您做过身体检查。”女医生解释道，“您醒来后，我还需要为您抽血，检查毒素状况。”

“不必了，我觉得自己很好，没有任何问题。”曲嫣直接拒绝，拿起玄关处的车钥匙和手提包，准备出门，“我饿极了，要出去找吃的。医生，你不用担心我。”

“哎哎！曲小姐！这样我没法向晏少交代……”女医生急忙喊道。

曲嫣毫不犹豫地走进电梯，赶在女医生追来之前关上了电梯门。

她来到车库，启动自己的车，外出寻找餐厅用餐。还没找到满意的餐厅，手机就响了。

“喂？哪位？”她按下接听键。

“为何拒绝检查？”低沉磁性的男性声音，从手机中传出。

曲嫣一听，立刻认出是薄司晏。她正色回答：“因为我承诺过不再纠缠你，所以自然不能接受你安排的人。”

电话那头沉默了一会儿，男人淡淡地说：“随你。”

说完他便挂断了电话。

曲嫣不满地嘟了嘟嘴，郎心似铁啊。只不过她这个人偏偏就是天生反骨，越难征服的，越容易勾起她的胜负欲。

“小七。”曲嫣再次唤出系统助手，“帮我查查，薄司晏现在所在的地址。”

“好的，宿主。”小七很快就抓取到这个世界的大数据片段，回答，“四季酒店，西餐厅。订位人，薄司晏，同进晚餐者是一名年轻女性，名叫慕悠悠。”

“慕悠悠？什么人？”曲嫣蹙眉问。

“根据资料显示，慕悠悠是四大家族之一慕家的大小姐。薄司晏流落在外、少年贫寒的时候，慕悠悠对他有过一饭之恩。”

小七一口气汇报：“薄司晏被薄家找回后，两家有意联姻。慕悠悠是薄司晏还未正式订婚的未婚妻。”

曲嫣表示不同意：“没订婚，怎么能叫作未婚妻？小七，你用词要严谨些。”

小七委屈：“请问宿主，那叫什么？”

曲嫣挑了挑眉："普通的熟人。"

她关掉小七的声音，亲自查看了一遍资料。

花了几分钟看完，曲嫣忍不住轻啧一声，这个慕悠悠，不简单，段位比白佳宁高不少。

曲嫣驱车到达四季酒店。出门前，她没有特意换衣服，身上穿着洗澡后随便套上的白色T恤，搭配同色运动短裤，脚下是一双白球鞋。素颜未化妆，长发高高扎起，盘成了圆滚滚的可爱丸子头，看上去稚嫩得像个未成年。

她来到西餐厅，选了一个空位坐下，迅速点了牛排开始吃。

睡得太久，超级饿的……

她一边吃，一边看着前面不远处的那对男女。

男人背对着她，女人妆容精致，高贵端庄，笑起来时轻掩红唇，一副优雅的上流千金姿态。

曲嫣慢吞吞地吃完一整份牛排，擦了擦嘴，才起身走过去："嗨。"

薄司晏原本正不耐烦地看腕表，听见这道清脆的声音，抬起头来，狐疑道："你怎么在这里？"

"我是来吃饭的。"曲嫣指了指自己那一桌，然后从随身包包里拿出一沓厚厚的钱，放在薄司晏的桌上，"这个给你。"

"嗯？"薄司晏挑眉看她。

这是要拿钱砸他？

"我之前说过要养你。我觉得做人必须言而有信，这些钱就当给你吃饭用。"曲嫣笑盈盈地弯起杏眼，"你慢慢吃，我先走了。"

薄司晏扬起嘴角，似笑非笑："出手挺大方。"

曲嫣"嗯"了一声："下次你再有应酬，记得提前告诉我，我给你准备好钱。不能失礼于客人，是不是？"

薄司晏低沉地笑起来，英俊的脸上泛开肆意的兴致。他很少被人逗乐，尤其是女人。

慕悠悠看着眼前这一幕，搁在桌布下的双手狠狠攥成了一团，长指甲刺入掌心。

"晏哥，这位小姐是谁呀？"慕悠悠按捺下嫉妒，含笑着开口问道。

"别告诉她……"曲嫣俯身靠近薄司晏耳边小声说，"别说哦，让她自己猜。”

她在他耳畔调皮地吹了一口气，随即潇洒转身，毫不留恋，踩着轻快的步伐离开了西餐厅。

慕悠悠优雅精致的脸上青白交错，猛一使力，竟不小心折断了刚做的水晶指甲。哪里来的小贱人！竟敢当着她的面，勾引她爱慕的男人！等着，她绝对不会让她好过！

曲嫣出了西餐厅，心情甚好，哼着歌儿，准备散散步，消消食。她才走到酒店外的青石小路上，天空就飘起了小雨。雨势渐大，很快打湿了她的衣服。

曲嫣没打算折返回酒店避雨，就站在路边，淋着雨。她想做个测试，测一测某人是不是真的铁石心肠……

这条青石路，是开车出酒店的必经之路，薄司晏的车子驶出来时，很难看不见一个浑身湿透的女孩子傻傻地站在路边。

薄司晏心中掠过一丝莫名的怒意，对司机道：“停车！”

司机立刻刹车。

薄司晏拿起车内的备用伞，开门下车。

“为什么站在这里淋雨？”他冷冷地问。

“我想看看，你会不会下车。”曲嫣睁着无辜的大眼睛，雨水沾湿了她长长的睫毛，像个淘气的洋娃娃。

她说得很坦诚，把自己的小心思，坦白地摆在他面前。

“你不是承诺过，不会再纠缠我？”薄司晏俊脸冷清，盯着她被水珠沾湿的俏脸。

他见过的女人无数，比她更美艳更有风情的，不是没有，却没见过这么不知死活的。

“我没纠缠你呀。”曲嫣摇晃着脑袋，弯唇露出小酒窝，“是你自己下车的，不能怪我。”

“你的伤口裂开了。”薄司晏居高临下地扫过她后肩，纱布早就被雨水淋湿，丝丝血色渗出来。

“哦。”曲嫣没当回事，冲他摆摆手，“我走了，拜拜！”

她说完就跑出他的伞下，冲进大雨里。

测试结果已出，她很满意。做人嘛，不能太贪心，她可以慢慢来。

曲嫣跑出几步，忽然感觉头顶一暗，黑色大伞稳稳地罩在上面，挡住了风雨侵袭。

“咦？”她意外地扭头。

“撩完就跑，是你的惯用招数？”薄司晏低沉性感的嗓音，在她发顶响起。

他身高一米八七，比她高出一个头。身高差，让她要仰着脖子看他。

“才不是。”曲嫣仰眸望着他，认真道，“不管你信不信，我只想撩你，发自内心的。”

无论是不是做任务，她都无法违心地勾搭一个她不喜欢的男人。

每次任务结束，系统会抹去她的记忆。但是她很清楚自己，每一次，她必然都是在攻略自己喜欢的男人。

“你猜我会不会信？”薄司晏嗤之以鼻。

“不信就算了。”曲嫣有些不高兴，推开他的伞，转身便要走。

男人揽住她的纤腰，强行制止她离开的动作。

“你毒未清，伤口崩裂，不要再胡来。”薄司晏的语气冷淡却霸道，不容置疑，“我送你去医院。”

曲嫣没再拒绝。

黑色迈巴赫的后座，慕悠悠一直望着外面的两人，眼眶赤红，嫉火翻腾，恨不能冲下去撕碎这个狐狸精！

薄司晏打开车门，手挡在车门框：“上车。”

曲嫣对他的绅士动作很满意，夸赞道：“这个动作，给你加分哟！”

曲嫣坐进车里，才发现慕悠悠也在车上。

她无所谓地耸耸肩。

“晏哥……”慕悠悠却忍耐不住，勉强扬起一抹笑容，对薄司晏说，“你要让这位小姐和我们同坐一辆车吗？”

薄司晏淡淡地看她一眼：“不。”

慕悠悠心中一喜，嘴角流露出一丝真实的笑意：“那不如这样，我帮这位小姐叫一辆出租车。”

薄司晏没接她的话，拿起手机拨打一个电话，简单交代几句。

片刻后，另一辆车从酒店内开出来，停在旁边。

“你坐那辆车。”薄司晏对慕悠悠说道。

慕悠悠瞪大了眼睛，愕然得难以置信：“晏哥，你是让我坐另外一辆车吗？”

薄司晏皱了皱眉：“只是坐车，哪一辆不一样。”

他拉开车门，示意她下去。

“我……”慕悠悠的脸红了又白，白了又红，用尽全部忍耐力才没有当场发脾气。她在薄司晏看不见的角度，恶狠狠地剜了曲嫣一眼。

那目光，毒得犹如蛇。

慕悠悠一下车，车后座只剩下两个人。

曲嫣身上的衣服被雨水淋湿，车厢内冷气充足，吹得她打了个喷嚏。

“嗯，有点冷……”她鼻尖红红的，问薄司晏，“能把空调关小一点吗？”

“刚才淋雨，怎么不觉得冷？”薄司晏冷睨她一眼，吩咐司机关掉冷气。

“刚才我一心想着你，哦，不，是想着你会不会下车，没注意到自己冷不冷。”

“把湿衣服脱了。”

曲嫣眼睛一眨，惊诧道：“你说什么？你要看我脱衣服？没想到你居然是这种人……禽兽啊。”

薄司晏的薄唇微微扬起：“你有什么可看？小不点。”

曲嫣不服气了。她挺起胸，想证明自己：“我哪里小？你给我说清楚！我严重怀疑你近视散光还老花！”

原主这具身体，和她自己本来的模样相差无几。虽不是美艳绝伦，但身材玲珑有致。对于这一点，她非常自信！

“我是说你个子小。你以为是指什么？”薄司晏看着她气鼓鼓的脸，有些好笑。

他从车内备用柜里取出一件干净的白衬衫，扔给她：“先将就着穿。”

“我在车里怎么换衣服？”曲嫣瞪着他。

不仅他在这儿，前面还有司机。

“我不看。”薄司晏转过身，按下了一个按钮，升起隔离板和车窗遮阳帘，隔绝了驾驶座和车外的视线。

“你真的不会偷看？”曲嫣怀疑地问。

“如果我看，岂不是正合你意？”薄司晏背对着她，调侃道。

“你想得美。”曲嫣轻哼一声，盯着他挺拔的背影，抬手脱掉了湿漉漉的 T 恤。

衣领碰到伤口的纱布，曲嫣低呼了一声。纱布已经潮湿，黏糊糊地贴在伤口上，她扭头看自己的后肩，有些吃力。

“把衬衫穿好。”薄司晏淡淡地说，“我帮你换药。”

“好。”曲嫣穿上了宽松的男士白衬衫，至于内衣……没办法，只能先忍一忍了。

“我穿好了，你车上有没有纱布绷带？”

“有急救药箱。”

薄司晏从小药箱里拿出一卷纱布和消炎药，转过身来。他的目光扫过她，不禁挑了挑眉。

他穿着合身的白衬衫，在她身上却成了宽大的睡衣，长度到大腿上。她斜坐着，从他的视线望去，肩膀圆润雪白。

“快点呀，伤口有点疼。”曲嫣催促道。

薄司晏不动声色地收回视线，伸手帮她撕开湿掉的纱布，注视着伤处：“伤口有些发炎，需要去医院处理。”

他用干净的纱布替她暂时包扎好，顺手帮她整了整衣领，把衬衫穿正。

“晏少。”曲嫣忽然叫他。她睁着闪亮晶亮的眸子，饶有兴趣地看着他，“为什么你对着一个衣衫半露的女人，还能这么冷静？你从来都不会对女人有反应吗？”

她问得直接，纯属好奇。

薄司晏皱了皱眉，他幽深的眼眸染了一层暗色，低沉道：“把衣服穿好。”

曲嫣狡黠地回道：“我穿得很好啊，只是伸展一下腿而已。”

她扭身动了动，宽松的衣领就再次滑了下去，露出一边的肩膀。

封闭的后座车厢内，馥郁迷人的玫瑰香幽幽弥漫。

莫名间，气氛变得暧昧起来。

薄司晏眼眸越发幽深，口中冷淡道：“我对有夫之妇没有兴趣。”

“不要这样说哦。”曲嫣扬起樱唇，娇俏一笑，“因为，会打脸。”

她忽然倾身靠近，微凉的唇瓣从他薄唇间擦过。香气中夹杂着一丝甜美，那两瓣唇柔软得不可思议。

“晏少……”曲嫣指尖点在他胸膛，“你紧张了。”

他身上的肌肉明显绷紧。

薄司晏眯起黑眸，眸底掠过危险的暗光，嗓音微哑："不要放肆，我会把你扔下车。"

"晏少，你知道我现在穿的衬衫，有个说法吗？"

"什么？"

"它叫'男友式白衬衫'。"曲嫣说完，抬手环住他的脖子，"所以呢，我现在要向男朋友索要一个吻。"

她迅速倾身，吻住了他的薄唇！

薄司晏本能想要推开她，但她飞快地咬住他的下唇，含糊道："这种时候你推开我……那就不是男人。"

薄司晏心底积压着的一团暗火，蓦地被她一句话点燃。

星火，可燎原。

他突然反守为攻，大掌扣住她的后脑，俯身进攻。

他本就不是什么温文尔雅的君子，掠夺之势凶猛而强悍，狠狠攫取她调皮而甜美的呼吸。

曲嫣原本只是想试一试他到底有多禁欲，却没想到他冷酷自律的表象之下，藏着一只猛兽。

第二章

心底的裂缝透进光

狭窄的封闭空间里，呼吸声清晰可闻。凌乱的、急促的。

曲嫣面色潮红，就快被他吻得喘不过气来了。

“晏少……”她用手肘抵住他胸膛，“嗯，是我错了……”

“你错哪儿了？”薄司晏略微抽离她的唇，低眸近距离地看着她，“说。”

“我不该说你不是男人。”曲嫣嗓音软软的，像事后的娇懒。

薄司晏被她说得又可气又可笑。他不过是顺应她的撩拨，吻了她一下而已。她却说得像是他已经把她怎么样了一样。这张小嘴，真是不饶人，半点亏都不肯吃。

“我是不是男人，不需要你验证。”薄司晏眸光掠过她被吻得红肿的唇瓣，欲念突然暗涌。

她的滋味，比他想象的更甜。

“口是心非。”曲嫣不信，“那我刚刚拿话激你的时候，为什么成功了？”

“并不是因为你拿话激我。”

是他忽然想吻她而已。

“那是因为什么？”曲嫣歪了歪脑袋，抬眸瞧着他。

薄司晏却不答，伸手扶她坐正，理了理自己微皱的胸口衬衫布料，恢复一派冷漠禁欲的姿态。

“晏少。”曲嫣眨了眨眼，“你是不是介意傅廷川？我和他其实已经拟好了‘离婚协议’，如果你觉得硌硬，我明天就找他去民政局办离婚手续。”

“你离不离婚，与我何干？”薄司晏不冷不热地道。

“既然你这么说……”曲嫣哼了哼，故意说道，“那我就先不离婚了。”她倒要看看他能嘴硬多久。

曲嫣这个人就是天生叛逆。她好声好气待他，他却不领情，那她就让他难受好了。

曲嫣不再理他，扣好衬衫纽扣，转头看向窗外。

不一会儿，前面驾驶座的司机传话过来：“晏少，医院到了。”

曲嫣自己拉开车门，率先下车。

这家医院，是她上次处理刀伤的那一家。

医生已经提前接到消息，在等着她。

“曲小姐，伤口重新上药包扎好了，注意不要再碰水了。”女医生语气亲切，“验血报告很快就会出来，您稍等。”

曲嫣坐在休息室里，不情不愿地点点头。

她的毒已经完全清除，验血肯定查不出什么。按照薄司晏这个男人警觉多疑的性格，想必又要怀疑她了。

半个小时后，薄司晏拿着一份报告，迈着长腿走进来。

曲嫣明知故问：“我的检查报告还好吗？”

薄司晏英俊的脸上毫无波澜，看不出什么情绪，淡淡地说：“好，很好。”

“没问题我就放心了。”曲嫣站起来，说着就要往休息室外走。

她还没走到门口，腰侧一紧，男人的手掌用力掐住她纤细的腰。

“急什么？”薄司晏低下眸子，深邃清冷的目光盯在她的小脸上，“心虚了？”

“我为什么要心虚？”曲嫣仰头看他，不闪不避。

“你知不知道，这种新型毒药，除非有专门针对性的解毒药剂，否则不可能一夜间彻底清除。”

薄司晏的眼神幽冷。他虽没有查到她身份上的异常，但这件事绝对有蹊跷。

“哦……”曲嫣拖长尾音，轻嘲地说，“我知道了，你怀疑我自导自演，安排人暗杀你，然后我再奋不顾身地替你挡刀，让你对我刮目相看，是不是？”

薄司晏抿了抿薄唇，他确实推测过这一种可能性。这么多年来，想要对他用美人计的敌人，数不胜数。

“既然你认为整件事是我自编自导，认为我有解药，那么就当作是这样好了。”曲嫣不想解释，也无法解释。她挣脱开他的束缚，“你迟早会知道，我什么都没做过。”

她推开门，踩着骄傲的步伐离去。

就在曲嫣离开的几分钟之后，薄司晏的一名下属前来汇报：“晏少，刺杀的事，已经查到幕后凶手了。”

薄司晏眯了眯眼：“说！”

“半年前，我们拍下东城老区的一块地皮，准备兴建大型游乐公园。这个项目，原本是李家在谈，最后却被我们截和。李家本就和晏少您……一直有过节。”

下属一五一十地汇报，呈上证据。

薄司晏看完，冷着一张俊脸，一言不发。

他一身寒冽的气息，下属战战兢兢地道：“晏少，不如我安排人手，加强防范？”

薄司晏冷冷地开口，语气嗜血：“敢要我的命，我又怎么可以只是这么简单地放过他们。活着，比死痛苦多了。”

下属肃然站直：“是，明白！我这就去安排！”

“等等。”薄司晏皱眉，沉默片刻，忽然道，“派个人，去跟着曲嫣。”

现在看来，他是错怪那个小女人了。

曲嫣离开医院，懒得去四季酒店取车，就打了辆出租车回北城公寓。

到达小区外，她下车。

时间有点晚，夜色深沉，四周树影婆娑，气氛骇人。

曲嫣站在原地，转头环顾。她对于危险的直觉，向来极为敏锐。似乎有人在跟踪她，偷窥她。

“小七，出来。”她唤出系统助手，“查一下周围是不是有人监视我。”

小七立刻抓取大数据，找到一段数据，调出来播放在智脑光屏上：“宿主，确实有人跟踪你。”

曲嫣在脑海中读取这段信息和画面。

跟踪她的有两个人。一个是薄司晏的手下，之前帮忙教训过白佳宁，她认得。另一个鬼鬼祟祟的，她不认识。

“查一查这个人是什么身份。”曲嫣指着第二个说道。

“这个男人名叫方奇，是个小混混，偷窃打人什么都干。”

“啧，看来有人恨上我了。”

在这个世界，她除了白佳宁这个“情敌”之外，还有谁恨她恨到要跟踪她？

曲嫣眸光一转，心中浮现出一个名字——慕悠悠。

“宿主，你要不要报警？”小七问。

“报什么警？”曲嫣摇头，唇边绽出一抹意味深长的笑容，“人家到目前为止什么都没干呢。我们要大方点，给别人一点机会。”

曲嫣休息了几天，才悠悠然出门，找到合适的店铺，盘下了一家花店。

她喜欢植物和花朵，更重要的是，这家花店地段僻静，一到晚上就寥寥无人。正对店大门的马路，又刚好没有监控，非常适合坏人下手作案。

曲嫣觉得自己真是太体贴了，多么努力地帮坏人创造机会啊。

这晚，她让雇来照看店铺的小姑娘先回去，自己留下来打烊关门。

她哼着歌，啪地关掉了店面的灯。

店里陷入一片黑暗。

她还没走出店门，外面突然冲进来一个蒙面黑衣男子，手里拿着一把长刀，对着她凶狠地喝道：“把手举起来！”

“举，我举，你别冲动。”曲嫣顺从地举高双手，表示自己没有任何威胁性，“你要钱的话，我给你柜台钥匙，现金都在里面。”

“我不要钱！”黑衣男子掏出一捆麻绳，上前快速绑住她的双手，“跟我走！否则我一刀捅死你！”

男子持刀顶在她腰后，逼迫她走出店门。外面停着一辆破旧的面包车，男子逼她上车。

曲嫣十分配合，一声不吭地上了车。

黑衣男子用封条封住她的嘴巴，再用绳子绑紧她的双脚，让她无法呼救也无法动弹。

曲嫣毫不反抗，任由他开车载着自己前往越来越偏僻荒凉的郊区。

与此同时，薄司晏接到一个电话："晏少，曲小姐被人绑架了。"

薄司晏此时正在应酬的饭桌上，闻言，手里的酒杯砰的一声砸在桌面上，冷怒道："废物！我不是让你看着她吗？"

手机那端，下属唯唯诺诺道："是，属下一直盯着，但晏少您吩咐不要出面打扰曲小姐……"

薄司晏心底腾起一股怒意，此刻无暇追究下属的责任，直接问重点："曲嫣被什么人绑架了？有没有看到对方的脸？绑匪有没有开车？车牌号是多少？"

这名下属虽然是一根筋的死忠，但办事很仔细，立刻回答："属下已拍下现场状况和车牌号，现在就发给您。"

薄司晏森冷地眯起黑眸："去查，我要在最短的时间内知道绑匪的行踪。"

"是！"

薄司晏挂了电话，立即起身离开。

"晏少……"

"晏哥……"

包厢饭局的几人面面相觑："晏少就这么走了？什么人如此重要，竟然让晏少的脸色都变了。"

"听名字，好像是个女人，叫曲嫣？"

"天哪，晏少有喜欢的女人了吗！这个女人得有多漂亮，才能让晏少这样放在心上？"

包厢里，众人议论纷纷。

只有慕悠悠坐在座位上，脸色阴沉，双手狠狠地绞在一起。晏哥居然连看都没看她一眼，说走就走！

就算那个叫曲嫣的女人再漂亮，也没关系，过了今晚，那个狐媚贱人就再也得意不起来！

慕悠悠站起身，走到包厢外面，到一个无人的角落，拨打电话："喂，你那边情况怎么样？"

"放心，人已经绑好了，一到地方就办事。"绑匪开着面包车，从后视镜瞥一眼后座乖巧地缩在车窗边的曲嫣，嘿嘿地笑道。

“不要‘到地方’了，你就近找一个没人的角落，把她给办了。”

“为什么？”

“你个蠢货！已经有人发现你绑架她了，马上就会追查到你。你立刻找地方停车，在车里办了她，事后再毁掉她的脸！”慕悠悠生怕薄司晏的人早一步找到曲嫣，尖声急叫，“现在！立刻！”

“行行行，你出钱你老大，我马上办事。”绑匪不以为意，车子用的是套牌，他把车牌一换，谁能追踪得到他？不过，车上这个小美人真是又娇又嫩。他确实心痒难耐，等不及要……嘿嘿……

曲嫣双手双脚都被绑着，坐在后座，听到绑匪和人通电话，便叫系统助手小七查询。

“宿主，和绑匪通话的是慕悠悠。”

“果然啊。”曲嫣在心中对小七说，“你入侵绑匪的手机，用他的号码给慕悠悠发送实时定位。再给对方发条消息，就说情况有变，让慕悠悠立刻根据定位赶来。”

曲嫣想了想，又补充道：“发完后，屏蔽慕悠悠，让她无法打进电话与绑匪确认。”

“好的，宿主。”

曲嫣布置妥当，慵懒地倚在车窗上，注视着窗外的风景。

今晚这场戏，如果没有“女主角”慕悠悠，怎么行？只有慕悠悠到场，好戏才能上演。

面包车驶向偏僻之地，最终停在一处废弃的修车厂前。

绑匪方奇一脸猥琐的笑容：“下车吧，小美人，我们就在这里办事。”

曲嫣被绑着，无法行走。

绑匪将她抱下车，进入废弃的修车厂，将她放在一张桌子上。

“小美人，我来了！”绑匪迫不及待，伸手就要撕扯她的衣服。

“嗯嗯！嗯嗯嗯！”曲嫣的嘴巴被堵住，无法说话，她没有挣扎身体，只是拼命发出声音，示意自己想要说话。

“小美人，你想说什么？”绑匪盯着她娇嫩白皙的小脸，眯眼嘿嘿地笑，嚣张地说，“就算你喊破喉咙，也没人会来救你。这个地方早就废弃了。”他有恃无恐地撕掉她嘴上的封条，“你想叫就叫大声点，给老子增添情趣。”

曲嫣终于能说话了。她毫无慌张之色，慢条斯理地说：“指使你绑架我的人，是不是姓慕，名叫慕悠悠？”

绑匪嗤笑一声：“想套我的话？省省吧你！”

曲嫣弯唇一笑：“我已经知道真相了，哪里还需要套你的话。我只是想提醒你，快点看看你的手机。慕悠悠那个女人摆了你一道，在你手机里安装了定位追踪器。”

“不可能！”

绑匪不信，犹豫间还是拿出了手机。他一检查，发现果然有信息发出去，却并不是他自己操作的。

“怎么会这样？！”绑匪咒骂一声，“姓慕的女人不信任老子！”

“不是她不信任你，而是她想一箭双雕。你替她办完事，她再叫警察来抓你。连雇佣费的尾款都省下了，多完美啊。”

曲嫣其实是在拖延时间，顺便挑拨离间。

绑匪被她说得心烦气躁，烦躁起来一把撕开她的衣领：“老子先爽了，再找姓慕的女人算账！”

曲嫣估摸着时间差不多了，她问小七：“慕悠悠快到了没？”

小七：“已到修车厂大门外。”

曲嫣轻笑：“很好，好戏开场！”

绑匪见她居然还笑得出来，忍不住诧异，伸手摸一把她柔嫩的小脸蛋，淫笑道：“小美人儿，很上道啊。你不乱动挣扎，老子尽量不弄疼你。”

曲嫣懒得理他，目光一转，看见修车厂门口匆匆跑进来一个女人。

慕悠悠脸上蒙着纱巾，鬼鬼祟祟地左右环顾，确定没有异状，才开口：“方奇，你搞什么？叫我来干什么？”

绑匪方奇一脸无语：“你来这里干什么？”

两人面面相觑，各自心里咯噔了一下。情况不太对劲啊……

“是我叫你来的，慕大小姐。”曲嫣从木桌上坐起来，笑容亲切无害，“你不是很关心我吗？每天都派人跟踪我。既然如此，我也要关心关心你，才算礼尚往来。”

慕悠悠脸色大变：“你、你……”

曲嫣虽双手双脚被束缚，但姿态悠然，不疾不徐地说道：“你现在心里是不是想着要杀我灭口了？别急，先等我问完一件事。”

“你想问什么？”事已至此，慕悠悠反而冷静下来。

曲嫣这个小贱人说得对，必须杀人灭口。她原本只是想找人毁了曲嫣，没打算杀人。现在是曲嫣自己找死，怨不得她！

“我听说，在薄司晏年少时，流落贫民窟，吃不饱穿不暖。而你，堂堂豪门千金，却一次偶然路过贫民窟，对薄司晏施以援手，请他吃饭？”

这是曲嫣之前查阅慕悠悠资料时，得到的信息。

因为那一饭之恩，后来这些年薄司晏对慕悠悠不错。虽称不上热情，但以他冷酷的性格，这已经很给面子了。

慕悠悠想要什么东西，只要开口，薄司晏都会让人送到她手上。就连慕家想要和他联姻，他都没有当场给脸色看，导致外面一直传言，慕悠悠是他的未婚妻。

慕悠悠依仗这一点，在名媛圈出尽风头，作威作福。

“是又如何，关你什么事！”慕悠悠恶狠狠地瞪着她。

晏哥身边从来只有她一个女人，其他女人都近不了他的身。但曲嫣这个小贱人出现之后，晏哥就变了！

“我就是好奇，怎么会那么巧？你没事去贫民窟干什么？你又怎么知道当时薄司晏被人欺负，已经饿了好几天？”曲嫣笑吟吟地看着她，“又或者，是你早就安排好一切，只等着上演美人救落魄英雄的戏码？”

“死到临头，你还关心这些闲事。”慕悠悠冷笑一声，“就算我承认，当年的一切都是我安排的，你又能如何？今天，你休想走出这个大门！”

“原来真是你处心积虑安排的啊？”

“是的，没错。”慕悠悠毫不否认，对一个即将死去的人，她没有必要撒谎。

“你当年为什么要去接近一个穷小子？”曲嫣接着问。

“你的问题可真蠢，我当然是因为早就知道薄家在寻找遗落在外的孩子啊。”

慕悠悠没耐心和她继续扯淡。

尽管她动用信号干扰器，避免被晏哥追踪，但难保有意外，她必须马上解决掉这个小贱人。

慕悠悠手一挥，指示旁边的方奇：“动手，给我杀了这个女人。我付你五倍的报酬，一千万！”

方奇听到一千万，眼睛都亮了。

“好好好，我这就动手。”他拿起长刀，向曲嫣走过去，“小美人，这你可就不能怪我了，要怪只能怪你命不好。”

“是吗？”曲嫣毫无惧色，波澜不惊。

“去死吧！”方奇举起长刀，就往她胸口刺去。

曲嫣闭上眼睛，做好准备承受这一刀，岂料变故突生！电光石火之间，砰的一声——长刀落地！另一把匕首穿过了方奇持刀的手臂，锵的一声，刀落地，激起满地尘埃。

“谁、谁……”方奇颤抖着转头，大门口一群黑衣人伫立。为首的男人，身穿简单的西装裤和白衬衫，高大挺拔，卓尔不凡。

男人英俊的脸上冰冷如霜，黑眸微微一眯，露出锋利的寒光。

“拿下。”他薄唇轻吐两个字。

身后的黑衣人训练有素地冲了上去，不到十秒，就制服了绑匪。

一旁的慕悠悠早已惊呆，她浑身抖得像筛子，牙齿咔咔作响，害怕得差点瘫坐在地上。

晏哥怎么会亲自来？他怎么会这么快就找到这里？她明明动用了一大堆黑科技反追踪的仪器，还提前给了方奇一份。照理说，晏哥手底下的人再厉害，起码也需要几个小时才能破解。

“就你那点手段，还不够看。”薄司晏冷冷地开口，目光如冰刃，掠过慕悠悠。

“晏、晏哥……你听我解释！”慕悠悠脑筋一转，连忙说道，“我刚才收到一条奇怪的定位信息，说曲小姐有危险，所以我赶过来看看。”

“哦？”薄司晏挑起浓眉，眸色冷厉，“这么说来，你是来救曲嫣的？”

“对……”慕悠悠被他看得一阵发抖，后背渗出一层冷汗，“我是为了救人！晏哥，你相信我！”

薄司晏冷冷地扫了她一眼，眼中难掩厌恶之色。他迈开大步，走向曲嫣所在的那张木桌。

曲嫣的双手双脚仍被绑着，衣领被撕破，露出大片雪白的肌肤，显得狼狈不堪。她苍白的小脸上没有表情，似乎已被吓得不轻。

“别怕，没事了。”薄司晏走近，伸手为她拉紧衣领，接着用瑞士军刀割开绑在她身上的绳子。

曲嫣原本坐在木桌上，得到自由后，便想从桌上下来。但她没想到，由于被绑太久，血液循环不畅，双脚无力，一下地就摔倒在地。

“小心！”薄司晏眼疾手快，抱起她，索性将她抱在怀里，低声问，“有没有哪里受伤？”

“浑身疼。”曲嫣娇气地抱怨，“绳子绑得太紧，勒得疼。旧伤口还没好全，肯定又裂开了。”

“是我来晚了。”薄司晏沉声道。

他原本安排人看着她，是怕老仇家姓李的人对她下手，没想到竟出了这一桩意外。

“不晚，你来得正好。”曲嫣缩在他怀里，说，“你摸一下我衣服的内袋，里面有手机。我录了一段精彩的对话，你听听。”

“内袋？”薄司晏扫了一眼她胸前。他要怎么拿？

“你从衣服下摆伸进去，腹部位置有个内袋。我手疼……”她今天特意穿了这件衣服，就是为了藏手机。

也亏得绑匪色欲熏心，不够专业，没好好搜身。她让小七在关键时刻替她开启了录音功能。

薄司晏伸手，隔着她的腹部肌肤，摸到内袋，取出手机。

曲嫣痒得在他怀里蹭了蹭：“哎，你别趁机吃我豆腐。”

他们这边正在说话，不远处的慕悠悠看得目眦欲裂。

贱人！

不要脸的贱人！

她没有早几分钟杀了她，是她的错！

她应该一冲进来就一刀捅死这个贱人，看她还怎么勾引晏哥！

“慕大小姐，你别瞪了，眼珠子都快掉出来了。”曲嫣舒舒服服地依偎在薄司晏的怀里，懒懒地说，“你也听听，刚才你都说过些什么。”

薄司晏点开一段录音。

正是曲嫣之前追问慕悠悠，一饭之恩的真相。

慕悠悠亲口承认，是她处心积虑安排的。

薄司晏听完，俊脸阴沉，覆上一层骇人的冰霜。

“慕悠悠。”

“晏哥！不是这样的！”慕悠悠慌乱地解释，“这一切都是曲嫣这个贱人设的圈套，是她诱导我说的，并不是真的！”

“哦……都是我诱导的？”曲嫣挑眉睨着她，“你小时候从富人区特意跑去贫民窟，也是我诱导的吗？你雇人绑架我，也是我安排的？你慕大小姐干净善良如白莲花，什么坏事都没做过，是这样吗？”

曲嫣的口才一向伶俐，毫不掩饰浓浓的讽刺。

慕悠悠脸色苍白，冷汗直冒。她知道光靠辩解是没有用的，双膝一软，对着薄司晏跪下：“晏哥……求你，看在我们小时候的情分上，看在慕家的面子上，你就原谅我这一回吧！我只是鬼迷心窍……我再也不会犯这种错了……”

薄司晏连一个眼神都没给她，低头看着怀里的曲嫣：“你想让我怎么处置她？”

曲嫣轻松地把问题抛回给他：“你想怎么处置就怎么处置。毕竟她是你的小青梅，万一我下手重了，你心疼怎么办？”她的话语中带着醋意。

薄司晏不禁低沉一笑，随即，他抬头，冷冷地对下属说：“送慕大小姐去警局。她做过什么见不得人的事，让她自己去跟警察交代清楚。”

“是！”

两名黑衣人立刻上前，一左一右抓住慕悠悠的胳膊。

慕悠悠疯狂地大叫：“不！晏哥！你不要被这个女人迷惑了！我才是真心爱你的人！我小时候帮过你啊，晏哥，你亲口说过要报答我的……你忘了吗？你言而无信……晏哥……”她的尖叫声刺耳。

薄司晏厌恶地皱起眉头：“拖走。”

两名黑衣人迅速把慕悠悠拖出去，只剩下余音在废弃的修车厂里回荡。

曲嫣唏嘘一声，看着薄司晏冰冷的俊脸，问：“难受吗？你守护了这么多年的女孩，原来是个蛇蝎心肠的人。她当年的善良援手，雪中送炭，那些点点滴滴的温暖都是虚假的，你是不是很失望？”

薄司晏抿起薄唇，没有回答。说毫无感觉，自然是假的。他最凄惨最孤独的少年时期，得到过的每一份温暖，都被他珍藏在心底。所以这些年来慕悠悠爱慕虚荣，在圈子里炫耀和他的关系，他也就睁一只眼闭一只眼，随她去了。没想到，这一点点的温暖记忆都是幻象。

“如果，我早一点出现在你生命里，我一定不会让你这么孤独。”曲嫣抬起一只手，轻轻触碰他微凉的面颊，“我会陪着你一起过苦日子，把饭菜留一半给你。你打架受伤了，我就给你敷药包扎。你不开心的时候，我就讲笑话逗你笑。”

她语声温柔，描绘着一幅温暖美好的景象。

薄司晏垂眸，眸底波光微动。如果他孤独艰辛的少年时代，遇到她所说的那样一个女孩子，一定会把她当成珍宝，宠她一世。

“对不起，我来得有点晚。”曲嫣仰起头，在他线条冷峻的下巴轻轻一吻。

她说的是真话。如果她遇见少年孤狼一般的他，一定还会喜欢上他。她会心甘情愿地陪他过苦日子。

“我送你回去。”薄司晏没有接她的话，抱着她往外走。

没有人知道，他心底最坚硬冰封的某处，悄悄裂开了一条缝。仿佛有一丝光，透了进去。

废旧修车厂外，停着一辆黑色的跑车。

薄司晏为了尽快赶来，没有让司机开车，而是自己开跑车一路疾驰而来。他把曲嫣抱进副驾驶座，俯身替她扣好安全带。

“谢谢。”曲嫣调皮地凑近，她的动作很轻，像羽毛一样酥痒，勾得人意犹未尽。

薄司晏眸色一暗，搁在安全扣上的大手一转，掐住她的细腰。

“你……”曲嫣很意外。

每次都是她撩拨他，这次是他第一次主动。

曲嫣脑中空白，纤细的双手紧紧揪住他的衣领，含糊地抗议：“你压到我了，腿疼……”

副驾驶座位的空间有限，她又娇气。

薄司晏低哑着声音说道：“这么怕疼，傅廷川怎么对你的？”

曲嫣一副迷茫的样子，过了一会儿，她才听懂他的意思。

“你说什么呢？”曲嫣嗓音软糯，好奇地问，“你该不会是吃傅廷川的醋吧？”

薄司晏眸色幽暗，隐隐有暗火在燃烧。他没有回答，微抿起线条好看的薄唇。

“真的吃醋呀？”曲嫣指尖在他皱起的衬衫领口抚了抚，弯唇一笑，“如果我说，我和傅廷川结婚一年，却什么都没有发生过，你信不信？”

薄司晏微嘲地扬了扬唇，抽身离开，替她关上车门，走向驾驶座。

“你不信吗？”曲嫣看着他的态度，就知道他根本不相信。

也是，谁会相信结婚一整年的夫妻，连手都没牵过，更别提亲吻和履行夫妻义务了。

傅廷川这个人，心性高傲，当初看不起曲嫣，觉得曲嫣是一个被家族培养出来的联姻工具。

“你不信就算了。”曲嫣侧头靠在真皮座椅上，望着薄司晏棱角分明的侧脸，慵懒地说，“以后你会知道的。”

车内的气氛莫名地沉寂。

两人接下去的一路都没有交谈。

薄司晏把曲嫣送回公寓，下车前拿起自己的西装外套，给她披上。

“晏少，晚安。”曲嫣在公寓门口，与他告别。

薄司晏淡淡地“嗯”了一声，正要转身离开，公寓内忽然走出来一个男人。

薄司晏缓缓地眯起眸子。

曲嫣也吃了一惊，转头诧异道：“你怎么进来的？”

傅廷川从客厅走到门口，理所当然地回答：“这是我送给你的公寓，我自然有备用钥匙。”

他在屋子里已经等了几个小时，迟迟不见曲嫣回来。给她打电话，她也一直没接。

傅廷川第一次苦等一个女人，等了这么久。他本就等得有些烦躁，又见是薄司晏送曲嫣回来，心中更加烦躁。

“晏少，谢谢你送我夫人回来。”傅廷川伸手轻搭在曲嫣的腰上，无声地宣示主权。

曲嫣没有去挣脱，似笑非笑地看着门外的薄司晏。

薄司晏黑眸眯紧，目光扫过傅廷川的手，眸底寒芒一闪而过。他头一回觉得有人的手这样碍眼。

“晏少，我记得你说过一句话。”曲嫣看着薄司晏，潋滟杏眸泛起顽皮的光泽，“你说，我离不离婚与你何干。”

“原来你记着这个。”薄司晏忽然扬唇笑了。

睚眦必报的小女人，原来还等着报复他。

“嗯，我记得很清楚呢。”曲嫣挑眉看着他，表示不服气，“我就想看看，到底和你有没有干系。”

她说完，就关门转身，毫不留情地把薄司晏关在了门外。

屋内只剩下曲嫣和傅廷川两人，而曲嫣的身上还披着别的男人的外套。

傅廷川伸手替她脱掉外套，不悦地问道："这么晚，你去哪里了？"

曲嫣不太想搭理他，懒懒地道："这是你有资格关心的问题吗？"

"在我们没有正式离婚之前，你还是我傅廷川的太太。如果你做出有损名声的事，会给我傅家抹黑！"

"哦……你关心的就是这个？"

曲嫣懒洋洋地瞧他一眼，意兴阑珊，走到沙发上坐下。她被绑匪绑架了一段时间，显得有些疲惫。

"你的衣服……"傅廷川发现她的衣领被撕裂，看起来像是被人硬扯开的，脸色骤变，"你和晏少？"

"傅廷川。"曲嫣叹了口气，"请你不要乱联想。我的衣服是被绑匪撕破的，晏少救了我。"

"绑匪？你被绑架了？！"傅廷川震惊。

"你口口声声说我是你的太太，却连我被人绑架这么大的事，你都不知道。你关心过我吗？"

"我……"傅廷川一滞，回答不上来。

他确实从来都没有关心过她。他怨恨自己的婚姻被当作联姻的筹码，不甘心自己永远都无法娶一个真正爱的女人。这种被束缚、强制的感觉，令他窒息。或许他有几分迁怒于曲嫣身上，怪她当初没有拒绝两家的联姻。可他自己，又何尝有勇气拒绝家族的安排？

"我累了，你走吧。"曲嫣蜷缩在柔软的沙发上，随手拉过一条毛毯盖上，"我明天就找人把门锁换了，你不要再擅自找我。"

"曲嫣。"傅廷川低头看她，"我今天在这里等了你很久。"

"那又如何？"

"等你的时候，我想了很多。"他低沉着声音，慢慢说道，"也许，我们可以重新认识。从前我对你有偏见，你或许并不是我想象中那样的女人。"

曲嫣轻轻一笑："你说得太可笑了。难道你以为，你想抛弃就抛弃，等到你想要挽回的时候，就可以随手挽回？我又不是一件物品。我是人，有血有肉，会哭会笑的人。"

她白皙娇艳的小脸上神色平静，没有愤怒和嘲讽，却很认真。

她接着说："你确实不知道我是什么样的女人。你不知道我会弹钢琴，会画画，烧得一手好菜，在你应酬喝醉回来的时候，我会悄悄给你煮醒酒汤。你的每一件衬衫，都是我亲手为你熨烫妥帖。"

这些，都是曲嫣的付出。

傅廷川从不曾看见。

曲嫣要让他知道，他失去了什么。

"你不知道我在你十八岁的时候就爱上你了。"曲嫣轻轻幽幽地娓娓道来，"那年，你年少气盛，爱上了赛车。每一次有你出现的赛车场，我都觉得仿佛光芒万丈，令人心跳加速。我瞒着家里人，偷偷去看你比赛，为你呐喊助威。你赢了比赛，我比你还开心。"

"后来有一次，你不慎翻车，小腿骨折，被送进医院。我流着眼泪跟在救护车后面跑，生怕你出事。你住院的那段时间，每天都会收到一束你最喜欢的百合花，你还记得吗？你以为是医院的安排，却不知道是我为你精心挑选的……"

"还有你二十岁的生日，收到神秘礼物了对吗？是你最喜欢的球星亲笔签名的篮球。那是我费了很大力气，才想办法弄来的……"

曲嫣一字一句，轻柔而打动人心。

这七年来，曲嫣的心意，干净而纯粹。只是她生性害羞，有些内向，不敢当面表白。

原主知道两家要联姻的消息后，不知有多开心，兴奋又羞涩地想着，新婚之夜，她就要向傅廷川告白！告诉他，她爱了他整整七年！

但她没料到，新婚之夜，傅廷川根本就没回家，而是在外面喝得烂醉。

"傅廷川，这些话，我早就想和你说。"曲嫣幽幽叹息，"但现在说，已经没有意义了。"

"不，怎么会没有意义？"傅廷川忽然上前，握住了她的手，眼中闪着感动和热切的光芒，"以前是我无知，没有好好了解你。曲嫣，我们重新开始吧！至少，给彼此一次互相了解的机会。"

"晚了。"曲嫣摇头。

原来的曲嫣再也回不来了。

"不晚，我们还没有正式离婚，我们还是名正言顺的夫妻。"傅廷川心中涌起一股热血的激动，仿佛回到了血气方刚的少年时代，他紧紧握住她的手，"曲嫣，我们试一次！就一次，好吗？"

曲嫣皱眉，手被握疼了："你先松手，握疼我了。"

"对不起。"傅廷川立即松开，扬起俊朗的眉毛，笑道，"我们明天开始第一次约会，好吗？你想去哪里？我带你去城里最有名的西餐厅吃饭，好不好？"

曲嫣不想理他了。

这人怎么听不懂人话？

不过，系统还没有提示她任务完成，她就暂且先答应吧。

"好，明天再说。你快点走吧，我想休息了。"她赶人。

"那你好好休息，明晚七点，我来接你。"傅廷川望了她一眼，她困倦地闭上了眼睛，漂亮而慵懒。

他真是从未仔细看过她，原来她这么好看，像猫咪，也像狐狸。

傅廷川又看了她一会儿，体贴地帮她关上灯，才转身离开。

曲嫣一觉睡到大天亮，一扫昨夜的疲惫，精神抖擞地起来洗澡。她并不知道，昨晚小区外，有个男人在车上一直等到傅廷川出来，才离开。

曲嫣想着今晚要去吃好吃的，倒是有点儿开心。她平时没什么嗜好，但对美食很有兴趣。

"今晚七点，别忘了。"傅廷川居然还发消息来提醒她。

曲嫣不禁笑了笑。男人的本性啊，轻易到手的就不珍惜，等到失去了却巴巴地贴上来。

曲嫣问："餐厅名字叫什么？"

傅廷川秒回："恋人西餐厅。"

曲嫣皱了皱鼻尖，这么肉麻的餐厅名字。她眸中波光流转，忽然起了个念头，嘻嘻一笑，给薄司晏发去一条消息："晏少，晚上我和傅廷川去恋人西餐厅吃饭，你要不要来？"

薄司晏大概在忙，过了许久，才回她三个字："小心眼。"

曲嫣看着他发的字，哈哈大笑。

真是聪明睿智的男人，完全领会了她的小计谋。既然如此，那就看他接不接招了！

曲嫣收起手机，出门，先去新开的花店转了转，然后便逛街买衣服。她今晚要好好打扮一番，让两个男人的"修罗场"更加精彩。

曲嫣坏心眼地想着。

晚上七点，傅廷川准时上门来接她。他看到她时，眼睛一亮，闪过惊艳之色。

曲嫣穿着新买的小黑裙，修身贴合的剪裁勾勒出她纤细的腰线。她脚下穿着同色系的绑带高跟鞋，黑色细带缠绕在她白皙的脚踝上。

"你今晚……"傅廷川心口一热，称赞道，"很漂亮。"

"谢谢。"曲嫣毫不谦虚地收下赞美。

"美丽的小姐，请。"傅廷川绅士地伸出手臂，示意她挽着。

曲嫣却没接受，径自走向电梯。

傅廷川摇头苦笑，没办法，谁让他以前对她那么冷漠。

餐厅不远，开车不到半个小时就抵达。

曲嫣瞧了瞧四周，装潢华丽精致，天花板上挂着蕾丝和气球，整间餐厅充满了奢华的气息。

"请坐。"傅廷川帮她拉开椅子，"想吃什么？西冷牛排好吗？"

"好，五分熟。"曲嫣是个小吃货，不会亏待自己，不客气地说，"开一支好的红酒，我想要法国拉菲。"

"好，都听你的。"傅廷川有求必应。

不久后，餐点端了上来。

曲嫣一边吃一边悄悄观察周围，并没有薄司晏的身影。

看来，他是不打算接招了？

曲嫣也不气馁，没心没肺地大快朵颐，完全不顾形象。

傅廷川反倒觉得她这样子可爱："看你吃东西，会让人很有胃口。"

"人生在世，吃好喝好睡好，是第一位。"曲嫣吃饱了，心情好，笑眯眯地道，"以前我爱慕你，所以在你面前不敢放开吃。现在不一样了，我想怎么吃就怎么吃。"

现在的她才不会为了男人自我牺牲，更不会委曲求全。

"做你自己就好。"

傅廷川看着她神采飞扬的恣意模样，心底隐隐一动。为什么他见她一次，就觉得她更美一分？是因为她挣脱了束缚，忠于自己，所以让他既心动又羡慕吗？他被家族责任捆绑了多年，除了认识白佳宁那次的叛逆，从未真正做过自己。

"干杯。"曲嫣才不管他在想什么，举起已经醒好的红酒，"敬我们破裂的婚姻！”

傅廷川哭笑不得：“敬我们崭新的未来，才对。”

曲嫣一副“不听不听，王八念经”的表情，仰起修长的脖颈，饮了一口红酒。

她没有酗酒的习惯，但最近过得实在太紧张刺激了，又是替人挡刀，又是被人绑架，她觉得自己该放松一下了。

不知不觉地，她喝得有点多了。

傅廷川看着曲嫣酡红的小脸，目光渐热，道：“你喝多了，我送你回去吧？”

他扶着她从座位上站起来。

曲嫣挥开他的手，歪着头对他笑：“别碰我……以后你都不准碰我……”

她醉醺醺的样子，有点小坏，又有点可爱。

傅廷川无奈地摇头：“好，我不碰你。”

他没有把她的醉话当真，在她身后护着她，送她走出餐厅。

曲嫣在酒精的作用下，莫名地开心，踮着脚旋转，在夜幕下跳起舞来。

“车子在这边。”

傅廷川想拉她，但她啪的一声清脆地打在他的手背上，曲嫣不高兴地嘟囔道：“都说了不要碰我。”

“嫣嫣，你醉了。”傅廷川第一次这样呼唤她。

“嫣嫣”两个字从他的舌尖滑过，竟有一丝隐秘的甜蜜。他看着她开心地跳舞的样子，恣意妄为，旁若无人，比天上的明月还要耀眼。

“咦？”曲嫣旋转着，感觉头晕，迷蒙中，她似乎看见了一张熟悉的英俊面庞。她上前靠近，抓住男人的领带，不满地道，“你不是不接招吗？不是不来吗？那你为什么在这里？”

薄司晏刚到餐厅外，他没想到，一来就看见一个小醉鬼。她和傅廷川喝了多少酒？醉成这样？

曲嫣眯起杏眸，仰头看着他，余光瞥见他身边站着一个年轻女子。那女子装扮精致，妆容明艳，显然是精心打扮过，来赴约的。

“哦……你故意带个女伴，来气我的，对不对？”曲嫣酒后的嗓子软糯，生气里还带着点甜味，“你还说我小心眼，明明你才是！”

薄司晏身边的女伴小声说：“晏少，我们进去吧？”

能和晏少约会，多么难得的机会啊！她不能让一个莫名其妙的醉女人破坏了！

“你先进去。”薄司晏淡淡道。

“那我等你一起。”

女子不想一个人先进餐厅，万一薄司晏被这个醉女人勾引走了怎么办？

“曲嫣，你知道自己在干什么吗？”薄司晏轻捏住她的下巴，“大庭广众，跳什么舞？嗯？”

“这里……”曲嫣没有理会他的话，嘟起红唇，对薄司晏说道，然后伸出手，指尖轻点在自己的唇上。

“什么意思？”薄司晏皱了皱眉。

“你怎么这么笨呀？”曲嫣嫌弃地看了他一眼，踮起双脚，在他唇上亲了一下，然后她笑眯眯地歪着脑袋看他，“不管怎样，你还是来了，所以要奖励你一下。”

薄司晏不为所动，冷淡地说：“我和朋友来吃饭，跟你有什么关系。”

曲嫣松开他：“那你去吃饭。”

薄司晏睨她一眼，转头便与女伴走向餐厅。

曲嫣哼了一声，没有追上去。

“傅廷川，我们走吧。”她转头去找傅廷川。

“嫣嫣，你……”傅廷川的脸色不太好看。

他亲眼看见她亲了别的男人。

“你怎么了？”曲嫣迷糊地看着他。

“算了，我们走吧。”

她只是因为喝醉了。他不跟她计较，就原谅她这一次。傅廷川心中这样告诉自己，牵住曲嫣柔软的手：“我送你回家。”

“好。”

曲嫣醉眼迷离，点点头。

她有七八分醉意，头重脚轻，走起路来歪歪扭扭。

距离露天停车场还有一小段路，傅廷川实在看不下去，将她抱了起来，低声说：“别再拒绝我。”

曲嫣昏昏欲睡，没有力气拒绝，“嗯”了一声之后，便没有下文。她闭着双眼，靠在他怀里，双颊酡红，长睫毛浓密而挺翘，漂亮得像一幅画，让人舍不得惊动。

傅廷川就这样抱着她，站在原地，默默低头凝视着她。他胸腔里那颗曾经厌恶她的心，为她剧烈地跳动起来。

与此同时，刚进餐厅的薄司晏站在一面落地窗前，望着外面的男女，他幽冷的黑眸突然眯紧。

身后，女伴小心翼翼地问："晏少，我们不去入座吗？"

薄司晏的背影英挺而冷漠，并没有理睬她。

他的目光锁定住外面不远处的傅廷川。

只见傅廷川抱着曲嫣，凝望良久，犹豫几次，低头想要偷吻曲嫣粉嫩的嘴唇。

薄司晏看到他的动作，眸中光芒一寒，转身便往餐厅外走去。

"晏少！晏少……"女伴呼喊他。

薄司晏头也不回，冷淡地扔下一句话："你自己吃，账单我结。"

"不是账单的问题，晏少……"

女伴气得直跺脚，却不敢追上去死缠烂打，懊悔得要死。

难得可以跟晏少约会，就这么泡汤了！那个醉酒的女人，到底是什么人？

薄司晏迈着长腿，步伐很快，不一会儿就到了傅廷川所在的位置。

"傅少。"他冷冷地开口。

傅廷川一惊！他偷看着曲嫣，看得入迷，正想亲下去，就被这一句冷冰冰的话语浇醒。

"晏、晏少？"傅廷川抬起头来，带着一丝掩饰不住的敌意，"你有什么事吗？"

"曲嫣喝醉了。"薄司晏淡漠地陈述事实。

"对，她喝醉了，所以我正准备带她回家。"傅廷川下意识地抱紧怀里的人儿，防备地说道。

"你是要送她回家，还是要当街占她便宜？"薄司晏毫不留情地揭穿傅廷川刚才的意图。

"我……"傅廷川莫名心虚，但转念一想，他是曲嫣的丈夫，名正言顺，他有什么好心虚的！

傅廷川挺起腰杆，大着胆子宣告："就算我当街亲她，也不能叫占便宜，最多只能算是夫妻之间的情趣。”

薄司晏嘴角扬起一抹弧度：“你尊重过她的意愿吗？”

“她……”傅廷川低头，飞快地看了一眼怀里的小女人。

如果她清醒着，肯定不愿意。但，那又如何？她是他的妻子，他有权利对她做亲密的事。

“她自然是愿意的。”傅廷川笃定地说。

“嗯？什么情况？”曲嫣被他们吵醒，惺忪地睁开眼，发现两个男人正在对峙。她奇怪地问道，“你们在说什么？”

“你醒了？我们回家。”傅廷川柔声说。

“你先放我下来。”曲嫣稍稍酒醒了一些，从他怀里挣脱下来。

她瞥了一眼薄司晏，又瞥了一眼傅廷川，两个男人之间似乎有一股剑拔弩张的气氛。她向他们摆摆手，说道：“我自己打车回公寓，不需要送我了。”

“嫣嫣！等等！”

傅廷川追上去，抓住她的手腕，他坚持道：“我送你。”

曲嫣蹙起眉头，她可怜的手腕，昨天才被绑匪的绳子勒出瘀青，今天又遭罪了。

“嫣嫣，你别任性。今晚你喝多了，一个人不安全。”傅廷川没注意到她的不适，握紧她的手，生怕她跑走，“我们一起来吃饭，我肯定要安全地送你回去。”

曲嫣低低地痛哼一声：“你先松开我……”

傅廷川反而握得更紧。

他见薄司晏就在一旁，唯恐薄司晏跟他抢人，心里一慌，五指猛地收紧！

“啊……”曲嫣痛呼一声，恼怒得正想揍人，却听“嘭”的一声响。

薄司晏突然一拳狠狠击在傅廷川的肩头！

傅廷川承受不住，倒退了好几步，顺带也松开了曲嫣。

“晏少！你！”傅廷川愤怒，“我和我妻子说话，你凭什么打我？”

“你没看到她痛得脸都白了吗？”薄司晏神色冷冽，黑眸深处涌动几分怒气。要不是看在傅家老爷子的面子上，他这一拳就不是打在傅廷川的肩头，而是脸上。

什么东西，随便对女人动手动脚。

“我没注意到……”傅廷川捂着疼痛的肩头，没想到薄司晏的力道这么大，他好像快脱臼了……

“好痛。”曲嫣低头看了看自己的手腕，本就有细细一圈瘀青，现在被捏红，带了一点瘀紫。

她皮肤白，显得这点瘀伤触目惊心。

薄司晏眯了眯黑眸，瞥了一眼她细白的手腕，懒得再管他们离没离婚的问题，上前就牵住她的手，说：“跟我上车，车里有药。”

“嫣嫣……”傅廷川想追，又怕被薄司晏一顿狠揍。

这位大佬的狠辣，可不是浪得虚名，真打起来，他可不是对手。

傅廷川这一犹豫，曲嫣和薄司晏已经去了停车场。

黑色迈巴赫启动，很快消失在视野中。

车内，薄司晏为曲嫣上药。

药膏涂在她手腕上，凉凉的，有一丝丝疼。

曲嫣轻吸一口气：“你轻点……”

“娇气。”薄司晏嘲笑她。

“我就是娇气，怎么了？”曲嫣脱掉高跟鞋，毫不客气地抬腿搁在他膝上，故意娇声娇气地说，“脚踝也被勒出瘀青了，要上药，要呼呼。”

“昨晚回去之后，你自己不会涂点药？”他一边说，一边挤出药膏，涂抹在她脚踝周围。

“痒……”曲嫣痒得缩腿，一不小心碰到不该碰的地方。她吓得一怔，眼睛睁得圆圆的，傻傻地看着他。

她真不是故意的，纯属意外……

“你自己擦。”薄司晏眸色微暗，把整支药膏扔给她。

“哦。”

曲嫣乖乖接过来，弯腰，自己涂脚踝。

她今晚穿得性感，胸口黑纱微透，一弯腰，薄司晏的余光扫过，额角一跳，体内一阵燥热。

“涂好了。”曲嫣直起身，把药膏归还给他，见他脸色有些古怪，疑惑地问，“你怎么了？”

“没事。”薄司晏淡淡地道，不动声色地转开身，望向车窗外。

曲嫣一时没多想，靠在座椅上，没一会儿就昏昏欲睡。

她酒后困倦，司机开得十分平稳，让人好眠。她眼皮打架了片刻，就睡了过去。睡着睡着，身子斜斜滑下来。她本能地寻找了一个舒服的姿势，脑袋一歪，枕在了旁边男人的腿上。

薄司晏高大的身躯微微一僵。

“曲嫣？”他低声唤她。

“嗯……”曲嫣迷迷糊糊间，听到他的声音，应了一声。

“起来。”

“不，我困……”

她侧翻个身，滚进他怀里。

不巧，车子刚好一个急刹车，她滚得有点重，额头撞在他坚实的腹肌上。

薄司晏低呼出声。

“对不起……”曲嫣撞得醒过来，睡眼惺忪地坐起身，揉了揉眼睛，“我撞疼你了吗？”

“没有。”薄司晏的嗓音有些沙哑。

曲嫣忽然明白。她瞪大杏眸，从他英俊的脸上看到身下，结结巴巴地说：“你、你……该不会？”

她惊慌失措的样子，莫名取悦了他。薄司晏扬起薄唇：“你处心积虑，不就是想做这件事？”

曲嫣脸颊爆红：“我不是，我没有，别乱说！”

“你如果没有这个意思，为什么把餐厅地址发给我？”薄司晏戏谑地睨着她。

“我只是想看看你会不会来。”曲嫣如实说道。

“我来了之后呢？”

“来了，就证明……”曲嫣弯了弯眉眼，笑得甜丝丝，“证明你喜欢我。”

“再然后呢？”薄司晏的目光掠过她唇边甜甜的小酒窝，然后落在两瓣饱满的粉唇上。

“你……”曲嫣察觉到危险，小心地往后缩了缩，“你在看什么？”

“看你。”

他的话音刚落，手掌扣上她的腰，一个使劲，将她拽进怀中。

男人炙热的吻落了下来。

曲嫣微微一颤。

“嗯……你先放开……”曲嫣感觉到，这一次与以往都不一样。这种失去控制的感觉，让她有些不安。

她在他的怀里扭动挣扎，连名带姓地叫他：“薄司晏，嗯……你先放开我……”

“别乱动。”他的嗓音越发低哑，“撩拨我这么多次，这个后果，你应该承受。”

话音落下，亲吻如雨点般袭来。

静谧的后座车厢内，气温渐高，旖旎羞人。

曲嫣最初还能抵抗挣扎一下，到后来渐渐就放弃了。

他的吻技为什么这么好？

“晏少……”车轮碾过坑洼，车身一震，曲嫣猛然清醒过来，抓住他进攻的大手，“不行！”

薄司晏额上渗出一层薄薄的热汗。

他的眸色幽深如火，目光落在她身上，似要灼伤她。

曲嫣勉强维持住理智，软软地重复道：“现在不行。”

薄司晏何等聪明，立刻就懂了她的意思。

“明天，去办离婚手续。”他嗓音沙哑，命令道。

曲嫣轻轻推开他的怀抱，一边整理自己凌乱的裙子，一边笑看着他：“你说过你不在乎我离不离婚。”

“听话。”他伸出修长的两指，轻捏她的下颌，指腹摩挲着她被吻得红肿的唇，“再记仇，我会打你屁股。”

“那好，既然是你要求我离婚，那你得答应我两个条件。”曲嫣眨着水润的眸子，举起两根嫩白的手指。

“说来听听。”

“第一，你要无条件宠我，任我使性子，任我‘欺负’你。”

薄司晏挑了挑眉：“第二？”

“第二，我们不要结婚，就谈恋爱。一直到有一方腻了，喜欢上别人了，或者死了。”曲嫣认真地看着他，补充道，“如果你答应，就不能反悔。”

“第一条也就罢了，第二条是为什么？”

“因为……”曲嫣心中一痛，小脸上却扬起一个明媚的笑容，故作轻松地说，“因为我已经经历过一段失败的婚姻，再也不想结婚了。”

事实是，她并不知道自己任务完成之后，还能不能留在这个世界终老。

按照以往的情况，有时可以，有时不能。她问过系统助手小七，小七的回答是“根据该世界的具体情况而定”。

说了等于没说。

“好。”薄司晏低沉道，“不结婚，只谈恋爱。”

曲嫣甩开心底的阴霾，弯唇一笑：“晏少，那么我们是约定好，要开始正式交往了吗？”

“叫我名字。”他低头在她唇上轻咬一口，“允许你叫我晏哥。”

“不要。”曲嫣很挑剔，她要一个独一无二的昵称，“有没有人叫过你阿晏，晏晏？晏宝贝？”

“你这么肉麻，我现在就会反悔。”薄司晏威胁她，“不准叫什么宝贝。”

“那就阿晏。”曲嫣忽然对他狡黠一笑，“但是，你必须叫我宝贝。”

薄司晏不理她。

曲嫣哼了声：“那我也反悔了，反正傅廷川说要跟我重新认识，说不定相处一段时间，我会发现他其实不错？”

薄司晏危险地眯起眸子，一只手轻掐住她腰间的软肉：“你再说一次？”

曲嫣被他弄得痒得不行，在他怀里扭来扭去：“你快点松手，不然我咬你了！”

“给你咬。”

薄司晏倒是大方，伸出手臂，解开白衬衫，露出肌肉紧实的小臂，放到她唇边。

曲嫣一点也不客气，她张口就咬下去。

男人的肌肉太硬，她咬得牙酸，却不见他有半分疼痛的表情。

“算了……”曲嫣觉得没劲，放弃了，“我今天暂且放过你，总有一天，你会叫我‘宝贝’的。”她摸摸他小臂上被她咬出的一圈齿痕，咕哝道，“先盖个章，证明你是我的人了。”

“嗯？”薄司晏低沉地反问。

她咕哝得太轻，他没听清楚。

“阿晏。”曲嫣抬起头，一双晶亮的杏眸闪闪发光，盯着他质问，“你老实说，你以前交过几个女朋友？”

根据系统提供的资料，只显示他不轻易让女人接近，但并未显示他是否有过女朋友。

曲嫣回想起刚才他那超群的吻技，语气有些酸涩："你的前女友很漂亮吗？你以前经常吻她？"

"你是指哪位前女友？"薄司晏扬起嘴角，故意逗弄她，"家族安排的相亲对象，还是正式交往过的女人？"

"当然是正式交往的！"曲嫣微微恼火，瞪着他，"你如果不是和前女友经常练习接吻，刚才怎么会那么熟练……"

薄司晏抬起手，轻轻捏着她娇嫩的脸颊："吃醋了？"

曲嫣点头，理直气壮地说道："我的男人，只能是我的。你以前的风流债，我大人有大量，就翻篇了。但是你以后如果和别的女人眉来眼去，我就会……"她气呼呼地鼓着腮帮子，举起一个手刀，作势在他身下比画一下，"会让你很痛，非常痛！"

薄司晏不由得失笑，握住她乱比画的小手："看来你对我的标准比对傅廷川严苛得多。"

"那怎么能一样？"

"哪里不一样？"

"他不配。"曲嫣一本正经地说，"我只对自己喜欢的男人要求严格。"

薄司晏深邃的眸底掠过一丝笑意。明知道这个小女人狡黠如狐狸，甜言蜜语未必可信，但不可否认，他听得很舒心。

"以前，没有。"他慢条斯理地开口。

"什么没有？"曲嫣一时没听懂。

"没有吻过别的女人。"

"啊，真的吗？"曲嫣不可置信地瞪大眼眸，"你、你难道还是处……处男？"

她的眸光下意识地往下瞥，竟带着几分质疑的意味。

"你这眼神，是怀疑我不行的意思？"薄司晏缓缓眯起眸子。

"我可没有说哦。"曲嫣歪了歪脑袋，毫无诚意地说。

她这张小嘴，太懂得怎么激起男人的胜负欲。

薄司晏眼底闪烁着危险的火光，捏紧她的手，低沉地说："明天乖乖去办离婚手续。明晚，你会知道答案。"

"什么答案？"

曲嫣故作无知，弯着眉眼，笑吟吟地说："我并不想知道啊。"

第三章

谈一辈子的恋爱

薄司晏把曲嫣送回公寓，没有进屋，转身便走。冷酷得不近人情，一点也不像刚刚说了要交往的男女朋友。

曲嫣却笑得很开心，她给他发微信：“阿晏哥哥，乖乖忍着哦，不准自己解决。”

她调皮又坏心。

薄司晏很快就回复她：“明晚你自己检查。”

曲嫣脸上一热，又羞又想笑。她唇边不自觉地扬起含笑的弧度。谈恋爱的感觉好像有点甜，尽管，她和他才刚刚开始。

“我什么时候答应过，明晚要和你在一起？”她打字，“就算在一起，我们也只能简单地吃饭聊天。”

薄司晏懒得跟她斗嘴，直接发了一条语音：“有胆子招惹我，就别退缩。”

真是人狠话不多。

曲嫣嘻嘻一笑，没再回他，转头去浴室洗澡。

洗漱完，曲嫣一边护肤，一边给傅廷川打电话——

“嫣嫣？你到家了？”傅廷川很快接起来。

“嗯。”曲嫣漫不经心地说，“明天上午十点，民政局见。你把该带的证件都带上，我们把婚离了。”

“明天去离婚？为什么？！”

“你忘了最初是你要离婚的吗？”

曲嫣回忆起那一天，傅廷川回到家，无情地扔下一份“离婚协议书”。

那时候，他怎么就没想过为什么？

“嫣嫣，我们不是说好要重新认识彼此吗？”傅廷川还想再争取。

“谁跟你说好了？那是你自说自话。”曲嫣懒洋洋地说，“明天，你要来就来，不来就法庭见。”

傅廷川沉默。

曲嫣不再理他，直接挂断电话。

她美美地敷上面膜，做完护肤程序，就去睡觉了。

第二天，艳阳高照。

曲嫣自己开车到民政局。

民政局里，大部分都是开开心心来领结婚证的新婚夫妻，只有少数几对男女，坐在角落，互相不理睬，一看就知道，这些是来办离婚手续的。

“嫣嫣。”

傅廷川早就到了。他一晚上没睡好，翻来覆去地想起和曲嫣最初相识的时候。

那时候，对她没有太深的印象。但现在，她的影子一直萦绕在他脑海中。他想驱散，反而更加清晰鲜明。

“你的黑眼圈……”曲嫣有点惊讶他的憔悴，但也没多问，干脆利落地说，“走吧，去办手续。”

他们两人之前就签署过“离婚协议书”，办起离婚手续来流程很快。

十几分钟，便领了两本证出来。

曲嫣戴上墨镜，走出民政局。

傅廷川跟在她身后，情绪有些低落，开口问道：“嫣嫣，你要去哪里？我开车送你。”

“不用了，我自己开车来的。”曲嫣潇洒地冲他挥了挥手。

她正要往自己的停车位走去，忽听一声车喇叭响。

她朝声音的方向望去，发现马路边停着一辆黑色的布加迪威龙。

路上的行人偷偷瞧着，窃窃私语。

布加迪威龙的车主降下车窗，露出一张俊脸。男人高挺的鼻梁上架着大大的太阳镜，只看得到他好看的薄唇和线条紧实的下巴。

“好帅啊……”

“是明星吗？好像没在电视上见过。”

“我怎么感觉比明星还要帅？布加迪威龙啊，我只在网上看到过图片！”

“他好像在等人，不知道是不是在等女朋友，呜呜，好羡慕……”

路过的女孩子们纷纷惊叹。

曲嫣听到这些议论声，不禁莞尔。她慢悠悠地走过去，靠在驾驶座的车窗前，伸出一根细白的手指，轻轻挑起男人的下巴，娇媚道：“这位先生，约吗？”

男人抓住她调皮的手指，低沉道：“上车。”

“你不下来帮我开车门吗？”曲嫣故意使小性子，“说好的宠我呢？”

薄司晏低笑一声：“等着。”

他从驾驶座下来，宽肩窄腰大长腿，一身休闲西装完全掩不住他颀长挺拔的完美身材。

曲嫣听到不远处的女孩们“哇”的一声，嘟了嘟嘴，示意他看那些女孩子：“你都快有粉丝了。”

薄司晏却不屑于转头，一眼都没看，绕过车头，帮她拉开副驾驶座的车门，绅士地道：“我的第一位女朋友，请上车。”

曲嫣满意地弯唇。

第一位女朋友，听起来就很让人开心啊。

她坐上车，问：“我们要去哪儿？”

薄司晏修长好看的手握着方向盘，启动引擎，一边回道：“带你去吃午饭，顺便见见朋友。”

“咦，你要带我公开了吗？”曲嫣有点意外。

这才交往第一天，他就愿意带她出去见人了吗？

不管怎么说，在外人眼里，她如今是个离婚的女人。

“你想要被金屋藏娇？”薄司晏侧过头，瞥她一眼，“也可以。我送你一栋别墅，把你放在里面，夜夜笙歌，如何？”

“阿晏哥哥真大方。”曲嫣才不生气，笑眯眯地反击，“交往第一天就要送我一栋别墅。那我不要去吃饭了，我们先去办房产过户手续吧。”

“区区一栋房子而已。你把我伺候高兴了，什么都送你。”

“你这说法……换在古代，你就是个昏君。”

两人笑闹着，很快到达用餐的地点。

这是一家高级私房菜馆，位于市中心，闹中取静的地段，一栋四层的洋房，雅致清幽。

薄司晏牵着曲嫣的手，走进一间包房。

里面，一桌人望了过来，看到两人交握的手，都是一愣。

“哇！晏哥，你可以啊！”

薄司晏的好友唐泽，率先站起来，吹了个口哨。他走上前，向曲嫣自我介绍：“小美女，还记得我吗？上次你受伤，去了我的医院，我们见过一面。”

曲嫣点点头，礼貌地说：“你好。”

薄司晏却把她拉到身后：“你别理他，他是个风流公子哥儿。”

“晏哥！你太让我伤心了！”唐泽捂着心口，一副心碎的样子，“有了新人忘旧人，难道你忘记了我们曾经有多恩爱吗？”

薄司晏笑骂道：“滚。”

两人一边开着玩笑，一边入座。

薄司晏带着曲嫣落座，没有废话，简单直接地对大家介绍道：“我女朋友，曲嫣。”

众人一片哗然。

这是薄司晏第一次牵着一个女人出现，还亲口介绍是女朋友！简直比天降红雨还稀奇！

众人不禁对曲嫣好奇起来。

各种打量的目光落在曲嫣身上，她浑然不在意，该吃吃，该喝喝。

薄司晏洗净手，帮她剥虾，放到她碗里：“宠人的事，我没什么经验，先练练手。”

曲嫣笑起来，不吝赞美：“我很喜欢。”

在座的众人眼珠子都快掉下来了。

冷酷狠辣的晏少，居然在帮女人剥虾？我的天哪！他们的眼睛是不是出现幻觉了？

在场的都是跟着薄司晏多年的好兄弟，唯一一个女性是薄司晏的亲姐姐。

在薄家众多同父异母的兄弟姐妹之中，只有这位姐姐薄梓颜和薄司晏关系最好。

薄梓颜是真的关心这个弟弟。

自从看见曲嫣进包厢，她就皱紧了眉头。别人也许不认识曲嫣，但她认识。

当年傅家和曲家联姻，婚宴上，她见过曲嫣。

“司晏，你出来一下，我有话和你说。”薄梓颜站起来，说道。

薄司晏看了她一眼，回过头对曲嫣说：“你慢慢吃，不用管这帮家伙说什么。”

兄弟们嘻嘻哈哈起哄：“嫂子，我们可不敢乱说什么，最多就是把晏哥以前的那些风流债都告诉你。”

曲嫣弯唇微笑，让薄司晏放心去。

她倒是很喜欢他这一帮兄弟，看似粗犷不羁，但忠肝义胆。不然，像薄司晏这样摸爬滚打过来的人，又怎么会把他们当作手足。

薄梓颜和薄司晏走到外面的走廊。

薄梓颜压低声音问：“司晏，你知道这个曲嫣是什么人吗？”

薄司晏从口袋里掏出一包烟，点了一支，抽了一口，淡淡道：“傅廷川的前妻。怎么，有什么问题？”

“前妻？他们已经离婚了？”薄梓颜惊讶了一下，随即说道，“就算离了婚，这种有过婚姻史的女人，爷爷绝对不可能同意你和她在一起。”

薄司晏吐出一个烟圈，慵懒地回答：“我想和哪个女人在一起，不需要任何人的许可。”

薄梓颜不禁皱眉：“司晏，你听姐姐的，换个年轻干净的女孩子。这个曲嫣不适合你。”

“年轻干净？”薄司晏扬唇一笑，英俊锐气的脸上有几分张扬霸气，“我看上的女人，自然就是最好的。”

他见薄梓颜还要再劝，抬手制止道：“够了，我不想再从你口中听到轻视我女朋友的话。只此一次，下不为例。”

他掐灭手里的烟，扔进旁边的垃圾桶，转身，走回包房。

曲嫣看他回来落座，皱了皱鼻尖，闻到他身上的烟味：“你出去抽烟了？”

薄司晏“嗯”了一声：“对烟味敏感？”

曲嫣摇摇头："还好，只是看你好像不太高兴。"

薄司晏没否认，问她："吃饱了吗？"

曲嫣点头。

薄司晏握住她的手，站起身。

众人忙问："晏哥，嫂子，你们要走了吗？这么快啊。"

薄司晏神色清冷，扫了大家一眼，缓缓开口道："今天这话，我只说一遍，你们替我传下去。以后谁敢拿曲嫣的身份说事，谁敢在私底下非议她，我要他吃不了兜着走！"

他语气肃杀，气势逼人。

众兄弟一听，就知道他绝对不是玩玩而已，齐声应道："是！"

曲嫣虽不知刚才发生了什么事，但听到这一番话，心中一暖，用力握紧薄司晏的手。

薄司晏低眸看她："做我女朋友，就没人能欺负你，懂吗？"

曲嫣对他甜甜一笑。

两人从私房菜馆出来，回到车上。

曲嫣问他："我们接下来要去哪里？"

薄司晏回道："我带你去一个特别的地方。"

曲嫣好奇："哪里？"

"到了你就知道。"

薄司晏没给答案，曲嫣嗔了一声："故弄玄虚。"

她心里有点好奇，今天毕竟是他们俩第一次正式约会，他会带她去哪里呢？高级餐厅？烛光晚餐？游乐场？坐摩天轮？又或者是上山顶看夜景？

曲嫣怀抱着好奇心，兴致勃勃地望着车窗外的景色。

车子越开越偏僻，从繁华的市中心，渐渐进入另一片天地。

"这一区，是传说中的贫民区吗？"曲嫣诧异地问。

她之前听说，这座城市曾经有一片三不管的灰色地带，非常混乱。

薄司晏小时候好像就是在这里长大的。

"你带我来看你成长的地方吗？"曲嫣问。

"让你看看，我到底是什么人。"薄司晏的语气轻描淡写，"免得你以后后悔看错了人。"

奢华的布加迪威龙停下，在破旧的小巷口，显得十分格格不入。

路边几个穿着肮脏的小孩探头探脑，新奇地望过来。

“下车吧。”薄司晏帮曲嫣打开车门。

曲嫣把手放入他的大掌中，迈下车。

“以前，我和他们一样。”薄司晏指了指那几个小孩，“在街边混迹，年纪稍微大一点，就到处兜售香烟给赌徒。”

曲嫣见那些孩子身材瘦小，穿着廉价的衣服，很难想象薄司晏幼年也是这样。

“那时候，你和谁一起住？”她问。

“我妈妈。”薄司晏牵着她的手，带她走入巷子，爬上一栋陈旧的老楼的楼梯，一边说，“十二岁之前，我和我妈相依为命。我们住在这栋楼的五层。”

爬到五楼，曲嫣看见对门两间屋都挂着奇怪的霓虹招牌。她忽然明白，这是什么地方……

她抬眸，望着身边高大英俊的男人。

薄司晏脸色漠然，目光扫过霓虹招牌，淡声道：“我妈要工作的时候，就叫我下楼，让我自己找地方玩。有时她需要工作一整夜，我就在街边的长椅上睡觉。”

曲嫣心中一紧，微微发疼。

她握紧他的手，轻声说：“都过去了，你成长得很好。”

“不，曲嫣，我带你来，并不是为了让你同情我。”薄司晏转过眸，幽深地凝视她，“我要让你看清楚，我并不是你所以为的那种上流人士，豪门精英。”他低沉道，“十岁开始，我靠打架斗殴过着偷鸡摸狗的日子。十二岁，我妈生病去世，我一个人守着这间屋，为了活下去，什么都做过。”

曲嫣安静地听着，牢牢握紧他的大手，不放。

“十四岁那年，薄家的人找到我，验过DNA，确认我是薄家流落在外的私生子。”薄司晏唇边扬起嘲讽的弧度，“我父亲，早就忘记自己曾经在外面和一个年轻穷女孩谈过一场风月。是我妈在临死前，寄了一封信到薄家，恰好被我爷爷看到，才有我后来正常的生活。”

“你很爱你妈妈，是不是？”曲嫣轻轻地问。

听得出来，他妈妈虽然沦落风尘，但一定很爱他。

“嗯。”薄司晏眸色幽深复杂，低低地道，“她脾气不好，动辄打骂我，但我知道她希望我出人头地，不要再重复她那种低贱的日子。”

“辛苦你了。”曲嫣踮起脚，在他唇上轻轻一吻，“辛苦小小的阿晏。如果我来得早一点，那该多好。”

薄司晏并不知道她最后一句话的含义，收敛起幽沉的情绪，淡淡地问道：“现在你知道了，你男朋友是个什么样的人。后悔吗？”

“我为什么要后悔？不管你的过去有多黑暗，甚至有多肮脏，我都不在乎。”

“那你在乎什么？”薄司晏低眸看着她。

她娇俏的脸庞映在他的瞳仁里，小小的，却是那么认真的模样。

“我只在乎你现在过得开不开心。”曲嫣伸出手臂，环住他精瘦的腰，樱唇从他唇间滑下，在他下巴又落下一吻，“我还在乎，你和我在一起开不开心。”她的吻移到他的喉结，“从今往后，我都想要你过得开心。”她温柔地说着。

薄司晏喉间微动，性感的喉结在她唇间震颤。他心底突然燃起一簇烈火，烧得很旺，想把她拆骨入腹。

这个小女人，像妖精一样，精准地把他的心捏在了手里。

“但是，如果你不开心，我绝对不会勉强你和我在一起的。”曲嫣忽然抽离，扬起笑脸，笑嘻嘻地看他，杏眸里满是坏坏的顽皮。

“到现在才想退缩？”薄司晏扣住她的后腰，猛地拉近，“晚了。”

两人贴得很近，她感受到他的反应。

曲嫣脸上发热：“你别乱来，青天白日，大庭广众……”

“谁说白天就不可以做想做的事？”薄司晏低头在她耳边轻咬一口，“走，载你回家。”

“回……回谁的家？”她傻傻地问。

“你说呢？”薄司晏低沉地笑出声来。

这个傻瓜。

离开贫民区，薄司晏的车子驶向他独住的别墅。

曲嫣开始有点紧张起来，试探性地说：“要不，改天？”

薄司晏握着方向盘，扫了她一眼，懒懒地扬起嘴角：“改天什么？”

“改天再去你家。”

“去我家做什么？”

曲嫣沉默了。这个男人太坏了，故意捉弄她！她轻哼了一声，扬起下巴，大声道："去你家做饭……"她笑眯眯地说，"我厨艺不错，改天去你家做饭给你吃。"

"不改天，就今天。"

薄司晏踩下油门，加速。

不久后，到达别墅区外。他还没开进大门，就远远看见一辆黑色轿车停在别墅外。

薄司晏皱了皱眉。

曲嫣察觉到他不悦的表情，疑惑地问："怎么了？那是谁的车？有人在等你吗？"

"没事，我来处理。"

薄司晏下车，那辆黑色轿车里出来一个中年男人，是薄家的管家。他上前恭恭敬敬地说："晏少，老爷子请您回老宅一趟。"

薄司晏冷冷挑眉："他有什么事？"

管家恭敬地说："老爷子知道您新交了女朋友，邀请您和您的女朋友回家吃饭。"

薄司晏轻嗤一声。

消息倒是灵通，只不过，怕不只吃饭这么简单。

"晏少，您是要自己开车回老宅，还是让司机开车？"管家办事利落，马上做出一个"请"的手势。

"行了，不用来这套。我爷爷什么心思，我清楚得很。"薄司晏转身，回到自己的车上。

曲嫣在车里，隐约也听到了他们的谈话。她蹙了蹙秀眉，看来是一场鸿门宴啊。

"别担心。"薄司晏看到她皱眉，伸手握住她的手，沉稳地说，"我说过，除了我，没人能欺负你。就算是我爷爷，也不行。"

曲嫣嘟了嘟嘴，表示不满："什么叫'除了你'？难道你也要欺负我吗？"

薄司晏"嗯"了一声，凑近她，脸不红心不跳地说了三个字。

曲嫣听完瞪了他一眼，一脸羞恼。

薄司晏扬起嘴角，抬手摸摸她脑袋："乖，我们先去一趟薄家老宅，很快就回来。如果你不满意我欺负你，那也没关系，换你欺负我也行。"

薄家老宅占地很广，前庭花园就大得可以踢足球。

曲嫣跟着薄司晏，饶有兴致地东看西瞧。

“喜欢这种风格？”薄司晏问她，“我名下有几栋别墅，其中一栋类似这种风格。你喜欢的话，我们搬过去住。”

“谁说要和你一起住了？”曲嫣发现他的话里都是坑，她一不小心，就要踩进去。

这个腹黑的男人！

“你一个人住着小公寓，有什么意思？”薄司晏沉吟了片刻，勉强地说，“你真不愿意，那我只好去你那里挤一挤。”

“别瞎说。”

曲嫣看着管家在前面带路，抬手捂住他肆无忌惮的嘴。他脸皮厚，她好歹是个女孩子，得要面子。

薄司晏笑了笑，薄唇在她手心里微微颤动。

曲嫣赶紧把手收回来，她怕他放肆起来，不分场合就乱来。

“小傻瓜。”他在她耳边低声嘲笑。

“你再惹我……”曲嫣气恼，压低嗓音，“信不信今晚我会让你很惨！”

“来试试。”他无所畏惧的样子。

曲嫣没理他。

前面的主屋已近，屋内安安静静，没有声响。

气氛有些古怪。

“别怕。”薄司晏牵紧她的手，两人并肩走入屋内。

迎面传来重重的一声，一个精神矍铄的白发老者拄着拐杖，在大理石地面上用力一敲，怒道：“知道回来了？”

薄司晏淡定地回答：“爷爷，火气这么大，小心血压升高。”

薄老爷子怒哼一声：“你还知道关心我这个老头子？”

其实薄司晏和老爷子的关系不错，至少比他那个无情风流的父亲好。当年，是薄老爷子亲自带人把他接回来的。这份情，薄司晏一直记在心底。

他不再和老爷子斗嘴，开门见山地说：“你想见我女朋友，我带回来了。她叫曲嫣。你想要一起吃饭，没问题，但除此之外，爷爷你最好什么都别做。”

他一开口就把路堵死了。

薄老爷子却不管，手一挥，说道："茜茜，你过来。"

安静站在边上的一个年轻女孩子，闻言走近，斯文地回道："薄爷爷，我在呢。"

薄老爷子把她往薄司晏面前轻轻一推："司晏，这位是你李家伯伯的二女儿，李茜茜。她刚从国外留学回来，有学识有修养，性情温和，和你很合适。"

薄司晏不禁笑了："爷爷，你这一套会不会太老了？硬塞一个女人给我，你觉得我会听？"

薄老爷子年轻时霸气，老了倒是有些任性，直接命令道："我管你听不听！总之，你要想交女朋友，我给你介绍门当户对、清清白白的女孩子。"

曲嫣听到这里，也笑了。

薄老爷子瞪她一眼："丫头，你笑什么？懂不懂礼貌？"

曲嫣轻咳一声，忍住笑，回道："老爷子好，初次见面，没给您带礼物，实在不好意思，不过我想送您一句话。"

"什么话？"

"大清已经亡了。"

曲嫣说得一本正经。

薄司晏听得笑出声来，摸摸她的头："调皮。"

薄老爷子气得脸色涨红："野丫头！小门小户出来的，就是没教养！司晏，你听着，我绝对不同意你和这个有婚史的女人交往！"

薄司晏挑眉："不同意，然后呢？"

薄老爷子怒哼："你休想娶一个二婚的女人进我们薄家的门！"

"我想娶，人家还不一定想嫁给我呢。"薄司晏转眸看向曲嫣。

她提出的交往条件，第二条就是只恋爱，不结婚。

曲嫣对他点点头。没错，不嫁。

"这种骗男人的手段，你居然也信？"

薄老爷子越看曲嫣越不顺眼，这丫头骗男人的手段想必是一套一套的。什么不想嫁，他才不信！他们薄家，名声显赫，富可敌国，多少女人挤破头想要嫁进来。她不想嫁？鬼才信！

"嫣，我们走。"薄司晏牵着曲嫣，干脆利落地转身离去。

"你叫我什么呀？"曲嫣小声地问。

“嫣。”他低声警告，“别想让我叫得更肉麻。”

“嘻嘻，我不急，一点点进步嘛，你迟早会叫的。”曲嫣笑得梨涡浅浅。

两人边谈笑边往外走，完全不受薄老爷子的愤怒影响。

薄老爷子看着这一幕，气得脸红脖子粗，手里的拐杖用力一掷，怒喝道：“你这个不肖子孙，给我站住！”

他还不至于对一个丫头动粗，掷向的是薄司晏的后背。

薄司晏正和曲嫣说话，感觉背后一阵风声袭来，正要应对，但曲嫣比他更快。

“阿晏，小心！”她几乎没有思索，护他心切，迅速推了他一把，让他避开攻击。

她推他时，脚步不稳，踉跄地前倾两步，拐杖嘭的一声砸在了她的头上！

薄老爷子出手时的力道不重，但是拐杖的手柄是黄金所制，雕刻着飞龙，砸在脑袋上砰然作响，令人心惊。

曲嫣眼前发黑，勉强看向薄司晏的位置：“阿晏，你、你没事吧？”

“我没事！”薄司晏马上扶住她。

“那就好……”她脸色苍白，眼睫颤了颤，合上眼晕了过去。

曲嫣醒来的时候，发现自己在医院的病房里。

“小美女，我们又见面了。”床前，站着身穿白大褂的唐泽，笑眯眯地说，“放心吧，你没有被砸傻，只是头上肿了一个小包。”

“唐医生？”曲嫣认得他是薄司晏的好兄弟，饭桌上才刚见过。

“小美女还记得我姓唐，真是我的荣幸。”唐泽是个话痨，自来熟地说起来，“我悄悄告诉你一个秘密，关于你晕倒以后的事。”

“什么秘密？”

唐泽八卦兮兮地压低声音：“薄老爷子把你打晕之后，晏哥怒了，把屋子里的东西都砸了。老爷子气得七窍生烟，听说边上还有个李家的二小姐，吓坏了，跟你一样晕过去了。”

“他为什么这么生气？”曲嫣诧异地问，“老爷子又不是要打我，只是意外而已。”

“这话你也问得出来。”唐泽翻了个白眼，懒得回答。

他可从来没见过晏哥为哪个女人发火。一怒为红颜啊！

“那他没事吧？”曲嫣左右环顾，不见薄司晏的人影，“他现在人在哪里？”

“我让他在外面等着。”唐泽得意地笑道，“我是医生，他得听我的。”

他话才刚说完，就听“砰”的一声，只见薄司晏抬起长腿，踹开了门。

“出去。”薄司晏冷冷地对唐泽说道。

“哦……”唐泽摸了摸鼻子，灰溜溜地退出病房。

曲嫣坐起来，半靠在床头，笑吟吟地弯着眉眼。

“你傻笑什么呢？”薄司晏走过去，居高临下地睨着她，“脑子被砸坏了，嗯？”

“我是开心。”曲嫣伸出手，钩住他的手指。

“头都被打肿了，还开心？”

“我刚刚听唐医生说，你在薄家老宅生气了对不对？”曲嫣仰起白皙的小脸，望着他，“我很开心，你有一点在乎我。”

薄司晏反握住她的手指，捏在自己的掌心里：“你第一天做我女朋友就被人打了，我能不生气？”

曲嫣笑嘻嘻地道：“没事，一点儿都不疼。”

“傻瓜。”薄司晏俯身，低头在她发顶轻轻一吻，“总是因为我而受伤。”

“我说过要保护你呀。”曲嫣认真地道，“我是个说到做到的人。如果做不到的事，我不会轻易承诺。”

比如，结婚。比如，一辈子在一起。

“让我看看，之前的刀伤痊愈了没有。”薄司晏撩开她的衣领，布料略微往肩膀下滑，露出她雪白如玉的肌肤。

后肩处，伤口已结痂，褐紫色的一条，显得十分碍眼，犹如白璧有瑕。

“不要再有下次。”他弯身，吻了吻她结痂的伤处，“以后换我保护你。”

“哎哎，好痒……”曲嫣最怕痒，扭了扭腰身，嘟囔抗议，“说话就说话，干吗动手动脚！”

“我没有动手动脚。”薄司晏低笑一声，薄唇移到她耳后，“动嘴而已。”

耳后敏感，曲嫣的脸颊瞬间红起来。她伸手推他：“你别这样，这里是医院……”

薄司晏轻咬住她小巧的耳垂：“说好的今晚要让我很惨呢？”

曲嫣想起自己在薄家老宅的前庭时，确实说过这句话。她转了转眼珠子，抬手搂住他的脖子，坏坏地弯唇：“你确定要试试？”

“试试。”

“那你不要后悔哦。”

曲嫣潋滟的明眸中泛起顽皮的光泽。

办完出院手续，薄司晏把曲嫣带回自己的别墅。

这次，再没有任何人阻挠。

“哇哦，你的卧室好大。”曲嫣参观他的主卧，发出惊叹，“除了黑白两色，什么色彩都没有，你看得不觉得难受吗？”

“你想添什么颜色？”薄司晏牵着她的手，绕了一圈卧室，带她到浴室，“你先洗个澡，我让人送一套新浴袍上来。”

“我要粉色。”曲嫣笑盈盈地歪着头，故意为难他，“把壁纸换成粉色怎么样？”

薄司晏捏住她的鼻子：“淘气。你想要粉色的房间，我可以把隔壁空房间装修成你喜欢的样子。”

“呜……呼吸不了……”曲嫣被他捏着鼻子无法呼吸，只能张开嘴吸气。

她一张开唇，他就准确地吻住她。

“嗯……坏蛋……”

她的控诉全都被他吞入腹中。

他欺负她上瘾，每每吻到她接近窒息，才给她一点点喘息的机会。

新鲜空气才刚进入她胸腔，他又覆上，狠狠掠夺她的甜美。

曲嫣被他“欺负”得满脸通红。

这个男人怎么这么坏啊！

“阿晏……”她好不容易抓到空隙说话，“我要洗澡！你等等……”

“好，暂时放过你。”薄司晏从她唇上抽离，松开她，“去洗吧，我也去隔壁房间的浴室冲一下。”

他这态度，摆明今晚“吃”定她了。

曲嫣轻轻哼了一声，转身走入浴室。

她今晚就要让他知道，到底谁更坏。

曲嫣在奢华宽敞的浴室里磨蹭了半天，洗完澡吹干头发，才慢吞吞地裹着白色浴袍走出来。

薄司晏已经坐在床边的沙发上，翻阅 iPad 里的文件。

他听到她的脚步声，转头望去。

女孩儿素着一张俏脸，不施粉黛，乌黑蓬松的长发垂散在胸前，掩住浴袍之下的玲珑曲线。

腰间系着浴袍带子，盈盈一握的纤腰，似乎他稍一用力就能折断。

袍摆下露出一截白嫩的小腿，雪肌凝脂，白得耀眼。

“过来。”薄司晏的嗓音微微沙哑。

“你在看什么……”

曲嫣依言走近他，话没说完，就被他钩住浴袍腰带。

他用力一拉，她整个人跌进他怀里。

“你干吗？”曲嫣微恼。

“你。”他说。

曲嫣一下子没听懂。

她反应了几秒，忽然明白了。

他在说荤……话！

“不许说。”她伸手捂住他的唇，“要说也只能我来说。”

薄司晏漆黑如曜石的眸子闪动着光泽，似笑非笑：“那你说，我听着。”

曲嫣转身，面对他，跨坐在他腿上，弯腰凑近他耳朵，小声道：“阿晏哥哥……这样……那样……”

她声音又小又含糊，薄司晏根本没听清楚她在说什么。

“再说一遍。”他皱眉道。

“不说了，好话只能说一遍。”曲嫣从他腿上下来，一脸得逞的狡黠笑容，“想听吗？求我。”

“嗯？”薄司晏低沉的尾音蕴含着危险的气息，“谁求谁？”

曲嫣悄悄往后退，站得离他远远的，笑着挑衅：“你求我，我就再说一遍。”

薄司晏站起身，高大挺拔的身躯带着一股威慑性，一步步向她靠近。

“不必了，我可以不听。”他不紧不慢地吐出三个字，“直接来。”

他上前，大掌扣住她柔软的细腰，一把将她抱起来，轻抛到床上。

曲嫣灵巧，一翻身就躲进被子里。

她蒙着半张脸，闷声说道：“我累了，要睡觉了。”

薄司晏挑眉睇着她：“现在知道认输了？刚刚是谁在大胆叫嚣？”

“阿晏哥哥，我错了。”曲嫣嘴甜时比蜜还甜，“阿晏哥哥高大又英俊，绅士又体贴，肯定不会为难一个无辜小女孩的，对不对？”

“不对。”薄司晏却不上当，“我既不绅士，也不体贴。”

他上床，隔着被子压住她：“你也不是无辜的小女孩。”

是小妖精才对。

他低头吻住她露在被子外面的额头，往下落到眼皮、鼻尖。

他吻得很轻，知道她怕痒，故意如此。

曲嫣果然忍不住，扭来扭去，被子渐渐滑落。

“不许再闹。”薄司晏低哑地命令。

他轻压住她的膝盖，霸道地吻上她粉色的唇瓣。

夜风吹起落地窗帘，卷起一角旖旎的弧度。

卧室内的温度仿佛在一点点升高，气息凌乱而急促。

曲嫣眼眸迷离，双颊酡红，像是酒后微醺，透着娇媚的勾人魅力。

“乖，等会儿如果疼，就喊出来。”薄司晏伸手去解她的浴袍。

“等一下！”曲嫣捉住他的手，阻止他的动作。

“嗯？”

“我想听你叫我‘宝贝’。”

薄司晏几乎是无奈地，贴着她的唇，低低地唤了一声：“宝贝。”

曲嫣满意地笑起来。

她马上接着说：“阿晏，我有一件特别重要的事情，必须告诉你。”

薄司晏忍耐着几欲喷薄的欲念，尽量耐心地回道：“你说。”

曲嫣眨了眨眼，很是无辜地说：“我刚刚在医院的时候，去了一趟洗手间，跟护士小姐姐要了一包女性用品。”

“所以？”薄司晏一时没听明白她的意思。

曲嫣解释：“就是卫生巾。”

薄司晏顿时懂了——

她今晚的目的，原来就在这里！

“小丫头片子，满肚子坏水。”他缓缓眯起黑眸，双手掐着她的腰，把她翻了个身，轻轻一掌拍在她臀部，“存心戏弄我，嗯？”

“哎……疼！”曲嫣叫痛。

“我还没用力，你疼什么？”薄司晏俯首，咬住她耳朵，顺势下滑，埋进她脖子间厮磨。

“你不会这么禽兽吧？”曲嫣震惊，“我在生理期，难道你还要霸王硬上弓？”

“我该说你聪明，还是说你单纯呢？”薄司晏抬起头，盯着她娇俏的小脸，“不做那件事，我们还有很多事可以做。”

他说完，就不再跟她废话。

这个小女人狡猾得很，他不用点实际行动收拾她，她还以为他是纸糊的老虎。

夜，悄悄地深了。

树梢上的月牙儿，害羞地躲进乌云里。

曲嫣呜呜呜求饶了大半夜。

……

第二天，日上三竿。

曲嫣迷迷糊糊地醒过来，感觉浑身又酸又软。

呜……

她算是见识到了，薄司晏这个男人根本就是一只狼！

凶猛的恶狼！

明明不能做那件事，他还能搞出这么多花样。

说他是第一次交女朋友，她真的无法相信！

“醒了？”

卧室外，男人迈着大长腿走进来。

他一身休闲服，神清气爽的模样，完全不像她那副软绵绵的样子。

曲嫣很不满，拉起被子半遮面，娇嗔道：“阿晏，你过来，我有话想问你。”

“别遮了，小心闷坏自己。”薄司晏挑眉轻笑，嘴角扬起一抹邪魅的弧度，“我哪里没看过？”

“讨厌！”曲嫣揪着被子，裹紧自己，坐起来，“我问你，你那些花样都是从哪里学来的？和多少个女人实践过？老实交代哦，不然……”

“不然如何？”薄司晏不慌不忙地反问。

“不然我就……”曲嫣想了半天，说，“我就只能算了。”

谁让她来得太晚。

没来得及参与他的过去。

他毕竟是个正常的男人，就算有过女人，那也不是错。

薄司晏听她说得可爱，不由自主地低沉地笑起来，上前揉了揉她的长发：“怎么这么傻呢。”

曲嫣不高兴地嘟嘴：“我就是傻，一想到你和别的女人亲密过……我就忍不住难过。”

“没有别的女人。”薄司晏轻捏她的脸蛋，“傻瓜，这些技巧，是看资料学的。”

“资料？什么资料？”曲嫣忽然眼睛发亮，“你能发给我一份吗？我也要学。”

她可不要总被他吃得死死的。

她要反过来，让他求饶大半夜！

“你想学，我亲自教你。”薄司晏睨她一眼，问，“你的关注点就在资料上？”

“才不是。我听到了，你说你没有别的女人。”曲嫣仰着小脸，看着他，“为什么呢？”

他这样英俊又有钱有势，充满男性魅力的男人，怎么可能一直不谈恋爱呢？

曲嫣想起，系统资料上写着，他对女人怀着戒备心，不信任女人。

为什么？

“很难说清楚原因。”薄司晏在床沿坐下，摸了摸她的头，缓缓说道，“我从少年时期起，就有一种奇怪的感觉。别的男孩子血气方刚，看见漂亮女孩子就走不动道。但我有一种抵触，对异性没有什么兴趣。”

“这么奇怪？”曲嫣不解，“你被女孩子伤害过吗？”

“没有。或许，我一直在等一个人。”薄司晏轻眯黑眸，深邃的眸光有些悠远。

如宿命一般，无法解释的等待。

也许，他等到了。

曲嫣弯唇一笑：“是等我吗？那我来了。”

她倾身向他靠过去，伸臂环抱住他结实精瘦的腰，脸颊埋在他肩头，软软道：“我的生命有多长，就陪你多久。”

薄司晏低头，亲吻她的发，低低地应了一声。

他伸手抱紧她。

内心深处，某一块缺失的地方，似乎奇妙地填满了。

两人静静地拥抱，曲嫣突然细微地一颤。

她脑海中，响起系统助手小七的声音——

“叮咚！恭喜宿主，任务进度完成90%……请宿主再接再厉，完成最后的10%。”

曲嫣心底隐隐一紧，无声问道：“我完成100%之后，会留在这个世界终老，还是会立即离开这个世界？”

小七萌萌地回答：“这个问题超纲了。宿主请继续努力，任务完成100%之后，自然有答案。加油哦！”

“怎么了？”薄司晏察觉她的异状，低眸问道，“冷吗？”

“没事。”曲嫣摇摇头，绽开一个温暖的笑容，“我去洗漱，然后给你做饭，好不好？”

曲嫣去浴室梳洗，意外地发现——

梳妆台上居然摆满了各品牌的护肤品，还有一套C家的限量款小洋装。另外，内衣裤准备齐全，尺码准确，还有花花绿绿各种包装的卫生巾。

曲嫣掩面……

有点害羞，又有点雀跃。

冷酷的男人温柔起来，真叫人抵挡不住。

她洗漱完，把长发高高束起，扎成马尾，没有换上那套奢华的小洋装，而是穿着薄司晏的白衬衫，衣摆略长，露出一双笔直白嫩的长腿。

她穿着拖鞋，嗒嗒嗒下楼。

她先去厨房，自己动手泡一碗牛奶麦片吃，才开始为薄司晏做午餐。

她没有打算煮大餐，只做简单的蛋炒饭，外加一碗丝瓜虾皮汤。

很家常，但她猜，他应该很久没有吃过了。

“煮好了？”

男人低沉性感的嗓音渐近。

曲嫣扭头，惊呼一声：“呀，你为什么没穿衣服！”

薄司晏低沉地笑出声：“我怎么没穿了？”

“你、你……”曲嫣抬手捂住脸，又偷偷从指缝里看他，“你刚才去游泳了？”

“嗯。等你生理期过了，带你一起游。”薄司晏腰间围着一条白色浴巾，腹肌紧实分明，隐约可见有力的人鱼线。

曲嫣从指缝里看到水珠从他胸膛滚落，滑入浴巾的某处，视线不自觉地也跟着下移。

“想看就大方点看。”薄司晏上前握住她的手腕，把她的手拉下来。

“不看！”曲嫣飞快地闭上眼睛。

“锅里的汤沸了。”薄司晏提醒道。

“啊？”曲嫣转头。

趁她分神，男人环住她的腰，捏着她的下巴把她的小脸转过来，覆唇就吻上去。

“嗯……你狡猾……”她指控。

“你身上好香。”他吻着她，薄唇游移，摩挲在她颈边。

“我用的是你的沐浴露和洗发水……”曲嫣后腰靠着料理台，被他欺压得后仰，“你够了，我腰酸……”

薄司晏扶住她的腰，大掌在她腰间揉了揉，暂时放过她：“等过几天，我再好好收拾你。”

曲嫣有点羞恼：“你快上楼去换衣服，换好了下来吃饭。”

薄司晏打量她身上的衬衫一眼，问道：“给你准备了新衣服，为什么不穿？不喜欢？”

曲嫣歪了歪头，想了一下，回答道：“我喜欢男友式白衬衫，因为……”

她与他相视，调皮一笑：“它让男朋友成真了。”

她指的是上次在他的车里，她雨后穿他的衬衫。

那时候还不是男朋友。

“嗯，祝贺你勾引成功。”薄司晏取笑她。

“什么嘛！明明是你求着我离婚的……”曲嫣嘟了嘟嘴，声明，“严格算起来，是你追的我。”

她噘起的唇瓣，粉嫩莹润，仿佛无声地引诱。

薄司晏眼神微暗，没忍住，再次低头吻住她。

他的吻向来猛烈，又加上昨晚终究没有真正得到她，欲念难解。

“阿晏……嗯……”

曲嫣在他狂风暴雨般的掠夺之下，双腿发软，要不是被他牢牢扣住纤腰，怕是要摔倒了。

“坐这里。”薄司晏掐着她的腰，用力一提，抱她起来坐在料理台上，随即又俯头狠狠吻下去。

“嗯……小心边上的炒饭……”曲嫣呜呜抗议，“我用心做的……”

“让你还记挂着炒饭，是我的错。”薄司晏侵入她的檀口，汲取她的甜蜜，霸道地掠夺她赖以呼吸的空气。

曲嫣被吻得满面嫣红，喘不过气来。

她索性放弃抵抗，反守为攻，搂住他的脖子，进行大胆的反击。

渐渐地，厨房里气息急促。

男人的呼吸声渐乱。

良久，薄司晏低咒一声：“该死的！”

她这才生理期第一天，他还要忍耐好几天。

“嘻嘻。”曲嫣咬他嘴角一口，仰起莹白小脸，带着一丝小得意，“据说，轻易到手的，男人都不珍惜。我要让你多忍耐几天。”

她被狠狠吻过的樱唇娇艳欲滴，得意的小模样可爱又生动。薄司晏看着，心中泛起悸动，捏住她小巧的下巴，想要再度吻上。

曲嫣却不让他得逞，推开他的胸膛，从料理台上跳下来：“饭都凉了，快来吃。”

薄司晏无奈：“你那句‘轻易到手的，男人都不珍惜’是个悖论，并不是所有男人都一样。”

曲嫣理了理凌乱的衬衫衣襟，把蛋炒饭和丝瓜虾皮汤端到餐桌，一边说：“男人在没得手之前，都这么说。”

薄司晏气笑：“你这些歪理，都是从哪里看来的？”

“手机上啊，网上很多这种情感鸡汤。”曲嫣拿起放在桌上的手机，向他晃了晃。

“没收。不许整天看这些没营养的东西，会教坏小女孩。”他夺过。

“哎，你还我……”

曲嫣正想要去抢回来，手机铃声忽然响了起来。

屏幕上，显示的名字是傅廷川。

薄司晏浅眯起黑眸，没有说什么，把手机还给了她。

曲嫣按下接通键：“喂？”

“嫣嫣，你不在公寓吗？”手机那端，傅廷川说道，“我给你送了一些礼物，现在放在物业那里，你回去后记得去拿。”

“礼物？你为什么要送礼物给我？”

“我们离婚了，是一次结束。”傅廷川停顿了一下，“也是一次崭新的开始。”

曲嫣沉默，转头瞧了瞧身边的男人。

薄司晏神色淡淡，看不出什么波动。

手机那头，傅廷川继续说道：“嫣嫣，从今天开始，我要正式追求你。你可以拒绝，但你不能剥夺我追求的权利。”

“傅廷川，其实……”

曲嫣话还没说完，傅廷川似乎已预感到她要拒绝，说了再见就挂断了电话。

曲嫣无可奈何，轻轻耸了耸肩。

傅廷川要追，就让他追吧。

反正，她又不可能答应。

她收起手机，转头问薄司晏：“你生气了吗？”

薄司晏用指节轻敲她饱满光洁的额头：“我有这么小气吗？”

曲嫣安心地点点头：“那就好。”

她这时还不知道，自己放心得太早了。

薄司晏上楼换好衣服，非常捧场，把凉掉的蛋炒饭全部吃光。

曲嫣看得笑眯眯。

然后薄司晏亲自开车，送她回公寓。

曲嫣小区的物业管理不错，派人把礼物送上门。

“这么多？”

满满几大推车的红色玫瑰花，曲嫣都看傻眼了。

这些有几千朵了吧？

傅廷川恐怕是不知道她开了一家花店，还不如直接来跟她买呢。

“是啊，你男朋友真的很宠爱你。”物业的小伙子夸了一句，他以为是曲嫣身边的这位男人送的。

薄司晏英俊的脸上清冷无温，黑眸幽冷。

物业小伙儿悄悄打了个寒战，送完东西赶紧走人。他明明是夸人，怎么这位看起来尊贵非凡的男人一脸不高兴？

搞不懂他们这些有钱人。

“客厅都塞满了。”曲嫣叹了口气，她明天就把这几千朵玫瑰搬到自己花店里卖掉。

放在公寓里，多碍事啊！

“你休息会儿，我去打个电话。”薄司晏淡淡交代一句，转身走出公寓。

他在外面打了一个电话，吩咐了一些事情。

不到十五分钟，七八个黑衣保镖上门。

“发生什么事了？！”曲嫣吃惊。

“没事，你坐着喝咖啡就行。”薄司晏陪她在沙发上坐下，顺手递给她一杯刚买的咖啡。

“他们要干什么？”曲嫣一头雾水。

八个黑衣保镖动作迅速地把几千朵玫瑰搬走了。

“哦……原来你是叫他们来帮忙清理花朵。”曲嫣恍然大悟。

她刚想说，这样也好，省得她费心处理。

但没想到，下一秒，另外几个黑衣保镖捧着一大束一大束的粉色百合花进屋。

他们训练有素地摆放整齐，玄关、电视柜、茶几，但凡有空隙的地方，全被粉百合占领！

曲嫣都看呆了……

“阿晏，这些百合花是你买的？”

“你不是喜欢粉色吗？”薄司晏舒展着大长腿，慵懒地背靠在沙发上，满意地扬起薄唇。

现在这样看起来顺眼多了。

“阿嚏！”曲嫣掩唇打了个喷嚏，花粉太多，受不了。

这两个男人疯了吗？

比赛谁送的花多？

刚才谁说自己不小气的！

“感冒了？”薄司晏脱下西装外套，披在她肩上。

曲嫣小声咕哝：“原以为是冷酷大佬，没想到是个绝世大醋王。”

“嗯？”薄司晏眯了眯眼，“偷偷摸摸在说什么？”

“我哪有偷偷摸摸！”曲嫣挽住他的手臂，拉他站起来，“百合花太多了，我有点过敏，我们出去吧。”

薄司晏挑眉：“你对傅廷川送的玫瑰就不过敏？”

曲嫣有点想笑，绷住，一本正经地回答：“是的，刚才玫瑰花在屋里的时候，我没打喷嚏。”

“那我让人把玫瑰花再搬回来？”薄司晏眯紧了黑眸，弥漫着浓浓的危险气息，好像她敢点一下头就会完蛋。

曲嫣十分识趣，连忙摇头：“不用不用，我有一个更好的解决办法。”

薄司晏冷眸斜看着她：“你说。”

“我收拾一些贴身物品，搬去你的别墅住，这些花就别管了，好不好？”

薄司晏十分满意这个答案。

他慢条斯理地点了点头，赞许道：“乖。”

曲嫣冲他做了个鬼脸：“我以后再也不相信你说不生气的话了！”

薄司晏不承认：“我什么时候生过气？”

他只是把他看不顺眼的东西，清理走而已。

曲嫣带着小行李箱，上了薄司晏的车。

车子开出小区，迎面就见傅廷川。

傅廷川在路边刚停完车，拦住他们，上前在车窗外问：“嫣嫣，我送你的花，收到了吗？”

曲嫣眉角一跳，转脸看向驾驶座的男人。

薄司晏面无表情，冷酷不语。

曲嫣嘴角抿出一个小小的笑弧，淘气的心思冒上来，回头就对傅廷川说道：“收到了，不过，你可能不知道我开了一家花店。如果你钱多得难受，可以多去我的花店光顾。”

“好，我会每天亲自去买花。”傅廷川刻意忽视薄司晏，只看着曲嫣说话，“你一般什么时间在花店里？我有荣幸偶遇你吗？”

曲嫣回答：“我一般每周去两三次，傍晚……”

她还没说出几点钟，身边的男人突然冷冷开口——

“花店我买下了。”

曲嫣瞠目：“你什么时候买的？”

“现在。”

薄司晏瞥她一眼，不疾不徐地拿出手机，吩咐手下：“给我查一下花店，曲嫣名下的。以市面价格的三倍买下来，你安排一个人打理。”

傅廷川不甘示弱：“嫣嫣，我用五倍价格跟你买，买下来送给你！”

曲嫣无语。

两位大佬，那间花店本来就是她的好吗？

为什么要买来送她？

什么逻辑？

薄司晏冷冷扫过傅廷川，对着还未挂断的电话补充道：“顺便把花店左右整条街的店铺都买了，全部收购，不计成本。”

傅廷川闻言一愣。

论砸钱，他根本比不上薄司晏实力的十分之一。

薄家有钱有权，薄司晏本人是商业奇才，股神之名绝非浪得虚名。

傅廷川没办法跟他硬碰硬。

但是，他不会轻易放弃！

傅廷川决定转移话题，对曲嫣温声说道：“我记得你以前最喜欢 TW 组合，他们最近有一场演唱会，门票很难求。我有贵宾席的票，你想去看吗？”

“你知道我喜欢 TW 组合？”曲嫣有点惊讶。

原主确实喜欢。

但傅廷川以前根本就没关心过原主，不可能知道这种细节。

“我是这两天和你以前的朋友打听来的。”傅廷川如实说，“从前是我忽略你了，以后我会加倍补偿你。”

“不用了。”曲嫣摇头。

毫无意义。

“我把门票给你留着，你想去就随时给我打电话，好吗？”傅廷川说完，颇有分寸，不再纠缠，转身离去。

曲嫣漫不经心地收回视线，她一转头，就见薄司晏又在打电话。她赶紧按住他的手：“别！我不喜欢那个什么 TW 组合！你千万别浪费钱，要去收购他们经纪公司什么的……”

薄司晏扬唇一笑：“你以为我钱多得烫手？我是打电话让人给你准备一些日用品。你要搬来和我住，总要有些安排。”

“那就好……”曲嫣松了口气，随即嘻嘻一笑，“不过呢，财大气粗的晏少，一掷千金、争风吃醋的样子还是很帅的。”

薄司晏低哼：“你最好自己掐断这些烂桃花，不要等我出手。”

曲嫣表示无辜：“桃花自己要开，我有什么办法？顶多我不理傅廷川就是了，我不接他电话，不回他消息，这样总行了吧？”

“不行。”

薄司晏直接拿过她手机，快速进行几个操作，把她手机里的傅廷川号码和微信统统拉黑。

“那我也要看你的手机！”曲嫣倾身扑过去，抢他的手机。

他接住她的身子，薄唇在她颈边滑过，低沉地威胁道：“不要撩拨我。”

“你别闹……”曲嫣连忙推开他，“不许对一个弱女子动手动脚。”

“弱女子？”薄司晏挑起长眉，“我可没看出你哪里弱。”

就连接吻的时候，她都不肯轻易示弱，非要抢回主动权，撩拨得他忍耐不住，她才甘心。

“咳咳咳！”曲嫣假装咳嗽了几声，“你看，我都病了，是不是很弱？”

“小傻瓜。”薄司晏轻弹一下她的鼻尖，“不准拿生病开玩笑。”

“好吧，我不乱说了。你快点开车，我们要开始同居的新生活了！”

曲嫣搬入薄司晏的别墅，两人开始正式的同居生活。

她故意挑战他的忍耐底线，生理期结束后，仍不让他更进一步。

薄司晏忍耐了十天，终于彻底爆发。

“阿晏……”

曲嫣从浴室洗澡出来，看见他赤裸着上半身，靠在床头。男人线条紧实的肌肉，显示出他平日运动的自律和毅力。他薄唇微扬，似笑非笑地注视着她：“今晚你又有什么借口？吃太饱了？头疼？感冒？”

曲嫣摇摇头：“没有了。”

她弯唇，晶亮的杏眸闪烁着璀璨的光芒。

就是今天了。

她要真正与他合为一体。

“我穿了新买的内衣哦。”

薄司晏黑眸眯了眯，声音低沉：“什么时候买的？”

“网购的。”

曲嫣拂了拂长发，拨一部分到胸前，然后将真丝睡袍脱掉。她爬到床上，半跪在他身边，贴着他的唇，轻语：“阿晏哥哥，我们今天真正在一起吧！”

薄司晏喉结滚动，大掌兜住她的后脑勺，翻身一转，把她压在身下。

“好，如你所愿。”

这一夜，很漫长，又似乎过得很快。

薄司晏忽然有了与曲嫣一样的感慨——如果能早一点遇见她就好了。

那一夜之后，薄司晏食髓知味，几乎夜夜索欢。

曲嫣嫌弃他体力太好。

“我要去花店看一看。”曲嫣推开身后的男人，羞恼道，“大清早的，请晏少克制一点！”

“我陪你去。”

“不用，你去公司吧。”

曲嫣知道，薄司晏有自己的公司，独立于薄氏，发展迅猛，日渐压过薄氏集团。

他其实很忙，但是他只要有时间，就会回来陪她，带她出去吃吃喝喝，从不避讳旁人。

他的那一群兄弟朋友，没有一个敢在她面前提起“离婚女人”这种轻蔑的话。

薄老爷子经过上次“砸头”事件后，有点愧疚，也没再出现阻挠。

而曲嫣自己则是忙着开花店。

上次薄司晏把一整排商铺买了下来，她索性就开起了连锁花店，还聘请专业人士做网店，下单便捷，生意红火。

两人算是各有各忙，既亲昵甜蜜，却又不过分黏腻。

曲嫣很满意这样的相处，除了晚上……

“我让司机开车送你过去。晚上我去花店接你吃饭。”薄司晏亲了亲她的额头，起身去冲澡。

曲嫣摸摸自己额头上他的余温，弯眸笑得甜蜜蜜。

就这样一直过下去吧。

不用结婚，谈一辈子的恋爱。

第四章

爱这么甜又这么痛

傍晚，薄司晏开车去花店接曲嫣。

他刚停妥车，进店就见一片混乱，几个店员围着曲嫣，又是扇风，又是给她按太阳穴。

“怎么回事？”薄司晏拨开人群，走到曲嫣面前，“你不舒服吗？”

曲嫣小脸雪白，没有半点血色，额上覆着一层冷汗。她虚软无力地说：“阿晏，你来了……我头疼，很难受。”

“我带你去看医生。”薄司晏一把将她抱起来，大步流星地往外走去。

他做事果决高效，在车上就打电话安排好医生检查的事。

到医院时，他转头见曲嫣歪歪地靠在副驾驶座，闭眼睡着了。她巴掌大的小脸看起来苍白又脆弱，似乎被风一吹，就要吹散了。

薄司晏心底狠狠一抽，放低嗓音，轻声唤她：“宝贝，醒醒，我们到医院了。”

曲嫣迷迷糊糊地睁开眼：“你叫我‘宝贝’了。”

平时他很少这么叫她，嫌太肉麻。

“嗯，宝贝。”薄司晏倾身，在她微凉的唇上吻了吻，“你是我放在心尖上的宝贝。”

“哇哦……你好肉麻啊……”曲嫣取笑他。

一个最怕肉麻的冷酷大佬，居然会说情话了。

“只要你想听，再肉麻都可以。”薄司晏下车，绕到副驾驶座，打开车门，抱她下车。

他没有放她下地，就那么抱着，一路走入医院大门。

专科医生早就等着。

因为曲嫣头疼，所以薄司晏安排了神经科专家。

“要不要这么隆重？”曲嫣咕哝。

她跟着专家医生进去诊室，被问了一堆问题，接着又是抽血，又是做头部核磁共振。一连串检查下来，她开始觉得有些不对劲。

医生的脸色也越来越严肃。

曲嫣趁着上洗手间，悄悄打开系统，问小七：“我的任务完成进度到多少了？”

小七回答道：“已完成98%。”

“还剩下的2%，是哪部分没完成？”

“宿主，这个问题又超纲了……”

曲嫣没心情和小七斗嘴，心中默默地思索，这最后的2%很可能是感情的深度。

薄司晏现在很喜爱她，或许距离深爱还差一点点。还有傅廷川，他确实后悔了，但还不是特别痛苦。

“小七，我在这个世界待不长了，对吧？”她敏锐地问。

“根据系统提示，宿主身体已患病，晚期，还有最后三个月的生命。”

“我知道了。”

曲嫣关掉系统，心中一片冰凉。

看来，她无法在这个世界活到寿终正寝，无法和薄司晏白头偕老。

所有检查做完，报告出来，医生拿在手里，脸色已经沉重得无法掩饰。

薄司晏的面上没有波澜，但他紧握着拳头的双手显示出他并非不紧张。

“医生，嫣的情况如何？”他开口问，语气听起来平稳冷静。

“晏少，对不起……”医生犹豫了一下，还是如实说，“曲小姐脑部有一个肿瘤，恐怕不太乐观。具体情况还需要住院进一步检查。”

医生说得保守，曲嫣心里却已经提前知道了答案。她上前握住薄司晏的手，轻轻掰开他紧握的拳头，温柔地抚摸着，轻声说：“那就住院检查吧。阿晏，我不怕。”

薄司晏“嗯”了一声，似乎并不担忧，甚至安慰她：“放心，我会给你找最好的医生。你一定会没事的。”

“嗯。”曲嫣踮起脚，在他脸上亲了一口，“会没事的。”

他英俊的脸庞冰冷而失温。

他所有的情绪，都压抑在最深处。

曲嫣当夜就住院了，她心里并没有什么恐惧，一如既往地过日子。在做检查和治疗之余，就让薄司晏带一些食材过来，她给他煮家常菜吃。

薄司晏也没有流露出任何不安或害怕的情绪。他沉稳如故，只是把工作地点改成了病房里，用电脑远程操控公司事务。

他尽可能把所有的时间都给了她。

“阿晏，尝尝我做的糖醋鱼，我新学的。”曲嫣穿着医院的病号服，头上戴着一顶黑色毛线帽，帽檐压到眉毛处，看起来脸蛋更小了。

她最近做化疗，开始掉头发。

爱美的她实在受不了，干脆剃光了头发，戴上了帽子。

“累不累？”薄司晏合上笔记本电脑，走过去帮她把饭菜端到客厅的小饭桌上。

“不累。”曲嫣摇摇头。

她大部分时间都躺在病床上，无聊至极。但这具身体确实到了油尽灯枯的时候，就算她心里再想蹦跶，也力不从心。

“明天别做饭了，你想吃什么，我让人送过来。”薄司晏轻轻捏了捏她的脸颊，“乖，听话。”

他捏得很轻，像是怕用力一点，就会把她捏坏。

她住院两个多月，瘦了很多。原本饱满的脸颊瘦削见骨，依旧精致的面容没有一丝血色，白得惊人。

“好，我不做饭了。”曲嫣乖乖答应，“阿晏，我有件事想和你商量。”

“什么事？”

曲嫣看着他，轻缓地说：“等我死后，你把我火化，骨灰撒到大海里。我以前任性，说不许你找别的女人。现在我后悔了，你一定要找一个对你很好很好的女人，陪你度过往后的几十年。”

她一口气说了许多个“很好”。

薄司晏黑眸深如夜幕，清寒而冷厉。他突然站起身，冷冷地道：“曲嫣，你以为你是谁？你凭什么摆布我的人生！”

他语气冰冷，眸底却渐渐赤红。

曲嫣抓住他的手，软声道：“你别生气，我是怕我走了以后，你一个人孤单。”

薄司晏捏紧她，把她的手牢牢攥在掌心里：“那你就不要走。”

曲嫣极轻地叹息：“如果可以，我也想留下。”

但她一点办法都没有。

薄司晏眼眶隐隐一红，他避开她的视线，俯身抱住她，不让她看见他情绪的失控。

她的身子小小的，被他禁锢在怀里。

他抱得很紧，仿佛要把她嵌入他的身体，永不分离。

忽然响起一阵敲门声，病房的门没锁，外面的人敲了两下，直接闯进来：“嫣嫣！”

傅廷川大喊一声。

“傅廷川？”曲嫣在薄司晏的怀里，抬眸望去，看见久违的傅廷川。

他双目泛红，情绪激动。

“你真的生病了？”傅廷川刚刚得到消息。

他这两个多月一直在找她。她却像凭空消失了一样，毫无踪迹可寻。

他最后是从薄司晏的行程里找到一丝端倪，才发现曲嫣住院了。

“你得了什么病？”傅廷川看到曲嫣过分消瘦的小脸，十分惊愕，“你怎么瘦了这么多？”

“绝症，晚期。”曲嫣毫不废话，指了指自己的脑袋，“这里，有个瘤。”

傅廷川震惊得倒退一步：“不、不可能……”他双眼越发地红，转而看向薄司晏，突然间怒从心起，“是你！都是因为你！嫣嫣没离婚之前好好的，跟你在一起之后就生病了！是你害的！都是你害的！”

他冲过去扯开薄司晏的手臂，不让他再抱着曲嫣。

薄司晏反手挥开他，眸色森冷：“滚开。”

两人纠缠之时，不经意地碰掉了曲嫣的帽子，她光溜溜的脑袋露了出来。

傅廷川一震：“嫣嫣，你……”

什么话都不如亲眼看到来得震撼。

她真的病了……绝症……晚期……

傅廷川没忍住，眼底水汽冒起。他下意识地放轻声音，像是怕吓着她，柔声说："嫣嫣，对不起。找不到你的这段时间，我去寻找了过去的记忆。你曾经送我的神秘礼物，你到赛车场来看我比赛的照片，你的心意……我都一点一点找回来了。"

如果不是这样花心思去寻找，他真的不知道，曾经有一个女孩那样纯粹深刻地爱过他。

是他没有珍惜，未曾留意。如果他早一点发现，是不是一切都会不一样？他和嫣嫣就不会离婚，也许嫣嫣就不会生病……

"你能找到那些记忆，倒是很好。"曲嫣接过薄司晏帮她捡起的帽子，重新戴好，一边慢慢说道，"那些心意，你应该要知道。但是，你说我和阿晏在一起才会得病，这话就不对了。"曲嫣是个非常护短的人，她不能容许别人欺负她家阿晏哥哥，"我这种病，不是一天两天造成的。我和你结婚之后，患上了抑郁症你知道吗？那时候我整夜睡不着觉，头痛欲裂，大把大把地吃药。"

她接着说道："如果真要追究责任，那也是你应该负上一部分责任。我和阿晏在一起之后，很开心，抑郁症也好了。他是我的光，我爱他。"

这是她第一次说"爱"字。

薄司晏眼神微变，既深且痛。他伸手牵住她的小手，包裹在手心里，低低地道："我也爱你。"

曲嫣转眸，对他灿烂一笑。

"是我害你的吗？"傅廷川还在惊愕之中，"原来我才是罪魁祸首吗？嫣嫣……"

"是，是你。"曲嫣肯定地道。

"不……"傅廷川用力摇头，步步后退。

他一时之间无法接受这个事实，转头跑出了病房。

曲嫣没去管他，回身抱住了身边的男人，嘻嘻一笑："阿晏哥哥，你再说一遍。我想听。"

薄司晏搂住她的细腰，在她耳垂上轻咬一口，低声道："我爱你，宝贝。"

曲嫣满足地微笑，依偎在他结实强健的胸膛上，浅浅道："我也是。"

薄司晏闭了闭眼，眼底一片涩意。

原来爱一个人这么甜，又这么痛。

曲嫣的情况越来越糟，注射药剂的剂量越来越重。到了最后，她已经虚弱到没有力气下床。

薄司晏把公司事务全部交给了搭档，每天 24 小时日夜不离地陪伴着她。

“疼不疼？”薄司晏摸着她满是针孔的手背，低头轻轻一吻，“你原本最怕疼，一点痛就要嚷嚷。”

可如今，她再痛苦也不吭声。

他很清楚，其实她怕他看到会难受、会心痛，才会悄悄忍着。可越是这样，他越心疼。

她明明是一个娇纵恣意的女孩子，却为了他，甘愿拼命忍耐。

“不疼。”曲嫣微微一笑，“阿晏，你帮我拿我的化妆包过来，好不好？”

“好。”薄司晏帮她拿过化妆包，取出里面的一支口红，“我为你画。”

曲嫣含笑瞧着他，嘟起嘴唇，让他涂口红。

她的五官精致，眉形恰到好处，睫毛长翘，不需要化妆也很好看。只是她最近瘦得厉害，脸颊显得瘦削，气色不佳，显得十分苍白憔悴。涂上口红和腮红之后，她又仿佛回到了两人相识之初，娇艳可爱的模样。

“我现在是不是很丑？”曲嫣拿着小镜子，照着自己，“颧骨都凸出来了，颜值暴跌啊。”

她语气轻松，依旧是从前调皮的模样。

“你很漂亮。”薄司晏摸了摸她戴着帽子的头，温柔道，“是我见过最美的女孩子。”

“你骗人。”曲嫣轻哼，“我才不信。”

“真话。”薄司晏凝视着她，黑眸深邃如海，倒映着她小小的脸庞，“在我眼里，你最好看。这句话，永远不变。”

曲嫣弯唇笑起来：“好吧，我相信你。”

她今天精神很好，与他有说有笑。

趁着还有点力气，曲嫣捉住他的手，五指与他交握，亲密地缠绕在一起，轻声说：“阿晏，有些话，我怕我再不说就没有机会了。”

“别说傻话。”薄司晏握紧她的手，举到唇边，亲了亲，“你会好起来的。我们还要一起去环游世界。你不是想逛遍全球的每一个迪士尼吗？我带你去，陪你看每一场烟花。”

曲嫣听着不禁心生向往，歪着头笑了笑，说：“真好。与你手牵手环游世界，这是我的梦想呢。”

“不是梦想，是会实现的未来。”薄司晏肯定地道。

曲嫣没有去反驳他，安静了片刻，才软软地说：“阿晏，我知道你不想听，但是请你先听我说完。我知道在我死之后，你会伤心痛苦一阵子，但是我希望你像我一样相信，我们还会再相遇。请你重新振作起来，继续做回原来的自己，拓展你的商业版图，征服你心中的星辰大海。”

她身体孱弱，说一长段话会很累，喘了一口气，才接着说：“我们一定会再相遇的。下辈子我们还在一起，好不好？”

薄司晏眼底泛红，用尽强大的忍耐力才没有情绪崩溃。

他握紧她的手，低哑地道：“好，我们下辈子还要再相遇，还要再在一起。”

曲嫣点头：“嗯，不止下辈子，还有下下辈子、下下下辈子……”

她实在太累了。

纤细的身子发软，斜斜滑下靠枕，渐渐合上双眸。

她与他交缠的手指，一点一点松动，直至彻底无力，放开。

薄司晏狠狠一握，嗓音却轻柔至极，小心翼翼地唤：“宝贝？嫣？”

病床边，象征着生命力的机器发出一声机械性长鸣。

“嘀——”

薄司晏英俊的脸上没有波澜，死死压抑着情绪，嗓子发哑，大声喊道：“来人！医生——”

曲嫣去世后，薄司晏没有掉过一滴眼泪。他看起来似乎十分冷酷无情，不会悲伤。

他亲手操办曲嫣的后事，按照她的遗愿，将她火化。他把她的骨灰装在一个精美的盒子里，准备带去撒入大海。

“晏哥？”好友唐泽在一旁陪着他，看他三天三夜没有合眼，眼睛早就熬红了，忍不住劝道，“你睡一会儿吧？葬礼的事，我帮你办。”

薄司晏为曲嫣挑选了一个最好的墓园，立碑刻字，亲力亲为。

“不用，我不累。”薄司晏神色冷漠，转头对身后的一名下属命令道，“去找一个最优秀的珠宝匠人，我要打造一个项链吊坠。”

“是，晏少！”下属立刻就去办。

“晏哥，你要项链吊坠做什么？”唐泽好奇地问。

薄司晏没有马上回答，他轻抚着手里的骨灰盒，眸光温柔而悠远。

半晌，他才沙哑地回道：“我要打造一个铂金小盒子吊坠，把嫣的一小部分骨灰放入其中。我答应过她，要带她环游世界。”

唐泽“啊”了声，忍不住泪目。

把心爱之人的骨灰随身戴着，带她走遍世界的每个角落。

多么浪漫。

可又多么悲伤啊。

墓园立碑的那一天，空中飘着小雨。

薄司晏没有通知曲家人，那些人在曲嫣生前从来不曾关心过她，现在也不必再出现。他想，他的宝贝一定不想看见那些不喜欢的人。

唐泽陪着薄司晏，为他撑伞，陪他伫立在墓碑前。

唐泽看着碑文，上面写着——爱妻曲嫣之墓。

晏哥没有和曲小姐结婚，却亲手雕刻了“爱妻”二字。在晏哥心里，想必是早就认定了她是他的妻。

“嫣嫣……嫣嫣……”

雨中，一个男人跌跌撞撞地奔跑而来，扑通一声跪在墓碑前，竟哭得像个孩子:“对不起，对不起，是我错了！是我害了你……你回来好吗？我补偿你！不管你要什么，我都给你……”

这个男人是傅廷川。

薄司晏冷冷地看着他，薄唇缓缓吐出一句：“把他拖走。”

“不，我不走……”傅廷川后悔莫及。

他连嫣嫣最后一面都没有见上。从最初到最后，他都错过了她……

后面不远处，两名黑衣保镖上前，强制地把哭得悲痛的傅廷川拖走。

“晏哥，葬礼的事情告一段落了，你回家休息一下吧？”唐泽担忧地说。

再这样下去，就算是铁打的人也承受不住。

薄司晏淡淡地摇头：“直升机在等着我，我要出国一趟。”

唐泽问：“你要去哪里？”

薄司晏没有回答，迈开长腿，转身离去。

曲嫣喜欢大海，那他就为她挑选一处最美的海域。他刚买下一座小岛，风景优美宁静，无人打扰。他要带她去看看。

曲嫣的灵魂离体后，回到了一片白茫茫的空间。这里很温暖，像温泉一样滋养着她的精神力。

“恭喜宿主，完成任务！”小七的机械声音显得愉快而喜庆，“宿主，要不要马上为你清除记忆？”

“稍等一下。”曲嫣透过白雾，如从镜中窥视，看见一个高大挺拔的背影。

男人亲自驾驶着游艇，驶向碧蓝的大海中央，手里捧着雕花繁复的精致骨灰盒。他站在甲板上，单膝跪下，缓缓将骨灰撒入大海。

盒里渐空。

他突然崩溃，发出撕心裂肺的嘶吼：“嫣，回来——”

凄厉悲怆的吼声在海上回荡，无人回应，他终于落下泪来。

“阿晏哥哥……”曲嫣也红了眼眶。

“宿主，清除记忆的程序已启动——”小七提示道，“为保护宿主的心理健康，请宿主不带任何心伤，一身轻松地投入下一个世界！”

“叮咚！”

新世界正在开启……

第二卷

攻略那个美惨强少年

第一章

她成了恶毒公主

“啪——啪——”

凌厉的鞭子声响起。

下手的人非常狠，每一鞭下去就溅起一道血痕。

曲嫣刚一睁开眼，就看见自己手握一柄牛皮鞭，凶狠地抽打刑架上的人。那人衣衫褴褛，血迹斑斑，被折磨得不成人形。但即便如此，他那漆黑的眸子依旧凶狠，充满恨意地瞪着她。

“公主，他竟敢瞪您！”身边，宫女装扮的小姑娘愤怒地说，“您看他的眼神，好像要把您吃了才解恨，您应该再好好教训他一番！”

“你等等……”曲嫣扔掉手里的鞭子，按了按太阳穴。

“公主，您不舒服吗？”宫女急忙扶住她，让她在一边的软椅上坐下，“奴婢来帮您按好吗？”

“好，你按。”曲嫣趁机闭眼，查看这个世界的资料。

这是个有特定剧情的古代虚拟世界。

她这具身体的原主是大北朝的三公主，极受皇帝宠爱，从小就无法无天，嚣张跋扈。

三年前，大北朝出征南境，灭了南边的燕国。

燕国皇帝被杀，太子尚且年少，当时才十三岁，假扮成太监，在心腹重臣的掩护下逃生。但很不幸，这位小太子最终还是被北朝军队俘虏，沦为奴隶。

虽然身份未被察觉，但沦为战俘的日子极为煎熬，小太子过得比畜生还不如。可是再惨，也比不上被北朝三公主看上更惨。

小太子原名慕容寒，化名为穆寒，有一日在马厩喂食时，被三公主曲嫣一眼瞧中。

原因很简单，穆寒长得太好看了。

十六岁的少年，长身玉立，气质卓越，即使粗布麻衣，也掩盖不住他的惊世容颜。他有一张雕琢般俊美的脸，轮廓分明，冷峻中带着几分特殊风情，像江南的风，拂起一池春水。

三公主看到他的第一眼，就对身边的侍卫说："把他给我绑起来，送到本公主府中！"

三公主也才十六岁，尚未婚配。

她对这个奴隶少年产生了兴趣。

但她怎么也想不到，这个奴隶居然不知好歹，竟然反抗，还把她一脚踹下了床！

三公主大怒，命人把穆寒关进公主府地牢，日日折磨，非要逼到他下跪服软、自愿臣服不可。

可惜，穆寒是个硬骨头。

鞭笞烙铁，种种酷刑都用上了，他浑身是血，却连哼都不哼一声，更别说求饶了。

"我的妈呀……"曲嫣看完资料，太阳穴真的一阵阵抽疼。

这个三公主也太残暴了！最要命的是，她虐待的对象——燕国小太子，是这个虚拟世界的男主角！

男主角，你懂吗！

世界的气运之子，就算现在再惨，以后也会逆袭崛起的！

等到他暗杀了北朝皇帝，聚集旧国亲信，趁乱杀入宫中，到时候形势就逆转了。

虐待过他的三公主，最后的下场是五马分尸！

"公主，您说什么？"身后，给曲嫣按摩的宫女名叫凝竹，疑惑地问，"公主是要找奶娘吗？"

"不是。"曲嫣忽地站起来，指着刑架，大声道，"把他给我……给本公主放下来！"

一名侍卫上前，恭敬地问："公主，是要泼盐水吗？"

曲嫣皱眉："什么泼盐水？"

侍卫回道："伤口渗入盐水，能让人疼得直打战。公主之前不都是这么玩的吗？放心，这奴隶命硬，死不了。"

曲嫣忍不住掩面，这还是人干的事吗？

难怪男主角后来黑化，灭国屠城，将原来的三公主五马分尸，曝尸荒野。

她竟然还得去感化他，是嫌死得不够快吗？！

曲嫣无奈地叹气，说："本公主今天不想用盐水，你去把他放下来，动作轻点。"

侍卫不敢再多问，恭敬地回答："是，三公主。"

侍卫上前，解开刑架上的锁铐。

少年刚遭受酷刑，满身是伤，失去支撑便无法站立，摔倒在地。

侍卫踹了他一脚："少装死，起来！"

曲嫣正要制止侍卫的粗暴，忽然听见一声娇脆的声音由远及近："三皇姐！手下留情！"

曲嫣转头，只见一个身穿紫色宫裙的少女小碎步跑过来，脸上神色焦急。

"三皇姐，你就别再打他了！"

来者是她同父异母的妹妹，四公主曲灵儿。

"你为他求情？"曲嫣挑了挑眉。

她在资料里看过，四公主曲灵儿也不是什么善茬，都是骄纵刁蛮的人物。

"对呀。"曲灵儿眨巴着水汪汪的鹿眼，一张楚楚可怜的小脸很能骗人，她看向满身是血的少年，"哎呀"一声惊呼，"三皇姐，你怎么能把人打成这样？多么俊俏的一张脸啊，要是毁容了可怎么办？"

"行了，别跟本公主玩这套。"曲嫣端起娇蛮公主的架子，冷眼瞧着她，"四皇妹，你就老实说吧，你今天来我这儿，到底是想干什么？"

原主和曲灵儿的关系并不好。

两人的生母皆是宠妃，这些年来在后宫中斗得你死我活，只差没下毒害死对方了。

她们生下的女儿自然不可能有什么手足姐妹情。

“三皇姐，你就把这个奴隶送给我吧。”曲灵儿毫不客气地开口索要，“我和父皇说过了，父皇说，很快就要给三皇姐挑选驸马。那你留个俊俏奴隶在公主府里，不像话。”

“拿父皇压我呢？”曲嫣懒懒扬唇，“你觉得我会害怕吗？”

“三皇姐，区区一个奴隶，你又何必死抓着不放呢。”曲灵儿瞥了少年一眼，心痛道，“与其被你打死，还不如送给我当马奴。”

三皇姐真是粗鲁不堪。对待这样绝色的少年，居然只知道严刑拷打。如果送到她的公主府上，那可就不一样了。她一定把他调教得乖乖听话。

“本公主就是不放，怎么样？”曲嫣撒泼道，“有本事你咬我啊？看父皇会不会饶了你！”

“蠢货……”曲灵儿嘴里小声嘀咕。

一点脑子都没有，只知道使蛮力撒泼。

曲灵儿内心鄙夷，脸上却没流露出什么，提着裙摆走到少年身边，蹲下来，语气怜惜地问道：“你伤得怎么样？三皇姐下手也太狠了……我问你，你愿不愿意跟我走？”

曲灵儿心中十分有把握。

她出身高贵，长相可爱，又这般温柔以待，这世间绝对没有一个少年能够抵抗得住。更何况，眼前只是一个卑贱不堪的奴隶。

少年原本半合着眼眸，此时缓缓睁开眼，额上有血珠滚落，滴在睫毛上，染红了瞳孔。他目光极狠，充满戾气，突然直起身向曲灵儿扑去：“滚！”

曲灵儿吓了一跳，倒退跌坐在地，“哇”的一声哭起来：“呜呜……你这个该死的奴隶，本公主好心要救你，你为何要如此对待本公主？”

她长得白皙，小圆脸无辜可爱，哭起来真真令人疼惜。但那少年目光如恶狼，盯着她，似要撕下她一层皮来。

曲灵儿边哭边后退，莫名有点害怕。真是奇怪，她百试百灵的装善良招数，今天怎么失灵了？

“四皇妹，你省省吧。”曲嫣在旁边看戏看得挺开心，慢悠悠地道，“别怪皇姐不劝你，这个人，你还是离远一点的好。请回吧。”

曲嫣挥了挥手，凝竹立刻上前，帮忙逐客：“四公主，您请。”

“哼。”曲灵儿擦掉眼泪，恨恨道，“这个奴隶，我要定了，三皇姐等着瞧！”

曲嫣没把她的狠话放在心上。

什么奴隶，这可是一尊活阎王，谁招惹谁死！她倒是很想转让给曲灵儿，无奈不行啊！

她这次的任务非常艰巨——不仅要阻止男主角黑化，不让他成为一代暴君，还要培养他的仁爱之心，爱护百姓，善待敌国俘虏。

爱护百姓这一点也就罢了，但善待敌国俘虏？他都被敌国虐待成这样了……能有什么仁心啊！

“来人，安排一间厢房，让他先住下，然后请太医给他疗伤。”曲嫣指着少年，对侍卫吩咐道。

“是，三公主，属下这就去安排！”

侍卫办事利落，马上退了下去。

曲嫣这才有空仔细打量少年的模样——他脸上沾血，仍能看得出剑眉星目，眸色因血迹而赤红，像一头凶猛的野兽。

“你不必假惺惺，我绝对不会上你的当！”少年冲着她啐了一口，嘴里有伤，吐出的是血水。

曲嫣有点小洁癖，赶紧后退了一步，笑嘻嘻地道：“你想多了，本公主就只是想治好你的伤，再接着打。”

她这么一说，少年反倒安静了。

因为这确实是三公主会干的事，将人如猫捉老鼠般地反复折磨。

“你放心吧，本公主对你的身体没兴趣。”曲嫣为了让他安心，故意说道，“你看看你，遍体鳞伤，就算治好了，也处处是疤痕，太扫兴了！本公主留着你，就只想折磨你而已。”

少年悄悄松了一口气。

他不怕被打得鲜血淋漓，再痛他也忍得住。但失身之辱，他决不能接受！

“唉，一身污血，真是脏了本公主的眼睛。”曲嫣招手，让另两名侍卫上前，“快把他抬走，动作放轻点，若再把人弄伤了，本公主唯你们是问！”

“是，三公主请放心，属下们一定小心！”两名侍卫恭敬应声。

曲嫣回到自己的公主寝房，把这个世界的资料又仔细梳理了一遍。

没有破绽！

原剧情里，就是男主角复仇复国的逆袭之路。

他一路遇神杀神，遇佛杀佛，灭了北朝之后，又把东西两边的梁、陈两国收为附属国，一统江山，称帝为皇。

他的意志刚硬如铁，没有人能动摇。直至最后，他连个妃子都没有纳，终生未娶，后宫空虚。可见这人心志有多坚，美色是迷惑不了的。

“小七，这个世界的剧情里没有女主角吗？”曲嫣唤出系统助手小七。

“宿主，这个世界没有特定的女主角。”小七回答。

曲嫣头痛地揉揉脑袋。

太难了……

美人计肯定是行不通的，刻意对他好更不行，他绝对不可能相信。他现在心里一定是想着伺机杀死她。

“启禀公主，太医那边回话，已为那名奴隶治伤敷药。若要全部的伤口痊愈，恐怕需要三个月。”一名侍卫前来回话。

“知道了，下去吧。”曲嫣想了想，又道，“等等，你带本公主过去看看。”

“是，公主。”

公主府占地甚广，楼台亭阁，小桥流水，一派风光秀丽。

曲嫣跟着侍卫，越走越偏僻，疑道：“你们把人安置在什么地方？”

侍卫回道：“回公主，在马厩旁的茅屋。”

曲嫣无语了：“本公主说的是厢房！为何会在马厩旁的茅屋？”

侍卫惶恐：“奴隶的住处不是在马房就是柴房。要不然……属下这就去给他换？”

“算了算了，先这样吧。”曲嫣抬抬衣袖，阻止。

人家重伤在身，搬来搬去，岂不是又遭受一次折磨。

茅屋就茅屋吧。

曲嫣来到马厩边的茅屋前，隐约闻到一股动物的腥臭味。

她捏了捏鼻子，对侍卫说：“你下去吧，本公主自己进去就行。”

侍卫立刻把佩剑递给她：“公主，您拿着防身。那奴隶若敢对您不敬，您就斩杀了他。”

曲嫣接过了剑。

茅屋破旧，门板很薄，屋里面的穆寒躺在榻上，对外面的对话声听得一清二楚。

他黑冷的眸子闪过一抹寒光。这个恶毒残暴的北朝公主，不配活着。

他原本想忍耐一段时间，蛰伏在公主府，伺机跟着她进入皇宫，刺杀北朝皇帝。但现在他不想忍了，他要杀了她。

“嘎吱”一声，曲嫣推开了茅屋的门。她提着侍卫给的佩剑，进屋后随手搁在了木桌上。她走近床榻，还弯腰看了看他，满意地点头：“上过药果然气色好些。”

他脏污的脸庞被洗干净了，一张白玉般的容颜显露无遗，俊美无双，超凡出尘。

他身上褴褛的破衣大概被太医给换了，此时穿着一件白色粗布衣衫，领口微敞，露出玉雕般的精致锁骨。

曲嫣忍不住多看了几眼。为什么人长得好看，就连锁骨都这么漂亮呢？

“你都伤到哪儿了？”她问。

穆寒嘴角扬起一抹讥诮：“三公主这话问得妙。”

她亲自动的手，话却说得无辜极了。

“都是皮外伤。”曲嫣只能厚颜无耻地说下去，杏眸微弯，笑得清甜，“没有伤筋动骨，你休养一段时间就会好的。”

“如此说来，那还要多谢三公主手下留情了。”穆寒黑眸深处的戾气一闪而过。

没有伤筋动骨？她在他胸口烙下的铁印，上面偌大的“奴”字，每一笔每一划都昭示着无尽的耻辱！

“不客气……”曲嫣若无其事地在榻边坐下，“其实我过来是有一些话想和你说。”

“公主请说。”穆寒的口吻异常恭敬。

曲嫣嘴唇微张，正想说话，突然感觉脖颈一紧！

穆寒不顾自己身上的伤口迸裂，动作迅速，双手掐住她的脖子，力道凶猛，瞬间就扼住了她的咽喉，她连半点声音都发不出来！

“三公主可以到地狱跟阎王爷慢慢说。”穆寒黑眸如冰，森冷的杀机涌动，手掌下的力道逐渐加重。

曲嫣小脸涨得通红，很快就憋得发紫。

她濒临窒息，双手胡乱揪住他的衣衫，一个使劲，不小心把他的腰带扯了下来。

他刚敷过药，不便穿太紧的内衫，腰带一落，领口大大敞开，露出了大片胸膛。穆寒一僵，迅速裹紧了自己，同时也不得不暂时松开了她。

“咳咳！咳咳咳……”曲嫣捂住自己的脖子，拼命咳嗽。她满面潮红，咳着咳着连眼泪都飞溅出来。

穆寒没有给她喘息的机会，再次倾身欺压过来。

曲嫣侧身一躲，索性翻身上榻，跨坐在他腰间，狠狠抓住他的双手，压在榻顶。

她力气奇大，眸光含泪，眼波颤动，又狠又美的样子，警告道：“你够了，我让你掐一次，就算补偿那两鞭子。”

她意识还没完全清醒时，确实顺手抽了他两鞭。

“你要是再敢动我，我让你吃不了兜着走。”她凶狠又幼稚地威胁，“我会把你的衣衫撕得粉碎，你信不信？”

穆寒浑身僵硬，紧绷而充满杀意地瞪着她：“你敢！”

曲嫣扬唇，娇哼：“我有什么不敢？”

她大力丸是白换的吗？花了她 10 万积分啊！好在系统这次给了优惠，看在任务难度高的分上，大力丸的效果不是一次性的，而是直至此次任务结束。

他想从她手里逃脱，那绝对是不可能的事情！

“你乖乖听话，知道吗？”曲嫣两只手抓住他的手腕，压在上方，又用双腿压制住他的腿，让他不能动弹。

穆寒羞愤欲死。

他内心极度震惊——这个丧心病狂的三公主，竟然是个深藏不露的高手！他上次轻轻松松一脚把她踹下床，难道是她欲擒故纵，故意让他得逞？

“别挣扎哦，不然你只会更痛。”曲嫣说完这句话，感觉自己太像女色狼，赶紧补充道，“你的伤口会裂开。”

两人贴得这么近。

“你……滚开！”穆寒无法接受，咬牙恶狠狠地道，“滚下去！”

他极度愤怒，内心羞耻又憎恨自己。

他不可能对她有反应！

之前她无数次刻意撩拨，软声贴近，他只觉得无比恶心。为什么此刻……难道是因为她身上的香味？她用了什么卑鄙无耻的手段！

曲嫣连忙从他身上跳开，站到床榻下，俏眸含羞带怒：“你这个坏奴隶，原来你对我有不轨之心！”

“荒谬！绝不可能！”穆寒怒咬着牙，不顾身上伤口裂开流血，又一次染红了衣衫，直身坐起来，厉声道，“妖女！你在身上涂了什么香料？”

“我哪有涂什么……”曲嫣突然一顿，蹙了蹙眉。

不会吧？难道跟她身上的玫瑰香有关？

“果然——”穆寒见她神色迟疑，便猜到必有蹊跷，只觉得恶心至极，“你给我滚远点！”

若非他暂时还不想暴露暗卫队的存在，现在就想一把火烧了这肮脏邪恶的公主府！

“你自己管不住自己的身体，还反咬我一口……”曲嫣气恼，但她终究有些心虚，猜测着估计是系统搞出的乌龙。

她哼了声，转头离去。

到了茅屋外面，她故意大声对侍卫说：“给我看紧了！不准给药，不准给饭，我要看他骨头能硬到什么时候！”

侍卫问：“是，公主。您要饿他几日？”

曲嫣嚣张跋扈地回道：“饿死算了！他不跪下来向我求饶，就把他活生生饿死！”

“是，公主。”

穆寒在屋内听到她狠毒的声音，冷冷嗤笑。

这个毒如蛇蝎的女人，他绝不可能对她有所反应。而事实也证明如此，她一走远，香气散去，他的身体就恢复了正常状态。

曲嫣气呼呼地走开。

她倒不是气穆寒，而是气胡乱搞事的系统。

“小七，你出来！”她唤出系统助手，“你给我老实交代，我身上的香气是不是有什么问题？”

“回禀宿主，你之前不是抱怨这个香气没什么用吗？系统这次给你增加了福利。在古代这个世界，你的香气在血腥气的激发之下，能令男人神魂颠倒。”

“……什么玩意儿？”曲嫣简直更生气了，“我不要！你给我收回去！”

“对不起，宿主，小七没有这个权限。”小七的声音一如既往地萌动欢快，“但宿主可以用积分购买‘香气屏蔽丸’，服用一粒能屏蔽12

个时辰。”

“要花多少积分？”

“一袋 10 粒，整袋买有折扣价哦，只要 8 万积分。”

曲嫣都想翻白眼了。

合着就是想扣她的积分。

周扒皮！

“买！给我来一袋！”曲嫣没办法，忍着肉疼的感觉，大手一挥，在系统商城里购买了一袋香气屏蔽丸。

“叮！恭喜宿主，购买成功！宿主的总积分，实时更新，现在是 1072 万积分！”小七提醒道，“宿主请加油，这个古代世界的难度是 SS 级，完成任务之后可以获得双倍积分，即 200 万积分。”

“行，我知道了。”

曲嫣忍不住在心里吐槽，SS 级就这么难了，更高难度的 SSS 级和 SSS+ 级，那得可怕到什么地步？

“宿主请放心，SS 级以上的难度，需要在宿主的同意下才会开启。”

曲嫣“嗯”了一声，关掉系统。

她回到公主寝房，招来贴身宫女凝竹，问道：“本公主记得，府中有一位易容术精湛的医女？”

“回公主，是的。您要找医女来为您乔装易容吗？”凝竹自小就服侍三公主，对于她贪玩爱刺激的性子很了解，以为她又想乔装出去玩。

“没错，你马上替本公主把医女叫来。”

“是，公主。”

经过医女的巧手，曲嫣容貌大改，完全符合她的要求。

她看着铜镜里自己的脸——原本凝白若雪的肌肤变成了蜡黄色，看上去像长期营养不良。眼皮处不知用了什么黏稠剂修饰，双眼皮消失了，眼睛变小了，挺翘的鼻子也变成了小圆鼻。医女还很细心地将她脖颈和双手的肌肤改色，她简直像彻底换了个人。

曲嫣表示很满意，穿上府内下等宫女的衣裳，对凝竹和医女警告道：“本公主易容之事，不许泄露，否则……”

“是，奴婢不敢！”

凝竹和医女立刻吓得跪了下来。

三公主惩罚人的手段，她们再清楚不过，打死都是轻的，折磨到发疯才是最可怕的。

曲嫣见她们如此惊恐，心里不禁默默叹了口气。

“都起来吧。”曲嫣挥挥衣袖，让她们下去。

天黑入夜之后——

曲嫣吃下一粒香气屏蔽丸，乔装成小宫女。

守在马厩茅屋外面的侍卫，提前收到过她的暗中命令，巡逻时要多偷懒。

她蹑手蹑脚地，很顺利就进入屋内。

穆寒躺在木榻上，似乎已经睡着了。他身上的裂口未经处理，血迹染红了衣衫，已经干涸。

自从他被关进大牢，就几乎没有吃过东西，今天又饿了一整天，嘴唇干裂。他的状态非常糟糕。

曲嫣走近，摸了摸他的额头，幸好没有发烧。

“谁？！”

昏睡之中，少年仍然很警觉，猛地睁开眼，目光凶狠。

“嘘……你小声点！”曲嫣小声说道，“我是来给你送饭的，你别这么大声，惊动了巡逻的侍卫就糟了。”

“你是谁？”穆寒戒备地盯着她。

“我叫小橙。”曲嫣用了宫女的名字，“柑橘橙的那个橙。”

“谁派你来给我送饭？”穆寒并未轻易放下防备，看了一眼她手里的馒头，“难道你不知道你们三公主已经下令，不准给我送食物？”

“我是偷偷溜进来的。”曲嫣开始一本正经地编故事，幽幽叹了口气，说道，“你可能不记得了，那天在驯马场，有一匹马受惊狂奔，我被撞倒在地，差点死于马蹄之下。幸好你及时勒住缰绳，驯服了野马，救了我一命。”

根据她的资料，确实有这么一件事。

他刚进公主府的时候，三公主知道他之前是马奴，就让他驯马。有一匹野马性烈，横冲直撞，不少宫女侍卫被撞倒，最后是穆寒驯服了那匹野马。而小橙这个人，也确实存在。

曲嫣心知，穆寒身为男主角，必定心思缜密，警觉多疑。她要假扮，就得足够真实。她已经让人把小橙这个宫女偷偷藏起来，由她冒名顶替。

“我虽然只是个下等奴婢，但我娘从小教我，受人点滴恩惠当涌泉相报。”曲嫣眨着不大却清澈的单眼皮眼睛，一脸诚恳，“我没什么本事，没法救你出去，只能给你带两个馒头，你别嫌弃。”她从怀里又摸出一个馒头，塞给他，“喏，你吃吧！”

穆寒拿着，并没有吃。他已经饿了太久，肚子里如痉挛般抽痛，极为难受，但天生的警惕性让他没有轻易相信这个其貌不扬的小宫女。

“你是不是口干，吃不下？”曲嫣装作不知道他的防备，憨厚地说，“我去给你倒点水。”

木桌上，有一壶冷掉的茶水。

这是太医来看诊时，宫人给准备的。

曲嫣倒了一杯水过来，递到他干涩的唇边：“你嘴唇都干得起皮了，喝点水吧？”

穆寒黑亮的眸子盯着她。

曲嫣与他四目相对，没有闪避。

这个时候她一定不能慌，既然选择了这个方法来接近他，她就得演到底。

“你怎么了？”她催促，“快点吃吧，万一被侍卫发现，恐怕就要被收走了！”

“你就不怕被发现，受到三公主的惩罚？”穆寒开口，冷冷地问。

“三公主那样的大人物，不会注意到我这种烧火的小宫女。”曲嫣眼也不眨地撒谎，“我是趁着侍卫换班，偷偷溜进来的。等会儿我再原路溜出去，没人会发现的。”

穆寒接过茶杯，一口饮尽。

冰冷的茶水苦涩，顺着喉咙滑下，进到空荡荡的胃里，竟有点痛。他倒不怕她下毒，他自幼以身试毒，百毒不侵。

这种痛，是饿到极致的痛。为免暴露身份，他一直忍着。

“你是不是嫌馒头不好吃？”曲嫣看他皱着眉头，拿着馒头却没有入口，“你喜欢吃什么？我在厨房当值，有时候可以偷偷拿几块肉。明天我想办法给你偷一个鸡腿来。”

穆寒看了她一眼，没有说话，拿起馒头咬了一口。

他吃得很慢。

胃里难受，但慢慢地，有了食物的抚慰，冰凉的身体渐渐生起一丝暖意。

曲嫣看他把两个馒头都吃了，不禁露出一个开心的笑容："你吃饱了吗？我给你带了一些金疮药。这是平日受罚打板子后给的药，不金贵，但效果还可以。你试试？"

她从怀里又摸出一包东西。

"你自己上药哦，我不会偷看的。"曲嫣把药放在床榻边，转过身，背对着他。

屋里没有点蜡烛，只有窗外的月光照进来，光线浅浅。

穆寒拆开她放在榻边的药包，粗糙的旧布包裹着，里面是半盒廉价的金疮药，确实是给下等宫人用的药。

他用手指蘸了一点点粉末，涂在身上裂开的伤口处，没有异常。

"好了吗？"曲嫣等了好一会儿，才出声问。

"嗯。"少年淡淡的嗓音。

曲嫣转过身来，弯眸一笑："你肯用就好了，我还怕你嫌弃我的东西粗糙，不肯用呢。"

她这张脸实在称不上好看，但笑起来时，那单眼皮小眼睛里像是有光芒，灿烂如星子。

穆寒的目光从她脸上缓缓掠过，哑声说了句："多谢。"

他心里不是没想过，这有可能是恶毒的三公主所设的诡计，故意找个人来施恩，戏弄他。但想深一层，这事没什么必要。

那个三公主只不过把他当成伶人男宠，贪色图新鲜。如此"隆重"的用心，她应该不会放在他一个奴隶身上。更何况，就算是真的，他也没什么损失。

"不客气，是我该谢谢你才对。"曲嫣尽职地扮演着小橙的角色，"你救过我，不然我早就被扔到乱葬岗了。三公主对待暴毙的下人，一向如此。"她说着自己的坏话，"我听厨房干活的姐妹们说，你是被强抢进府的，遭了不少罪。你以后还是服点软吧，三公主的心可狠了……"

她捂住嘴，淋漓尽致地演绎一个下等小宫女对恶名昭彰的公主的恐惧。

"你被三公主打过？"穆寒半靠在榻上，淡声问。

"没有。"曲嫣摇摇头，"我平日就在厨房里干活，没什么机会见到三公主。罚我们的都是掌管厨房的嬷嬷。"

她卷起袖子，露出一道道被鞭打过的红痕。这是她让医女做上去的，十分逼真，不仔细看根本察觉不了。

“你为什么会进公主府干活？”穆寒不动声色地试探，“自幼就进府？”

“不是，我是被我爹卖进来的。”曲嫣伤心地叹了口气，“我爹是北朝人，我娘是燕国人。我爹瞧不上我娘的身份，喝醉酒就打我娘，骂她是异族贱人。后来我娘病死了，我爹嫌我是个没用的女儿身，就把我卖给了牙婆。”

这是小宫女小橙的真实身世，曲嫣情真意切地讲述着：“我七岁的时候被牙婆转卖到青楼，老鸨嫌我长得不好看，将来肯定不值钱，让我烧火干粗活。后来老鸨又把我卖给另外一个牙婆，辗转着就到了公主府。”

“你娘姓什么？”穆寒继续追问。

“姓金。”

穆寒淡淡点头，这确是燕国的姓氏。

曲嫣见他点头，心里悬着的大石终于放下。

男主角不愧是男主角，果然不好糊弄。还好她熟读这个世界的信息，选择了小橙这个宫女的身份。

“你娘是燕国哪里人？”穆寒瞥她一眼，俊美白皙的脸上看不出什么情绪，“你应该知道我是燕国战败的俘虏，我是京都人。”

“我娘也是京都人。”曲嫣眨了眨眼，流露出一丝向往之情，“小时候，我听我娘说过，燕国京都繁华似锦，商铺酒楼林立，百姓都过得很好呢。”

穆寒心底狠狠一痛。

曾经的燕国京都，确实是繁华似锦，百姓安居乐业。可那一切，都已经不复存在！

当年，导致燕国战败，引领北朝敌军入京都的叛徒，是他父皇最信任的镇国大将军，鲁元彪。这个狼心狗肺的叛徒，如今成为北朝的异姓王爷，享受着荣华富贵。

他迟早会亲手割下他的狗头！

“你好好休息，我明天再来给你送饭。”曲嫣悄悄地把他的神情都看在眼里，知道他忆起了国破家亡的惨痛。

她故意说出自己娘亲是燕国人，就是为了拉近两人的距离，多一点亲近感。

将来，她有机会帮他的时候，也好有个恰当的理由。

“你明天不必再来，危险。”穆寒淡淡地看着这个面黄肌瘦的姑娘，“我死不了。”

“不行！”曲嫣固执地摇头，“你又不是神仙，怎么会死不了？人不吃饭就会死。”

她不给他拒绝的机会，轻手轻脚地走出茅屋。

曲嫣走后，屋梁上悄无声息地跃下来一个黑衣人，单膝跪地，恭敬地道：“殿下，可要属下去查此人身份？”

穆寒眯了眯眼，周身尊贵气势再无遮拦，冷然道：“查！”

黑衣暗卫领命，身形如鬼魅，悄然消失于屋内。

曲嫣离开茅屋，没有急于回公主寝房，她往偏苑的厨房方向走去。

“宿主，有人跟踪你。”系统助手小七提醒她。

“嗯，猜到了。”曲嫣并不意外。

以男主角的警觉性，肯定不会轻易相信一个小宫女。他忍耐蛰伏在三公主府，是为了寻找一件重要物品，事关复国。未达成目的之前，他不会随便暴露自己的身份和势力。

其坚韧吃苦的心性，可见一斑。

曲嫣一边想着，一边走入偏苑的下人厢房。

公主府的下等宫女都是住大通铺，她不动声色地爬上小橙的床位。

“小橙，你大半夜的，又去茅厕了？”隔壁床铺的宫女被吵醒，咕哝埋怨了一句。

“嗯，我肚子有点疼，可能是吃坏东西了……”曲嫣模仿着小橙的嗓音，惟妙惟肖地回道。

“赶紧睡吧，明天一早咱们还要当值。”隔壁床铺的宫女翻个身，又接着睡了。

“好的……”曲嫣盖上被子躺下来，打了个哈欠，干脆小睡片刻。

小憩半个时辰，她才悄然起身，偷偷回到公主寝房。

而另一边的马厩茅屋，暗卫回去复命——

“殿下，那个小宫女目前看来并无可疑。是否还要再查查她的家世身份？”

“查。”穆寒躺在榻上，闭目养神，淡淡地说。

“是，属下领命。”

曲嫣回到寝房，卸去了易容，铜镜里映出的是晶莹娇嫩的小脸。

“许医女，你这易容术……”曲嫣转头看向站在身后的医女，问，“能否教给本公主？你要多少财物赏赐，只管说。”

许医女是三公主母妃佟贵妃的心腹，被指派到公主府来当差，忠心耿耿。她闻言立刻跪下，恭敬道：“公主有命，奴婢自当倾囊相授。”

“起来吧，别动不动就跪。你只管教，该给的赏赐本公主不会少了你的。”

曲嫣心想，这易容术虽然精妙，但维持不了几天，她总不能时时刻刻带着许医女在身边，还是自己学会了好。顺便，她要把系统空间开启，放些易容所需的物品、武器、食物之类的东西。

“小七，我要开空间。”她默默地命令道。

“宿主，开启储物空间需要 50 万积分。”

“开！”

曲嫣说得爽快，心里还是很心疼。

她一直没舍得花费积分开启储物空间，但舍不得孩子套不住狼，再心疼也得忍着了。而且，以后的任务也需要用到这个空间。

“叮！恭喜宿主，已开启储物空间，可永久使用。初级空间 10 平方米，每增加 10 平方米需再消耗 10 万积分。”小七详细地介绍，“宿主目前总积分，实时更新，现在是 1022 万积分。”它还热情推销，“系统商城里还有许多新奇的道具，等着宿主逐一兑换哟！”

“滚。”曲嫣没好气地说。

就知道剥削她的劳动成果。

“宿主，古代世界危险，你确定不来一套绝世武功秘籍？只需要 20 万积分，速练速成。”小七毫不生气，继续推销。

“不用！”

曲嫣连忙关闭了系统。

想诱导她冲动消费，哼，想得美！

曲嫣学完易容术，整理好储物空间，就美美地睡了一觉。

翌日一早，贴身宫女凝竹急匆匆地跑进来，禀告道：“公主，不好了，四公主带着人闯进来了！”

“她又闹什么？”曲嫣起床，一边被宫女们服侍着穿衣洗漱，一边问道，“她带的是什么人？”

“四公主拿着刑部手谕，说是要抓逆贼。”宫女凝竹气愤地道，“四公主未免欺人太甚，分明就是故意闹事！”

“抓逆贼？”曲嫣蹙了蹙眉，“哦”了一声，“我懂了。她冲着那个奴隶来的。”

看来四公主色心不死啊。

抓什么逆贼，其实都是借口，不就是想随便找个理由把穆寒抓了，然后再从牢里把他救出去。这样就可以顺理成章，让穆寒成为她的人。

这招倒是不错。

“公主，您可不能让她欺负到您头上。”凝竹不在乎什么奴隶，她是三公主府的人，自然要站在三公主这边。

“凝竹，你拿着本公主的令牌，带一队侍卫，去拖住四皇妹。”曲嫣脑筋一转，已有主意，“能拖多久就拖多久，明白吗？”

“是，奴婢这就去！”凝竹拿着令牌，一马当先，冲了出去。

曲嫣挥挥手，让身边伺候的几人都退下去。她自己坐在铜镜前，开始迅速易容。

四公主想抓人，门儿都没有。

穆寒若被抓走了，那她还怎么完成任务？

片刻后，曲嫣换衣乔装妥当，就往马厩的茅屋行去。

附近巡逻的侍卫在她的特意安排下，有很大的空隙，所以她轻易就进入了茅屋。

“穆……穆公子？”她小声唤道。

“是你。”

穆寒已醒，气色虽不佳，但比起昨天好了许多，也许他私下里服用过什么疗伤药丸。

“你快点走，我听到外面吵闹，听说是四公主带着刑部的人来抓你了！”曲嫣表现得十分焦急，上前揪住了他的衣袖。

穆寒拨开她的手，起身下床。

曲嫣见他波澜不惊，似乎早已知道四公主来闹事的样子。她心里猜测，或许他的暗卫已经给他传递了消息。

她脸上装作不知，继续忧急道："四公主比三公主还坏，你快走！我知道从偏苑出去，有一个狗洞，能通到外面的大街。我们姐妹有时为了赚点私房钱，偷偷绣帕子从那里溜出去，卖给小贩。你放心，很安全的！"

"好。"穆寒凝神看了她片刻，忽然点头答应。

曲嫣不知道他心底有什么打算，反正此刻也不重要。

她面上一喜，捉住他的手，急切道："你跟我来！我知道侍卫巡逻的规律。"

穆寒不喜女人碰触，不动声色地抽回手，跟在她后面："你带路。"

曲嫣确实是最清楚公主府巡逻规律的人，她看过所有地形和排班。

她左拐右拐，带着穆寒一路安全地来到后厨偏苑。

"就是这个狗洞。"曲嫣指着墙角被花盆挡住的地方，"你是不是没爬过狗洞？我爬给你看。"

她怕他放不下曾为太子殿下的身段，所以率先示范，搬开花盆，纤细娇小的身子灵活地钻出了墙洞。

很快，穆寒也跟着钻出来。

他一身粗布衣裳，容色俊美，即使从狗洞里钻出来也依旧不掩如玉光华。

"你有可去的地方吗？"曲嫣问。

"有。"他淡淡回答。

"那你快去吧。"曲嫣转身，说着就要往回走。

"你不跟我一起走吗？"穆寒突然问。

"啊？我为什么要跟你一起走？"

"如果你回去，很可能被查出是你放走了我。"穆寒用冷冽的眸子看着她，语气淡漠，听不出是担心还是试探，"一旦被查到，你就会被打死。你不害怕吗？"

"会被查到吗？"曲嫣有点不安起来，"那我怎么办？"她在原地犹豫了一下，忽然像下定决心一样，坚定地说道，"你在这里等我一下，我去把我的私房钱都拿出来，跟你走！"

穆寒点头："我等你。"

曲嫣知道他绝对不是真的那么善良，他是在试探她。

"好！"曲嫣飞快地钻了回去，拿着一袋碎银，很快就又溜了出来。

穆寒不动声色地看着她的动作。

“我们现在往哪里走？”曲嫣揣好银子，一脸期待地问。

“会骑马吗？”他问。

“不会。”

其实她会，但小橙不会。

“那只能徒步。怕不怕辛苦？”穆寒又问。

“不怕。”曲嫣非常肯定地回答他。

五个时辰后，曲嫣十分后悔自己之前说过那句话。

早知道她就说，她可以学骑马。

干什么要受这种苦啊！

穆寒挑选的路线是山路，攀过一座名为青柏的荒山，绕路出京城。

山路崎岖，处处是灌木，还有不少暗藏的野兽。既辛苦，又危险。

随着天色渐暗，夜幕降临，危险程度又增加了几分。

“呜呜……我走不动了……”曲嫣坐在一块山腰的大石头上，揉了揉腿。

她感觉双腿已经不是自己的了。

又酸又麻，快要废了。

“穆公子，我们休息一会儿吧？”她好心地说，“你身上还有伤，这样走下去，恐怕会吃不消。而且，我饿了……”

她无辜地看着他。

她蜡黄的脸庞虽不美丽，却有种娇憨的气质。

“我去抓兔子，我们烤兔子吃好吗？”曲嫣想到香喷喷烤得流油的兔子腿，顿时又有力气了，从石头上跳下来，气势汹汹地道，“你等着！我去抓一只又肥又好吃的兔子！”

她不等他回答，一头钻进了古树林中。

穆寒眯了眯眼，看着她远去的背影，没有阻止。

他在大石边盘腿坐下，闭目调息。

这个小丫头，有些古怪。

暗卫查回来的消息，并无异样。确实如她所说，父亲是个酒鬼，贪财好色。母亲是燕国人，早已经病亡。

身份上没有什么可疑，但怪就怪在她一点也不像从小被贩卖、吃惯苦干惯粗活的小丫头。她似乎很天真，对他又善良又信任，竟敢跟着他一个尚算陌生的男子私奔。她还有些娇气，耐不得饿，受不了渴。更奇怪的是，她虽肤色黑黄，手心却柔嫩。先前她几次捉他的手，他感觉到触感细腻，不似有做过粗活的茧子。

他暂时还不想戳破她，就顺着她的意思，一起私奔，看她背后究竟有什么样的大鱼，对他有什么阴谋。

“抓到了！”曲嫣惊喜的声音从林子里传了出来。

她手里提着一只山鸡，开开心心地跑出来，献宝似的送到他面前：“你看，我抓到了！虽然没捉到兔子，但烤鸡更好吃！”

穆寒睁眼，见她笑得眼睛弯起来，像月牙儿一样可爱。他点点头，难得出言夸赞：“嗯，很厉害。”

“是吧？我也这么觉得。”曲嫣笑眯眯的，把山鸡塞到他手里，“我不敢杀鸡，你来吧。”

穆寒话少，拎着山鸡，听着水流声来到一处瀑布边，用匕首处理了山鸡。

他虽曾贵为太子，但父皇对他并不娇宠。十岁起，他就跟着燕国军队守卫边疆，山野生存的本领不在话下。

他洗干净山鸡，用树枝穿起来，就地生火，架在篝火上烤。

曲嫣闻香寻过来，馋得快流口水了：“嗯……一定很美味。”

她空间里有盐，等下偷偷给自己撒上一点，就更好吃了，哈哈哈！

她正美滋滋地想着，突然就见穆寒警惕地站起身，盯着林子不远处。

“怎么了？”她问。

“有追兵。”穆寒语气冷静，瞥了她一眼，“人数不少。”

“我们快跑！”曲嫣一急，又忘了他不爱别人触碰，抓住他的手就跑。

她专挑黑暗的地方跑。越暗，越安全。

穆寒顺着她的意思，没有任何异议。他这次没有甩开她，反而握紧了她的手，仔细感受她手心柔软的触感。

他很确定，她的手掌没有半点干过粗活的茧子。这不是一个厨房当值的小宫女该有的手。

穆寒眸色幽冷，比夜色更暗，无声地染上几分冰冷的煞气。

这个小丫头，恐怕早已知道他的身份。虚与委蛇，假装救他。只是不知，她最终的目的是什么。

“这里安全了吗？”曲嫣拉着他跑到一个小山洞，压低嗓音，小声道，

“等会儿万一有人追来，你躲好。我出去引开他们。”

“你不怕被捉到？”穆寒的声音在黑暗中显得冷硬。

曲嫣蓦地一愣，他的语气不对。

“你怀疑我？”她转过眸子，与他正面对视。

山洞里没有光线，她看不清他的脸，但依稀能看到他漆黑冰冷的眼瞳。

“你不信我是真心要救你？”她忽然轻声一笑，“需要我证明吗？怎样你才会信？”

穆寒盯着她的眸子，薄唇轻启，字字冷酷入骨：“你现在出去，被追兵一箭射死，或许，我会信。”

“原来你真的怀疑我。”她的语声很低，充满失望。过了片刻，她振作起来，轻轻地说，“不管你信不信，我都是来救你的。我去引开追兵，你自己走吧。”

她举步，慢慢走出山洞。身后，穆寒没有喊住她。

曲嫣咬了咬唇，拔腿奔跑了起来。

她跑得毫无章法，在森林里横冲直撞，一队四公主府的追兵远远看到她，便大喊：“什么人？站住！”

“小七！马上给我兑换武功秘籍！”曲嫣在心里大喊。

脸好疼，她自己打的！

“叮！恭喜宿主，兑换成功！秘籍传输中，宿主请接收。宿主的总积分，实时更新，1002万积分。”

曲嫣跑着跑着，感觉自己脚下生风，凌空踏了几步，一跃飞上了树梢。

啊，这种感觉太爽了！

呜呜……这是花钱开挂的快感啊！

她很快就掌握了轻功步伐，故意领着追兵往山下去，渐渐远离穆寒藏身的山洞。而另一边，穆寒听着外面的动静，嘴角扬起冷峻的弧度。

果然，她并不是一个简单的小宫女，竟是个绝世高手。

听这轻功的灵巧劲，她的武功绝不在他之下。但奇怪的是，一个练武之人的手居然如此柔滑，着实令人费解。

第二章

许我皇后之位可好

曲嫣在山下乱兜圈子，那些追兵早已经被她绕得晕头转向，根本就分不清该继续往哪里追。

曲嫣看玩得差不多了，这些追兵不成气候，她脚下一点，飞上树梢，一路凌空踏着树叶往山腰而去。

她还记得之前和穆寒藏身的山洞，但不知道穆寒是否已经离开。

照理说，她破罐子破摔，他肯定彻底不信她的身份了，应该不会再停留在原地才对。可是，当她返回山洞，他竟然还在。

“咦？”曲嫣好奇道，“你怎么还没走？”

黑暗中，穆寒冷冷地看着她：“我等着看，你还有什么打算。是负伤归来，向我索恩？还是带着追兵，设陷阱诱捕我？”

“你想多了……”曲嫣从怀里摸出一个火折子，点亮漆黑的山洞，笑嘻嘻地道，“我武功这么好，怎么可能负伤？”

积分可不能白花。

系统虽坑，东西却货真价实。

“你这是承认了。”穆寒黑眸微眯，扫过她轻松洒脱的笑脸，“一个厨房打杂的小宫女，如何拥有一身绝世武功，你不打算解释解释？”

“你不是早就怀疑我的身份了吗？”曲嫣无所谓地耸了耸肩，“正如你所料，我并不是什么小宫女。”她还很大方地告诉他，“我坦白告诉你哦，其实我易容了。”

穆寒抿了抿薄唇。

果然如此。

如他所推测，她此刻的模样，并不是她真实的容貌。

“你到底是什么人？”他冷声问，“你有何目的？”

“我说过了，我是来帮你的。”曲嫣走到洞口，搜集了一些干树枝，点燃，一边说，“其实我知道你不叫穆寒。你原名叫慕容寒，是燕国的太子。”

穆寒骤然一惊，身法极快，瞬息间就到了她背后，伸手掐住她的咽喉，厉声道：“说！你是什么人！”

曲嫣一点也不着急，慢条斯理地点燃火堆，反手握住他的手腕：“我劝殿下不要这样，何必互相伤害呢。”

她稳稳地按在他经脉的麻穴上。

穆寒不动声色地松开她。

这个古怪女子，力气奇大，甚至比行军打仗的彪悍武将还要猛烈。她看似轻轻一捏，却足以令人骨碎。

“那些追兵，已经被我甩掉了。”曲嫣席地而坐，从怀里又摸出一包东西，“我肚子实在太饿了，不如我们边吃边聊。”

她拿出来的是一包桂花糕。

这是她之前放在空间里的食物之一。三公主府的厨子手艺极好，做出来的糕点极为美味。先前她假扮小橙，不便表现得过于离谱，而现在……她是绝世高手，不怕夸张。

“你也吃一块吧，我保证没有毒。”她硬塞了一块到他手里，忽然想起看过的资料，恍然道，“我差点忘了，你是百毒不侵之身，不用怕我下毒。”

“你——”穆寒冷静的心底又是一惊。

她不仅知道他是燕国太子，竟还知道他百毒不侵？她究竟是何来历？

“你放心，我不会害你的。”曲嫣吃完桂花糕，拍了拍手上的碎屑，看着他，一本正经地说，“其实我是一个隐世高手，自幼跟着师父隐居山林。你别问我师父是谁，总之，我奉命出山，是为了帮你复国。”

别问，问就是系统给她的任务。

“你为何要帮我复国？”穆寒不再隐瞒身份，直接问道。既然她对他的底细已经了解得如此清楚，他再隐瞒也无意义。

“因为我想向你求一件事。”曲嫣在他锐利的目光下，不惊不慌，缓缓地说道，“待你复国成功，登上皇位，我要你许我皇后之位。”

这自然不是真的，她只是想借此取得他的信任——一个毫无所求的人，反而更令人怀疑。

试问，又有谁会无缘无故、奋不顾身地对另一个人好呢？

男主如此警惕之人，想必更愿意用一个有野心的人。因为，人只要有欲望，就更容易被操控。

“你凭什么帮我复国？”穆寒盯着她，想从她眼睛里看出贪婪或虚伪之色。

“就算我现在说得天花乱坠，你也未必相信，不如走着瞧。”曲嫣的计划就是跟在他身边。

他去哪里，她就跟去哪里。

只有朝夕相处，她才有机会感化他的暴虐杀戮之心。

“既然你不肯坦诚相告，那我也不敢用你这样的人才。”穆寒唇边扬起嘲讽的弧度，起身向山洞外走。

“我就知道……”曲嫣小声嘀咕。

智商高的男主角就是难骗啊。

她不管，反正她跟定他了。

曲嫣现在有武功在身，轻轻松松就能跟上他，任由他怎么选择曲折路径，都甩不掉她。

几番你追我赶的斗智斗勇之后，穆寒放弃了徒劳的“逃跑”。他心中的震惊只增不减，他这一路有意试探，察觉到她内力深厚，气息平稳，无论多陡峭的山壁飞身而下，气都不喘一下。

武功之高，恐怕比他名列武林第一的师父还要高出一筹。

这般厉害，那她师父，只怕真的是多年前就归隐山林的绝世高人。

“我们休息一会儿吧？”曲嫣看他停下来，趁机劝道，“找个山洞睡一觉，如何？”她怕他误会，急忙解释，“我不是那个意思，就是纯粹休息！”

穆寒这一路跑下来，气息有些不稳，白皙冷峻的俊脸微微泛红。他拂去额上的薄汗，一声不吭，转头向后面的小山洞走去。

曲嫣跟上，她好奇地问：“既然你武功这么好，为什么被三公主鞭打时不反抗呢？”

穆寒进入山洞，在角落靠壁坐下，冷淡道："那时我练功走火入魔，不能动用内力。"

说来也怪，自从燕国覆灭，他被俘虏之后，也许是因为情绪过于跌宕，他在夜里修炼内功时走火入魔，几乎废了一身武功。后来被三公主抓走，遭受酷刑，反倒在痛苦折磨中，突破了修炼瓶颈。

"这是男主角的命运，注定多灾多难。"曲嫣小声道，"天将降大任于斯人也，必先苦其心志，劳其筋骨……"

穆寒听到她后半句话，抬眸瞥了她一眼："你读过书？"

曲嫣点头："嗯，师父教的。"

穆寒看着她蜡黄的面容，忽然道："你原本长什么样子？"

曲嫣叹了口气，哀伤地说："我长得太丑了，所以师父教我易容术，就是怕我出去会吓到别人。我看那个小宫女小橙长得还行，就易容成她的模样。"

"长得还行？"穆寒不禁挑眉。

她对于美丑，是否有什么误解？

难道真是因为山中长大，少见人烟，对于外面的世俗不了解？

"至少，比我原本的容貌好多了。"曲嫣十分肯定地说。

这点她很确定。

在男主角的眼里，三公主再美，也都如蛇蝎般丑陋狰狞。

"既然如此，我也不便强人所难。"穆寒话锋一转，"但你若真要投诚于我，不以真面目示人又怎能显示诚意？"

"那好吧，等我们出了这座山，我梳洗过后，再给你看真容。"曲嫣眼也不眨地说谎。

她都已经学会易容术了，换个样子来易容不是问题。反正，不能是三公主的样子。

"拭目以待。"穆寒看着她狡黠的眸光，心中有数，这姑娘嘴里没有几句真话。

但她身上确实并无恶意。以她的武功，想要取他性命并不难。她要害他，只需去北朝府衙大声宣扬他的身份。如此看来，她应该有更大的图谋，比如她亲口所说的皇后之位，抑或更巨大的野心目标。

"你真名叫什么？"穆寒在脑中快速分析了一遍局势利弊，决定暂且不与她交恶，淡声问道。

“我叫……”曲嫣歪了歪脑袋，把问题推给了他，“我师父没给我取名字，就叫我丫头。不如你给我取一个？”

穆寒自然看得出，她并不想说真话。

他没有在这个问题上较真，随口问道：“你可有喜欢的字？”

曲嫣想了想，回道：“我喜欢‘宝’字。”

穆寒沉吟片刻，道：“宝，珍也。那叫你‘元宝’可好？”

他是故意整她的吧！元宝，她还蜡烛呢！

“不喜欢？”穆寒眉梢微挑，见她气呼呼地嘟嘴，黑眸掠过一丝浅淡笑意，“那叫宝珠？珠圆玉润，取其珍贵之意，如何？”

“你才珠圆玉润呢。”曲嫣非常不满，挥挥手，道，“亏你还是三岁识字，五岁可背《论语》，八岁能做策论的神童太子呢，取的都是什么名字。你还是叫我丫头吧，我不要什么奇奇怪怪的名字了。”

穆寒不语，她果然对他的事情了如指掌。

“爬了一整天的山，又跑了大半夜的路，好困。”曲嫣在山洞里找了一块还算干净的地方，侧身躺下，“我们睡醒了再启程吧。”

她闭上眼睛，毫无防备的样子。

穆寒手中握着一颗小石子。若她熟睡，他只需一颗石子就能取她性命。怎会有人如此天真不知防备？

“穆寒，晚安。”曲嫣嘴里含糊地说了一声，翻身背对着他，便真的入睡了。

穆寒手中的石子悄无声息地放回地面，他靠着山壁，闭上了眼睛。

夜色渐深。

山中寂静，除了偶尔的虫鸣，只剩下两人轻浅交织的呼吸声。

曲嫣睡得很熟，梦中还有一只烤得金灿灿、香喷喷的鸡腿。

“嗷呜……”她张口想咬，却只咬了一嘴空气。

她非常不开心地从梦中醒来。

山洞漆黑，只有洞口照射进来的一丝月光。

穆寒靠坐在靠近洞口的地方，月光照在他俊美白皙的脸上，好看得像是一幅画。

他的容貌仿佛上天恩赐，每一处五官都精致得恰到好处。乌黑的长眉，闭合的眼型微弯，睫毛密而长，垂掩下来如同小扇子。高挺的鼻梁，嘴角自然轻抿，在月色照映下仿佛染上一层光晕，泛出诱人的浅殷色。

好想咬一口……

曲嫣"啪"地拍了一下自己的脸。哎，想什么呢！那可不是鸡腿！

她拍脸的声音清脆，在黑夜里格外清晰，但警觉如穆寒竟然没有醒过来。

曲嫣不禁怀疑地皱了皱眉。她起身，轻轻走近他，这才看清他脸上带着异常的红晕。

"穆寒？"她试着唤他。

"嗯……"他含糊地应声，慢慢睁开眼睛。

墨黑如玉的眸子，似乎带着几分迷离。

平日的冷厉锋锐之色褪去，此时才有十六岁少年该有的一丝脆弱和茫然。

"母后……"他口中呢喃，眼神不太清醒，捉住曲嫣的手，紧紧握住，"母后别走……求你，不要自尽……"

曲嫣心中一软，轻声道："别怕，我在这里陪你。"

据她所知，燕国灭国那日，他的母亲被破城而入的敌军所抓，当场凌辱，最后悬梁自尽于宫殿之中。那年他才十三岁，冒险赶来时，母亲尸身已凉。他没有流下半滴眼泪，跪在母亲尸体前，重重地磕了三个响头，说："母后，儿必为您复仇，杀尽北朝狗贼！"

"母后……"穆寒不停地唤着这两个字，像是着了魔一样。

曲嫣抬手摸了摸他的额头，没有发烧。她猜，这是他的心魔。

"没事了，都过去了。"她俯身，轻轻抱住他微颤的身体，"你会复国的，一定会成功，相信我。"

她抱着他，手绕到后面，轻拍他的背。

他渐渐安稳下来，闭眼像是睡着了。

曲嫣准备松开怀抱，谁知他突然间收紧了力道，她一个趔趄，上半身前倾，完全贴在了他的胸膛上。

"穆寒？"曲嫣有点脸红。

贴得太紧了。

"穆寒，你快点放开我。"她微咬着嘴唇，有些恼怒。

这人该不会借机占她便宜吧？

资料里不是说他经过三公主一事之后，有厌女症吗？

"嗯……"穆寒只发出无意义的单音。

事实上，他此刻正陷在噩梦之中。

画面从惨痛的灭国之日一闪而过，突然变成了白茫茫的迷雾之地。那里很安全，令人心境柔软，四周散发着淡淡的花香。

“穆寒，你再不放手，我就要点你穴道了！”曲嫣威胁道。

她皱了皱鼻尖，好像闻到了自己身上的玫瑰香。香气屏蔽丸的十二个时辰效果已经到期了吗？

“穆寒，你身上的伤口是不是又裂开了，流血了？”曲嫣被他抱得很紧，无法查看他身上的伤。

估计没错，跑了一整天，伤口不裂开才怪。

“哎，你……”曲嫣猝不及防被他推了一下，跌倒在地，随即他整个人覆了上来，压在她身上。

他浑身热烫，缓缓睁开的眼睛中充满了赤红。很明显，是走火入魔的征兆。

“穆寒，你冷静点！”曲嫣伸手抵在他的胸口，“我武功虽好，但我不会疏导真气，不知道怎么帮你导引归元。你得靠你自己的意志，要不然等你清醒过来……”

会恨死他自己吧？他那么讨厌碰女人。

曲嫣一时也不敢乱点他的穴道，万一弄不好气血倒流，直接残废了可怎么办。

“你心里是不是压抑着太多东西了？”她尝试着引导他，“你说给我听，说出来就好了。”

穆寒双腿压着她，紧贴着她柔软的身躯。他这短短十六年，确实过得太压抑。身为皇后之子，他一出生就被立为太子，然而还有其他七个兄弟虎视眈眈，无时无刻不想着将他拉下位。

母后为防他死于阴毒手段，找了南疆奇师，让他以身试毒。毒药又苦又痛，日日煎熬，才达到了最后百毒不侵的效果。

他平日生活不是勤奋读书，就是刻苦练武，年纪略大一点就跟随军队风餐露宿，行军打仗。无论灭国前还是灭国后，他都不曾过过安逸舒适的日子。

“穆寒？”曲嫣见他似乎清醒了一点，伸手轻拍他的脸，“你还好吗？醒了吗？”

穆寒突然捉住她的手，放到嘴边，狠狠一咬！

曲嫣惊叫一声："你干什么？！"

他咬着她的手不放，十分用力。

曲嫣疼得想揍他："慕容寒！你再不放开，就别怪我不客气了！"

她气得直呼他的本名。

穆寒听到这个名字，赤色瞳眸一滞，齿尖停顿。他嗅到了血腥气，更觉热气翻涌，一种陌生而奇异的欲念正在升腾。他伸舌舔了舔她流血的小手，竟觉得甜美。眼眸缓缓垂下，他开始吸吮她的血。

"你是不是有病？！"曲嫣疼得咝咝吸气，屈起膝盖毫不客气地撞他的下腹。

他没有防备，被她踢到要害部位。他虽然神志不清，倒也还算灵敏，忍痛侧身一滚，松开了她的手。

曲嫣迅速爬起来，躲到一旁，借着洞口照进来的月光看了看自己的手——一圈齿痕，还带着血！

他是属狗还是属狼？！

穆寒也站了起来，眉头微皱，眸底的赤色渐渐退散。慢慢地，他恢复了几分神智。他离她几步远的距离站着，长身玉立，凝眸望着她，疑道："你怎么了？刚才发生了何事？"

"你居然还好意思问我？"曲嫣气坏了，"你自己对我做过什么坏事，这么快就不记得了？"

"我对你……做了什么？"穆寒心中一惊。

"还装无辜，你不要脸！"曲嫣怒骂一声，背过身去，迅速吞下一粒香气屏蔽丸。

他应该没察觉到什么异常的气味吧？万一联想到她就是三公主，那就糟糕了。

"我……"穆寒确实没有察觉到香气，因为他此刻心绪正乱。

他刚才一定是调息时又不慎走火入魔了。他不清楚自己在走火入魔时是什么状态，难道，他真对她做了什么令人不齿的坏事？他此时下腹某处……还有些微痛。该不会……

"穆寒，你好好反省一下！"曲嫣怕自己身上还残留香气，有点心虚，立刻跑出洞口。

她手疼，一边跑一边把手抬到嘴边吹气。从背后看，像是在擦眼泪。

穆寒的眉头皱得更紧。

方才陷入梦魇中，他感觉到自己血脉贲张，似乎压着一具柔软的少女身躯。这个山洞里只有她和他，那么在他身下的……只可能是她。只是不知，他到底过分到哪一步？

曲嫣完全不知道穆寒在胡思乱想些什么。她跑到一处山泉边，洗了洗手，冲掉血迹。然后从空间里取出金疮药，给自己敷上。

她正准备返回，忽听一阵马蹄声由远及近。

她眯了眯眼，索性就等在原地。

“喂！你——”

片刻后，一匹白马冲在前头，上面骑着容貌俏丽的少女，正是四公主曲灵儿。

她领着一队侍卫，嚣张地用马鞭指着曲嫣：“村姑，你有没有看到一个长相俊俏的少年？”

曲嫣挑眉，懒洋洋地回道：“看到了，怎么了？”

曲灵儿顿时眼睛一亮，喝问道：“快说！那人如今藏身何处？你可知道，那人是府衙正在追捕的逆贼，若敢窝藏，就拿你一并治罪！”

曲嫣扬起嘴角，回答得很任性：“我就是窝藏了，你能奈我何？”

她话音方落，脚下一跃，跳上了一株古树的枝丫。

曲灵儿惊呆了一下，这村姑竟会轻功！

“给我拿下她！”曲灵儿回过神，对身后的侍卫队怒吼。

曲嫣在大树之间轻盈跳跃，像只灵巧的小鸟，身形翩然，根本抓不住。

曲灵儿的公主府侍卫虽会武，却非武林高手，追了一会儿便狼狈不堪。

曲灵儿恼怒，冲着大树上方大声喊道：“你究竟是什么人？”

曲嫣脚尖踩在一根树枝上，居高临下地对她做了个鬼脸：“乖，叫姐姐。”

“竟敢占本公主的便宜！”曲灵儿怒红了脸，但她并非有勇无谋之人，没忘了自己的真正目的。

她是来捉那个叫穆寒的奴隶，何必与这个轻功高强的村姑纠缠。曲灵儿衣袖一挥，下令道：“都听着！别理这村姑，去搜人！”

侍卫们领命，四散而去。

曲嫣担心穆寒会有事，运起轻功，悄悄回到山洞。

山洞里空无一人，不见穆寒身影。

曲嫣蹙眉，他是不是躲起来了？他身上有伤，虽有内力护体，但刚才不是刚走火入魔吗？会不会不敌被捉？

曲嫣这样一想，急忙出去找人。

她这一来一回，其实花的时间不算多，但等她找到之前的山泉边，已不见曲灵儿和侍卫们的踪迹。

森林中一片寂静。安静得有些诡异，似乎连虫鸟鸣叫声都突然停止了。

曲嫣循着马蹄印，小心翼翼地穿梭在林中。

不远处的密林里，弥漫着一股血腥味。

曲嫣脚步一顿，惊诧地抬头望去——满地都是侍卫的尸体。

每一个都是利剑封喉，一刀致命。鲜血染红了碧绿的草地，乍看之下触目惊心。而在尸体堆旁，少年站得笔直，如出鞘的宝剑，带着染血的杀气。

他脸上蒙着一块黑布，没有暴露容貌，露在外面的乌黑眼眸杀气涌动，隐隐显现出嗜血之色。

“穆寒……是你杀了他们？”曲嫣走过去，暗自心惊。

他的杀戮，从这一刻就开始了吗？

“嗯。”穆寒语声低沉，冰冷地说，“死有余辜。”

“四公主呢？”曲嫣问。

“把侍卫推出来送死，她仓皇逃了。”穆寒嘴角扬起一抹不屑的弧度。

“真的需要杀这么多人吗？”曲嫣望了一眼草地上的十几具尸体。

她并不是圣母心泛滥，而是怕他对杀人的感觉上瘾。将来他可是会屠城的啊……那时候，死的就不是十几个侍卫，而是几万，甚至几十万的无辜百姓。

“北朝人该死。”穆寒冷冷地说。

曲嫣抿唇不语。

或许北朝确实有一些人该死，但并不包括勤勤恳恳劳作的百姓。

“你不认同我的作为？”穆寒盯着她，眸底有一丝赤色翻涌。

“我认同与否，对你来说重要吗？”曲嫣抬眸，注视着他的眼眸，轻声道，“你又心绪不稳了，小心乱了真气，再次走火入魔。”

他的情况看来有些严重。时不时就濒临走火入魔的状态，到底练了什么邪功？

“方才在山洞里，我们发生了什么？”穆寒忽然问。

曲嫣转身向林子外面走："我不想在遍地尸体的地方聊天。"

两人离开这片树林，继续翻山越岭。

天色渐渐亮了起来。

一路疾行，很快就到了青柏山的另一面。山下逐渐可见人烟，稻田农舍，炊烟袅袅。

这会儿闻到农家饭香，曲嫣肚子饿了。

"我们加快脚步，到镇上找家客栈洗漱吃饭吧！"曲嫣对地形很熟，毕竟她是手握地形图的女人。

这里已经出了京城，不需要用通关文牒。

最近的小镇名叫七溪镇，因为距离京城近，通商便利，地方虽小却挺繁华。

曲嫣估计，穆寒此次的目的地就是七溪镇——他被俘获之后，和暗卫旧部都失去了联系，众人四散。不久前，才有一名心腹暗卫找到了他。他要聚拢旧部，选择的地点就在这座小镇。

不过她猜，这么重要的事，他肯定不会让她知道。她就找个客栈吃吃喝喝算了。

"就这家吧！"来到七溪镇，曲嫣沿街买了两套衣服，见对面就是一家客栈，愉快地道，"我已经闻到了烤鸡的香味！"

"你喜欢吃肉？"穆寒随口问。

他一路沉默，心中挂着许多事情。一方面他背负着复国重任，需要筹谋诸多事宜。另一方面……他还不知道昨夜山洞里到底发生了什么。她好像不想提。

"有人不喜欢吃肉吗？"曲嫣笑吟吟地踏入客栈，对掌柜说，"要两间上房，再送些好吃的菜肴上来。"

她拿出一块银元宝，豪爽地放在了柜台上。

"好嘞，这就给客官安排！"掌柜见她出手大方，立即笑脸相迎。

穆寒在她后面看着，心中有几分疑惑。

她怀里究竟揣了多少东西？昨夜的桂花糕、半路分给他的烧饼、外敷的金疮药，现在竟还有银元宝……

"你不是想看我真容吗？"走到厢房门外，曲嫣对穆寒弯眸一笑，"我等会儿吃饱洗漱之后，给你看。"

"好。"穆寒凝眸看她一眼，沉声道，"到时我们把话说清楚。"

“你是说我们昨夜的事？”这一路走下来，曲嫣已经猜到他瞎联想什么了。

“这里人多，等会儿再说。”穆寒瞥了一眼端着饭菜过来的店小二，抿了抿薄唇，转身进入自己的厢房。

“还会害羞呢……”曲嫣嘻嘻一笑，也进了房间。

她没心没肺地大吃了一顿饱餐，叫店小二烧水送木桶上来沐浴。

先前她沿街买的新衣裳刚好派上用场。

梳洗完，她穿着柔滑的白缎裙裳，半湿的长发垂散下来，落至腰间，坐在铜镜前开始重新易容。

“这次易容成什么样好呢？”她喃喃自语，手里动作不停，给自己的容貌进行微调。

这次她没有再假扮成小宫女小橙的模样，而是在自己的容貌基础上做了一些改变。反正，穆寒不可能认为三公主是绝世高手——武功不是一朝一夕可练成的，三公主的生平日常都有迹可循，绝对不是从小就勤奋练武的人。

曲嫣花了点时间，终于把自己易容成比较满意的模样。

她打扮完毕，拿着另一套男子的新衣裳，去隔壁敲穆寒的门。

穆寒并不在房内，他趁她不纠缠他的时间，悄然去与暗卫联系，部署聚集旧部的事宜。

回来时，就见一个穿白裙的少女站在他房门外，咚咚地敲门。

“你是……”他疑惑地问。

曲嫣转过身来，弯唇一笑：“是我呀。”

穆寒微怔。

眼前的少女容颜如雪，肌肤晶莹，吹弹可破。仍是一双单眼皮的眼睛，却比之前大了许多，眸光潋滟晶莹，像一汪调皮的春水，闪耀着跳跃的波光。

“这是你的真容？”他眼底蕴过一丝狐疑。

不知为何，他竟有了一点熟悉感。难道是因为和她相处了一整夜，生出几分熟悉的感觉？

“你猜。”曲嫣把手里的男子衣衫塞给他，“这是给你买的，你也换上吧。”

“进房再说。”穆寒打开房门，请她进去。

“孤男寡女共处一室，你不怕别人说闲话？”曲嫣见他把房门锁上，取笑他。

穆寒将手里的衣衫放在床边，俊美的脸上神色一肃，沉声道：“姑娘，昨夜在山洞里……我神智有些昏沉，或许做了冒犯姑娘的事。具体发生了什么，还请姑娘明言告知。”

“还能发生什么？”曲嫣指了指自己，又指了指他，“荒山野岭，一男一女，你又神志不清，压在我身上。你觉得还能发生什么？”

“姑娘武功绝世，为何不推开？”

“你当时走火入魔了，我怕我动武伤到你，让你非死即伤。”

这句倒是实话。

要不是她有所顾忌，哪里会被他咬得手破血流。那一圈齿痕，估计好多天都消退不了。

“那也就是说……”穆寒几乎是无声的，极低地叹息了一声。

他虽厌恶女子，但自己若真做了那般禽兽的事，也不能抵赖。

她跑出山洞之后，他发现地面上有一些血迹，应该是她的血。他身上的伤口裂开，血迹都被衣衫吸收，只有她的血才会流到地面。

如此说来，昨夜是她的初夜。

“嗯。”曲嫣坏心地点头，给他心中的猜想压下最后一根稻草。

他要误会，就让他误会好了，反正她也不在乎什么女子名声。

她刚好有理由可以跟在他身边。

“将来……”他语气一顿，低沉地承诺道，“我会给姑娘一个名分。”

“你别一口一个姑娘的。”曲嫣见他态度反而生疏起来，举步走近他，“你叫我丫头就可以了。”

穆寒后退一步，与她保持距离。显然，他绝对不想再发生一次昨夜的事。

曲嫣看着他的反应，心里有点好笑，故意凑近，抱住他的手臂，撒娇道：“要不叫娘子也行？”

穆寒身体一僵，飞快抽出被她抱着的手臂：“姑娘请自重。待来日成亲后，我们才可……”

“才可以如何？”曲嫣追问，她眼里闪着调皮的光芒。

穆寒看她一眼：“姑娘自幼在山中长大，或许不知道外面的繁文缛节。在三书六礼迎娶成亲之前，男女有别，不应如此靠近。”

“哪种算靠得很近？”曲嫣没想到他冷酷嗜血的外表之下，竟有一颗古板的心。

她恶作剧的心思冒出来，脚下运起轻功，绕到他身侧。她踮起脚，“吧唧”一声，亲在他脸颊。

霎时间，他俊白如玉的脸庞以肉眼可见的速度涨红……

“这样算近吗？”曲嫣退开两步，顽皮地歪着头，问他。

穆寒下意识地抬手，摸了一下被她亲过的地方。

“你——”他脸红又莫名愤怒，斥道，“你这是做什么？姑娘家的，难道不知道遵守礼法？”

“我们昨夜不是已经那么亲密过了吗？”曲嫣理直气壮地说，“那我亲一下我未来的夫君，又有什么不可以？”

“昨夜是个错误！”穆寒脱口而出。

他心情十分复杂，既羞愧又恼怒。她却像是毫不在乎，难道山中长大的姑娘都如她这般野性难驯，不在乎贞洁？

“啊，你居然这么说……”曲嫣举起一根白嫩的手指，冲他摇了摇，“这是渣男的台词，你最好别这么说。”

“渣男？”穆寒皱眉，这是何意？

“渣男就是那种欺骗姑娘感情的男人，耍完流氓就跑。”

穆寒眉角一抽，咬牙道：“我并不是这个意思，我已说过，我会给你一个名分。”

曲嫣假装叹了口气，伤心道：“你这么不情愿，还是算了。我刚才只是碰你一下，你都要对我发火，我还要什么名分呢？若我把你说的话当真了，以你未过门的妻子自居，忍不住想亲近你，岂不是要被你打死？”

穆寒心想：我何时动手打你了？

“你还是当昨夜什么都没发生过吧。”曲嫣侧转过身子，用衣袖擦了擦眼角。

穆寒见她难过，暗自攥了攥拳头，上前向她走近两步，在她身后低声道：“是我言辞不当，你别放在心上。我做过的事，定会负责。”

他出生在皇室，见惯了父皇三宫六院，女人无数。

那些女人每个都长得艳丽明亮，好看极了。但一转身，她们争风吃醋、暗耍手段的丑恶嘴脸，令人作呕。

他厌恶女人，自幼身边服侍的都是太监，不准宫女近身。没想到，有朝一日他竟会在异国的荒山野岭……

罢了，反正他也无心娶妻，将来就给她一个名分，找个地方安置着。而现如今，就尽量对她多几分善意吧。

穆寒想通之后，神色缓和了许多："你还是别难过了，虽然错误已经造成，但我们可以面对。"

"你还说是错误……"曲嫣转过眸子，眼里雾气蒙蒙，仿佛要落泪了。

"我不说了。"穆寒迁就着她。

"那我问你，我还能不能亲近你了？"曲嫣追问。

穆寒抿起薄唇，沉默未答。

曲嫣抱住他的手臂，继续追问："这样可不可以？"

穆寒抽了抽手，但她力气大，一时之间竟没能抽回来。

他心中无奈，耐着性子道："这样不妥，若被人看见，会说你行为不端，德行有失。"

曲嫣眼睛一亮，领会到精髓："那就是说，没人看见就可以了？"她清甜一笑，踮起脚，在他另一边脸颊轻轻又亲了一口，"没人看见哟！"

穆寒的俊脸又慢慢涨红，不知是羞还是怒，瞪着她半晌，语塞无言。

她实在是古怪。若说她像那位三公主一样看上了他，贪恋美色，她却又没有那种意图。若说她对他无意，偏又屡屡亲近，不知羞耻。

"未来夫君，你不要这样瞪着我。"曲嫣毫不客气地用上了"未来夫君"的称呼，笑眯眯地道，"我师父曾经说过，男女之间若许下了承诺，就是世间最亲密之人。"

她抱紧了他的手臂，把脸靠过去，半倚在他肩头："你不许对我凶。要宠我爱我护我，不管我做错了什么，都要原谅我。"

少女柔软的身子侧贴在他臂膀上，穆寒本能地感到僵硬。他伸手扶住她的脑袋，把她的脸从自己肩上推开，低沉着嗓音道："姑娘，你怕是误会了。"

曲嫣抬眸看他："我误会了什么？"

"我是承诺了要给你名分，但我们之间并无感情。"穆寒望着她干净清澈的眸子，恍惚间竟有一种错觉，好像自己在残忍地打破一个天真少女的梦。

但他不能欺骗她单纯，必须告诉她实话："将来待我事成，赠你一栋华府，保你生活无忧。你若想入宫也行，我无立后纳妃的打算，你可以安享荣华。除了这些富贵安稳之外，我给不了你其他。”

随后，他又补上一句：“若我事败，以你的上乘武功，自可离去。我必不会连累你。”

曲嫣听他说了一大段，总算听懂了。他的意思就是，娶她可以，但爱她是不可能的。

“行吧。”她松开他的手臂，懒懒地说，“我先这么听着。如果你以后改变主意，想和我谈情说爱，那就要看我心情了。”

“男儿应以家国为重。”他言下之意，就是他绝不会对儿女情长有所眷恋。

“我懂。”曲嫣点点头。

但这个世上还有个定律叫“真香”。

她很想让他明白。

“叩叩——叩叩叩——”

房间外，传来有节奏的敲门声。

曲嫣挑了挑眉，这特殊的节奏像是一种暗号。

果然，穆寒看了她一眼，说道：“多谢你送我的衣衫，不如，你先回房休息？”

曲嫣没有回应，起身去开门。

房门外，立着一位红衣女子。

瞧着年纪不大，十六七岁的模样，肤白貌美，长相明艳清丽，一双桃花眼闪烁着傲慢的光芒。

她见到曲嫣，倒是愣了一下：“你是……”

曲嫣弯唇一笑：“这位姑娘，你找谁？”

红衣女子望向房内的穆寒，不知眼下什么情况，便没称呼殿下，临时改口道：“我找穆哥哥。”

“穆哥哥？”曲嫣眸光闪了闪，调皮地说，“我是你穆哥哥未过门的妻子。你可以叫我未来嫂子。”

红衣女子脸色骤变，惊疑不定地看着穆寒：“殿……穆哥哥，她说的是真的吗？”

穆寒没有回答，只说：“红桑，进来再说。”

名叫红桑的女子，迟疑地迈进了房间。

穆寒看向曲嫣，淡淡地说："丫头，你先回房休息吧。"

曲嫣摇摇头："我不走。她是来给你治病的对不对？"

她开门时就看到这位红桑姑娘拎着药箱，不难猜出她的身份。

红桑是燕国神医凝渊子的亲生女儿，也是他的关门弟子。凝渊子去世之前，把毕生所学都传授给了女儿红桑。医术还是其次，最厉害的是养蛊。

"你认识她？"穆寒眯起眸子，掠过一抹锋芒。

她背后的那位师父，到底是何方神圣，竟把他查得如此仔细。

"不认识，只是听说过。"曲嫣毫无心理负担地把锅推给所谓的"师父"，"我师父曾经说过，世上堪比神医的首推是燕国的凝渊子。凝渊子门下徒弟众多，但唯有他的亲生女儿红桑天赋最高。红桑姑娘额间有块胭脂色胎记，不难认。"

"如此说来，你和你的师父并非燕国人。"红桑插话道。

"嗯，我们既非燕国人，也非北朝人。"曲嫣回答。

"那是梁国人？还是陈国人？"红桑警惕地注视着她。

"都不是。"曲嫣未理她，转而对穆寒说，"我师父是世外高人，不涉足中原。"

中原曾四分五裂，如今燕国灭亡，只剩北朝与梁、陈三国鼎立。

中原之外，便是荒芜之地。

穆寒沉眸看了她一眼，没有追问。

虽然相处不久，但他对她已有几分了解，她不肯说的事情，再怎么问也没用。

"殿……"红桑见他的视线一直落在曲嫣身上，心中暗恼，开口说道，"穆哥哥，我需要给你疗伤，不宜有外人在场。"

"你打算用什么方法为他疗伤？"曲嫣突然问道，"蛊虫？"

她刚刚悄悄查了一下系统资料，有关红桑的蛊术。原来这种罕见的秘术，是以母蛊驱动子蛊，也就是说红桑很可能将自己和穆寒绑定在一起。

"你知道得可真多。"红桑很不高兴，这个女人是从哪里冒出来的，不仅自称是殿下未过门的妻子，还诸多干预。

"还行，不算多。"曲嫣谦虚地说，"我只知道你用自己养蛊，驱动子蛊进入别人的身体，那人的性命就和你系在一起。你生，他生；你死，他死。"

红桑怒视她。

这还叫知道得“不算多”？

但她为何能知道得这么清楚？难道是殿下告诉她的？

曲嫣不管她气不气，对穆寒说道：“我劝你最好不要用这种办法。万一她拿自己的性命要挟你娶她，那你怎么办？”

红桑在旁边气得跺脚：“你胡说八道，我绝不会这么做！”

她自幼就认识殿下，对殿下的敬仰之情，犹如对天上明月。她知道自己不配。这世上，她还未见过有女子配得上殿下。

她要用蛊虫与殿下绑定在一起，是为了给殿下换血。殿下以身试毒多年，已经到了该换血的年纪，否则练功就容易走火入魔。

这是父亲临死之前告诉她的秘密，也是交托给她的重任。

“反正，我不许你用这个法子。”曲嫣伸出手，拉住穆寒的手，“你要用蛊术，就只能跟我绑定。”

红桑气极，愤愤地瞪着曲嫣那不知廉耻的手：“喂，你快点放开我穆哥哥！”

曲嫣瞥了她一眼，慢条斯理地说：“你光冲我叫有什么用，为什么不叫你穆哥哥收回手？”

红桑转而看向穆寒：“穆哥哥！”

穆寒扬了扬嘴角，有一丝无奈。

他倒是想抽回手，但丫头的力气奇大无比，似乎并未动用内力，却握得他五指生疼。

“你看，你穆哥哥不想放开，他想和我牵着手呢。”曲嫣得意地说。

穆寒见她那张莹白的小脸灵动淘气，显然是在故意戏弄红桑，不禁摇了摇头：“丫头，你松手。”

曲嫣在人前很给他面子，乖乖地松开手：“好，我听你的。”

穆寒耐心地说：“你别调皮，我和红桑有正经事要谈。之前我在山上走火入魔……这种事，我不想再发生。”

“我也是在和你说正经事啊。”曲嫣一脸严肃地说，“我决定了，我要跟你换血，把你的命和我绑在一起，这样我比较放心。”

因为，她死不了。

除非任务结束，否则任何箭伤刀伤，都无法置她于死地。

他的命绑在她身上，比绑在红桑身上安全多了。

“无知！”红桑嗤笑一声，“你以为想换血就能换血？穆哥哥身上流淌的是有毒之血，你换到自己身体里就会中毒而亡。只有我这种从小被当成药人培养的，才能承受。”

“我不会中毒。”曲嫣笃定地说。她的玫瑰香能让她百毒不侵。

“嘁！”红桑翻了个白眼，不屑地说，“我就当你也跟我们一样百毒不侵好了，但你会驱蛊吗？你会养母蛊吗？”

“我不会。”曲嫣诚实地回答。

“那你还说这么多废话！”红桑鄙夷地哼了一声，“你少在这里浪费我们的时间，快点出去，别妨碍我替穆哥哥看诊。”

“我不会，但我可以学。”曲嫣眨了眨眼，看着穆寒，认真地问，“给我一天时间，你能等我吗？我换血给你，红桑不合适，真的。”

“你一天就能学会驱蛊之术？”不等穆寒回答，红桑就哈哈大笑，嘲讽道，“你要是一天能学会，我就跪下来拜你为师！”

“真的？说话算数吗？”曲嫣弯起眼睛，揪住穆寒的衣袖，开心地说，“未来夫君，你给我们当见证人吧，等我赢了这次赌约，你就可以当师公了。”

“胡闹。”穆寒对她有点无可奈何。

经过昨晚的事情，他已经没办法再对她凶，毕竟错误在他。

“就只需要一天的时间，你等我一下，好不好？”曲嫣仰着小脸看他，眸里带着一丝祈求的微光，一副乖巧可爱的样子。

鬼使神差地，穆寒点头，答应道：“好。”

曲嫣弯眸笑起来，甜甜地说：“未来夫君，你真好。”

穆寒身躯微僵，心里却莫名滑过一丝奇异的甜意。他轻咳了两声，低声对她道：“丫头，我和你说过，外面不像你在山里能肆意不守规矩。你可以唤我穆公子，不要叫我……”

“叫你什么？”曲嫣接过话，“未来夫君？”

穆寒“嗯”了一声。

曲嫣妥协地说：“好吧，那我就改叫你寒哥哥吧。”她试着唤了几次，“寒哥哥，寒哥哥，寒哥哥……”

穆寒听着又有些僵硬。

怎么回事？她越喊越甜，他心里有点起鸡皮疙瘩。

“我还是喜欢喊夫君。”曲嫣唤了几次之后，点评道，“夫君最甜蜜。”

她为防止声音过于像三公主，特意伪装了三分，音色更糯更甜更软。她自己都觉得唤“夫君”很好听，可惜这个老古板不允许。

“算了，你就叫我寒哥哥吧。”穆寒原本想拒绝这个叫法，但听到“夫君”二字，心底奇怪地一软，索性妥协。

他甩开杂念，说回正题：“我给你一天时间，明天就不许再胡闹了。”

他并不相信她一天能学会蛊术，只是纵容她胡闹这一次罢了。

“好的，寒哥哥，你就等着当师公吧！”曲嫣胸有成竹地说。

一旁的红桑早就咬紧了牙关，愤愤不平。

这个不知廉耻的女子只会撒娇卖痴，发嗲吹牛，她就等着看她明天怎么丢脸！

曲嫣回到自己的房间，唤出系统助手小七：“小七，那个红桑的驱蛊之术，我能学吗？”

“宿主，你放心！系统商城里的道具应有尽有，只要你有足够的积分，想买什么都可以。”小七推销得很有干劲。

曲嫣忍不住怀疑：“小七，你老实说，我买道具你是不是可以抽成？推销得这么起劲，你是系统助手，又不是推销员。”

小七诚实地回答：“是的，宿主，我可以赚取你的积分提成。”

“你要积分干什么？”

“系统答应过小七，只要赚够积分，就给我一个实体。”小七的电子音带着一丝雀跃，“到时候我就可以陪你一起执行任务了！”

“原来是这样……”曲嫣不禁好奇，“你的实体是什么样的？”

“小七也不知道，要等系统赐予。”

“好吧。”曲嫣言归正传，“我要买蛊术道具，需要多少积分？”

“10 万积分。”

“买！”

“叮咚！恭喜宿主，成功购买蛊术道具，即将开启速成学习模式。宿主的总积分实时更新，目前是 992 万积分。”

曲嫣吐槽：“这个世界的任务根本就是个赔本买卖。我还没赚到两百万积分，就先赔进了好几十万积分。”

小七笑嘻嘻地回道：“投资有回报，宿主不会亏本的。”

曲嫣关掉系统，盘腿坐在房间床上，闭目感受。

蛊术道具和武功秘籍类似，以精神力传输的方式，灌入脑海和四肢百骸。唯一不同的是，蛊术还有实物——一对母子蛊。

曲嫣睁眼时，就见自己白嫩的手臂上浮起两颗红点，底下隐约可见活物——蛊虫正在吸她的血。

她要给穆寒换血，就需要驱动子蛊进入穆寒的身体，把血输给他。如此反复，直到穆寒不再需要新鲜血液。

“小七，这蛊术有什么副作用吗？”曲嫣又打开系统，问，“除了绑定两个人的生死，还有什么反应吗？”

毕竟蛊术听起来就很诡异，她不太放心。

“回宿主，施行蛊术后，你们两人都会身体失温，严重的话会昏厥，意识全失。”小七详细解释，“红桑及其父亲一族是燕国皇后的亲族，心腹忠臣。红桑的父亲临死前，告诉红桑一个秘密——”

“什么秘密？”曲嫣问道。

她虽然看过这个世界的剧情资料，但大部分都与男主角相关，关于配角的信息不多。

“燕国皇后实际上并非燕国人，她是陈国流落在外的公主。红桑一族都是陈国人。皇后虽无叛逆之心，但她终究有私心，希望自己的儿子能与陈国女子联姻，诞下子嗣。也算是她对母族故国的一份回馈。”

“那这与蛊术有何关系？”曲嫣迅速抓住关键，“红桑打算利用这次蛊术换血，做什么手脚？”

“剧情资料中并未显示。”

“我大概猜到了。”曲嫣分析说，“红桑想利用驱蛊后身体失温的机会，与穆寒相拥取暖。然后就……”

嗯，然后就难以言表了。

她就说嘛，那个红桑看起来就像是暗恋穆寒的。

暗恋也就罢了，居然还想偷偷生孩子！

曲嫣学完蛊术，并没有马上就去寻找穆寒。她需要给他一些时间，让他去暗中联系燕国先皇后遗留下来的心腹旧部，以及那些逃过一死的燕国军队将士。

直到第二天傍晚，曲嫣才去隔壁房间敲门。

“你终于出现了。”来开门的是红桑，她早就迫不及待地想看这个女人出丑了！

“你来得这么早啊。”曲嫣提起裙摆，慢悠悠地跨进房中，环顾了一下，却不见穆寒的身影，“寒哥哥呢？”

“你恶不恶心，谁允许你叫殿下寒哥哥的？”红桑已被穆寒告知，曲嫣知道他的真实身份。

“你叫穆哥哥的时候，怎么不觉得恶心？”曲嫣瞥了她一眼，“我懒得跟你吵架。”

自从曲嫣知道红桑想对穆寒“下手”偷偷生孩子，她就有点无法直视红桑了。

男主角真是惨啊……

三公主原主想对他强取豪夺，四公主曲灵儿想“调教”他，还有一个旧部下红桑想要乘人之危怀上他的孩子。

简直像唐僧肉一样吃香。

“咦？你回来啦！”曲嫣刚才没关房门，一抬眸，正好看见挺拔的少年踏入门框，“怎么，你受伤了？”

曲嫣疾步上前，上下打量了一下。

他穿着她昨天买的新衣衫，淡青色，衣领染血。不过似乎不是他自己的血，他俊美的脸上神色从容，不像受伤的样子。

“没事，遇见了几位旧日朋友，切磋了一下。”当年同在军营的旧部下里，总有人不服他年纪小，出手立威在所难免。

穆寒看了她一眼，忽然道：“你知道吗，三公主曲嫣失踪了。”

“啊？”曲嫣心里咯噔一下。

“我今日出去，看见皇榜告示，重金悬赏捉拿一名叛贼。画像上的人是我，而通缉的理由是我劫持了三公主。”

“你被通缉了？”曲嫣首先关心的是他的安全，忙道，“那你还在到处乱跑？被抓到了怎么办？我帮你易容吧，这样就不会被认出来了。”

“不必。”穆寒淡淡道，“画像上的男子并不像我，不知是哪个拙劣的画师所画。”

“那就好……”曲嫣松了一口气。

“三公主为何会无故失踪？”穆寒黑眸锐利，盯着她，“据说，三公主失踪的时间和我们逃出公主府的时间，几乎一样。”

“唉，我实话告诉你吧。”曲嫣叹了口气，脑中飞速运转，即兴发挥编故事的天赋，“我在救你出公主府之前，把三公主抓了，藏在一个无人知晓的地方。”

“你为什么要抓她？”穆寒眯起眼睛，怀疑地看着她。

“她把你打成这样，我当然要为你报仇。”曲嫣义愤填膺地说，“她简直不是人，丧心病狂，竟敢对我要帮助的人下毒手，我没杀了她已经算她走运！”

“你把她藏在哪里？不如，把她交给我。”

“你要见她？”曲嫣皱眉，“你居然还想见她？难道你喜欢上她了？”

穆寒冷冷地扬起嘴角，不掩杀意：“我要亲手拧断她的脖子。”

“你不愿意把人交出来？”穆寒其实是在试探，他至今都还不清楚眼前这个丫头到底是哪国哪派的人。她突然冒出来要帮他复国，似是真，又似是假，其心难以捉摸。

“对不起，我不能把三公主交给你。”曲嫣摇摇头，“我留着她还有用。”

“有何用？”穆寒追问。

“我现在还不能告诉你。”

原谅她实在编不下去了……

曲嫣赶紧转移话题，道：“我已经学会蛊术，我能帮你换血了。”

红桑在旁边原本对他们的话题不感兴趣，听到这句话顿时瞪大了眼睛，冷笑一声道：“你就瞎吹吧，我从未见过脸皮如此之厚的女子。姑且不说只有一天时间，就算给你一年，你又从何处去学我父亲秘传的驱蛊术？”

“我跟我师父学的。”曲嫣嘻嘻一笑，仰头对穆寒道，“我师父很厉害的，你应该知道吧？我的武功就是最好的证明。”

“你师父确实厉害。”穆寒点头，“但武功厉害，不代表他什么都会。”

“那我就用事实说话吧！”曲嫣撩起衣袖，露出雪白的手臂，伸到他面前，“喏，寒哥哥，你看。”

穆寒下意识地别过脸，转开目光：“丫头，你把衣袖放下。”

曲嫣追着他的视线，硬是把手臂横到他视线所及之处：“你不看怎么证明我学会了蛊术呢？”

穆寒勉强瞥了一眼。

她凝白如雪的小臂上，两颗红点犹如胭脂般红，肌肤底下微有动静，似有活物。

“果真是蛊虫？”穆寒一惊，忘记了男女之防，伸手捉住她的手腕，低头细看，“你竟然真的会养蛊？”

“当然了，我说话算数。”曲嫣笑眯眯地转头，对愕然呆立在旁的红桑说，“乖徒儿，快叫师父。”

穆寒握着她的手，感觉到手底触感的细滑，脑中不知怎么闪过在青柏山上牵她手的时刻。当时只是为了验证他的猜想，并无他意，但那种柔软细腻的触感竟就这么记住了。

他微微一晃神，曲嫣已经收回了手臂，放下衣袖，对他道：“寒哥哥，恭喜你，以后就有人必须叫你师公了。”

她笑嘻嘻的样子既调皮又可爱。

但看在红桑眼里，只觉得可恶，她怒道：“我不信！你别以为耍点花招，就能骗人！”

曲嫣懒得跟她斗嘴，只对穆寒道：“寒哥哥，我知道你还信不过我，肯定不敢跟我性命相依。但是我保证，在给你换完血之后，我立刻就把蛊虫召回来，解除绑定关系。”

红桑抢在前头质疑：“你怎么保证？凭什么保证？”

曲嫣看都不看她一眼，仰眸与穆寒对视，异常认真地道：“你信我一次。我不会害你。”

穆寒望入她清澈的眼眸。

他知道她仍是易容之貌，眼皮上有细微破绽，但不论眼睛大小，她宝石般的瞳仁折射出的光泽晶亮而干净，像是一个善良之人才会有的眼神。

他几乎要信了。

“殿下，你信我！”红桑见他们两人四目相交，凝望不语，不由得恼怒，大声打破沉默，“我才是忠心耿耿，绝不会害殿下的人！”

“蠢徒弟，你别说话。”曲嫣随口教训一句，又回眸看着穆寒，认真说道，“寒哥哥，你必须选我，不能选红桑。”

至少，她不会偷偷生下他的孩子，更不会利用蛊虫迷惑人的心智。

红桑虽然忠心，但私心可怕。

“对不起，我不能选……”

穆寒移开与她对视的目光，正要拒绝，突然身体一僵。

她竟趁他不备，点了他的穴道！

红桑见状冲上来，怒喊："妖女！你竟敢对殿下动手！"

曲嫣衣袖一挥，隔空点了红桑的穴道："吵死了，你安静点。"

她顺便把红桑的哑穴也点了。

"我觉得你在这里很碍事。"曲嫣自言自语，上前扛起无法动弹的红桑，带到隔壁自己的房间，"蠢徒弟，你就在这儿好好睡一觉吧。我不会伤害你家殿下，放心吧。"

曲嫣折返。

穆寒被点了穴道，正在试图冲破，面色微红。

"寒哥哥，你就不要白费力气了。"曲嫣走近他，浅笑道，"我师父教的绝世神功，这个世上没有人能破解。"

穆寒眸色渐寒，冷冷盯着她："你究竟想做什么？"

曲嫣伸手抱住他的腰："我先把你抱到床上，再为你驱蛊换血。"

她力大无穷，抱着他走向床边，将他平放在床上。她还很体贴地帮他脱掉了靴子。

"你不要觉得不好意思，我们是在做正经事。"曲嫣自己也脱掉靴子，爬上床，盘腿坐在他身边，义正词严地说，"我不会占你便宜。我跟你不一样，不会做出你在山上强迫我的那种无礼行为。"

穆寒眉头微微一皱，羞怒道："我说了很多次，那夜是个意外。丫头，你不要任性妄为，驱蛊之术伤身，你自己也会因为失血过多而留下后遗症。"

"我不要紧的，后遗症就后遗症吧。"曲嫣伸手去解他的衣衫，"对不起，我必须脱你衣服。"

她把蛊虫养在自己的手臂里，但子蛊附着的地方需在他的丹田处。

她脱掉他的外袍，慢慢掀起里面的内衫。

"丫头，你住手！"穆寒脸色极红，他皮肤本就白，这一红连耳朵都红了。

"我不是在非礼你。"曲嫣认真地解释，"你千万不要往不纯洁的方面想，我只是要把子蛊驱动进你的丹田而已。"

她十分遵守规矩，只掀开了一点点的内衫，露出他结实的腹部肌肉。但是丹田在肚脐偏下的位置，她还需要把他的裤子往下挪一点。

"你别紧张啊。"她提前提醒他，反复强调，"我真的不是在占你便宜。"

穆寒整个身躯僵硬如石。若不是被点了穴道无法动弹，他可能会颤抖。

"丫头。"他深吸一口气，尽量平静地道，"你若不想我对你起杀意，现在就住手。"

"你威胁我？"曲嫣停在他裤子上面的手顿了一下，抬眸看他的眼睛，"我帮你换血，让你能练功顺畅，不再走火入魔，你不感激我，反而要报复我吗？有这种道理吗？"她径自摇头，"我不相信你是这种恩将仇报的人。"

穆寒咬牙，低声道："我最恨女人脱我衣服！"

曲嫣诧异地眨了下眼："可是，如果由红桑来驱蛊，她也要脱你衣服的。"

穆寒怒红着俊脸，狠狠瞪着她："她驱蛊之处，是手臂！"

曲嫣意外地"啊"了一声。

她悄悄问了一下系统助手小七："是这样的吗？为什么我的蛊术是丹田？"

小七笑嘻嘻地回道："这是系统道具附赠的助攻福利。"

曲嫣无语，关掉系统。

"丫头，男女授受不亲，你不必抢红桑的事来做。"穆寒强忍着怒火和羞愤，尽量语气和缓地说，"我不会因为红桑帮我换血，就对她有什么男女之情。我答应过给你的名分，不会因此而有任何影响。"

"你以为我在吃醋吗？"曲嫣对于他的脑回路完全摸不清，索性就承认，"对，你想得没错，我就是在吃醋。我不想让红桑碰你，连手臂也不行！更不能让她的血，进入我夫君的身体里！"她霸道地道，"你是属于我一个人的！"

说着就去扯他的裤子。

穆寒听到她的霸道宣言，有片刻愣怔，还来不及深思其中意义，就感觉到她的小手在他腹部轻轻滑过。

"哎呀，就是这里！"曲嫣按了一下，"丹田。"

穆寒僵硬得不敢动。

当然，他此刻被点了穴也动弹不得。

"丫头……"他咬着牙关，嗓音几乎是从喉咙里挤出来，又愤怒又说不出的羞耻，"你再不住手，我会杀了你！"

曲嫣充耳不闻，低头看着他丹田位置，忽然一愣。

丹田侧边，有一个火焰形状的胎记。

颜色鲜红，栩栩如生。

“这个是……”她情不自禁地伸出手指，轻抚过那处火焰印记。

穆寒狠狠地闭了一下眼睛。

他心底涌动着杀戮的欲望，却又有一种古怪而陌生的感觉。

“你自找的。”他低哑地道。

他被她逼到最后的底线，再也不顾强行冲破穴道的后果，运气下沉。

曲嫣没有察觉，她凝视着火焰胎记，神思恍惚，心里最柔软的地方似乎痛了一下。她自己都没有发现，眼里突然落下了泪。

“我已警告过你！”穆寒骤然冲破穴道，动作迅猛如闪电，猛地直起身子，两指掐住曲嫣的咽喉。

他因强行运气而气血逆流，唇边溢出一丝血迹。

他没有理会，冷酷地说：“我说过，我最恨女人对我动手动脚。”

他两指收紧，只要再加两分力气就能让她断气。

曲嫣却没有抵抗，痴痴地看着他，泪水如断线的珍珠，一颗颗滚落。

穆寒微愣。

“你……”他不自觉地减轻了力度，“怎么哭了？”

她应有的正常反应，不该是和他对打吗？

“你放手。”曲嫣这才慢慢回过神，抓住他的手，用力一扳，挣脱了他的束缚。

她虽止住了眼泪，但眼眶泛红，显得有些可怜，像是受了欺负。

“我已经多次警告你。”穆寒心中那股杀戮的冲动，似乎被她的眼泪冲刷，逐渐消退。他抬袖擦去唇边的血，低沉地说，“不要再有下次。”

曲嫣沉默不语。

为什么她看到他身上的火焰印记，会有如此强烈的生理反应？仿佛是她灵魂深处的记忆。

“你……”穆寒见她怔怔的样子，不禁自我怀疑，“我刚才过于用力？很痛吗？”

他的视线落在她脖子上。

她脖颈的雪白肌肤留下两指红印，极为明显，可见他方才确实用了力。但以她的武功，不是可以轻易避开吗？

“嗯，痛。”曲嫣点了点头，“心里也痛。”

“是因为你先脱我衣服。”穆寒拢上内衫，穿好外袍，一句道歉在唇边犹豫片刻，最终还是没说出口。是她触犯到他的底线，做出了危险行为。不能怪他下手狠。

“你现在别跟我说话。”曲嫣眼睛红红的，瞥他一眼，就跳下床，闷闷地往外走去。

穆寒迟疑了一下，张口唤道：“丫头……”

然而她头也不回，一声不响地离开了他的房间。

穆寒：她这是生我的气了？

可应该生气的人，不是他吗？

第三章

心痛只是错觉吧?

曲嫣走到客栈楼下，去街上闲逛了一会儿，心绪渐渐平静下来。

在这么多个世界完成任务，她知道自己一定爱过人，或许就是一个拥有火焰印记的男人。但她不会依赖这种外在的标记来判断，她要听从自己的心。

想通之后，曲嫣轻松了许多，干脆找了一家酒楼，点菜吃饭。既然穆寒不领情，她就先让自己开心吧！

“小二，上一盘烤鸡，来一壶酒！”她潇洒地衣袖一挥，拿出一锭银元宝，放在桌上。

“好嘞！姑娘请稍等，马上就上菜！”小二拿着银元宝，笑得眼睛都眯成了缝，立刻转身去备菜。

酒菜很快上桌，曲嫣自斟自饮，倒是开怀惬意。

她所坐的位置在酒楼的二楼，从窗口望出去，外面的街市尽收眼底。

天色已晚，路上行人寥寥，一抹淡青色的挺拔身影显得格外醒目。

是穆寒，他好像在找人。

“姑娘，怎么独自一人喝酒，如此孤单？”

曲嫣正专心看着街上寻人的穆寒，突然响起一道轻佻的男声。

她转头，见一个白衣公子哥儿站在她桌边，自诩风流地冲她挑眉一笑。

“走开。”她淡淡地说道。

“姑娘又何必拒人于千里之外。”白衣公子哥儿自说自话，在她身边的椅子坐下，调笑道，“本公子陪姑娘喝一杯，聊聊风月，可好？”

“你确定要陪我喝酒？”曲嫣斜他一眼，十分好心地提醒，“下场很可能是被人暴打，你真的要这么做？”

“姑娘说笑了。”白衣公子端起桌上的酒壶，为她斟酒，“来，本公子为你倒酒。”他手法轻巧，自以为隐秘，一颗小小的药丸落入酒杯中，入水即化。

曲嫣不动声色地看在眼里。

她不怕毒药，只对蒙汗药之类的迷药没有抵抗力。

“既然你说了不听，那我也没办法。”曲嫣端起酒杯，一饮而尽。她喝完后，就站起来，对着窗外大喊，“寒哥哥，快来救我——”

白衣公子一愣，上前就要去捂她的嘴。

曲嫣轻松抓住他的手腕，随便一扭，白衣公子发出一声惨叫，倒退好几步。

“你你你……”他脸色苍白，指着她，“你竟敢伤人！你可知我父亲是谁？”

他话音刚落，一道淡青色身影掠过，足下轻点窗棂，快如闪电般敏捷跃入。

“啊啊啊啊啊……”白衣公子爆出一阵痛叫，“谁、谁谁？！你是谁？”

他连来者的样子都没看清楚，胳膊就被扭断了。

穆寒冷眸满是煞气，冷冷看了白衣公子一眼，转头走向曲嫣，低声问道：“你可有受伤？”

曲嫣摇摇头：“他怎么可能打得过我，但是……”

穆寒紧盯着她的小脸，追问：“但是什么？”

曲嫣指了指桌上的空酒杯：“我好像喝了不该喝的东西，不知道他是不是下药了。”

穆寒眼神骤变，回身一把揪住正要逃走的白衣公子，厉声道：“你在酒里下了什么毒？交出解药！”

白衣公子瑟瑟发抖，脸色苍白地讷讷道：“没、没有下毒……”

“说实话！”穆寒手掌施力，喀的一声，把白衣公子的另一只胳膊扭断了。

白衣公子连惨叫声都发不出来了，满头冷汗，虚弱地道：“不、不是毒……是专门给女子下的药，没有解药……”

“无耻！”穆寒眸底蓦然涌起杀意。

竟是如此龌龊之药！

这种卑劣好色之徒，死有余辜！

穆寒抬掌，对准白衣公子的天灵盖就要击下去。

曲嫣赶紧拉住他：“寒哥哥，你别杀人。”她握住他的手，拽他走，“你已经卸掉了他两只胳膊，算了，我们走吧。”

穆寒的手掌被她小手牵住，熟悉的柔滑触感再次回来，他心底莫名一动。

“我们回客栈！”曲嫣拉着他，不想让他再陷入嗜杀的心魔，所以脚步飞快，“我感觉药效就快发作了……回客栈之后，你帮我找店小二要水，我要泡冷水。”

“好。”穆寒感觉到她的手心越来越热，她的呼吸似乎也越来越急促。

他心中一紧，揽住她的腰，运起轻功，带她飞奔回客栈。

“你先歇会儿，我去打水！”穆寒把她安置在床上，立刻转身奔出去。

他嫌店小二动作慢，自己去后院井里打水，很快就灌满一大木桶，搬上来。

曲嫣坐在床沿，小脸绯红，眼波流转。她轻轻咬了咬唇，心里默默向系统助手小七问道：“系统商城里有没有解除药效的道具？”

“有的，宿主，需要10万积分。”

“这么贵！”曲嫣不甘心，又问，“如果我硬熬过去，要多久才能恢复正常？”

“宿主，如果你不舍得10万积分，可以买一个便宜的道具。”小七推荐道，“这个道具叫‘么么哒’，用了之后，你只需和异性接吻，就能缓解药效。天亮之后，药效自然消退。”

“多少积分？”

“2万积分就够了。”

曲嫣咬紧下唇，身体反应已让她很难受，她回答：“买买买！”

“叮！恭喜宿主购买‘么么哒’成功，立即生效。宿主总积分实时更新，目前是990万积分。”

曲嫣这边与小七交涉完毕，穆寒已经把木桶放置在她的房间中央。

“丫头，你还好吗？”他走近床边，见她粉唇紧咬，几乎要渗出血来，伸手轻捏她的下颌，“松口，你这样会把自己咬伤。”

曲嫣没有说话，低头就咬住了他的手指，咬了一会儿才闷声说：“你抱我进木桶里吧……”

穆寒低低应了一声“嗯”，将她抱起，轻轻放入装满冰冷井水的木桶里。他不经意地瞥了一眼自己食指上的那一圈小齿痕，不知怎的竟觉得有些可爱。

“寒哥哥，我热……”曲嫣衣衫整齐地泡在水里，浑身湿漉漉的，手臂伸出木桶外，揪住他的衣袖，“这水不够凉。”

“我去找红桑，她精通医术，或许有办法能帮你。”穆寒的脸侧转着，视线对着墙壁，没有看她。

“我不准你去找她！”曲嫣不高兴，手用力一扯，握紧他的手腕，将他整个人扯进了桶里。

她力气实在大得惊人。

穆寒一时不慎，就摔进了大木桶中，顿时水花四溅。他伸手抹去脸上的水珠，目光对上她的眼睛，距离太近，莫名心跳了一下。

“你莫胡闹。”他迅速站起身，想要翻出木桶。

曲嫣伸臂抱住他的腰，不让他走：“寒哥哥，你在这里陪我一起。”

她嗓音有些软，带着点被药性折磨后的哑，沙沙甜甜的，格外动人。

穆寒听着那句“寒哥哥”，只觉得腰尾骨酥麻了一下，异常古怪的感觉。

他对这种感觉很陌生。

他微微一晃神，就被她抱着重新坐回了桶底。

两人衣衫尽湿，她又贴着他，穆寒瞬间就从耳根红到了脸上。

“你放开。”他尽量忍耐着不适，好声说道，“傍晚时我已经对你动过一次手，不想再来一次。”

他想起她被他动手掐喉，伤心气愤，离开客栈散心，才会遇上好色之徒。无论如何，他都有责任。

所以他虽然厌恶与女子如此接近，还是勉强忍了忍，语气平和地道：“你这样抱着我没用，让我去找红桑，她或许有药能驱散你体内的……”

“你就知道找红桑！”曲嫣抱得更紧了，恼道，“你知不知道她对你心怀不轨？”

穆寒腰间僵硬，抬高双臂，想要避嫌，却又挣脱不了她极大的力气。

"她对我心怀不轨？"

可此时的情况，他怎么觉得是她对他心怀不轨……

穆寒脑中这么一念闪过，突觉腹下一痛！

他惊愕怒斥："你做什么！"

曲嫣仰起小脸，对他弯唇甜甜一笑："种蛊。"

她趁他刚才不备，迅雷不及掩耳地探入他衣衫，把蛊虫驱入他的下腹丹田。

"已经来不及了哟！"她见他面色铁青，语声更柔和，"寒哥哥，木已成舟，米已成炊，你就接受吧。蛊虫已经在你体内，很快就能把我的血换给你。等会儿它再把你体内的毒血吸出来，如此反复多次，直到你练功不再走火入魔，我们就成功了。"

她举起三根细白的手指，发誓："我保证，我必不害你。若有违誓言，天打雷劈，不得好死。"

她一脸肃然。

明明是满面酡红，娇艳欲滴的模样，却又透出了视死如归的忠贞气节。

穆寒的怒气如火遇水，浇得只剩下一丝火苗。他一时间竟不知道该骂还是该打。

"你……"他含怒的眸光忽然微变，眯起黑眸，扫过她嫣红的面容。

"我什么？"曲嫣顺着他的目光，抬手摸了摸自己的脸。

她擦了一下，低头看手心。

糟糕，易容胶有点脱落了……

"你别看我！"她心虚，慌忙伸手遮住他的眼睛。

"为什么不能看你？"穆寒语气低沉，心中藏着的好奇再也压不住，"你到底长什么模样？为什么非要在我面前易容？"

"我不是和你说过了吗？因为我长得丑。"曲嫣牢牢地捂住他的眼睛，继续瞎编，"我自卑，怕你看到我的真容之后嫌弃我。我们之间已经有了名分，你是我未来的夫君，若你看到了我真实模样，厌恶我丑陋，不愿意娶我了怎么办？"

"我不会。"

"我不信！"

"以貌取人，失之子羽。"穆寒认真回道，"一个女子的美丑，在于心灵，而非外表。"

“这种话你骗骗无知小姑娘就算了。”曲嫣手心滚烫，轻咬着嘴角，道，“如果我长得奇丑无比，你会喜欢我吗？”

“我与你说过，我无心情爱，不会喜欢上任何女子。”穆寒回答得很诚恳。

在感情方面，他不想骗她。

“你就是嫌我丑。”曲嫣才不管他说什么，坚持着自己杜撰的逻辑，“如果换个美若天仙的女子在你面前，你早就心动了。”

“我不会……”穆寒无奈。

“你狡辩。”曲嫣单手抽下自己腰间的绸带，绑在他眉眼处，“不许睁眼哦，否则我就脱衣服，告你非礼！”

“丫头你……”穆寒几乎要叹气。

真是个奇怪的丫头，可他偏偏说不过她。不知道她哪里来的那么多歪理。

“绑好了，你要乖乖在这里陪我泡冷水。”曲嫣说完，冷不丁靠近他，贴唇上去，亲在他微凉的薄唇上。

穆寒陡然一僵，迅速推开她。

曲嫣不放弃，再次逼近。

木桶里空间狭小，两人一推一搡，撞在桶壁上，撞翻了木桶，水哗啦啦流了一地。

两人翻滚在桶内，曲嫣恰好压在他身上，粉唇擦过他的薄唇。

她的气息甜美，呼吸间仿佛有一股淡淡香气。

穆寒感觉腹部异常灼热，那种陌生的奇怪感觉又一次袭来。

“丫头……”他嗓音微哑，“你先起来，这样湿漉漉的会着凉。”

“好。”曲嫣答应得很干脆，拉着他一起起来，轻声道，“我现在感觉好点了。我想把湿衣服换掉，你不要摘下眼睛上的绸带。”

“嗯。”穆寒站立一旁，身姿分外笔直。

他双手暗自攥紧，运气压抑腹间那股奇特的感觉。

难道是因为蛊虫作祟？他竟觉得很想……触碰她。穆寒被这个想法惊到，摇了摇头，不可能，他最厌恶的就是与女子肌肤相触。

“寒哥哥，我换好衣裳了。”曲嫣躺在被窝里，裹紧了被子。

她顺便把易容术也修补了一下。

此时她面容雪白，嫣红之色褪去，变得有些苍白。应该是驱蛊之术的后遗症，身体也渐渐开始发冷。

“寒哥哥，你过来。”曲嫣唤道。

穆寒挪了几步，到她床边：“既然你感觉好些了，我先回房，换过衣衫再来看你。”

他十分君子地没有摘下遮眼的绸带。

“等等，让我看看你是否有种蛊后的反应。”曲嫣触碰他的手，有些惊讶，“为什么你的手这么暖？”

不是说，两人都会身体冰凉吗？

“你的手为什么这么冷？！”穆寒几乎与她同时出声。

刚才在水中，她还很热，怎么才片刻间就变得如冰块一般冷？

“这是驱蛊的副作用。”曲嫣半跪在床沿，抬手解开他眼睛上绑着的绸带，“既然你没事，那你就先回房吧。”

穆寒重见光明，入目便是她的俏脸。

她的肤色透着不正常的苍白，连嘴唇都泛着紫，整个身子隐隐发抖。

“你快走吧。”曲嫣这会儿是真的煎熬。

原来的药效和施蛊后的反应相冲突。

她没想过这一点。

此时体内一冷一热交替冲撞，她有点想把自己打晕！

“呜呜……”她忍不住呜咽，卷起被子滚到床角。

“谁让你任性，非要对我种蛊……”穆寒见她可怜，到嘴边的训斥实在说不下去，变成哄道，“你且忍忍，我去给你端火盆。再加两床被褥，可好？”

“呜呜……我好惨，难受……”曲嫣闷闷抽泣，整个人像一只蚕宝宝一样，蜷成一团，连头都蒙在被子里。

穆寒在床边望过去，只能见到一团起伏的棉被。他又好气又好笑：“你这样还能呼吸吗？”

“你是不是在嘲笑我……”曲嫣闷闷的声音从被子底下传出来，“你太没有良心了，我是为了救我未来夫君，不想你被红桑占了便宜。”

“那你就可以占我便宜？”穆寒脱口而出道。

他想起方才木桶中，她亲了他一下。

少女唇瓣柔软，贴在他唇上……

“那你骂我好了。”曲嫣躲在被子底下，瑟瑟发抖，嗓音也开始颤抖起来，“我都这么可怜了，你还忍心骂我吗？我觉得你肯定忍心的，毕竟你又不喜欢我，只是勉强负责任罢了。”

穆寒被她说得无言以对。她又说：“反正我给你种蛊是一厢情愿，现在受这种苦也是自找的。你就别管我了，快去找你的红桑吧。就放任我自生自灭，冻死在床上好了……呜呜……”

她颤抖着呜咽了两声，像只小猫崽。

强词夺理，却又楚楚可怜。

穆寒对她实在没办法，只好说：“我不去找红桑，我去叫店小二给你加被子，这样可以吗？”

曲嫣在被子里发出模糊的应声。

穆寒顾不上回房给自己换湿衣裳，立刻下楼去找店小二拿棉被。

他回来得很快，房内却已空无一人。

“丫头！”他一惊。

他正要转身出去找人，门后面突然冒出个人来，软软撞入他怀中，踮起脚吻住了他的薄唇。

“寒哥哥……”她声音糯软，似有几分意识迷离，在他唇上胡乱咬了几下。

穆寒感觉唇间微微刺痛，隐约有血腥气散开。

在血气之中，他依稀还闻到了一股熟悉的花香。

两种气味交融，令他血脉偾张。

这导致他原本应该在种蛊后的冰冷反应，彻底转变为浑身发热。

“丫头，你清醒点。”他嗓子喑哑，低下眼眸看她。

曲嫣迷蒙的双眸懵懂地望着他，透露出一种无言的渴求。

她嘟囔着说：“要亲亲……”

穆寒压抑着身体的反应，只见曲嫣踮着脚，在他唇上亲了亲：“就是这样。”

穆寒嘴角微微弯了一下，但很快他就皱起眉头。

“丫头，你身上涂抹了什么香膏？”他幽暗的黑眸深处掠过一抹疑惑。

这种香气……他似乎在哪里闻到过。

“没有涂香膏。”曲嫣又亲了他一下，发现他好像在不知不觉间已经习惯了她的亲近，并没有再推开她，于是她便得寸进尺起来。

很快就开始攻城略地，随着亲吻的加深，她体内那股热气消散，只剩下冰冷。

她一边吻着他，一边贴紧他的身体，取暖。

穆寒几乎是本能地，反守为攻，就像面对所有外来袭击一样，他狠狠反转了自己的劣势。

那一抹怀疑，暂时被身体本能压下去。

穆寒脑海中思绪极乱，他感觉唇舌间似是一场战役，他不想输，必须猛烈反攻。但这场战役一点也不艰苦，反而很甜。甜到让他想要忘记一切，肆意沉沦。

“嗯……”曲嫣低喘，“你别这么……”

她话都没能说完，就被他吞没了。

他像是从未吃过糖的人，尝到甜味，食髓知味，疯狂汲取。直到曲嫣渐渐喘不过气，用手肘顶了他一下，他才找回一丝理智。

“丫头……”他嗓音低哑，气息渐乱，勉强拉开一点距离，“我们不能再这样。”

“为什么？”曲嫣仰着小脸，在他怀里蹭，用摩擦取暖，“你都决定要娶我了，我们为什么不能亲亲？”

“你喜欢与我这样……亲？”穆寒扣紧她乱扭的腰，低头看她，眸光幽暗，“你知道接下来会发生什么吗？”

“不会发生什么的。”曲嫣嫌他衣衫湿，去扯他的衣领，“我就只是想和你亲亲。”

只需要亲吻就够了，她的道具已在起作用。而最重要的是，她喜欢被他搂在怀里的感觉。

“寒哥哥，你讨厌我亲你吗？”她扯开他一片衣衫，问道。

他的体温让她感到一阵温暖，不禁溢出一声舒服的喟叹。

少女冰凉的小手贴在他胸膛，穆寒修长的身躯微微一僵。他没有回答她的问题，却低沉地道：“我身上有很多伤口，你不要乱摸。”

曲嫣抬眸瞧了他一眼，糯糯道：“对不起。”

伤口都是她打的。

虽然是原来的曲嫣动的手，但现在也算在她头上。

那时候穆寒刚被原主抓入公主府，他走火入魔，不宜运功，又还没和暗卫联系上，确实吃尽了苦头。

“为什么要说对不起？”穆寒垂下眼眸，轻轻嗅了嗅她的长发。

不是发香的气味。

她身上那股花香很特别，他肯定在哪里闻过。

“因为我没有早点来救你。”曲嫣小心避开他的伤处，双手在他身上取暖，“但是你放心，只要你愿意，以后我都会对你好。”

她手心贴着他温热的肌肤，仰起小脸，又亲他。

穆寒这次没有拒绝，在她柔软的唇上轻咬了一口。有了刚才的经验，他越发如鱼得水，一只手掌托住她的后脑勺，低头吻下。

他身上的温度越来越热，曲嫣的双手被暖得渐渐回温。

他的吻也越来越猛，像一只被关在笼子里的野兽终于放出，肆意掠夺。

“嗯……疼……”曲嫣被他吮得微疼，闷声抗议。

他略微抽离，忽然将她拦腰抱起，放到床上，随即倾身压下来。

两人姿势暧昧。

穆寒黑眸深处涌动着炽烈的欲念，和一丝隐藏的探究。他想知道，她身上的香气到底是怎么回事。

“寒哥哥，你要干什么？”曲嫣凝眸看着他，从他乌黑的瞳仁里看到自己的倒影。

她蓦然警觉。这熟悉的眼神……他起疑了。

曲嫣皱了皱鼻尖，难道她的香气屏蔽丸又到时限了？

“你不是想要亲亲吗？”穆寒俯下身，薄唇落下，封住了她的唇，“如你所愿。”

他用一只手遮住她明亮的眼睛，不愿让她看到他眼中的计谋。

他一边吻她，一边慢慢下移，唇落在她的颈边，不动声色地嗅着。

香气越来越明显。

“痒……”曲嫣失去了视觉，触感变得敏锐，他擦过她的颈部肌肤，仿佛带起一阵电流。

她颤抖了一下。

穆寒继续向下移动。他额头上布满汗水，忍耐到了极点，却没有忘记自己的目的。果然，这是她自身的体香。

“寒哥哥，你这样很不好。”曲嫣伸手环住他的脖子，“我讨厌你对我耍心机。”

她突然用力，猛地推开他，跳下了床。

穆寒探索的动作瞬间停止，双手紧紧握起，忍耐得极其痛苦。他俊美的脸上神情紧绷，满是汗水，眼神如同暗火，却又凌厉，哑声说：“你的体香，我曾经闻到过。”

曲嫣蹙眉看着他：“你想说什么？”

穆寒为自己心中的怀疑感到荒谬，但他不得不正视。他冷着脸，一字一句地说：“我在三公主身上闻到过。”

曲嫣匪夷所思地看他一眼：“你是什么意思？你怀疑我是三公主？”

穆寒抿紧了薄唇。

如果她真的是北朝三公主曲嫣，那他……不仅亲了她，还与她在山上有了肌肤之亲。最令他无法接受的是，他竟觉得她很甜美，他甚至无法控制自己的身体反应，渴望与她缠绵。

面对一个敌国公主，一个与他有深仇大恨的狠毒女子，他竟生出如此肮脏的念头！这让他将来如何面对那些惨死的燕国将士英魂！

“你觉得可能吗？”曲嫣见他眼底渐渐涌起赤色，嗜杀阴鸷之气浮动，缓缓道，“三公主会有我这样的武功吗？你仅凭香气就做出如此武断的判断，将来还如何领兵打仗，兴邦复国？”

她试着给他洗脑，娓娓道来：“世间女子无数，有类似体香或用同款香膏的，也不是什么稀奇的事。我若真是三公主，把你身份禀报到皇宫，直接拿下你就是了，何必做这么多毫无意义的事？”

她说着叹了一口气，自暴自弃地道：“我不解释了，你就当我是三公主吧。反正你从头到尾都不信我，不喜欢我。你亲也亲了，抱也抱了，现在占完便宜就找个借口把我甩掉，省得我缠着你。我懂的。”她幽幽地望他一眼，“寒哥哥，你自己保重吧。我不想当什么皇后了，我回去和师父说，我任务失败，不能帮你了。你爱娶谁就娶谁吧，我不再在你面前惹你厌烦了。”

不等他开口，她足下一点，纵身飞跃出半敞的窗户，眨眼间消失于夜幕。

“丫头——”

穆寒冲到床边，却已不见她踪影。

她轻功极好，说消失就消失，不留半点痕迹。

穆寒望着漆黑的夜幕，心底似被什么刺了一下，空落落的。

“走了也好。”他低语。

如此一来，他不必再怀疑，不必再提心吊胆，不必怕自己栽在一个女子手上。

他理应感到轻松的，不是吗？

穆寒抬手，按了下心口。这种痛，只是错觉罢了，睡一觉就会好。

曲嫣离开之后，另外找了一家客栈，裹着三层棉被，闷头睡了一觉。

第二天起来，她神清气爽，什么药性都退了。

洗漱完，她就出去逛街。

这个世界的美食，她还没有时间细细品尝。至于任务什么的，就先扔在一边吧！

曲嫣心态洒脱，从空间里拿出一包碎银子，沿街买东西吃——甜滋滋的糖葫芦，香喷喷的煎油饼，还有特别好喝的纯手工豆浆！

人间美味啊！

曲嫣一路走一路吃，倒是很开心。

穆寒一夜没睡，连夜让暗卫查她的下落，知道她入住了另一家客栈，便从天未亮起就亲自监视着。

他对自己说，这只是为了探查她的真实身份。若她真是三公主曲嫣，他就亲手杀了她。

他一路悄然跟着她，见她暴饮暴食，许是心情不好所致，内心不禁有些复杂。

“啊，对不起！”

曲嫣在前面一家扇子铺撞到了一个人，连忙道歉。

那年轻男子抬起头来，对她笑了笑：“傻丫头，可找到你了。”

曲嫣诧异，凝眸看清眼前之人——白衣翩翩，手执羽扇，一张俊逸出尘的面容，清眸淡淡，唇边带着一丝亲切的笑意。

这个人是……

她迅速翻查了一下系统资料，调出人物图像。

哇哦！

原来他就是相国幼子，南宫楚。这个世界重要的男配角。

南宫楚和三公主原有一段渊源，皇帝曾经笑说，要把三公主许配给他。

南宫楚此人性子独特，是真正的自小隐居山野，除了皇帝和亲近之人，很少有人见过他的庐山真面目。

他博学多才，偏却不肯考取功名、入仕为官。

后来世人方知，他暗中背负着皇帝赋予的使命。

原主虽骄纵蛮横，在南宫楚面前却不敢放肆，对他充满敬仰和钦慕。南宫楚把她当妹妹看待，以前见过几次她在医女巧手之下易容改装。

曲嫣猜，这就是为什么他一见面，就认出了她的身份。

“南宫哥哥！”曲嫣伸手挽住南宫楚的臂弯，小声地说，“你跟我来，我有话跟你说！”

他可千万不要当街揭穿她的身份啊，穆寒还在附近跟着她呢。

“你这丫头，又在胡闹什么？你可知……”南宫楚无奈摇头，淡淡一笑，顺着她的意思，跟她进入了扇子铺。

躲在无人的店铺内堂，曲嫣给了掌柜一锭银子，把人打发出去，才对南宫楚悄声道：“南宫哥哥，拜托拜托，无论如何，你都不要揭穿我的身份。”

“你可知皇上派人四处寻你？”南宫楚刚从山谷出来，看到皇榜才得知三公主不见了的消息。

没想到这么巧，竟在路上撞见了这个顽皮的丫头。

“我经常胡闹，父皇会原谅我的。”曲嫣说得毫不在意，反正皇帝那么多子女，宠爱原主也只是因为原主母亲服侍得宜，龙心大悦而已。

“你跑到七溪镇来做什么？”南宫楚问。

“那南宫哥哥你又是来做什么？”曲嫣反问。

南宫楚轻笑，抬起折扇，轻轻敲了一下她的脑袋：“你这丫头，倒是鬼灵精，知道拿话堵我。”

曲嫣眼珠子骨碌碌一转，狡黠地道：“我不问你，你也不问我，这样最公平。”

她当然知道，他来七溪镇是暗中奉了皇命。将来男主角的复国之路，最大的障碍就是南宫楚。

“行，听你的。不过，我必须秘密修书，通知宫里。”南宫楚对她有几分宠溺。

外人都道，三公主嚣张跋扈，横行霸道，只有他见过她最脆弱的时候。

“南宫哥哥最好了。”曲嫣弯起眼眸，嘻嘻一笑，“我请南宫哥哥去吃一顿好吃的！”

顺便气一气那个呆头鹅，穆寒——慕容寒！

曲嫣和南宫楚来到一家酒楼。她特意选了显眼的位置，点了一大桌菜，笑眯眯地给南宫楚夹菜："来，南宫哥哥，吃一块香酥鸡。"

"好。"南宫楚从善如流，把一碟桂花糕推到她面前，"丫头，这是你最喜欢的糕点，尝尝。"

"谢谢南宫哥哥！"曲嫣笑得甜甜的。

穆寒从楼下的木梯走上来，还未看见人，就先听见少女清脆的笑声。

他脚步一顿，抬头望上去，只见一男一女坐在二楼靠窗的位置，有说有笑，气氛亲昵。

他眸色微微一沉。

"南宫哥哥，好久不见你了，最近在山里可有什么新鲜事？"曲嫣故意提到"山里"，这样就能和自己之前编造的隐居山野联系上了。

"闲暇无事的时候，学着用树叶编蜻蜓。"南宫楚从衣袖中摸出一只青叶蜻蜓，"送给你。"

"真好看。"曲嫣拿在手里瞧了瞧，觉得惟妙惟肖，依稀可窥见编织它的人心细如发，一丝不苟。

她真心称赞道："南宫哥哥做的东西总是特别精巧。"

不愧是将来坐镇北朝大军的南宫军师，可与男主角一较高下。

"你若喜欢，回头我多做几只给你。"南宫楚见她欢喜，也觉得高兴。

他与她已有两三年未见，印象里，她还是那个娇气爱哭的小姑娘。在外人面前骄蛮，实际上内心却脆弱。

她母妃一门心思争宠，拿她当作争宠的工具，未曾好好教导过她。

她心思灵敏，知道母亲并不爱她，只是利用她，常常躲起来哭。

哭完之后，在人前就更加嚣张。或许这是一种自我保护的反映。

听说这两年她变本加厉，做得越发过分了。

"丫头，我听说你……"南宫楚依旧用着幼时的称呼，斟酌着用词，道，"你可有成亲的打算？"

她在府中蓄养模样好看的男宠，强抢俊俏奴隶，这些传闻他也略有耳闻。

"南宫哥哥为什么这么问？"

"你心性贪玩，成亲后或许能安定下来。"南宫楚好意道，"若你有喜欢的郎君，我可以帮你看一看人品。"

"我觉得南宫哥哥你这样的就很好。"曲嫣弯唇一笑。

她眼角余光早已瞥见木楼梯那边有一抹淡青色的身影。

她继续说道："我喜欢像南宫哥哥这样对我好的男子，最讨厌不信任我的人。"

"你与我之间……"南宫楚轻笑着摇头，"你父……那些都是玩笑话。"

皇上曾经提过要把三公主许配给他，但那时大家年幼，而他对她也未曾有过超出兄妹之外的情谊。

"难道南宫哥哥讨厌我？"曲嫣问。

"你知道我并非这个意思。"南宫楚的目光落在她易过容的小脸上。

虽然容貌有所伪装，但他仍一眼就认出了她。唯一不同的是她笑起来更好看了，即使眼皮变单，眸光却更潋滟明亮。隐约间似乎更美了，有一种说不出的气质。或许这就是女大十八变？

"如果有一天，南宫哥哥必须娶我，你会愿意吗？"曲嫣突然问。

她问这句话，其实另有深意。

在剧情中，三公主后来确实被皇帝赐婚给南宫楚。南宫楚对原主并无男女之情，于是拒绝婚事。此举惹怒了皇帝，使他遭受了牢狱之灾。

"丫头，大庭广众之下，我们不要谈这个。"南宫楚并未让她难堪，巧妙地回应道。

曲嫣突然对他眨眼，嘴唇轻启，无声地示意："帮我一下，就说你愿意。"

南宫楚聪慧绝伦，收到暗示，眸光一扫，便见到木梯上走来一位青衫少年。他心思一转，很快就猜到，三公主许是有了心上人，正在与人怄气。

"傻丫头，你要有自信。你如此美丽可爱，没有男子会拒绝娶你。"南宫楚微笑，对她点头示意。

果然，他听见那青衫少年的脚步一顿，几乎要踩裂地板。

"南宫哥哥说话，我最爱听了。"曲嫣笑得甜美无比。与聪明人合作就是轻松，他这么快就明白了她的意图。

"你说话我也爱听。"南宫楚抬手，轻轻摸了摸她的头，"男婚女嫁之事，务必从长计议，我们等到无人时再详谈。"

"好的。"曲嫣乖乖点头。

她内力深厚，耳力极佳，听见不远处的少年猛然攥起拳头，指节作响。

曲嫣再接再厉，火上浇油，说道："成亲时，我想要一颗夜明珠镶嵌在凤冠上。南宫哥哥，你有夜明珠吗？"

南宫楚颔首："有一颗。日后送给你。"

曲嫣微笑，正要继续说下去，忽觉身边一阵疾风掠过，有人攥住了她的手腕——"跟我走，我有话对你说！"

少年嗓音低沉，似乎带着怒气。

曲嫣向南宫楚眨了一下眼睛，示意他无妨，她一会儿就回来。

她没有挣扎，任由穆寒带着往楼下走去。

穆寒步伐很快，蕴含着莫名的怒火，握着她的手腕一路拉到酒楼的中庭天井。这里无人，穆寒将她困在角落，沉声问："你要和那个人成亲？"

曲嫣微微侧眸，瞧了他一眼，不紧不慢地反问："请问阁下是哪位？为何抓着本姑娘不放？"

"丫头，你——"穆寒眸光幽深而复杂。

他不应如此冲动。

但听见她要嫁给别人，他无法坐视不管。

"这位公子，请你放手。"曲嫣语气客气，礼貌而陌生，"我与你无亲无故，你这样抓着我，于礼不合。"她挣脱开他的手掌，揉了揉手腕，冷淡地看着他，"男女授受不亲，公子孟浪了。"

"你不必装作不认识我。"穆寒脸色铁青，怒气萦绕于胸口，却无处发泄，"你若早已有他人婚约，就不该故意接近我。"

"你这话可真好笑。"曲嫣退开两步，冷冷地看着他，"你疑我、欺我、弃我，难道我还要厚着脸皮讨好你？很抱歉，我有我的骄傲，恕我做不到。"

她再说道："至于我要嫁给什么人，是我的自由。你不要我，不代表天底下就没有男子要我了。"

"我何时说过不要……"穆寒冷然一惊，话语戛然而止。

他只是需要查清楚，她到底是不是三公主。

"你说啊，为什么不说完？"曲嫣冷哼，"既然你对我无意，就请你不要再跟踪我。否则，我就报官抓你，告你对我意图不轨、轻薄侮辱。"

她拂袖，转身离去。

穆寒追上前，掌心抓住她的一片衣袂，却轻飘飘地从他手中滑落。

他望着她飘然远去的纤细背影，心底那奇异的空洞感再次涌现。

他下意识地按了按左胸，为什么这里又刺痛了一下？

曲嫣与南宫楚一起游玩了半天，直到天黑才告别。

“南宫哥哥，我拜托你的事情，请你一定要帮我完成。”

回到客栈门口，曲嫣踮起脚，凑到南宫楚耳边，悄声说：“明日事情结束后，我就回公主府了。”

“放心，答应过你的事，我必定妥善完成。”南宫楚并未询问那个青衫少年是谁。

他若想知道，自会去查。

“谢谢南宫哥哥，那我先回客栈休息了。”曲嫣朝他挥挥手，转身走进客栈。

夜色渐深。

她梳洗完毕，和衣躺在床上，却并未入睡。

直至子夜，夜深人静，万籁俱寂。曲嫣的耳朵忽然轻轻一动，有动静……

房间内未点蜡烛，漆黑一片，她聚精会神地聆听着那微弱的气息，正靠近她的床前。

他在黑暗中注视着她。

“你想对我做什么？”曲嫣突然开口。

床前那人身形微微一顿。

沉默片刻，他才低沉地开口：“我只是想看看你的真实面容。”

曲嫣从床上坐起，衣袖一挥，点燃了桌上的蜡烛。

她抬起眼眸，看着少年俊美而冷峻的脸庞，粉唇间逸出一声叹息：“我就猜到你会如此执着。”

其实她能够理解他。一个背负亡国血仇的皇族太子，怎么可能轻易相信一个半路冒出来的丫头。就算他想要相信，他也不能。

复国报仇是他注定要承担的使命，容不得他恣意妄为，感情用事。

“寒哥哥，我们今夜就开诚布公地谈一次吧。”曲嫣跳下床，与他面对面，四目相视，认真地说，“你怀疑我可能是三公主曲嫣，对不对？”

穆寒抿紧薄唇，没有否认，点了点头。

“如果我是三公主，你就想要亲手杀了我，是不是？”曲嫣又问。

穆寒盯着她澄澈的眸子，心绪复杂。他没有回答。

曲嫣自顾自地说下去：“我们已经种下了子母蛊虫，如果你现在杀了我，你也会死。不如这样，我今晚帮你把血彻底换完，我们解除掉生死关系。然后……”她望入他黑眸的深处，语声轻浅，“你再决定，是否要杀我。”

“一夜时间，不可能换完血。”穆寒嗓音低哑。

“我说能就能。”曲嫣倏然伸手，迅疾地点中他胸口穴道。

“丫头！你要做什么？！”穆寒大惊。

“给你换血，让你以后再也不用受走火入魔的苦。”曲嫣将他推倒在床上，顺便点了他的哑穴，“寒哥哥，你先别说话，让我专心把事情做完。”

穆寒无法动弹，也无法说话。他隐约感觉到，她在做一件十分危险的事。他必须阻止她！

“寒哥哥，你不要想着冲破穴道哦。”曲嫣看出他的心思，对他弯眸一笑，“我用了十成内力，你一时半会儿是冲不破的。”

她一边说，一边卷起衣袖，露出脂粉般的殷红肌肤。

“我需要掀一下你的衣服。”曲嫣撩开他的衣衫，善解人意地安慰，“我不看，就只是找一下你丹田处的子蛊。”

她半侧过脸，果然不看，只用指尖轻轻按了按。很快就找到了子蛊所在。她不再废话，驱动母蛊，唤回子蛊。

子蛊回到她的手臂里，慢慢吸饱了新鲜的血，又被她驱入穆寒的身体。

如此反复，一而再，再而三。

她很有耐心，坐在床边，一次次地让蛊虫吸自己的血，输给他，而她的脸色也随着失血渐渐苍白。

“够了！”穆寒在心中怒喊。

他冲不开她存心封死的穴道，眼看着她因失血而惨白，纤瘦的身子摇摇欲坠，却无法劝阻。

“停手！丫头！”他的焦急和愤怒全写在眼里。

“没事的，寒哥哥。”曲嫣扯唇微微一笑，显得有点虚弱，“我们现在还绑定了生死，我肯定不会让自己出事连累你。”

她继续驱使蛊虫。

时间一点点流逝，她的小脸惨白如雪。

穆寒感受到她触碰他肌肤的指尖，极为冰冷，仿佛冻结的冰块。

“停下！”他怒目瞪着她，“马上停止，否则你的身体会吃不消的！”

“寒哥哥，你现在试着运气吧。”曲嫣手指探在他搭在腕间的脉上，“我虽然不太懂医术，但气息是否顺畅，我还是能查探得出的。”穆寒无计可施，只能听她的，默默凝聚运气。

“好像已经好很多了。”曲嫣低声自语道，“再多输些血，就差不多了。”

她手臂上被蛊虫钻进钻出的孔越来越多，密密麻麻，血滴渗出，落在床上的被褥上，犹如展开的一朵朵寒梅。

蛊虫被驱赶了几次，曲嫣眼前逐渐发黑，整个身子晃晃悠悠。

“寒哥哥，我到极限了……”她孱弱地轻语，“我现在把子蛊召唤回来，我们从此解除关系。”

这最后四个字，她说得很低很低，似飘散在空气里。

冷沉而微弱，却清晰可辨。他心中隐痛，竟听出了另一层含义——她是在和他告别吗？她打算从此与他陌路？

“蛊虫召回来了。”曲嫣勉强用力把穆寒扶起来，在他身后盘腿而坐，双手贴在他后背，“寒哥哥，我送你一部分我的内力，这样你就能更好地调息，恢复功力。以后你练功时，一定要注意收敛心神，千万不要再走火入魔了。”她细细嘱咐，语声虚弱，心意却细致入微。

穆寒眼底泛红，喉间想要大喊的声音却喊不出来：“丫头！够了！你不要再为我做任何事了！”

“寒哥哥，屏气凝神，不要有杂念。”曲嫣的双手明明很冷，从她掌心里传输出去的真气却很暖。

她将她从系统那里学来的武功内力，赠送了一半给他。

“大功告成。”

良久，她收回手，雪白瘦弱的俏脸绽出一丝笑容，软声道：“寒哥哥，我祝你往后一帆风顺，复国登基为皇，从此开疆拓土，成为一代明君帝王。”

她握住他的袖子，寻到他的手指，交缠在一起，声音越来越低弱：“我做这么多事，只希望你答应我一个请求。”

穆寒眸光落在她缠绕他的手指上，心中激荡而涩痛，道：“你说过的，你要的是皇后之位。”

曲嫣却道：“我并不想要什么皇后之位。我只希望你将来打胜仗之后，能够善待战败国的百姓，万万不要屠城。虽然北朝有错，但北朝万千百姓是无辜的。你一定要记住我今日的话，好吗？”她仿佛在说临终遗言。

穆寒心底渐渐慌乱。

她的手指极冰，半点不像一个活人该有的温度。

重复驱蛊，对她造成了什么伤害？

“好了，寒哥哥。我该做的已经做完，想说的也已经说完。你的穴道还有半炷香时间就会自动解开了。”

曲嫣扶着床柱，费力地下了床，回头深深地望了他一眼：“我最后告诉你一件事。”她微微一笑，“那夜在青柏山，我们并没有发生男女之间的那种亲密关系。你只是因为走火入魔而神志不清，咬了我，害我流血。仅此而已。你不必再愧疚，不必再有负担，也不用负什么责任。”

穆寒心中一震，黑眸闪过自己都未察觉的慌乱之色。那夜若是什么都没发生过……她为什么要坦白说出来？她不想与他再有瓜葛了吗？

“对不起，我终究是骗了你。寒哥哥，从今往后，你自己多加保重。”曲嫣转身，脚步踉跄，慢慢向房外走去。

廊上一阵夜风吹起她的裙摆，衬得她身姿纤弱，似一碰就要碎掉。

穆寒狠狠地盯着她的背影，喉间一句“别走”用尽全力却喊不出来。

直到半炷香后，他噗的一声吐出一口鲜血，才解开了穴道。他收紧衣衫，什么也顾不上多想，跃身而起，飞出窗台。

他得去找她！他要看到她安然无恙！

经过大半夜的驱蛊换血，天色已微亮。

穆寒四处寻找曲嫣的下落，终于打探到她后来进入了一间民舍。

他敲响屋门，前来开门的却是一位白衣执扇的公子。

他认得此人，是丫头称作“南宫哥哥”的人。

“我要见丫头。”穆寒神色冰冷，焦急之色隐在眸底。

“你还敢来找丫头，还嫌害她不够吗？”南宫楚怒斥道。

“她……现在如何？”

“你走吧。”南宫楚眼中闪过一丝哀伤，“你不配再见她。”

穆寒见他神色异常，心中突然升起不祥的预感，一把抓住他的肩头：“丫头到底怎么了？你再阻拦，别怪我动手！”

南宫楚并未挣扎。他沉默片刻，忽然悲凉一笑“罢了，你要见就见吧。”

他退后两步。

穆寒径直冲进屋舍，高声喊道：“丫头！”

无人回应。

他闯进一间卧房，脚步骤然停下。眼前不远处，木榻上，少女静静地躺着，面色如雪，唇色苍白，一动不动，毫无气息。

穆寒感觉自己的心跳也快停止了，脚下轻得几乎无声，他缓慢地走近她。

“丫头？”他半跪在榻前，音量放得很轻，像是怕惊吓到她，“你醒醒，好吗？我有话想跟你说。”

少女毫无反应。她垂下的长睫毛黑而密，宛如漂亮的蝶翅，却连一丝颤动都没有，一片死寂。

“丫头，你别吓我……”穆寒嗓音发哑，极慢地伸出手，握住她冰凉的手腕，探她的脉搏。

没有脉搏。

他的手指骤然僵住，良久才移到她颈边的脉，依旧没有脉搏。

“不可能！”他突然爆发出一声厉喝，“你不可能就这样死去！”

他双目发红，近似疯狂，俯身将她抱起来，转身往外疾奔：“我带你去找红桑，她一定能救醒你！”

南宫楚眼睁睁地看着他闯入又离开，拦不住，也没有打算拦。

一切如三公主所料。这个少年生性多疑，不会轻易相信她已经死去。

南宫楚望着青衫少年消失的方向，低低地轻叹一声：“丫头，你这次玩得有些过火了。”

以假死来逼出对方的真心，未免残忍。

但愿，她能得偿所愿。

第四章

我不是喜欢你，我爱你

曲嫣其实并不是如南宫楚想的那样，以假死逼真心，她是准备“真死”。

她此时正在穆寒的怀抱中，感受着他狂乱的心跳。她唤出系统助手小七，问：“距离慕容寒屠城的时间，是不是还有七年多？”

小七回道：“是的，宿主。”

曲嫣说道：“那好，我要冻结我的时间七年。”

“宿主，你的意思是……”小七很快就明白，提醒道，“原主的身体确实可以保持冻结七年，但在这个世界的人看来，她就是真的死了。如果七年后又活过来，那就是诈尸，会很恐怖的。”

“恐怖就恐怖吧，我在这个世界只能用三公主这具身体，没办法。”曲嫣也有些无奈。

她再怎么易容，终究都只是权宜之计，穆寒迟早会发现真相。那么，她就要以最惨烈的方式，让他发现。

“好的，宿主。小七等待你的指令。”

“嗯。”

曲嫣和小七对话的片刻间，穆寒已经抱着她飞檐走壁，进入了一处秘密大宅。这是他心腹旧部的聚集之地。

众人见到他突然出现，惊了一下，无声地跪地请安。

“起来！”穆寒语气急促而冷冽，收紧臂弯，抱紧怀中寒冷如冰的少女，“红桑在哪里？把她给孤叫来！”

他抱着曲嫣进入一间空厢房，轻柔地将她放在床榻上，拉过被子替她盖上，仿佛她只是受了寒而昏睡过去。

“殿下，您找我？”红桑进来的时候，还不知道发生了何事，指着床榻，疑问道，“她……为何在此？”

“红桑，你过来，看看她得了什么怪病。”穆寒俊美的脸上看不出任何情绪，只是把声音放得很低，蕴含着一种奇异的温柔，对着床榻上的那个少女。

“她病了？”红桑困惑地走到床榻边，伸手把脉。

她一探脉，顿时就惊住了！没有脉搏了！死了！

“她昨夜驱蛊为我换血，长达三个时辰。现在她失血过多，昏厥了。”穆寒缓缓地说，“她还把她的内力真气，输给了我大半。想来应该是体力不支，所以昏迷不醒。”

“什么？！”红桑震惊又愕然，脱口道，“驱蛊三个时辰？那必死无疑啊！蛊虫有毒，每次驱动三次就已经很伤身，怎么能……而且她还把真气输送给你，那不是嫌死得不够快吗？”

她话刚说完，才发觉殿下面色铁青，眸色狠厉，怒瞪着她。

红桑惊了一跳，害怕地缩了缩，声音渐小：“殿下，她已经去世了……您要接受这个事实……”

“不可能。”穆寒摇头，语气很慢，似乎在坚定自己的信念，“她师承隐世高人，武功绝顶，绝不可能就这样轻易死去。”

红桑看了一眼床上死气沉沉的少女，小心翼翼地道：“殿下，红桑也懂易容之术，此刻近看，不难察觉她易过容。她说的话，未必是真。”

“滚出去！”穆寒突然发怒，厉声冷斥。

“是……”

红桑惶恐，不敢违命，恭敬地退了出去。殿下怕不是疯了？守着一个死人，偏说她只是昏迷……

厢房内，只剩下两人。

穆寒抬手，手势温柔，轻落在床榻上少女的眉眼间，低声道：“丫头，你说你很丑，不想让我看见你的真实容貌。但我答应你，无论你多丑，我都娶你。让我看看，好吗？”

“乖，你先睡会儿，我去打水。”穆寒语气轻柔，凝视她一眼，转身出去。

他找红桑拿了一些卸妆的特制药水，端着一盆水和干净棉布，重新折返。

床榻上的少女寂静无声，似乎很乖巧。

穆寒眼底浮着一层红，酸涩的感觉被他强压回去。他走到床边，打湿棉布，轻声道：“丫头，我现在帮你卸去易容。如果你生气，等你醒来的时候，我任你打骂，可好？”

少女就这样安静地躺着，气息全无。

穆寒视而不见，用浸过特殊药水的棉布轻轻擦拭她的脸庞。一小片一小片的薄皮被拭去，逐渐露出她的真容。

穆寒的动作很慢，很轻，怕太用力会搓痛她。她下颌处的假皮被湿布擦掉，露出她原本小巧精致的下巴，并非他之前所见的略微圆润。

还有鼻子，挺翘笔直，并没有圆润的鼻头。还有眼睛……他早就猜到她不是单眼皮，果然擦去凝胶似的东西之后，她恢复了双眼皮。

穆寒帮她完全卸下易容，动作停顿在半空中。眼前的少女，肌肤如雪，吹弹可破，五官轮廓鲜明而精致。她有饱满洁白的额头，挺拔精致的琼鼻，粉嫩如花瓣的唇，可以想象她若睁眼，该是多么美丽惊艳。

但……这张脸，他并不陌生。

他曾经在这张脸上见识过跋扈恶毒的笑，嚣张毒辣的眼神。他曾经在她这双柔嫩的小手底下，吃尽苦头，鞭刑、铁烙无一不是她亲手执行。她是……他立誓要亲手杀死的蛇蝎女子。

“丫头……”这声称呼从穆寒喉咙深处溢出，极为复杂，似眷恋又似痛苦。

他果然没有怀疑错，她就是北朝三公主曲嫣！她身上的香气，和当日三公主压在他身上时，一模一样。

“殿下——”

红桑因为担心穆寒的异常状态，所以没敢走远。

她见厢房的门没关，便悄悄地望了一眼。这一看，把她狠狠吓了一大跳！那个会驱蛊的死丫头，易容下的脸……竟是北朝的三公主！

她听说殿下不久前被困在三公主府，被恶毒的三公主虐打，现在是捉到仇人了吗？

但这位三公主已经断气。

啊，真可恶，如此一来，殿下就无法亲手报仇了。

红桑义愤填膺，忽然心生一计，大声道："殿下，请听红桑一言！既然北朝三公主在我们手中，虽是死尸，但我们可以假装她尚活着，假意挟持她。有她在手，我们就可以潜入三公主府，寻找宝藏图。"

穆寒转头，黑眸如凝结的冰霜，森冷而寒厉："你说什么？再说一遍。"

红桑自觉计策巧妙，踏入门槛，兴奋道："殿下，若觉得挟持一个死人不便于计划，红桑还有一个好办法。我将她的面皮剥下来，制成人皮面具，我来假扮她，绝对无人能够识破。"

"滚——"穆寒突然暴喝一声，衣袖一扬，射出一枚飞刀。

红桑闪避不及，左肩一阵剧痛，刀入骨肉，瞬间鲜血横流。

"殿、殿下……"她惊愕不已。

她的主意不好吗？她是忠心为他着想啊！

"再不滚，下一刀命中的就是你的心脏。"穆寒满目戾气，翻涌着阴郁的黑暗。

红桑心惊，叫了一声，掉头就跑。

穆寒无心理她，转回目光，重新落在床榻上少女的雪色容颜上。

从前他只觉得这张脸恶心。如今看着，竟觉得很美。他是不是疯了？

他缓缓伸出手，指腹摩挲过她柔嫩冰凉的脸颊，突然用力掐了一下："你给我醒过来！既然存心戏弄我，现在可以醒来嘲笑我了！"

他厉声喝道："曲嫣！你睁开眼睛！你不就是想看我笑话吗？你睁眼，我承认我输了！你尽管嘲笑——"

少女毫无反应，没有呼吸，没有心跳。

"为什么——"穆寒嗓音寒冷而沙哑，"你起来告诉我为什么！你不过是玩弄我罢了，为什么要做这么多奇怪的事？为什么要为我驱蛊换血？为什么要把一半内力真气送给我？为什么连命都不要了……"

他说到最后，嗓子哑得厉害，眸底猩红一片，隐有水光。

他无法理解！为什么！

她是高高在上的受宠公主，在她眼里他只不过是一个奴隶，一个国破家亡的俘虏罢了。她之前也一直如此轻蔑对待，把他当一个玩物，连下人都不如。

为什么变了？为什么要真心实意地为他付出？

他体内蓬勃有力的真气无法作假，他运功时倍加轻盈流畅，也无法作假。

如果由红桑来驱蛊，他至少需要一年以上才能慢慢恢复正常。而今，他什么都不需要做，就已成为内力深厚的高手——这对他今后的复国之路，大有裨益。

这一点，他再想否认，也无法否认。

“你醒醒！”穆寒嘶声低喊，“把话说清楚，你到底是谁……你到底怀着什么心思，你告诉我……”

少女死寂沉沉。

她的身体温度早已凉透，指节僵硬。这一切都昭示着，她已是一具尸体。

“丫头……”穆寒忽然俯身，靠在床沿，把她的手紧紧贴在自己的脸侧，一抹湿意落在她手背。

他无法再骗自己，她只是昏迷。

她死了。

她昨夜就心存死意。

是因为他怀疑她吗？她怕被他发现，她就是三公主，所以不想活了？

“丫头，我真的不懂……”他低哑至极的嗓音落在她的手背，含糊不清，“你喜欢我吗？你若真的喜欢我，为何要做从前那些恶事？”

他心底又痛又闷，脑海中像是将要炸开一样，混乱而模糊。

复国艰难，但再难也不如她的心思难测。

他这十六年来，过得压抑而辛苦，如果说有过甜，她是最甜的那颗糖，却也是最毒的那一颗。

“殿下。”一名燕国旧将上前，恭声道，“属下听红桑说，北朝三公主已死在殿下手里。不知殿下打算如何处理她的遗体？”

穆寒没有抬头，面颊紧贴着少女冰冷的手背，哑声道：“去备一副最好的棺木。”

他要亲手将她下葬，就葬在青柏山吧……那是他们真正缘起的地方。

“是，殿下。”旧将没有多问，迅速退下去办事。

敌国公主死去，算是一件好事。

殿下伤心，或许只是因为年少易动情，过段时间便好了。

“丫头。”穆寒抬起头，眼底布满血丝，他低头亲了亲她的额头，“我只当你是我的丫头，可好？”他存心自我欺骗，薄唇轻贴在她冰冷的唇瓣上，“在我心里，你从来都只是那个与我笑闹、唤我寒哥哥的丫头。”

他低低地自言自语：“我知道你害怕孤单，以后只要有时间，我就去青柏山看你、陪你说话，好不好？”

再没有少女清脆的声音回答他，再没有少女笑得眉眼弯弯的清甜，偷偷沁入他的心，只剩一室孤冷死寂，与他做伴。

曲嫣的精神力从身体抽离，灵魂暂时回到了白茫茫的空间。

她从雾镜中看到穆寒把“她”的尸体放入棺木中，暗中运上青柏山。他把“她”葬在那夜二人共睡过的山洞附近。

坟墓砌好之后，他守着墓七天七夜，形容憔悴，整个人瘦了很多。

七天后，他离去，从此像发了狂般地潜心投入复国计划。

“小七，你有没有把三公主的躯体冰封好？‘我’该不会真的闷死在棺木中吧？”曲嫣问系统助手小七。

“宿主请放心，已用高科技手段冰冻，保证躯体不腐，容颜不老。等七年后宿主重新进入身体，依旧年轻貌美。”

“那就更吓人了……”

到时候她不仅“诈尸还生”，还容颜不变，保持着十六岁的样子，和鬼更没什么区别了。

不过这样也好，她刚好可以顺势而为。

曲嫣想了想，不再看雾镜，对小七说道：“小七，我睡会儿，时间到了你记得叫醒我。”

小七回道：“宿主好好休养精神力，男主屠城之前小七会叫醒你。”

曲嫣“嗯”了一声，在温暖如泉的白雾中静心休憩。

这里的时间流速与外界不同，曲嫣只是一觉醒来，穆寒那里竟已过去了七年。

七年间，他做了许多事。他召集燕国旧部及先皇后遗留的心腹暗卫队，首先攻克了西边兵力最弱的梁国。

之后他又潜回北朝，从三公主曲嫣的府中找到一份藏宝图，那是燕国祖先所遗留，辗转被盗，流落北朝，被埋在三公主府的地下。

穆寒有了足够财力，招兵买马，更加如鱼得水，亲征攻下北朝一座座城池，直至挥师攻入京城。

此时他已不叫穆寒，恢复了真名——慕容寒。

“宿主，醒醒！”小七叫了好几次，曲嫣睡得太沉，好不容易才被吵醒，“宿主，你再不醒就赶不上时间节点了！”

曲嫣睁眼，一惊：“现在是什么时间了？”

她赶紧看向雾镜，镜中慕容寒已不是当初十六岁的少年模样，而是变成了英俊冷酷的男子。

他此时正在北朝京都的皇宫，诛杀北朝皇帝。

“小七，快！我要回去了！”曲嫣催促。

“宿主，你记得用大力丸所赋予的力量震棺破土而出。”

“好，走！”

“宿主请注意，世界开启中……”

曲嫣魂魄微微一震，眨眼间便进入真实的躯体之中。

她顿时就感受到了冰冷的气息迎面而来。

她怕被闷死，立即举起双掌，往上一顶，破冰破棺破土，一气呵成！

这时如果周围有人，一定吓得屁滚尿流、哭爹喊娘，大叫诈尸了，有鬼！还好，青柏山荒凉寂静，并没有人。

曲嫣拂去溅到衣裙上的黄土，转头看了一眼被她破坏掉的坟墓，上面立碑写着“丫头之墓”。

“哎，亲眼看着自己的坟墓，这滋味……”曲嫣摇了摇头，重新把坟墓堆砌完好。

复原之后，她到泉溪边冲洗满是泥土的双手。

溪水中，倒映出她清丽明媚的容颜，年纪尚轻，透着俏皮的少女模样。

“好了，是时候去见故人了。”曲嫣足下一点，运起轻功，飞往山下。

曲嫣当初虽将内力输送了一半给慕容寒，却并不影响她的绝顶轻功。

青柏山的另一面便是京城，已被燕军攻破，正是一片混乱。

曲嫣在漆黑的夜幕遮掩下，飞檐走壁，未被人察觉。

她来到三公主府，发现府邸被慕容寒麾下的士兵团团包围。她如猫般伏在屋顶，倾听底下士兵的闲谈——

“听说这座公主府已无人居住，那位北朝三公主已经失踪七年，不知殿下为何要我们守在这里？”

“殿下自有他的安排，咱们老实听令便是。”

“那倒是，殿下神机妙算，用兵如神，短短七年便收复河山，还把北朝贼寇杀得直求饶，真是痛快！”一个士兵神情自豪，充满了对他们殿下的崇拜敬仰。

“殿下东征西战这么久，如今大破北朝京城，终于可以回去登基了。”

“不知殿下会娶哪位女子立为皇后？”另一个士兵八卦起来，“左大将军屡屡立下大功，又与殿下关系最为亲近，我猜殿下可能会娶左将军之女为妻。”

“照我看，殿下和咱们军中最漂亮的军医红桑关系不一般，说不定她才是未来皇后。”

曲嫣听了一会儿八卦，没得到什么有用的信息，正想离开，忽见一道熟悉的人影在众人簇拥下，来到公主府门前。

“殿下，您真的要一个人进去吗？”慕容寒身边的副官担心地道，“虽然这座公主府已经清理干净，但难保还有余孽藏身其中，尚未被搜查出来。”

“无碍。”男子嗓音低沉，抬手制止众人跟随，迈步踏入公主府大门。

昔日风光无限的三公主府，如今落魄凄凉。

府中下人死的死，逃的逃，许多贵重物品也被偷得七七八八，只剩下一座空城般的府邸，死寂沉沉。

慕容寒一步步走向公主寝房。

他曾经被三公主曲嫣抓入寝房中，意图不轨。那时，他厌恶极了她，对她只有满腔杀意。而后来……

他缓缓走进寝房，在梳妆台前坐下。铜镜已布满灰尘，桌面上摆放着空荡荡的妆奁，里面只有一柄木梳。

慕容寒拿起木梳，看着上面缠绕的几根乌黑发丝。他脑海中忽然想起，七年前在客栈，他与丫头浸泡在木桶中，她衣衫尽湿，乌发垂散……

那时，她长发及腰，正如他手中这几根黑发的长度。

“丫头……”极低的唤声，从他薄唇间逸出。

七年了。

他竟从未有一日忘记过她。每每想起，心底就会莫名地痛一下。

他与她只不过寥寥数日的缘分罢了，为什么会如此深刻地印在他心中？比铁烙的印记，还要不可磨灭。

“寒哥哥。”清脆的少女声音突然在他身后响起。

慕容寒骤然一僵。他猛地站起身，一时间并没有转过去。

这嗓音……不，不可能！是他的幻听吧！

就像每次深夜的梦魇，他看见她的身影，伸手去抓，却穿过她虚无的身体，什么都抓不到。

“寒哥哥，你为什么不回头？”曲嫣离他有些距离，站在窗口处，月光落在她发间，犹如染上一层银色的光华。

慕容寒的动作极为缓慢，一点点转过身来，黑眸突然一凝。

这张脸……

眼前的少女容颜娇艳，眸底带着一丝微笑，颊畔梨涡浅浅，可爱又俏丽。

慕容寒的目光一寸寸扫过她身上，她穿着一袭素色白裙，浑身上下没有半点装饰。

这身雪白的素缟……是她入葬时，他亲手为她所换。

“丫头？”慕容寒如坠梦境，眼前之人曾在他的梦里出现过无数次。

他几乎以为自己此刻在做梦。

他脚下步伐往前踏出一步，蓦然僵住。

不，这不是梦。

他俊美的面容蓦地肃冷，沉声道：“你是谁？在此装神弄鬼，有何目的？”

曲嫣嘴角微弯：“七年不见，寒哥哥还是这么警觉谨慎。”

慕容寒皱起眉头，眸光锐利地盯着她：“你是哪国派来的奸细？易容乔装成北朝三公主，以为就能蒙骗过我？”

曲嫣半靠在窗边，悠悠道：“虽然我以前确实易容骗过你，但别人想乔装成我的样子，恐怕没那么容易。毕竟，我与寒哥哥私底下相处的细节，没有外人知道。”

慕容寒黑眸深沉如海，惊涛骇浪深掩在海面之下，正如他此刻的心情。如此熟悉的口吻，是他记忆中的样子……

这个世上，有人能够模仿得如此像吗？

“寒哥哥，那夜在青柏山，你压着我，咬了我。”曲嫣撩起衣袖，露出凝白的肌肤，“齿痕已经消退了，但你当时误会，以为自己与我发生了亲密关系。”

慕容寒高大挺拔的身躯倏然僵硬，他眸底闪过汹涌的复杂情绪。这件事，事关她的名节，只有他与她才知道。他从未对旁人提起过，丫头死后，更不可能有其他人知晓。

“寒哥哥，这些年你建功立业，收复河山，其中有我的一点点功劳吗？”曲嫣含笑，不客气地说，“是我给你换血，让你不会再在关键时刻走火入魔。是我给了你一半内力，让你事半功倍，更有精力领军作战。”她眉眼弯弯，笑得俏皮，“这些小功劳，能不能换来你的一个拥抱？”

她张开双臂，等他过来。

慕容寒心底最柔软处似被狂风席卷而过，又痛又涩又酸，竟有落泪的冲动。

是她……真的是她……她回魂来看他了吗？

“丫头……”他脚步莫名迟疑，一步步极轻地向她走去。

他怕一伸手触碰她，她就会烟消云散。就像无数次梦里那样，徒留他一手虚无的空气。

“寒哥哥，你是不是老了，怎么走这么慢？”曲嫣俏皮地笑话他，迎上前，轻盈地扑进他怀里。

慕容寒浑身一震，下意识地收紧双臂，牢牢将她拥在怀中。

她身上的气息冰凉，隐含寒气。不像活人，更像鬼魂。但他确确实实抱到了她……她有实体。

“丫头？”他低眸，盯着她苍白的小脸，“你是回来看我的吗？”

“嗯，是呀。”曲嫣微仰着头，在他怀里，抬眸凝视他的眼，“这七年，你辛苦了。”

“整整七年了，为什么你到现在才肯回来看我？”他在梦里一次次呼唤她，可她没有一次肯回应他，“你是不是恨我？”

“寒哥哥，我不恨你。”曲嫣轻轻摇头。

这个世界的剧情注定了男主角要经历艰辛，逆风而上。北朝覆灭，是无可逆转的事。而她回来，唯一能改变的就是阻止他屠城。

如今京城一片混乱，处处是战乱后的残骸，再过不久，就更是人间炼狱。

数十万北朝战俘和百姓，被坑杀，火烧，哀鸿遍野。

“你这次回来能待多久？”慕容寒瞥了一眼窗外的月色，快到亥时了，距离天亮只剩下几个时辰。

等到夜幕退去，太阳升起，她就要消失了吧？魂魄无法在阳光下生存。

“你想我待多久？”曲嫣顺着他的视线，也瞧了瞧夜空中的月亮，忽然莞尔，“寒哥哥，我不是魂魄。”

“你不是魂魄？”慕容寒剑眉微蹙，黑眸紧锁着她的小脸，“那你现在是什么？”

当年是他亲手将她下葬，在她墓前守了七日，她不可能还活着。而她的容貌，依然保持着当初的模样，分毫未改，仍是十六岁少女的青葱可爱。

这一切，都证明了她不是活人。

“我是天上的花仙。”曲嫣心里早已想好说辞，脸不红气不喘地道，“我来到你的世界，是为了帮你。这句话我一早就说过了，但是你不相信。我这次回来，仍是为了帮你。只是不知道，你是否还怀疑我的用心？”

“花仙？”慕容寒心中一动，低头在她颈边轻嗅。

她身上的确有一股幽幽迷人的花香气息。

“你不信？”曲嫣被他弄得痒，缩了缩脖子。

她一动，他就本能地把她抱得更紧一些，怕她消失。

“我信。”他低沉地道，“丫头，我想问你一个问题。”

“什么？”

“你既然是天上的花仙，那你从天庭下来的时间，是何时？”

曲嫣微微一笑：“你猜。”

慕容寒紧抱着她，下巴轻轻搁在她发间，温柔摩挲，低声道：“我猜是在你救我出公主府的那日。”

如今回想起来，所有疑问都有了答案——为什么她性情突变，从恶毒地虐打他突然变成了好心帮他？原来她不是真正的三公主……而为什么她身为一个练武之人，手却柔软细腻，毫无茧子？

原来是仙术。

“你说是就是吧。”曲嫣没有正面回答。

她不能说她在执行系统赋予的任务，这是禁忌。不过，她和从天上来的也差不了多少，就厚着脸皮当一次花仙子吧。

“你既是天上的仙子，那你……”慕容寒略微松开手臂，改为用手掌环住她的细腰，这样能掌控得更紧，“你还会离开吗？”

曲嫣沉默不语。

慕容寒聪明绝顶，从她的沉默中已找到了答案。

他眸色微暗，不动声色地问道："你这次回来见我，是有话想对我说吗？"

曲嫣点头，说道："寒哥哥，七年前我离开时，曾叮嘱过你一句话——百姓无辜，不要滥杀无辜，不要屠城，你还记得吗？"

慕容寒应了一声："记得。"

曲嫣不再迂回，直接道："如今你复国已成，也报了当年国破家亡的大仇，是否可以收手，善待北朝的战俘和百姓？"

慕容寒垂下眼睫，遮掩住眸底的暗色，继续试探地道："你从天上下来，是为了阻止我屠城？"

"我……"曲嫣忽地一怔，咽回了回答。

哎？七年的岁月果然不是白过的，他变腹黑深沉了，居然在套她的话！

"原来如此。"慕容寒见她不语，心中已经有数，缓缓道，"你下凡的任务，就是为了拯救生灵。你怕我嗜杀成性，令人间生灵涂炭，所以驱蛊帮我换血，以免我走火入魔，杀心大起。"

曲嫣抿着唇，不吭声。不愧是这个世界的命定男主角。真聪明，一点就透。她只不过问了一句，他就猜得八九不离十。

"其实你还有另外一种方法，可以一劳永逸。"慕容寒扣紧她的腰，牢牢地锁住她，"你当日下凡，将我的武功废了，或直接将我杀了，就不必担心生灵涂炭。"他又补上一句，"此刻你这么做，也还来得及。"

他毫不怀疑她的能力。她能借尸还魂回来，拥有仙术，自然能够轻易杀死他。

"寒哥哥，你心里是不是……"

曲嫣想问，他心里是不是有太多的黑暗，才会这样想。

但终究不忍刺痛他，她转而道："寒哥哥，我一直都相信你可以成为一代明君。这也是你努力的方向，对吗？"

"嗯。"慕容寒点了点头，抬起一只手，极轻地抚了抚她的面颊，"对不起，丫头，我当初那样怀疑你的好意，让你受委屈了。"

曲嫣顺势道："那你就当作弥补我，答应我从京都撤兵，好吗？"

"我考虑考虑。"

慕容寒没有答应，也没有直接拒绝。如今北朝气数已尽，他杀了北朝皇帝、皇子和重臣大将，直取京都。

原本，他确有屠城之心，因为这世上没有人比他更清楚，斩草不除根，后患无穷。封城屠杀，震慑天下，是一种手段。

“你要考虑多久？”曲嫣见他神色幽沉难辨，环手抱了抱他的腰，“你该不会在想怎么骗我吧？”

她其实可以选择别的方式来对付他，比如将他掳走，囚禁。这样一来，燕军必然军心大乱，只能暂时退回燕国属地。可是，她不想这样对待他。

他的世界里，充满了黑暗荆棘，充满了血腥杀戮。她若再踩上一脚，也许他就此万劫不复，再也不敢相信这个世间还有美好。

“丫头，你真名叫什么？”慕容寒没有回答她的问题，转移话题，道，“我总不能一直‘丫头’‘丫头’地叫你。”

“我真名就叫曲嫣，和三公主同名。”曲嫣抬眸看他，调皮地对他笑了笑，“你会不会觉得别扭？会讨厌这个名字吗？如果讨厌的话，我也不会改名。”

“傻瓜。”他低头亲吻她的发梢，暗藏着失而复得的眷恋，“我知道你不是她。你从来都不是。只怪我当初没有听从内心的声音，未曾好好珍惜。”

他闭眼，薄唇往下移，落在她额间，双唇轻轻贴着她微凉的肌肤。

“嫣儿，你身上为什么这么凉？”他低声问。

“因为……”曲嫣想了想，回道，“天上寒露重，我来得急，身上沾着露水雾气。”

事实是——她被冰封了七年，周身的寒气还未散尽呢。

“冷不冷？”他用力抱紧她，手掌在她腰间摩挲，帮她取暖。

“你的怀里很暖和，不冷。”曲嫣乖乖地让他抱着。

慕容寒却并没有因为她的乖巧而感到安心。他不动声色地垂眸道：“嫣儿，我现在暂住在将军府，我带你回去换一身衣裳。”

曲嫣看了看自己的一身雪白丧服，确实挺吓人的，点头道：“好。”

她没想到，自己这一点头，就被软禁了。

曲嫣被安置在将军府里最好的一间厢房。

她一觉醒来，便发现自己失去了人身自由。她所住的房间舒适华丽，还有几十个婢女捧着绫罗绸缎、金钗珠宝，送过来给她挑选。但她要出门，这些婢女就惊恐地跪了一地：“姑娘饶命！”

曲嫣简直要气笑了：“你们起来。”

婢女们不敢起身，伏地颤抖地道：“求姑娘饶命！奴婢们奉命伺候姑娘，若让姑娘不见了，奴婢们不仅会人头落地，还会株连九族！”

“求姑娘垂怜！”众婢女跪地抽泣。

曲嫣不用猜也知道她们奉谁的命令：“你们去把能做主的人叫来。”

领头的婢女跪着恭敬回道：“殿下今晨出府前有交代，让姑娘在府中安心休息，他一回来就会来见您。姑娘若想吃什么好吃的，尽管吩咐，殿下已将京都中最好的厨子都召来了。”

“行吧，我等他。”曲嫣不想为难这些无辜的婢女，挥挥手，道，“你们下去吧，让厨房做些糕点送过来。”

“是，姑娘。”

众婢女毕恭毕敬地退了出去。

曲嫣心中恼怒又觉得好笑。

七年后的慕容寒真是长进了，又腹黑又狠绝。

他把她的软肋拿捏得准准的，以无辜的众人性命来要挟她。

他是怕她消失，回到“天上”吧？

曲嫣吃吃喝喝等到中午，慕容寒风尘仆仆地赶了回来。

“嫣儿，府中膳食可还合你的胃口？”

他一身戎装，身姿挺拔，比起七年前的少年气更加英俊，犹如一柄出鞘的宝剑，锋芒难掩，气势霸道。

“哼。”曲嫣轻哼一声，转过身不理他。

“嫣儿，别生气。”慕容寒绕到她身前，轻捏着她小巧的下巴，把她的脸抬起来，“有一件事，你应该会很想知道。”

曲嫣不禁有点好奇：“什么事？”

慕容寒见她还肯回应他，心底悄悄松了口气，缓声道：“你当初‘身死’，那位姓南宫的等不到你，气急败坏，扬言要找我算账。这七年，他一直在找你。”

“他可还好？”

曲嫣想到南宫楚，不由得有些愧疚。

当时她需要人配合，借了南宫楚的手，完成她的“死亡”计划。

“北朝兵败之后，他被我军俘虏，如今在牢中。”慕容寒轻轻摸摸她的头，温声道，“放心，我知道你与他有些交情，不会虐待他。”

曲嫣眸光流转，忽然间明白了！

她怒目瞪着他，脆声斥道：“你卑鄙！”

他这是明晃晃地拿南宫楚的性命来要挟她！

“嗯，我卑鄙。”慕容寒手势温柔，轻抚着她及腰的长发，“你骂我打我，我都接受。”

“你说！你还抓了哪些人来要挟我？”曲嫣伸手掐住他的腰，“你太可恶了，我真的会打你！”

“没有了。”慕容寒被她捏得又疼又痒，但他忍着，任由她继续掐，没有躲闪。

他黑眸的深处闪耀着点点笑意，蕴藏着宠溺和隐忍的痛。

她是天上的仙女，他没有其他办法可以留住她。无计可施，只能卑鄙地用人命将她捆绑在身边。

“你为什么要这么做？我又没有说要走。”曲嫣掐着他不放，手指都掐得有点酸了，他竟然一声不吭。

“我也不知道为什么。”慕容寒深深地凝视她宛如会发光的眼眸，低沉地道，“嫣儿，我坦诚地告诉你，这是我发自内心、无法自控的决定。我没有思考过为什么，只想把你紧紧绑在身边，不让你走，不让你再消失。”

“那你好好思考，到底为什么！”曲嫣气得甩开手。

他是铁打的吗？竟然不知道痛。她骂也没用，打又下不了手。真是讨厌！

她不再理睬他，转身走入里间卧室，放下珍珠帘子。

慕容寒站在原地，眉头微皱。

她要他思考什么呢？

留住她是一种本能，他不愿意再失去她。这不需要思考。

三日后，曲嫣坐在一辆奢华舒适的马车里，启程前往燕国京城。

马车前后，燕国大军护卫，有骑兵也有步兵，浩浩荡荡数万人。

慕容寒骑马在前面，沿途处理军政事务。不过无论他多忙，总会时不时抽空来到马车旁看她。

“嫣儿，累不累？”马车帘子从外掀开，英俊的戎装男子敏捷地跳上车，温声道，“很快就到驿站，这一路辛苦你了。”

“我坐着马车，有什么辛苦的。”曲嫣闷闷地说，“你确定要这样对我吗？”

“嫣儿，你想要什么我都给你。”慕容寒坐到她身旁，低声说道，“回到燕都之后，我即将举行登基大典，我希望你能在我身边，见证我登上帝位的那一刻。”

曲嫣不语。

他继续说道：“你希望我不要屠城，我也答应了。”

曲嫣侧目看他一眼，哼道：“你是答应了我没错，但你把一部分兵力留在北朝京都，不就等于只要我不听你的话，你就随时下令屠城。”

“只是在这件事上，让我留一手。其他的事，我都听你的，好吗？”慕容寒抬手轻轻顺了顺她的长发，语声温柔，“你曾经说过，想要皇后之位。等我登基后，就立你为后，可好？”

“不好。”曲嫣一口拒绝，“我不喜欢被人要挟。我才不要做你的皇后。”

慕容寒眸色一黯，低声道：“你不愿意留下是吗？”

他愿意把天下最珍贵的一切都奉到她面前，可她仍然不屑一顾。

难道凡间没有她留恋的人事物吗？

“这是两回事。”曲嫣凝视着他，正色道，“寒哥哥，如果我能留下，一定会陪着你，见证你开疆拓土，成为一代圣明帝王。但你若用手段强求我，拿人命来当筹码，那只会激起我的叛逆心，让我更想离开。”

慕容寒抿了抿薄唇，一时未语。

他不知道她说的“如果”是什么意思。

如果她无法留下呢？他要去哪里寻她？若她只是世间平凡女子，那他即便踏遍四海山川，也会把她找到。可是，天上……

那是他再努力、再拼搏也无法企及的地方。

“寒哥哥。”曲嫣见他神色黯淡，心中一软，转身抱住他，“算了，我们暂且不谈这件事。等你登基之后，我们再说。我想你穿上龙袍的样子，一定很好看。”

“好。”他回抱她，将她紧紧抱在胸膛，低头亲吻她的鬓发，低语，“你穿凤袍一定也很好看。你不是曾说过，想要一颗夜明珠镶嵌在凤冠上吗？我为你备好了。”

“嗯？”曲嫣想了想，才忆起她之前和南宫楚“做戏”，故意说以后成亲想要一颗夜明珠。

那时她只是想气一气慕容寒，没想到他竟记在了心里。

“寒哥哥，你以前说过，你无心于情爱，不会喜欢上任何女子。”她在他怀里抬眸，“那你为什么想要立我为后？我都和你说过了，我们之间并未发生过什么亲密关系，你不需要负责。”

慕容寒眸光微动，沉默了片刻。

他确实说过无心情爱的话。什么是爱，他至今还未明白。

“寒哥哥，你喜欢我吗？”曲嫣直白地问，“因为我是‘仙子’，你才喜欢我？”

毕竟这种传奇色彩容易令人着迷。

“不是。”慕容寒思索良久，才道，“和你的身份无关。我喜欢抱着你，喜欢……如同当日在客栈那般，与你亲近。”

他指的是那时的吻。

那是他第一次吻一个女子，第一次尝到那种奇妙的滋味。

漫漫七年，记忆犹新，他从未忘记过。

“寒哥哥，其实我很喜欢你。”曲嫣看着他深邃的眸子，轻声道，“这是一种直觉，我不想骗自己。我也喜欢与你相拥，在你怀抱里的感觉很温暖、很安定，也喜欢与你亲近……这些都是我最真实的内心反应。”

她缓缓地说着，发现他眼眸渐渐发亮，犹如漫天星光倒映在他黑色的眸子里，璀璨而灼人。

“我不知道你对我是什么感觉，也不知道你对相爱相守是怎么看待。”她继续说下去，“但在我这里……”她指了指自己的心，“这里有你。”

慕容寒的眸光亮得惊人，灼灼如火。他抱着她的手臂用力收紧，低头在她唇上啄了一下，嗓音发哑：“我这里……”他捉住她的一只手，摁在自己左胸，“也有你。”

原来这就是爱吗？

心里有她，只有她。

想要她，只想要她。

“嫣儿，我不是喜欢你。”他吻住她的唇，气息炙热，“我爱你。”

这三个字，他说得很低，却十分清晰。

他终于懂了，强留住她的执念，不仅仅是执念……

他并不追问她是喜欢还是爱，只要她在怀中，此刻已是圆满。

他闭眼吻着她，带着一丝小心翼翼的疼爱和无法控制的汹涌，开始掠夺。

“寒哥哥……”曲嫣落入被动，被他占尽了主动权。

他好像一下子开窍了，猛烈而热情。犹如炎炎夏日的太阳，快将她融化。

“嫣儿，我爱你。”他又低低地说了一次，唇舌霸道，席卷她的呼吸，汲取他渴望已久的甜美。

车厢内空间隐秘，被帘子隔绝了外界的视线。

他将她压倒在软垫上，食髓知味，深深探索。

马车仍在前进，外面的车夫驱着车，时不时扬鞭大喝“驾”！

曲嫣被慕容寒吻得脸红耳赤，听到马夫的声音，羞得不行，伸手抵住他的胸膛：“寒哥哥，你够了……外面还有人。”

“不够。”慕容寒黑眸幽暗，似藏着火光。他伸手捂住她的耳朵，“这样你就听不见了。”他说完，又俯头吻下去。

曲嫣被捂着耳朵，“嗯嗯”抗议了两声，但他毫不理会，犹如脱缰的野马，恣意奔腾。

马车颠簸，他紧吻着她的唇，同时抱住她翻了个身，让她压在他身上，继续深吻。

“寒哥哥，你再不放开我，我就跳车了……”曲嫣好不容易找到机会，推开他一些，红着脸微微喘息着说，“外面不仅有马夫，还有数万大军。你这样太……”她小脸通红，娇艳欲滴，眼波柔媚，指尖指着他，想骂却又找不到合适的词。

“太放肆？”他好心帮她接话，扬唇低笑一声，“那好，等到驿站再吻你。”

“我不是这个意思。”曲嫣扭腰一滚，从他身上下来，翻到一旁，离他远些。

“可我是这个意思。”他接着说，“我们已经心意相通，不是吗？我允许你爱我比我爱你少，但你不该抗拒我的亲近。”

“你凭什么说我爱你比你爱我少？”曲嫣不服气。

慕容寒凝眸看着她，黑眸深邃难测，低低地道：“不凭什么，只是我愿意爱你更多。”

曲嫣微微一愣，心尖似被什么触动，涌上一股酸酸的感觉。

感动，也有点想哭。

天黑之后，军队扎营，曲嫣入住驿站。

一路风尘仆仆，她在马车上颠簸了一整日，感觉骨头都震酸了。

她刚进到驿站房间，就有几名士兵抬着大木桶进来，灌好热水，又恭敬地退了出去。

“嫣儿，你先沐浴。我去驿站的厨房看看，有没有你喜欢的烤鸡。”

慕容寒亲自送她到房间，没有多留，转身出去，把空间留给她。

曲嫣舒舒服服地泡了个澡，换上慕容寒为她准备的新衣裳。她懒洋洋地靠在床榻上，脑海中忽然响起系统的提示音——“恭喜宿主，任务进度条已达到 90%。”

曲嫣十分诧异，立刻把小七召唤出来：“怎么回事？为什么我突然就完成了 90% ？”

小七回道：“回宿主，在原剧情中，北朝京都的屠城之灾是在三日前。这个危险的时间节点已过，所以进度条自动显示了。”

曲嫣恍然大悟：“原来如此。那我接下来还要完成的 10% 是什么呢？”

“宿主，你还需要感化男主角，让他立誓永不屠城，任务才能彻底完成。”

曲嫣在心中“嗯”了一声：“我明白，不仅是北朝京都，还有男主角征战途中的每一个地方，他都不能屠城。”

其实她从不认为慕容寒是个暴虐残忍、热衷杀戮的人。他或许心底有阴影，或许偶尔嗜血，但这不代表他本性凶残。

按理说，要得到他“永不屠城”的誓言，并不困难，但现在……他似乎抓住了关键，怕她任务完成就消失。

不得不承认，他的直觉极其敏锐，并且是准确的。

“小七，如果我一直无法得到男主角的誓言，是不是就意味着任务失败了？”曲嫣问。

“如果宿主陪伴男主角一生，见证男主角这一生都未曾杀戮屠城，任务也算完成了。”

“我懂了。”

曲嫣关闭系统，垂眸沉思。看来她只有两个选择——一是继续攻略慕容寒，让他立下誓言，二是留下来陪伴他一生。

“嫣儿，你在想什么？”

慕容寒进来时，见她睁着眼睛却未发现他进房，心中陡然一惊。

她在想什么？是在想怎么离开他吗？

“没什么。”曲嫣回过神来，抬起杏眼，微微一笑，“寒哥哥，你给我带了什么好吃的？”

“驿站厨子的手艺一般，我替你尝过了，这几样小菜最是美味。”慕容寒亲手端着菜肴，放到桌上，“等我们回到燕都，我就重金召集厨艺最佳的厨师进宫，给你做菜。”

“嗯嗯。”曲嫣从榻上下来，走到桌边坐下，拉着他的手，“寒哥哥一起吃。”

他这一路上比她奔波忙碌多了，既要照顾她又要处理军政，半刻都没停歇。

“你先吃，我还有一些事情需要处理。”慕容寒抬手，摸了摸她半干的长发，眸光深邃温柔而又掩藏着几分警惕。

无论要付出什么代价，他都不能放她走。

“那你快去忙，忙完了早点休息。”曲嫣仰头看他，见他英俊的面容微带倦意，不禁有些心疼，“你顾着些自己的身体，不要过于劳累。”

“嗯，我知道。”慕容寒低头亲了亲她的脸颊，强迫自己压下眷恋，出门处理正事。

北朝虽灭，但百足之虫死而不僵，还有许多隐患需要及时遏制。另外，他还要安排回燕都登基和封后的事，确实忙得没时间合眼。

嫣儿的容貌有不少人认得，知道她是北朝三公主，他想要迎娶她，给予她皇后之位，还须筹备一番。不过，这些烦心事，不需要让她知道，从今往后她只要开开心心地过每一天就好。

曲嫣吃饱喝足，在驿站里随便散了散步，就回房睡觉了。

睡到半夜，她突然感觉到床侧有人，猛然惊醒。

“嘘，别怕。”

黑暗中，男子的嗓音醇厚，近在床边。

曲嫣睁开眼，借着一丝月光，隐约看见了男子俊逸无双的脸庞，比起七年前，更添了几分沉着的气质。

是南宫楚。

“南宫哥哥？”曲嫣坐起来，疑惑道，“你逃出来了？”

她之前央求了好几次，慕容寒都没答应放南宫楚，只同意会善待他。

“嗯。”南宫楚凝视着她，目光细细扫过她的面容，“丫头，你一点都没有变。这七年，你到底去了何处？你可知你父皇和母妃皆……”

“我知道。”曲嫣点点头，她并非原来的三公主，与所谓的父皇母妃并无感情，连面都没见过，因此并未感到多少悲伤。但南宫楚不同，她和他毕竟有过交集，对他还略有亏欠。

“南宫哥哥，既然你已经逃出来了，那正好，我有些话想对你说。”

曲嫣下床，侧耳倾听外面的动静，确认没有巡逻士兵接近，才低声说：“北朝灭亡，这是天意。当年父皇穷兵黩武，四处征战屠城，致使尸横遍野，异国百姓死得凄惨。如今天道轮回，你切勿心存复仇之念，带领亲信部下回归田野，才是正道。”

在原剧情中，南宫楚一心复仇，最终死于慕容寒之手，她不愿看到他有这样的结局。

“三公主，我这次冒险潜入，是为了救您出去。”南宫楚使用了敬语，不再称她为丫头，清秀的脸上透着坚决，“国家已灭，何处还有家？归隐田野，只是自欺欺人。”

“南宫哥哥，你不必如此固执。我父皇是个怎样的皇帝，你应该比我更清楚。”曲嫣轻轻叹息。

完了，她知道自己劝不住。她不是这个世界的人，所以能保持清醒中立的视角，但南宫楚忠于北朝，又怎会甘愿拜他国皇帝为尊。

“此地不宜多谈，三公主，请先随我离开驿站。”南宫楚伸手抓住她的手腕，低声道，“得罪了。”

他正要带她跃窗而逃，突然听见一阵脚步声，人数众多，显然已将这个房间团团包围。

“南宫楚，把手放开！”

随着一声冷厉的喝声，房门被人从外踹开。

慕容寒冷铠戎装，高大英挺，持剑立于门外。他俊美的脸庞冷若冰霜，眸光凛冽地盯着房中人。他目光如刀，缓缓扫过南宫楚握在曲嫣腕上的手。

“寒哥哥……”曲嫣见这剑拔弩张的态势，心中一紧。

糟了，南宫楚不会就死在这次对峙吧？

她脑中飞快思索，侧身对南宫楚悄声道：“南宫哥哥，我带你出去。

无论你有何疑问，都先别问。”

特别是关于她为何会有绝顶武功这种问题，她无法解释。

“寒哥哥，我去去就回来。”曲嫣对慕容寒解释一声，不及多说，反手抓紧南宫楚，一跃而起。

两人冲破屋顶，踏瓦而行。

夜幕下，两人身影如风，迅捷而缥缈。

“殿下，是否要放箭？”底下，慕容寒的兵将询问。

“不准放箭！”慕容寒厉声命令，“谁敢伤到未来的皇后，提头来见！”

他话音未落，身形已跃起，仿佛化作一束电光，直追脱困的两人。

曲嫣和南宫楚施展轻功，行进很快，但慕容寒的武功早已今非昔比，不一会儿就逼近到二人身后。

“寒哥哥！”到了一处无人的树林，曲嫣停住脚步，回身道，“你能不能让南宫哥哥离开？”

南宫楚却握紧她的手，沉声道：“要走一起走。”

曲嫣对他轻轻摇头：“我不走。”

南宫楚面色震惊，低声道：“三公主，你真的要和一个灭你国家、杀你父皇的人在一起？”

慕容寒隔着几步距离，望着两人。他的目光掠过南宫楚，最终落在曲嫣的脸上。即使他知道她并非真正的三公主，却依然害怕她借此机会，离他而去。

他手中能留住她的筹码，太少了。

慕容寒的双手负在背后，暗暗握紧了拳头。

“对不起，南宫哥哥。”曲嫣轻声道，“你就当我不是你从小认识的那个丫头。我只希望你能好好活下去，才不枉我们相识一场。”

相识虽短，但她“利用”过他。这份情谊，她现在要还给他。

“我明白了……”南宫楚突然眸光闪烁，把声音压得极低，在她耳畔道，“公主，潜伏不易，你保重。我和部下将来一定会把公主救出来。”

曲嫣一怔。他明白了什么？她不是潜伏，不需要救啊……

“曲嫣！”南宫楚一脸严肃，大声斥责，“你贪慕虚荣，背叛国家投靠敌人，我和北朝百姓都以你为耻！你只管去享受你的荣华富贵吧！”

他这是在说给慕容寒听，也是在给曲嫣找台阶下。

“南宫哥哥……”曲嫣哭笑不得。

不，她真的没有那么伟大，没有打算冒险潜伏到敌国。

“我今日与你恩断义绝！”南宫楚挥剑，割下一角袍摆，转身飞奔而去。离开前，他用眼神向她示意——他会来救她。

曲嫣无比无奈，但也没有时间解释，转身跑向慕容寒，拦腰抱住他，阻止他追赶：“寒哥哥，你就放过南宫哥哥吧？我欠他人情，今天就当还清了。”

慕容寒被她紧紧抱住，少女温暖馨香的身体像在撒娇一样赖在他的怀里，他的目光一暗：“不准叫他‘哥哥’。”

曲嫣抬头看着他：“为什么？”

他霸道地说：“只准对我用亲昵的称呼。”

“好吧……”曲嫣抱着他，心里暗暗计算时间，再拖延一会儿，南宫楚应该就走远了，“寒哥哥，你可千万不要误会，我和南宫哥……南宫楚并没有任何男女私情。”

“我相信你。”慕容寒毫不犹豫地说。

“咦？”曲嫣歪了歪头，仰眸看着他，“你不是在吃醋吗？”

“嗯，我在吃醋。”他承认，“因为他和你靠得太近，他还摸了你的手。”他牵起她的手，在她手腕上被南宫楚握过的地方轻轻搓了搓，“以后不许让别的男人碰到你的肌肤，知道了吗？”

“碰到手也不行？”

“不行。”慕容寒把她的手握在掌心里，“我没砍掉南宫楚的手，已经算是仁慈了。”

“你太霸道了……”曲嫣哼了一声，眼角余光瞥了一眼树林深处。

南宫楚应该已经成功逃远了。他以后的命运如何，只能看他自己的选择了。

“我是霸道，但我也会允许你对我霸道。”慕容寒没错过她的小动作，心中有数，却没有点破。

“我怎么对你霸道？难道我还能不让宫女服侍你？你登基之后，还有许多大臣家的千金小姐等着你挑选呢。”曲嫣与他手牵手，原路往回走。

“不会有。”慕容寒肯定地说，“我的后宫只会有你一个人，不纳妃，不选秀。贴身服侍我的也只会有内监，不会有宫女。”

曲嫣摇了摇头：“我姑且听着。”

就算他真心这么想，但身为皇帝，他将来就会知道必然诸多责任压身。

比如，为江山社稷延绵子嗣。不纳妃，不选秀，这些都太理想主义了。

两人回到驿站，士兵已经散去，又恢复了宁静。

慕容寒这次没有再去忙政务，留在了她的房间。

“寒哥哥，你不去睡觉？”曲嫣看他好像坐着不走的样子，疑惑地问，“你要在这里守着我一整夜？”

慕容寒点头：“我不能让刚才的事再发生。”

“寒哥哥，你放心吧，就算有人潜入，以我的武功也没人能伤到我。”她伸手，轻抚他的脸庞，“你最近都累瘦了，赶紧去休息吧。明天一早又要启程。”

“好。”慕容寒应道，起身离去。

曲嫣原以为他真的去睡觉了，没想到片刻后他又折返了。

他刚才明显是去沐浴了，身上还带着皂角的清香气味。

“嫣儿，我守着你才能安心。”他语气低沉，虽未说更多，但其中的担忧和不安，藏不住。他怕的不是有人掳走她，是更深层的不安。

“好吧，那你脱掉外袍，上榻来睡。”曲嫣妥协，他毕竟不是铁打的，她不想看他累倒了。

慕容寒脱去外衣，上榻侧身抱着她，熄灭烛光，在一片黑暗中，于她耳畔低语道：“嫣儿，嫁我可好？”

曲嫣心中柔软，轻轻地道：“那你为我立个誓言，可好？”

慕容寒不假思索，回道：“我发誓今生今世只爱你一个人，若有二心，不必你动手，我自刎在你面前。”

曲嫣眼眶一酸，一时未语。她想要的誓言不是这个。但这句话，怎么这么动听呢？

“你不信？”见她不语，慕容寒支起身，低头凝视她的眼眸，认真道，“我对你承诺过的事，一定都会做到。”

“我当然相信你。”曲嫣语声轻浅，说完又安静了下来。

她不知道怎么开口，让他立誓永不屠城。一旦他立誓了，她就会立刻消失在他眼前。就好像她编造的仙子身份，回归天上。

“原来你想要的不是这个承诺。”慕容寒心思极为睿智，幽深眸光掠过她静默的小脸，“嫣儿，你向我要什么都可以，但这个誓言，我不会给你。”

曲嫣蓦地瞪圆眼眸，惊诧道：“你……你怎么……”

他怎么什么都知道？把她的想法揣摩得那么精准。

“傻瓜。”慕容寒伸手摸了摸她的长发，“你表现得那么明显，我如何能不知道？但是我很开心。”

曲嫣疑惑道：“你为什么开心？”

“你在我面前没有伪装，我才能看透你。我很高兴你信任我，也许你自己并没有意识到，但我感受到了。”他轻轻地捏了捏她柔嫩的面颊，“你真可爱。”

“真的吗？”曲嫣觉得更加迷惑了。

她在他的面前有这么透明吗？一眼就能看穿？

“你是指哪句？可爱吗？当然是真的。”慕容寒薄唇微扬，笑看着她，“我从未见过比你更可爱的姑娘。”

“油嘴滑舌……”曲嫣嗔他一眼，“你以前不这样的。”

七年前他可没有这么多好听的话。那时他说的都是“你滚开”“我绝不可能对你有什么想法”“你再不住手，我会杀了你”“我无心情爱，不会喜欢上任何人”，而现在，他好像无师自通了，甜言蜜语张嘴就来。

“当年还小，不懂事。”慕容寒轻笑，低头亲了亲她的唇，“现在懂了。”

“我现在也还小。”曲嫣推开他，翻身滚到床榻角落里，“我困了，要睡觉。”

“即使你仍停留在十六岁的年纪，也不小了。”慕容寒长臂一伸，又将她捞回怀里，“可以嫁人了。”

曲嫣咕哝一声：“不嫁。”

她把脸贴在他胸前的衣衫上，静静地闭上眼睛。

她不需要再说什么了，他什么都知晓。即便她开口索要永不屠城的誓言，他也不会肯说。

“等你想嫁的时候，告诉我。我会一直等着。”慕容寒把手臂揽紧，她小小一个，被他锁在怀里，像是能够永远都属于他。

“好。”曲嫣小声地应了一句。

慕容寒的手臂收得更紧一些，低沉道：“你答应了，就不能反悔。”

虽然不是答应嫁给他，但等同于答应了留在他身边，他很敏锐地捕捉到了这一点。

“嗯，不反悔。”曲嫣伸手环住他的腰，往他胸膛里贴得更紧一些，抬头亲了亲他坚毅的下巴，“如果你以后真的不纳妃，不扩充后宫，我就考虑嫁给你。”

慕容寒低头寻到她的唇，深深吻入，再也没有比这句话更让他安心的了。他放在心尖上的仙子，终于答应留在人间了。

“嫣儿……”他吻了片刻，猛然抽离，气息滚烫，勉强把欲念压制了下去，低哑地道，“等到成亲，再把你吃了。”

曲嫣脸上一热，有些害羞，又有些喜悦。

在这个时代，成亲前发生关系是放浪形骸的行为。他愿意忍耐，愿意等，是对她的尊重和珍惜。

她都懂得。

曲嫣在心里做了决定，要在这个世界停留一生一世，便从此缄口，不提“永不屠城”的誓言。

慕容寒与她极有默契，他不提起，但也不会任意杀戮，他在无言中保持着微妙的平衡。

回到燕都之后，慕容寒登基为帝，年号始元。

他是个极其勤勉的皇帝，天未亮就起身上朝，从无例外——只除了始元三年，封后大典的第二天，他晾着满朝文武大臣，迟迟未上朝。

帝后大婚，缱绻缠绵，也是人之常情，倒没有引起太大非议。

曲嫣这三年来，十分低调，极少以真面目在人前出现。每次慕容寒出征的时候，她都女扮男装，陪在他身边。

他打下的锦绣江山，她一路亲眼见证，与有荣焉。

“嫣儿，为我生个宝宝可好？”

成亲数月，慕容寒在她面前从不以皇帝自居。他从身后抱着她的纤腰，在她耳边亲昵低语：“生一个像你的公主，或者像你的皇子，我都喜欢。”

“为什么要像我？像你不好吗？”曲嫣在他怀里转过身来，弯眸浅笑。

“我好吗？”慕容寒望着她波光潋滟的杏眸，轻扬薄唇，“在你眼中，我是什么样？”

“你在我眼中是最好的。这世上没有比你更优秀的男子。”曲嫣踮起脚，在他嘴角亲了亲，“你护我，爱我，宠我，尊重我，我也愿以相同的爱来待你。”

慕容寒深沉的黑眸变得柔和，揉了揉她的头发：“我说过，我愿意永远比你爱我多一分地爱你。”

“那我们就比赛，看谁更爱对方一些。”曲嫣笑容满面地说，“一直比赛到我们白发苍苍，携手老去。”

“嗯，好。”慕容寒吻了吻她的唇，没有进一步的动作，说，“御医在外面等候，要给你请平安脉。”

“那就让御医进来吧。”曲嫣转身走到帷幕后坐下，隔着纱帘伸出双手。

其实她已经让御医把过几次脉，起初是因为月事不调。

燕都找不到医术高超的女医，她和红桑又不对付，不愿意见到红桑，只好让御医先照料。但现在，她已经猜到了几分。

“陛下万安。”老御医进来，向慕容寒叩拜请安，然后转向纱帘那边，恭敬道，“微臣向皇后娘娘请安。”

“林御医不必多礼。”曲嫣在帘子后，语气温和地说，“有劳御医看诊，如果有什么异状，尽管直言。”

“是，微臣遵命。”

老御医放下随身药箱，上前诊脉。他沉吟半晌，神色有些凝重。

慕容寒在一旁观察，沉声问道：“林御医，皇后身体可有不适？”

老御医反复诊脉，才小心翼翼地开口：“回陛下，皇后娘娘凤体尚好，只不过……”

慕容寒厉声道：“说！”

老御医惶恐不安，跪地道：“皇后娘娘宫寒已久，月信不调，应是虚寒之症。依微臣拙见，娘娘还需调理一段时间，才能考虑子嗣之事。”

他说得十分小心委婉。

曲嫣心中有数，开口道：“林御医，你先退下吧。”

老御医躬身退下。

曲嫣掀开帘子走出来，见慕容寒俊脸紧绷，弯唇笑了笑：“寒哥哥，你别这么紧张，我不会死的。”

慕容寒低斥：“不许胡说。”

曲嫣伸手抱住他的腰，撒娇道：“你凶我。”

慕容寒摸摸她的头：“我哪里舍得凶你。只是那些不吉利的话，以后不要再说。我听了害怕。”

他很少说这么直白的话。

曲嫣却知道他心底一直深藏着不安，是对她可能消失的恐惧。

“寒哥哥，我有话跟你说。”她拉着他的手，到寝殿内的桌边坐下，轻声道，“对不起，我恐怕无法为你诞下子嗣，让你有皇子可继承皇位了。”

她的身体之前被冰封了七年，虽没有什么大伤害，但寒气深重。

她自己对于有没有孩子倒是没什么执着，但寒哥哥是皇帝，他必须有皇嗣继承皇位。这一点，不只关乎个人的幸福，更关乎社稷江山。

“别说傻话。”慕容寒的神色淡定，没有震惊或伤感，淡淡扬唇一笑，“没有子嗣就没有子嗣，我有你就足够了。”

曲嫣凝眸看着他，沉默不语。他要封她为后时，已承受了很大的压力，毕竟她是亡国公主。如果她不能生育的消息传出去，恐怕朝臣会纷纷上奏要求废后。再不然，至少也会要求他选秀扩充后宫。

“小傻瓜，你不要胡思乱想，这件事我会处理。”慕容寒把她的手握在手心里，用力握了握，起身道，“我还有政务要处理，晚上回来陪你用晚膳。”

“嗯。”曲嫣温顺地点头。

慕容寒一离开，她就唤出了系统助手小七。

“小七，系统商城里有没有调理身体、使女子能够怀孕的药物？”她问。

“宿主，能否有孕要看原主身体的情况，这是外力无法干涉的天意。”

“那也就是说，我只能靠运气了？”

“是的，宿主。”

曲嫣无奈：“好吧，我从今天开始吃药调理。”

她虽不喜欢红桑，但眼下的情况，看来还是需要把红桑召进宫。

红桑医术高超，或许有办法帮她调理好。

红桑这十年一直跟随军队，任职军医，忠心耿耿。

曲嫣易容跟在慕容寒身边出征的时候，只有红桑知道她的真实身份。

红桑嫉妒她，但也没做过什么过分的事，否则早就被慕容寒处理了。

这次进宫，红桑却是抱着怒火而来的。

“皇后！”她冲进来，没行礼，怒气冲冲地瞪着曲嫣，“你给陛下用了什么迷魂药？你这个祸国妖女！”

“蠢徒儿，你都已经是二十多岁的老姑娘了，怎么还火气这么大呢？”

曲嫣坐在凤榻上，懒洋洋地斜睨着她，“又有什么流言蜚语，说吧。”

红桑怒视着她。

没错，她如今二十六岁了。但眼前的皇后娘娘，看起来还不足二十岁，青涩娇俏。真不知她用了什么妖术驻颜，岁月在她脸上毫无痕迹留下。

“是不是你蛊惑陛下这么做的？”红桑质问。

“我蛊惑陛下做什么了？”曲嫣顺着她的话问道，“寒哥哥做了什么事？”

她竟然一点风声都没收到，奇怪。

“陛下对外宣称，他身患隐疾，此生不能有子，愧对社稷。他将从慕容宗族里挑选一名子弟，过继养到膝下。”红桑怒目瞪着她，“我知道这根本不是事实，陛下身体康健，何来隐疾？”

“啊，他竟然对外这么说……”曲嫣低声喃喃自语。

为了不让她背负骂名，不让她有压力，他居然自称有疾。身为一个皇帝，这牺牲太大了……

“曲嫣！你告诉我，不能生育的人是不是你？”红桑气到直呼她的姓名。

“放肆！”一声威严厉喝骤然响起。

慕容寒身穿一袭明黄色的龙袍，英俊的面容森冷严峻，冷冷扫了红桑一眼：“谁准你直呼皇后的姓名？谁准你见了皇后不下跪？”

红桑见到他，“扑通”一声跪下，眼眶泛红：“陛下……您、您怎能如此纵容她……”

“朕与皇后之间的事，没有你可置喙的余地。”慕容寒冷酷地盯着她，“你若敢在外面胡言乱语，莫怪朕不顾情面。”

“寒哥哥。”曲嫣起身，走向他，握住他的手，示意由她来说，“红桑，我今日宣你进宫，是要你为我调理身体。你若真心为陛下好，就帮我把身体调理好。你若私心多于忠心，那你现在就走，我不勉强你。”

红桑红着眼看她，咬牙道：“红桑遵旨！”

她好嫉妒，却也好羡慕。这世上怎么会有女子如此幸运，得到陛下的深情，宠爱至此。

她就算想争想抢，却也知道毫无可能。

这一生都不可能了。

曲嫣开始了漫长的吃药调理的日子。

慕容寒不愿意她这么辛苦，让她停药，她却不听。总不能让他一个人扛着所有压力，她却什么都不做，那怎么能叫夫妻呢？但很可惜，无论如何努力，她都没能够怀上宝宝。

慕容寒最后还是从宗族过继了一个孩子，取名恒，寓意永恒。

曲嫣知道，这个名字里面包含着他对她的心意。

慕容恒聪慧，天赋极佳，长得也与慕容寒有七分相似，自幼在帝后身边长大，受着熏陶。十四岁被册封为太子，开始参与处理朝政。

慕容寒因此得出一些空闲来，便经常带着曲嫣外出游山玩水。

曲嫣调皮，总爱易容，两人有时乔装成商贾夫妇，有时打扮成江湖剑客侠女，悠游自在，恩爱甜蜜。

时光匆匆，几十年过去，两人的感情从未变过，如漆似胶。

越到老，慕容寒对她越加地好。

他知道距离她回归天上的时间近了，他能拥抱她的日子所剩无多，只想更加珍惜。

“寒哥哥。”曲嫣一生都这样唤他，“你相信我是天上的仙子，对不对？”

“嗯，只要你说的，我都信。”慕容寒眸色深深，凝视着她。

“那仙子说，我们下一世还会重逢，你信不信？”

“信。”他回答得斩钉截铁。

曲嫣浅浅一笑，张开双臂拥抱他。

相拥中，他渐渐合上了眼。

寿终正寝，此生无憾。

曲嫣伸手摸了摸他的脸庞，含笑的眸底泪光闪烁，无声道：“寒哥哥，再见。”

同一时间，她脑海中“叮”的一声——“恭喜宿主，任务完成！”

帝后逝世，共葬入皇陵。

世人皆知，帝后一生恩爱，从无嫌隙，至死相拥。

人间传奇，不过如此。

第三卷

攻略那个冷酷督军

第一章

她一出场就被退婚

曲嫣回到了白茫茫的空间，被温暖的白雾包裹着，陷入沉睡。

每次完成一个任务，她的精神力都需要被滋养。

许久之后，她才被系统助手小七唤醒："宿主，要准备开启下一个世界了。"

曲嫣在睡梦中被抹去了记忆，睁开眼，懒懒地道："这次是一个什么样的任务？"

"宿主目前的总积分是 1190 万积分，是否要挑选一个 SSS 级别难度的任务？完成之后可以获得 500 万积分。"小七又开始推销了。

"行。"曲嫣对 SSS 级难度的任务也有些好奇，问道，"难点在哪里？"

"世界开启后才能知道。"小七介绍道，"目前有民国背景和末世背景可选择，宿主要选哪一个？"

"民国吧。"曲嫣随意挑选了一个。

"好的，即将前往民国小世界，宿主请准备。"

片刻后，系统提示音响起——"宿主请注意，世界开启中……世界开启中……"

曲嫣灵魂一震，再睁眼时，发现自己置身在一辆黑色轿车内。

车子开得很稳，她扭头望向车窗外——

道路两旁，矗立着洋气的百货商场，路中央还有有轨电车，明显已到了城市里。

曲嫣身旁，坐着一个穿白色小洋装的年轻女子。

女子见曲嫣探头探脑，一副好奇的模样，不禁轻嗤了声，开口道:“曲小姐，你在乡下肯定没见过高楼，等安置好了，我叫许妈陪你出来逛逛。”

许妈是督军府的一个老用人。

曲嫣转回目光，把视线落在身边女子的脸上——

据系统资料显示，这个年轻女子名叫莫青黛，是督军莫北霆的亲妹妹。而她现在这具身体的原主，是督军莫北霆的乡下未婚妻，曲嫣。

这段姻缘说来戏剧。

当年莫北霆的父亲，莫老督军被敌军追捕，身受重伤，躲藏在曲家村。

原主曲嫣的父亲性情善良，家里虽穷，但还是砸锅卖铁地筹钱给莫老督军请大夫治疗。

莫老督军就这么捡回了一条命。

老督军是个讲义气的铁血男子，当场就留下一块家传玉佩，指着曲母怀胎七月的肚子说：“嫂夫人如果生下个女儿，将来就是我莫家的儿媳妇。如果生下个儿子，就让他和犬子结为异姓兄弟。”

后来，曲母生下了曲嫣。

曲父曲母都是淳朴的乡下人，遵守着这段信约，没有给女儿找过别的亲家。

一直等到曲嫣十八岁，迟迟不见莫家派人来提亲，曲父这才找人送信，问莫家到底作何打算。

此时莫老督军已经去世，收到信的是他的儿子莫北霆。

莫北霆自幼是个天才，小小年纪就被送到英国留学，学习的是机械和建筑。

七年前回国后，莫北霆接手了老督军的兵权，一路从北边打到南边，在通城立府，权势滔天，独霸一方。

乱世中，这般雄才伟略的卓绝男人，自然看不上一个乡下姑娘。

当然，莫北霆也根本没把指腹为婚这种封建行为放在心上。

他这次派人把曲嫣接过来，是为了当面讲清楚，解除婚约，并给她一些金钱补偿。

如果她愿意在湖城停留，想要读书或想找个人家嫁了，他也可以安排。

“曲小姐，我在和你说话呢，你有没有礼貌？”莫青黛见曲嫣一直不吭声，很不高兴地瞪了她一眼。

就这么一个又土又闷的村姑，还想嫁给她哥，简直就是癞蛤蟆妄想吃天鹅肉！

“青黛。”曲嫣回神，微微一笑，“我们乡下不流行叫人小姐，你叫我嫣嫣就行。”

莫青黛嗤了一声。心想土鳖就是土鳖，谁跟她熟到这种程度了？

莫青黛目光轻蔑地扫过曲嫣的脸蛋和衣着——灰扑扑的粗布裙，款式又老又丑。黝黑的皮肤，一看就是在农村风吹日晒的结果。还有她那一头粗俗的麻花辫，配上厚厚的刘海，简直和府里的用人没什么区别。

“我哥事务繁忙，今日不在家。”莫青黛勉强开口，帮莫北霆传话，“等我哥回来了，他就会跟你说清楚婚约的事。”

“哦。”曲嫣淡淡地应了一声。

莫青黛看了一眼曲嫣胸前挂的玉佩，心里不由得升起一阵无名火。

这是她莫家的传家宝，父亲当初也真是太大方了，莫名其妙就送给了一对乡下夫妻。这块玉佩，应该给寒烟姐姐才对。

这个世界上，唯有寒烟姐姐才配得上她哥哥。

“对了，你知道我哥今晚为什么不在家吗？”莫青黛眼珠子一转，忽然起了恶劣的捉弄心思。

“为什么？”曲嫣十分配合地问。

“我哥刚从通城赶回来，连家门都来不及进，就赶去给人过生日了呢。”莫青黛笑嘻嘻地道，“他要给寒烟姐姐过生日。”

曲嫣眉眼都没动一下，回了一句：“哦。”

莫青黛看她没反应，以为她听不懂，便详细地解释道：“寒烟姐姐家与我们莫家是世交，她从小就和哥哥一起长大。后来哥哥去英国留学，寒烟姐姐也跟着去了。寒烟姐姐如今在湖城办女子学校，致力于帮助女性冲破封建桎梏，让更多女孩子有机会识字学习。”

曲嫣点点头：“这很好啊。”

莫青黛不禁笑起来：“是吧？你在乡下长大，肯定不识字。如果你想读书的话，我可以帮你求寒烟姐姐，给你一次入学考试的机会。”

“我不想读书。”曲嫣摇头。

她来到这个世界，不是为了做学问，而是为了完成原主留下的心愿——被人看得起，最重要的是，被未婚夫莫北霆看得起，让他心甘情愿地娶她。

“你……”莫青黛被她的回答一噎，忍住想翻白眼的冲动，咕哝道，“没见识的乡下妹，就是没出息。”

“你那个寒烟姐姐，今晚在哪里举办生日宴会？”曲嫣突然问。

“你想去？”莫青黛眼睛一亮。

让这个乡下妹亲眼看看寒烟姐姐的风采，她一定会自卑退缩，知道自己由内到外都配不上哥哥。

如果她能主动退出就最好，免得哥哥还要做坏人，出面解除婚约。

“地址在哪里？”曲嫣没说想不想去，只问地址。

“在淮路的兰园公馆，你没有请帖是进不去的。你要是想去，我可以带你去。”

“哦，不用了。”曲嫣拒绝。

莫青黛没想到她这么油盐不进，性情古怪，气得瞪她一眼"“不去拉倒，等我哥回来你就完了。”

到了督军府，曲嫣被安排在一间客房。

莫家倒没有亏待她，房间既大又奢华，满满的欧式风格，白色漆柜上摆放着一台留声机。外面露台上还有一张吊椅，茶几上摆放着英式下午茶的碗碟。

这些都是曲嫣这样的乡下姑娘用不来的东西。

她一看就知道，这肯定是莫青黛的意思，存心用来讽刺她的。

不过这些都不重要，今晚才是重头戏。

曲嫣先去洗了个澡，洗去赶路几天的一身尘土。

坐在梳妆镜前，她看着镜中的女孩——很熟悉的容貌，和她见过的自己真实的照片几乎一模一样。但问题在于，原主的皮肤实在太黑了，晒出了雀斑，人又干瘦，发型又土，真算不上赏心悦目。

曲嫣去翻了翻原主的行李，除了深色的粗布裙褂，还有一些厚实的棉袄。朴素实用，但在湖城，确实登不上台面。

曲嫣想了想，依旧换上原主的衣服，保持着原本的发型和模样，转身下楼。

“曲小姐，请问你要去哪里？”许妈见她下楼，迎上前来询问。

“我出去随便走走。”

“曲小姐不识路吧？等我去请示三小姐，给你安排一辆车？”

许妈口中的三小姐，就是莫青黛。

“不用了，我不走很远，不会迷路的。”曲嫣没接受，径自走出了督军府。

许妈在后面摇头，这乡下姑娘真是一点礼数都没有，难怪三小姐不喜欢她。

她要出去就出去吧，反正三小姐吩咐过，不用管她。

曲嫣出了督军府，先去找当铺。

她在执行上一个任务时，开启了储物空间。她刚才查看了一下，里面有很多金银珠宝，还有些易容化妆的工具。她挑出成色足的金锭，典当成现金，然后去淮路，租下了一栋三层小洋楼。

月租金虽然昂贵，但她并不在乎。

有了属于自己的私密住所，曲嫣才开始化妆打扮。

原主黝黑的皮肤没办法一下子养白，需要时间慢慢来，但好在上一个任务留下的易容物品非常好用。

曲嫣把自己打扮成湖城画报上的样子，明眸红唇，穿上新买的高跟鞋和旗袍，便是婀娜多姿，风情万种。

她估计，现在就算曲父曲母站在她面前，也认不出这是自家女儿。

天黑之后，曲嫣离开小洋楼，叫了一辆人力车，载她去兰园公馆。

兰园公馆门口，停着不少轿车。

穿着西装的男人挽着洋装华丽的女伴，纷纷走进公馆。

曲嫣没有请柬，但她机灵，瞧准一个空隙，趁着门口仆人忙于迎宾的时候，跟上前面一个单独来的男人进入了大门。

兰园公馆内，别有洞天，占地颇广，既保留着古色古香的亭台和小桥流水，又有几幢小洋楼。

宾客都被用人引领，进入主楼的大厅。

曲嫣没去，独自在凉亭里坐着。

她想看看莫北霆究竟长什么样。虽然系统资料里有照片，但终究不如亲眼见真人来得生动。

她挑选的凉亭位置极妙，不正对入口，但从侧面又能将来往的宾客一览无余。

随着一阵喧闹声，她看见一个身着军装、脚踏皮靴的男人在众人簇拥下步入大门。男人身材高大，英挺威武，还未看清面容就已感受到一股凌厉的气势。

曲嫣微微眯起眼睛，灯光打在男人脸上，映出一张冷峻如刀削的脸庞。

他有一双极其锐利的鹰眼，黑沉如墨，仿佛蕴含着无数危险的黑夜。他的目光一扫，不知怎的就落到了不远处凉亭中的她身上。

曲嫣隐约感到背脊一凉，不动声色地垂下了眼帘。

这个莫北霆的气势太惊人了，眼神肃杀，令人心惊胆战，不愧是杀伐决断的大佬。

"北霆哥！"

一道清脆的喊声，打破气氛。

一个穿着白衬衫黑裤子的短发女子迎上前来，她衣着洋气，俏丽明艳。她走到莫北霆的身边，熟稔地挽住他的手臂："北霆哥，你总算到了，大家都在等你呢。"

"生日快乐，烟烟。"莫北霆冷酷的神色略微放柔，扬唇笑道，"二十岁了，以后可就不能再调皮胡闹了。"

"二十岁也还是小孩子。"纪寒烟笑嘻嘻地说，"北霆哥，你别忘记了，你说过一辈子拿我当小朋友的。"

莫北霆淡淡一笑。

小时候玩闹，确实说过这样的话，这丫头就整天拿他的话来堵他。

"我们进去再说吧。"纪寒烟拉着他，往主楼走，"你派人送过来的大生日蛋糕都快融化了，我要等你到了才许愿吹蜡烛。"

"好。"莫北霆举步，眸光微转，再一次望向不远处的凉亭。

他锐利的黑眸眯起。

他有过目不忘的好记性，这次宾客名单他曾经看过，都是平日有所往来的一些朋友。但凉亭中的这个女子，很眼生。

"烟烟，你先进去。"莫北霆停下脚步，淡淡道，"我还有事情要和副官交代，一会儿就来。"

纪寒烟松开挽着他的手，善解人意地道："那你先去忙吧，我等你。"

莫北霆看着她和一众宾客都走入主楼，才走向凉亭。

曲嫣坐着没动。

迟早要打照面的，她既然来了，就已经做好了准备。

“你是谁？”

男人迈着长腿，踏上凉亭台阶，目光森冷地盯着她。

“我是谁不重要。”曲嫣弯唇一笑，眸光潋滟流转，“督军想不想知道，今晚浦江的那一船货，能不能顺利靠岸？”

莫北霆眸光骤然锋利，薄唇轻轻一扬，冷声道：“看来，你果然不是来参加生日派对的。”

曲嫣站起身，姿态慵懒淡定：“纪寒烟小姐的生日也许重要，但我更想知道，督军会选择她，还是选择货。”

莫北霆逼近两步：“你是哪边的人？五爷的人还是程军的人？”

他陡然伸手，攥住了她纤细的手腕。

曲嫣脚下踩着高跟鞋，一个不稳，向前跌进他的胸膛。

男人身上带着淡淡的烟草味，挟着与生俱来的凛冽气势，形成一种成熟男人才有的荷尔蒙气息。

“说！”他低喝。

曲嫣感觉到自己的腰，被一件硬物顶着。

是枪。

“我不是五爷的人，也不是程军的人。”曲嫣丝毫不惧，挑眸对他明媚一笑，“我希望我是督军你的人。”

男人丝毫不受诱惑，手里的手枪顶得更近了，冷冷道：“想死，我成全你。”

“如果督军不在乎那船货，尽管开枪。”曲嫣不躲不闪，任由枪口对着自己。

“你且说说看，手里握着什么筹码。”莫北霆语气冰冷，手指扣在扳机上，随时可能开枪。

“没有筹码又怎敢来见督军。”男人太高，曲嫣踮起脚，才能贴近他的耳边，轻声道，“你那一船的枪支，不会如期停靠西部码头，而会在东部码头被劫走。就在今晚九点钟。”

莫北霆眸光骤暗。

这一次走水路运送枪械到湖城的事，属于机密军情。她从哪里得到了消息？居然还敢给出一个准确的时间，说船会在东部码头被劫。

“现在已经八点半了。”曲嫣瞥了一眼他腕上的表，悠悠地提醒道，“督军再不出发，就赶不及了。”她似笑非笑地扬了扬红唇，“督军要继续留下给红颜知己过生日吗？”

莫北霆眯了眯黑眸，眼底锋芒暗动。

这个女人出现得蹊跷，但兹事体大，宁可信其有。如果她敢拿这种事来诓他，那就是自寻死路。

“跟我走。”莫北霆攥着她的手腕没有松开，既是挟持，也是对外的掩饰。

今晚来兰园公馆的人，有不少他的朋友。

事关军情，半点风声都不能泄露。

“手疼。”曲嫣娇声抱怨，“督军不是在英国留过学吗？就不能绅士一点？”

莫北霆没理睬她，大步往外走。

纪寒烟一直等着，在主楼厅外关注着莫北霆的动静，见他要离开，急忙跑了出来。

“北霆哥，你要走了吗？”纪寒烟看了一眼他身边的女子，疑惑道，“这位小姐是？”

曲嫣微微一笑：“纪小姐，生日快乐。”

纪寒烟不知她身份，保持着礼貌，回道：“谢谢。你和北霆哥……你们是要去哪里？”

“督军今晚要留宿在我那里。”曲嫣冲她眨了眨眼，“纪小姐应该不会吃醋吧？”

纪寒烟脸色一僵。

曲嫣轻笑：“督军是有婚约的男人，我想像纪小姐这样有学识的知识女性，一定不会企图做第三者。”

纪寒烟微怒，开口回击道：“既然你知道北霆哥有婚约在身，就不该如此不知廉耻地勾引他。”

“纪小姐这话就错了。”曲嫣红唇一挑，笑得风情万种，“我一介歌女，要什么廉耻？不像有些人，表面上道貌岸然，心里却不知盘算着些什么坏主意。”

曲嫣今晚是照着画报上的女歌星打扮的，眉眼流转间把娇媚气质也学得惟妙惟肖。

纪寒烟听她自称是歌女，目光里闪过一丝轻蔑。她不再看曲嫣，转而对莫北霆问道：“北霆哥，你真的要走吗？我还没有吹蜡烛，你不陪我许愿切蛋糕吗？”

北霆哥太忙了，平时要见他一面都不容易。她心心念念等了三个月，才等到生日的时机。可还没见上几分钟，他竟然就要跟一个歌女走了！

“给你的生日礼物，等会儿陈副官会送过来。我有事先走一步。”莫北霆没有解释。

一则事关机密，二则他从来没有向女人解释的习惯。就算纪寒烟身份特殊，也不足以令他改变原则。

莫北霆握着曲嫣的手腕，从外人的角度看去像是他牵着她，实则是隐含控制的意味。

曲嫣顺势靠向他的臂膀，两人看起来就更像是亲密地并肩前行。

纪寒烟眼睁睁看着两人携手走出了大门，白皙的脸上青红交加，咬牙忍耐了片刻，才渐渐缓和下来。

今晚宾客众多，她不能失态。

这个歌女，她一定会查清楚姓甚名谁！

曲嫣被莫北霆抓上了车。

“去东部码头。”莫北霆对司机命令道。

“不需要召集人马吗？”曲嫣好心地问。

莫北霆冷冷地瞪了她一眼，从车座底下摸出一副手铐，把她铐在车扶手上。

他没有和她说话的打算，半路上在一处不起眼的小楼前，他下车了几分钟。

曲嫣猜想，他可能是去安排人手了。

今晚的东部码头免不了一场腥风血雨。她在系统资料里看到过，这批枪械原本应该运送到西部码头，但最后被莫北霆的死对头五爷劫持，从东部码头上岸。

在原本的轨迹里，莫北霆这次吃了亏，丢失了一整船的枪支。

“在车里老实待着。”车子开到码头，莫北霆并没有给她解开手铐。

显然，如果她是信口开河耍了他，等会儿他肯定会一枪崩了她。

莫北霆和司机都下了车，往码头走去。

曲嫣坐在车里，用意念从空间里取出一根银针，鼓捣了半分钟，“咔”的一声打开了手铐的锁。这么溜的技巧，她也不知道是在哪个任务里留下来的本能记忆。

一旦获得自由，曲嫣就悄悄溜下了车。她远远眺望，码头岸边黑压压一群人，个个手持武器，全都是莫北霆召集来的部下。

看情形，他今晚必定能扭转局势。

这么一来，她就是大功臣了。

曲嫣不打算多留，趁着夜色漆黑，没人注意她这个角落，轻手轻脚地溜走了。

嗯，默默地深藏功与名。

她先回到淮路租来的小洋楼，换下一身妩媚的歌女装扮，卸了妆，重新穿回原主的粗布裙褂，恢复黝黑皮肤和土气的麻花辫厚刘海发型。然后，她才回到督军府。

曲嫣安安稳稳地睡了一觉，第二天起来下楼吃早饭，顺手拿起桌上的一份报纸。

“你识字吗？”莫青黛也正在吃早餐，看到她的动作，不由得开口嘲讽一句，“是要拿报纸垫粥碗吗？”

“哦，不是，我只是想闻闻墨香。”曲嫣慢悠悠地喝粥，一边不动声色地看了一眼报纸上的内容。

这是今天早晨刚出炉的报纸，果然有报道昨夜东部码头的枪击事件。

虽然写得含糊，没敢把真相报道出来，只是提醒市民夜晚尽量不要外出，但曲嫣已经看明白了——莫北霆赢了。

曲嫣唇边浅浅一弯，收回视线，继续吃油条喝粥。

督军府的早餐很丰富，一中一西，有包子馒头油条稀粥，也有牛奶三明治。

莫青黛吃的就是西式早餐，姿势优雅，细嚼慢咽。她面对曲嫣总是有一种高高在上的优越感，见她咕噜噜喝粥，发出声音，忍不住嫌弃地白了她一眼：“你吃东西能不能安静点？”

“不能。”曲嫣语气温和，甚至带着微笑，“我们乡下没有这么多规矩，你也不要拘束。”

“你……”莫青黛心口一堵，莫名其妙有一种恨铁不成钢的郁闷。

怎么会有人这么蠢？连别人讽刺她都听不懂！

“对了，青黛。”曲嫣亲切地唤着她的名字，“你昨天提起的那位寒烟姐姐，生日过得还开心吗？”

莫青黛想起昨晚兰园公馆的生日派对，心口堵得更厉害。她昨晚去得晚，没碰到哥哥。

到场后才听寒烟姐姐说，哥哥竟然跟着一个歌女走了！当着那么多人的面，把寒烟姐姐就这么晾在了那里！

寒烟姐姐难堪极了，草草地切完生日蛋糕，就推说头疼，自己一个人躲起来哭。

哥哥实在是太过分了！

“过得不开心吗？”曲嫣看着她神色郁郁，唇边的笑容更显亲切。

“你这么关心别人家的事干什么？”莫青黛没好气地说。

“怎么是别人家的事？”曲嫣慢条斯理地说，“照你昨天说的，那位寒烟小姐和你哥哥十分般配。将来你哥哥要是纳她进门，娶作姨太太，她还需要向我这个正室太太敬茶的。”

“什么姨太太？”莫青黛匪夷所思地看着她，“三妻四妾的封建糟粕，早该丢弃了！我们留洋回来的知识分子，崇尚的是自由恋爱，才不会盲从什么指腹为婚、娶妻纳妾！”

“你这么说也没错。”曲嫣点了点头，缓缓说道，“我知道你们城里人思想先进，都在提倡自由恋爱。但是——”

她一顿，隐约听见不远处军靴走近的脚步声。

应该是莫北霆回来了。

她没有停口，继续道：“你们都说指腹为婚是封建糟粕，既然你们讨厌它，为什么不早点解决它呢？我都十八岁了，在我们乡下已经是老姑娘了。你哥哥要是根本不打算娶我，为什么不在前几年就派人去曲家村，找我父母谈解除婚约的事？”

“前几年我父亲去世，我哥忙于料理父亲的后事，哪有空去什么曲家村！”莫青黛辩解道。

“料理完老督军的后事，也抽不出空吗？”曲嫣的语气并不咄咄逼人，反而十分温和。

听起来倒有一些憨厚的耿直脾气。

“后来我哥要带兵打仗，忙的都是国家大事，哪里顾得上儿女私情的个人小事……哎，我跟你说你也听不懂！”莫青黛气道。

“我不懂你们城里人的大道理，但我听我们村里的教书先生说过一句话——修身齐家治国平天下。自己的事都管不好，家里的事都没理清楚，又如何治天下呢？”

曲嫣说完，听到男人军靴的脚步声停下。她没有转头，淡淡垂眸，继续吃早饭。

这些话，是为原主说的。

莫北霆或许有他的雄图伟略，胸中有丘壑，正施展着他的伟大抱负。但原主只是一个大字不识的乡下姑娘，她的世界很小，结婚生子就是她人生中最重要的事。被退婚，狼狈回乡，她的世界就如同崩塌了。

“哥，你回来了！”莫青黛扭头看见一身军装的高大男人，欣喜地站起来，“你吃早餐了吗？快来坐下吃。”

莫北霆站在几步之遥的地方，身姿挺拔，周身带着血战后的凛冽气势。

他眯了眯黑眸，目光扫过坐在餐桌一侧的陌生女子。就像一般的农村姑娘，皮肤黝黑，身形瘦削，带着一股浓浓的乡土气。但她刚才那一番话，倒是有些犀利。

“吃过了。”莫北霆淡淡开口，回答莫青黛。他的视线继而落在曲嫣身上，道，“你，跟我来。”

这是久居上位者的口吻，习惯性地命令。

曲嫣才不惯他这臭毛病，“嗯”了一声，道：“等我吃完饭。”

莫青黛简直看呆了，走近推了一下她的手臂：“我哥叫你，你还吃什么饭？”

曲嫣奇怪地看了她一眼：“我才吃到一半，你们城里人都喜欢吃饭只吃一半的吗？”

莫青黛气得跺脚，嘟囔道：“对牛弹琴！”她转头对莫北霆说，“哥，你别生气，她就是这样，你不要跟她计较。”

莫北霆不至于为这点小事发火，淡声道：“我回书房处理事情，你等她吃完饭，把她带上来。”

“好的，哥。”莫青黛乖乖回道。

曲嫣才不管他们兄妹说什么，继续自顾自地吃早饭。

其实莫青黛这姑娘倒不坏，虽然接触还不多，但她能感觉出来，莫青黛就是一个略有些骄纵又略有些天真的千金小姐。

莫青黛留过洋，却未曾受过社会的毒打，依旧显得有些傻的样子。

曲嫣不紧不慢地吃完，擦了擦嘴。

莫青黛在旁边尽职地“监督”她，一见她吃完，就连忙拉她起来，告诫道：“等会儿你到我哥的书房，不要乱碰东西，我哥最讨厌别人弄乱他的东西。还有，别惹我哥生气，他发火的后果一般人承受不起。”

“他发火是什么样子？”曲嫣好奇地随口一问。

“这样——”莫青黛用手指做出“开枪”的手势，指在曲嫣的太阳穴，吓唬道，“懂了吗？”

“懂了。”曲嫣唇畔露出小小的微笑。

昨晚就已经领教过了。

“那就好，你自己掂量着点。”莫青黛带她到二楼的书房，在外敲了敲门。

“进来。”

男人低沉的嗓音，从里面传了出来。

“我不方便进去，你自己进去吧。”莫青黛在她哥面前格外守规矩，把曲嫣推进去，就自己下楼了。

曲嫣步入书房，顺手关上门。

这间书房很大，装修的格调符合莫北霆本人的性格，冷硬铁血。

墙上挂着剑和地图，桌上放有诸多文件。

曲嫣随意地观察了一下，就在书桌前的椅子上坐下，开口道：“督军是有话要和我说吗？”

她不请自坐，行为看似粗鲁，却并非不懂礼貌。

莫北霆看在接下来要说的内容的分上，没有说什么，淡淡地扫了她一眼，沉声道：“我们的婚约，解除了吧。”他开门见山，直截了当，再道，“你想要什么补偿，尽管开口。在合理的范围内，我都会满足你。”

曲嫣缓缓垂下眼睫，遮住眸底的光芒，低声道：“我不愿意解除婚约。”

莫北霆皱了皱眉，隐约有些不耐烦，但仍耐着性子，道：“你我之间与陌生人无异，毫无感情基础，就算结婚了也只会是一场悲剧。”他特别强调，“是对你而言的悲剧。”

曲嫣低眉顺眼，口中固执地重复道：“我不愿意解除婚约。”

这是属于原主的意愿，她要帮原本的曲嫣说出口。但，也仅限于说出口而已。

她沉默了片刻，慢慢抬起眼，说道：“如果督军一定要解除婚约，那我希望督军答应我两个条件。”

莫北霆道："什么条件，你说来听听。"

曲嫣的语气依然温顺："第一，我们解除婚约之后，我和督军就没有任何关系了，那么以后我与什么人交往，督军都不能干涉。"

莫北霆淡淡道："这是自然。"

曲嫣补充道："男婚女嫁，各不相干。"

莫北霆眉头微皱，瞥她一眼，然后冷淡地"嗯"了一声。

她难道是怕他不允许她另找婆家？她虽然占据着他未婚妻的名分多年，但对他而言只不过是一个陌生人。她往后要嫁给什么男人，与他何干？她大概是想多了。

"第二个条件，我听说督军有一座兰园公馆，已经赠送给别人住了。"曲嫣不紧不慢地继续说道，"我想要兰园公馆，就当是督军给我的补偿，不知督军舍不舍得给？"

"青黛和你说的？"莫北霆眼底闪过一丝不悦。

青黛这丫头话也太多了。

兰园公馆现在是纪寒烟住着。纪家的根基虽不在南边，却未在湖城置办房产，他总不能平白无故把人赶出去。

"督军不舍得？"曲嫣没有否认，就当是莫青黛说的。

其实莫青黛并没有提过兰园公馆属于莫家。

"如果你想要房子，我可以另外给你一栋。"莫北霆倒不觉得她狮子大开口，主要是他也不在乎这点钱。

"不，我就要兰园公馆。"曲嫣坚持。

莫北霆沉吟片刻，道："好，过几日我派人与你办理过户手续。"

曲嫣点点头："另外，还请督军派人去曲家村，跟我爹娘好好解释一下。"

莫北霆抬眸看她："你不想回去？"

曲嫣垂下眼睫，语气变得冷淡："这跟督军无关，我们从此就没有半点关系了。"她站起身，将挂在脖子上的玉佩解下来，放在桌上，"这是你们莫家当初给的信物，还给你。"

她也不啰唆，转身便走。

莫北霆皱眉看着她瘦弱的背影，心里隐约有一种奇怪的感觉。这身影似乎有点眼熟。但他刚回督军府，与这个所谓的未婚妻是第一次见面，不可能曾经见过。

大概是错觉吧。

他拿起桌上的玉佩，把玩了片刻，英挺的眉宇缓缓舒展。无论如何，总算解决了一桩陈年私事。

曲嫣回房间收拾原主的行李，东西不多，就两个朴素的包袱。

她拎着包袱下楼。

莫青黛见她这么快就“卷铺盖滚蛋”的样子，莫名有点同情。

哥哥当然是要解除婚约的，他们两人根本就不相配。只不过这个乡下妹第一次来城里，什么都没见识过就要回老家，有些可怜。

“喂，你……”莫青黛开口叫住她，“你今天就回你老家吗？”

“怎么，你舍不得我吗？”曲嫣对她弯唇一笑。

莫青黛一愣，别扭地转过脸去，哼道:“你少自作多情，我是看你可怜，好不容易来一趟城里，连百货商场都没逛过就走了。”

“我暂时不回家。”曲嫣微笑着道，“如果你想我，以后我们还会见面的。”

莫青黛觉得她莫名其妙，回头瞪她一眼：“谁会想你？你既然暂时不回家，拎着包袱干什么？”

她哥又不是刻薄的人，绝对不会一解除婚约就赶人走。

“我已经不是你的未来嫂子了，怎么还能住在你们家？”曲嫣幽幽地叹了口气，“督军虽然没有赶我走，但我也没有这个脸继续赖在这里了。我会出去自己找地方住的。”

“你这是什么话！”莫青黛气恼道，“你现在跑出去流落街头，传出去岂不是变成我们莫家欺负人？”她上前去抢曲嫣手里的包袱，“你好好住着，过几天我安排司机送你回老家。”

曲嫣避开她的手，低头轻笑。

这丫头真是好糊弄。

“你笑什么？”莫青黛瞥见她在偷笑。

“哦，没什么。”曲嫣抬起头来，一本正经地说，“有件事我还没告诉你，你听了之后可能会想打我。”

“什么事？”莫青黛疑惑道。

“我向督军索要了兰园公馆，你的那位寒烟姐姐很快就要被赶出门了。”曲嫣说完悄悄后退一步。

"你、你——"莫青黛顿时大怒，指着她愤愤道，"你这个人心肠也太坏了！你要什么不好，非要兰园公馆？寒烟姐姐是有头有脸的人物，谁不知道她是兰园公馆的女主人，你要她的脸往哪里放？"

"她不是有钱人家的千金小姐吗？为什么不自己买房子，却住在一个男人的房子里？"曲嫣理直气壮地说，"而且住的还是我男人的房子。哦，不，是我曾经订过婚的男人。"

"你……你说的这都是什么歪理！"莫青黛被她说得气得直跺脚，却无法反驳。

道理确实是这样，但指腹为婚本身就是错误的啊！

"歪理不歪理，已经不重要了。以后你哥想给什么女人买房，我可管不着了。"曲嫣伸手摸了摸她气鼓鼓的脸颊，笑道，"前小姑子，我们有缘再见了。"

莫青黛瞪大了眼睛，这个乡下妹为什么要摸她的脸！

不等莫青黛反应过来，曲嫣已拎着包袱向外走去。

曲嫣离开督军府，回到租来的淮路三层小洋楼。

她聘请了一个中年大婶过来替她做饭和打扫卫生，自己则在楼上泡澡。她的皮肤被太阳晒得黝黑，完全掩盖住了好容貌，她需要好好养回来。

曲嫣的空间里堆满了金银珠宝，财大气粗。她去百货商场买回一大堆护肤品，又奢侈地用牛奶泡澡，还把珍珠研磨成粉做面膜。

她舒舒服服地享受了几天，才开始筹备接下来的计划。

今晚是一个特殊的时间节点，莫北霆将遭遇一次刺杀。

在这种乱世年代，刺杀、暗杀之类的都很常见，以莫北霆的身份，他注定会遇到很多次。

但这次不同。

在原本的轨迹中，今夜案发地点在百乐门歌舞厅，莫青黛和几个朋友也在场。

枪声响起的时候，莫青黛惊慌地寻找她哥哥，慌乱中扑了过去，阴差阳错地替莫北霆挡了一枪。

莫青黛就因这一枪而丧命。

说起来，其实挺无辜的。

曲嫣并不讨厌这个姑娘，甚至还有点喜欢，所以她打算救下她。

入夜。

曲嫣依旧使用空间里的易容物品，将自己打扮成风情万种的女歌星。她虽然没有上个任务的记忆，但易容手法本能地记了下来，十分精妙。

她乔装打扮完毕，换上一身精致婀娜的旗袍，便叫车出门。

百乐门歌舞厅，在湖城是上流社会人士才去得起的娱乐场所。

曲嫣花大价钱买了票，找一个不起眼的角落坐下。

舞台上，已有女歌星在轻盈起舞，娇声唱歌。四周大多是男客人，喝酒跳舞，风流快活。

曲嫣瞧见不远处的一桌年轻男女，其中就有莫青黛。

莫青黛还不知道今晚就是自己的死期，笑谈嬉闹，拉着朋友一起跳舞，玩得开心。

曲嫣不动声色地观察一圈，侧边楼梯上去便是二楼的包间，有比较私密的空间，方便谈事。

像莫北霆这样尊贵的身份，肯定在上面。

她要救莫青黛，其实不需要守着莫青黛，只要看牢莫北霆就行了。

曲嫣端起酒杯，轻啜了一口，踩着高跟鞋，慢悠悠地走上二楼。

包间外面，有两个副官守着，见到她走过来，立刻严厉地喝道："下去！这里不是你该来的地方！"

曲嫣歪了歪头，瞧了一眼门帘低垂的包间，扬声道："我猜你们督军正在派人四处找我。"

副官以为她是来钓男人的歌女，没把她的话当回事，毫不留情面地驱赶："快走，否则别怪爷不客气！"

曲嫣提高音量，清声喊道："督军！那夜码头，我帮的忙，可还满意？"

过了片刻，包间里传出男人低沉的嗓音："让她进来。"

曲嫣扬唇一笑，不疾不徐地举步走向包间。

包间内，莫北霆正在和另一个中年人谈事。见到她，他黑眸眯了眯，示意那个中年人出去。

等到只剩下两人，莫北霆才开口道："你究竟是什么人？不如开诚布公地报上名来。"

曲嫣懒懒地靠在墙壁上，挑眸看着他："我早就说过了，我是一个想做督军女人的人。"

莫北霆自然不会把她的话当真。

这个女人的身份不简单，她既然能准确知道船只被劫的时间，那么只有两种可能——一则，她是他的敌人派来的奸细，先博取他的信任，再潜伏在他身边窃取情报。二则，她是一个野心勃勃的女人，不知从哪个恩客那里听到了一次消息，用来搏一搏他的青睐。

他更倾向于第一种猜测。

“你过来。”莫北霆朝她钩了钩手指。

“督军想干什么？大庭广众的，人家会害羞。”曲嫣轻笑一声，漫步向他走近。

男人强有力的臂膀揽住她的腰，猛地拉到自己的身前。

他英俊的面容近在她眼前，她本能地弯腰往后仰了仰。

“躲什么？”他挑起薄唇，嘲讽地道，“这么放不下身段，怎么钓得到大鱼？”

“我只是有点意外而已，原来冷酷名声在外的督军，内心这般热情似火。”曲嫣反唇相讥，明眸似有星光，闪烁而耀眼，“督军靠这么近，是想搜我的身，还是想借搜身的机会，风流一番呢？”

莫北霆突然松开了她。他恢复了冷漠的神情，目光扫过她全身。旗袍紧身，他刚刚暗中搜了一下，没有发现枪支。

“督军谨慎，我也能理解。”曲嫣红唇微扬，嗓音甜软地道，“这个乱世中，想要督军性命的人一大把。但是督军请放心，我不是来要你命的。”

没错，她不要他的命。她要的，是他的心。至于要来干什么，那就看她到时候的心情了。

“那晚码头的事，你确实有功劳。”莫北霆不再执着于身份的话题，转而说，“你想要钱作为报酬的话，可以开个价。”

曲嫣弯了弯眼眸，含笑摇头：“不，我不要钱。”

莫北霆眯起眼眸，目光锋利地盯着她：“那你要什么？”

曲嫣竖起一根手指，顽皮地说：“一夜。我要督军的一夜，督军给吗？”

莫北霆眸光微嘲，抿了抿薄唇，没有回应。

曲嫣耸肩：“我开玩笑的，督军的一夜珍贵，我的时间更珍贵呢。”

莫北霆启唇，淡声问道：“你在哪个歌舞厅工作？”

“督军是要来给我捧场吗？”曲嫣狡黠，不答反问。

“你帮过我一次，我去给你捧捧场自然没有问题。”莫北霆不动声色地套话。

那晚码头事件之后，他派人去查这个女人的身份，但至今没有线索。

湖城几个知名的歌舞厅，都没有她的记录。

“那我就先谢过督军了……”曲嫣话音未落，耳朵微微一动，随即就听到“砰”的一声巨响！

楼下，枪声突起，打破了歌舞厅天花板上的旋转霓虹灯。

底下的众人惊慌起来，尖叫声连连。

曲嫣听力好，在一片混乱中听见莫青黛的大声呼喊——“哥！哥！你是不是在楼上？有危险！”

楼下脚步声纷乱，有人向出口狂奔，也有人在往楼梯上跑。

曲嫣知道莫青黛一定会上楼，她转头对莫北霆道：“督军千万小心！”

莫北霆没有理她，掏出枪，侧身贴着墙壁出去，对外面的副官命令道：“去看好三小姐！”

“是，督军！”

两名副官领命急奔下楼。

就在这时，“砰砰砰”连声枪响，全部对准楼上的莫北霆射击。

曲嫣大步上前，一把拉住莫北霆，将他往身后藏：“督军小心！”

同时，莫青黛阴差阳错地与两名副官错开，冲上楼来，担心地喊道：“哥！你没事吧？！”

她一边喊着，一边飞奔过来，哪知跑得太快，脚下扭了一下，就直直地朝曲嫣和莫北霆方向扑过来。

电光石火间，曲嫣抬腿，一脚踹开莫青黛！

莫青黛“扑通”摔倒在木地板上，疼得一声惨叫。

“砰！”

一声枪响，子弹如电直射而来！

曲嫣踹完莫青黛就知道自己已经来不及闪避，索性转身，张开双臂抱住莫北霆，喊道：“督军，你不能死——”

她身子蓦地一震，子弹射入她的后肩。

这一连串的异变其实只在眨眼之间，莫北霆单手抱住落入他怀中的女人，敏捷地转身一避，举枪回击。

“砰砰砰”的枪击声不停。

曲嫣只觉得耳边嗡嗡作响，后背痛得厉害。

她眼前渐渐发黑，意识有些模糊。

浑浑噩噩间，她听见莫北霆部下的士兵齐齐冲上来，呐喊着保护三小姐和督军。

她心中一松，放心地闭眼昏厥了过去。

曲嫣醒来的时候，人在医院。

子弹已经被取出来，伤口上了麻药，暂时不太痛。

她眼睛还没睁开，就听见床边有人在说话——

“医生，她不会有事吧？”这是莫青黛的声音。

“三小姐，你放心，子弹没有伤及她的内脏，休养一阵子就会好。”陌生的嗓音，估计是医生。

莫青黛舒缓了一口气，感慨地说：“真没想到，她一个歌女竟然这么有胆识。要不是她踹了我一下，帮我避开子弹，现在躺在病床上的人就是我了。”

她刚说完就见曲嫣醒了，急忙走到病床前，关心地问：“你醒了？你现在感觉怎么样？”

“不要紧。”曲嫣眨了眨眼，看莫青黛这态度，应该没认出她的易容。

“多谢你救了我。”莫青黛的语气有些别扭，说这种肉麻的话她总觉得不好意思。她轻咳一声，才又开口道，“你想要什么报酬，只管开口。”

曲嫣的嘴角微微上扬。

果然是亲兄妹，莫北霆也说过类似的话。

莫青黛见她不说话，以为她身体虚弱，便说：“这事不急，你先安心养好身体，医院这边我哥都安排好了，你想住多久就住多久。”

“在医院里住很久，这样好吗？”曲嫣不禁开口问道。

“啊，我不是这个意思……”莫青黛脸一红，“我只是希望你好好养伤。”

玛利亚医院是湖城最好的医院，床位紧张，这样的单人病房更是难得。除非有关系，否则住不进来。

她只是想表达，她对于救命恩人是心存感激的。

“我明白，莫三小姐不用解释。”曲嫣笑了笑，“以后说不定我真有什么事，需要你的帮助呢。”

“包在我身上！”莫青黛拍拍胸脯，一脸骄傲，“就算我做不到，还有我哥。”

在她眼里，她哥就是无所不能的超级英雄。

“你哥……”曲嫣看了看病房外，不见莫北霆的身影。

“哦，对了，我还没有自我介绍。我哥是莫北霆，我叫莫青黛。”莫青黛忽然想起来，那次寒烟姐姐过生日，听说哥哥被一个歌女勾引走了，该不会就是……

莫青黛的神色顿时有些尴尬起来，摸不准曲嫣和她哥是什么关系，说不定是……舞女和恩客的关系。

不过，就算是这种关系，这个歌女应该很爱慕她哥的吧？要不然怎么会如此奋不顾身，不怕危险地替他挡枪。

“督军没事吧？”曲嫣问。

“我哥没事，在百乐门暗杀的那帮凶手已经被逮捕了。我哥正在忙着处理这件事，所以没来看你。”莫青黛有点同情地看她一眼。

这个歌女和她哥的身份差异太大了，肯定没好结果的。哥哥对她，估计只是逢场作戏而已。

出于怜悯，莫青黛又补上一句，安慰道：“等我哥忙完了，他会来看你的。”

曲嫣“嗯”了一声，心中好笑。

莫青黛这个丫头，真是什么情绪都写在了脸上。她猜莫青黛可能已经脑补出一场风尘女和督军的虐心爱情戏。

“你别多想，好好休息，明天我再来探望你。”莫青黛见她没有谈话的兴致，体谅她受伤体虚，识趣地告别。

“再见。”曲嫣没有留她。

等莫青黛走后，曲嫣就从病床上爬起来。

她现在还易着容，不方便留在医院。

她暂时还不想让人知道，她就是被退婚的督军前未婚妻。

“你要去哪里？”

她正准备离开病房，就见一身英挺军装的男人迈着大长腿走进来。

曲嫣停住脚步，若无其事地道：“口渴，我想去找水喝。”

莫北霆皱了皱眉，转身对守在外面的下属吩咐道：“去找护士，倒一杯水过来。顺便问问，病人现在能吃什么。”

曲嫣趁机又躺回病床上，一脸虚弱的样子，软软地道："谢谢督军关心。"

莫北霆走近她，眸光依旧犀利，盯着她，若有所思。

曲嫣任由他审视。

他不用开口，她都能猜到，他肯定怀疑她故意挡枪，使用苦肉计博取他的信任。

"这是第二次。"莫北霆沉声开口，缓缓道，"码头那次，再加上这次你救了青黛，我算是欠你两次人情。"

替不替他挡枪无所谓，但救了青黛的事，是实打实的。

他当时看得非常清楚，青黛扑过来的位置就是中枪的位置，甚至可能会被射中脑袋。

"咦？"曲嫣倒是有点惊讶，"督军不怀疑我吗？说不定我和那帮暗杀的凶手是一伙的，我有预谋地来到百乐门，故意舍身救督军。"

莫北霆微扬了一下嘴角，似乎觉得她说的话幼稚。他淡淡地道："这次暗杀我的幕后主谋是五爷。如果你是五爷的人，上次你将那一船枪械给搅黄了，五爷还能留你？"

所以她无论如何都不可能是今晚那帮人的同伙，至于是不是用"美人救英雄"的把戏，这就不好说了。不过，既然她舍得牺牲，他也不吝啬。

"想要什么，爽快点，直说吧。"他道。

"督军就这么想给我钱吗？"曲嫣浅浅一笑，"我看起来很穷？"

"你不想要钱，难道真的想要人？"莫北霆挑眉瞥她一眼。

他没忘记她之前说，要他的一夜。

"当然是真的。"曲嫣一脸认真地说，"能和督军共度一夜，是湖城多少女子的梦想。我很好奇，督军身上到底有什么样的魅力。"

"那就给你一夜。"

"啊？"

曲嫣吃了一惊，十分意外，没想到他竟然真的答应了。她都还没正经撩他，他就看上了她？

不不，绝对不是这样。这个男人的心思深沉得很，恐怕别有用心。

"怎么，不敢要了？"莫北霆嘴角扬起嘲讽的弧度，"没这胆子，装什么对我有意？"

"你在激我啊……"曲嫣轻哼，"督军怕是不知道，我这个人就是叛逆。

你越说我不敢，我偏要敢给你看。”

莫北霆挑起好看的剑眉，好整以暇地等她下文。

“那就这么说定了，督军欠我一夜。等我伤养好了，我就来找督军兑现承诺。”曲嫣似是赌气地说道。

莫北霆不置可否，语气闲淡地道：“你能说这么多话，应该伤得不重。歇着吧。”

他没有多留，转身离去。

等莫北霆和他的下属都离开了，曲嫣就悄悄溜出了医院，回到淮路的小洋楼。

她在家里养伤了一段时间，顺便继续把皮肤养白。

她的身体偏瘦，趁着养伤的机会吃吃喝喝，长些肉。

一个多月后，她的伤口结痂，没有大碍。

镜子里，她的容貌也有了些微变化——肤色白了不少，双眸更加明亮清澈，原本瘦削的脸颊饱满了一些，清丽娇俏。

曲嫣目前仍不打算以真容示人，她依然乔装成歌女的模样，出门逛街。

本来她只是想到百货公司买衣服和护肤品，没想到这么巧，竟然遇见了莫青黛和纪寒烟。

“啊，是你……”

莫青黛率先看到了她，先是一喜，随即又想起纪寒烟在身边，话语便顿了一下。

“莫三小姐。”曲嫣落落大方地打招呼，瞧了一眼旁边的纪寒烟，“这么巧，又见到纪小姐了。”

纪寒烟的脸色不太好看，冷淡不语。

莫青黛感觉气氛有些尴尬，一时无措，但她实在好奇，那夜她的救命恩人为什么消失在医院了。她转头小声对纪寒烟说：“寒烟姐姐，我有话和她说，去去就来，你先挑衣服。”

纪寒烟冷冷地点了点头。

莫青黛上前拉住曲嫣的手，往外面的走廊走去：“我们到那边说。”

到了安静的地方，她才开口问：“你那夜为什么离开医院？我第二天才知道，你偷偷跑了。为什么呀？”

曲嫣随口回道：“伤得不重，没必要住院。”

莫青黛不可思议地说："是枪伤啊，这还不严重？"

曲嫣弯唇一笑："你是在关心我吗？"

莫青黛噎了噎，不吭声，半晌才又问："你叫什么名字？我上次都没来得及问你的姓名。"

曲嫣想了想，回答道："我叫嫣嫣。"

莫青黛愣住："你也叫烟烟？"

居然和寒烟姐姐的小名一样。那她要怎么称呼才好？

曲嫣但笑不语。

确实挺巧的，她和纪寒烟的名字有一个字读音相同。如果唤得亲昵点，就一模一样。

"你这些日子在哪里养伤？"莫青黛抛开名字的难题，发自真心地问，"我听我哥说，一直查不到你的下落，你还好吧？"

"挺好的。"曲嫣指了指前面那家服装店，"我伤愈了，在家里闷得慌，所以出来走走，买新衣服。"

"买衣服吗？我帮你挑！"莫青黛开心起来，"这是我的强项，我在英国学的就是服装设计。"

莫青黛性子天真，一高兴就忘记了纪寒烟也在那家服装店里。

两人走进店里，曲嫣看中一件小洋装，剪裁很洋气，设计感十足，一看就知道是舶来品。

"小姐真是好眼光。"售货员笑眯眯地介绍道，"这件洋装刚从法国运过来，仅此一件，别家可是没有的。"

"就它了，替我包起来。"曲嫣十分爽快。

她别的东西没有，就钱多。

空间里堆积着一箱箱的金元宝，在这个乱世，黄金最值钱，随便一典当，就是大把大把的现金。

她都不禁好奇自己上个任务是什么身份，竟然拥有那么多的金银财宝，还有一顶镶嵌着夜明珠的凤冠，估摸着不是公主就是皇后。

"等等。"突然有一只手拦住了售货员，"这件洋装是我先看上的，你怎么能卖给别人？"

纪寒烟一脸不悦。

她刚才就在店里，已经选好了这件洋装。她最讨厌和别人撞衫，就是看中它的独一无二，整个湖城不会有别的女子穿。

“对不起……”售货员唯唯诺诺地说，“您还没有付款，我以为您不打算要了。”

“你这是看不起我，觉得我付不起钱吗？”纪寒烟恼怒道。

今日撞见这个歌女，已经让她心情够不愉快的了。

这个售货员竟还不认得她，敢跟她顶嘴。

在湖城，谁不知道她是督军莫北霆罩着的人，走到哪里不是被恭恭敬敬地迎接。更何况，就凭她纪家的财力，也足以买下这家百货公司！

“对不起，对不起，我绝对不是这个意思！”女售货员是新上岗的，确实不认得纪寒烟，但也看得出她非富即贵，不敢得罪，弯腰鞠躬，“要不您和那位客人商量商量？”

纪寒烟不屑和一个售货员争吵，回头看曲嫣，语气优雅，却绵里藏针：“现在的世道这般好了吗？歌舞厅很赚钱？”

她似随意地翻了一下洋装的标签，上面标着极为高昂的价格，普通人家一年不吃不喝都买不起。

“赚不赚钱倒不重要。”曲嫣笑吟吟地道，“但比起纪小姐伸手向家里要钱，那我还算是自给自足。你们新知识女性不是在倡导，女性要独立吗？”

纪寒烟面色微红。

她在湖城办学校，用的确实是家里的钱。如今战火连天，办学校并不挣钱，她只是为了名声。

没想到这个歌女如此能言善辩，牙尖嘴利！

“脏钱，怎能算独立！”她含怒说出了一句话。

“脏钱？”曲嫣挑眉，“听说纪小姐留过洋，学识丰富，眼界开阔，更是屡屡为女性发声。却没想到，纪小姐的思想其实还停留在封建时代，瞧不起靠自己挣钱的女性。”

她这是在指责她说一套做一套。

纪寒烟听得明明白白，脸色更加难看。

莫青黛在旁边听得稀里糊涂，只觉得两人要吵起来了，忙打圆场道：“不就是一件洋装吗，干脆都别选这件了。我们再去别家看看。”

“不，我今天非买它不可！”纪寒烟指着那件小洋装。

她长这么大，还没受过这种窝囊气！她今天非要把面子挣回来不可！

“我出三倍价格！”纪寒烟傲然道。

“我多加一块大洋。”曲嫣漫不经心地道。

“我出四倍！”纪寒烟怒道。

“我同样再多加一块大洋。”曲嫣面带微笑，不疾不徐地伸出一个手指。

不管纪寒烟出多少倍，她就加一块钱。

“你何必打肿脸充胖子，你拿得出这么多钱吗？”纪寒烟到最后已经气红了脸。

她到底顾忌着自己的身份，没有撕破脸皮大吼大骂，却憋得更加难受。

“你管我呢？反正我又不是跟你买衣服。”曲嫣懒懒地斜她一眼，转头对售货员道，“你把衣服包好，我要是给不起钱，就叫警察来抓我。”

“不行！衣服是我的！”纪寒烟一把抓住售货员的手，不让她动。

莫青黛在旁边急得不行，直叫唤：“你们别这样好不好？不就是一件洋装吗？两位烟烟姐姐，算我求你们了，别争了……”

纪寒烟听到“两位烟烟姐姐”，顿时眼神一厉，瞪着曲嫣，道：“你也叫烟烟？”

曲嫣懒得理她。

纪寒烟冷笑一声：“用我的名字，去讨北霆哥的欢心？不愧是风月场所打滚的女子，有手段。”

“纪小姐，会不会对自己过于自信了？”曲嫣简直想笑。

这逻辑，绝了。

“你既然知道我在北霆哥心中的分量，就该好好掂量一下自己今日的行为。”纪寒烟心中的不快渐渐平息，感到一丝得意。

不过是个卑微低贱的歌女，连名字都要偷她的来用。她与这样的人抢一件衣服，反而失了格调。

曲嫣见她扬起下巴，清高傲然的样子，不禁摇了摇头：“你对自己在莫北霆心中的地位，恐怕有什么误解。”

纪寒烟自然听不进去，用施舍的语气道：“衣服让给你了。有些人穿上龙袍也不像太子。”

曲嫣正想开口，忽听莫青黛惊喜地喊了一声：“哥！你总算回来了！”

莫青黛看见莫北霆走过来，简直就像看到了救星。天知道她有多难，眼看着两个“烟烟姐姐”越吵越激烈，她都不知道该帮谁。

一个是她从小就认识的世家姐姐，另一个是救过她的恩人，她能怎么办？

“哥，你快过来！”莫青黛上前，拉住她哥，小声说道，“寒烟姐姐和那个烟烟在抢一件衣服。”

她叽里咕噜地把事情说了一遍。

莫北霆听完，挑了挑眉，捕捉到重点：“她叫烟烟？”

这个“她”，自然是指曲嫣。

莫青黛肯定地点头：“是的，她亲口说的。”然后她又自言自语地加了一句，“这个名字，可能是她在歌舞厅上班用的艺名。”

莫北霆摸摸妹妹的头，没有发表什么意见，对身边同行的一个洋人朋友说道：“请稍等。”

他今天来百货公司，有正事要与洋人谈，出门时刚好见莫青黛闹着要出来逛，就带着她一起。而莫青黛又叫上了纪寒烟，没想到竟又遇到那个神秘女子。

莫北霆身旁的洋人西装革履，很有风度地笑了笑，用发音生涩的中文回道：“好的。”

莫北霆走向曲嫣和纪寒烟。

纪寒烟立刻迎上去，抢先开口道：“北霆哥，我刚才和别人看中了同一件衣服。不过，我现在不喜欢了，我们走吧。”

她要去挽莫北霆的手臂，但没有挽到。

莫北霆略过她，走向曲嫣。他一把抓住曲嫣的手腕，低声道：“你跟我过来，我有话要与你说。”

纪寒烟伸出去的手，尴尬地停在半空中，脸色僵硬。

曲嫣任由莫北霆拉着，跟他走。她一边走一边回头看了纪寒烟一眼，张唇无声道：“你对自己在莫北霆心中的地位，恐怕有所误解。”

这话，她刚刚才说过一遍。

此时虽是无声，但纪寒烟看得清清楚楚。她在讽刺她，赤裸裸的嘲讽！

这个低贱的歌女，她竟敢如此！

“北霆哥！”纪寒烟终究没能忍住，冲上前去，拽住莫北霆的另一只手臂，“你和她到底是什么关系？”

上一次在兰园公馆，北霆哥已经跟这个歌女走了一次，留下她独自面对一众宾客，颜面尽失。她无法忍受再次发生这样的情况！

“松开。”莫北霆低眸看着她抓住他衣袖的手，语气微冷。

纪寒烟不肯松手，眼眶泛红：“北霆哥，上次在兰园……”

她实在是太委屈了！

今天又是在大庭广众之下，抛下她，跟别的女人走了！

莫北霆皱眉：“有什么话，等我有空再说。”

他派人调查这个神秘歌女已经一个多月，却什么都没有查到，仿佛这个世界上并没有这么一个人存在。

今日既然遇见了，他自然不能轻易让她溜走。

纪寒烟却不知道他的心思，眼泪在眼眶里打转，委屈地道：“北霆哥，她刚才与我抢衣服，我都愿意让给她了。但她骂我思想封建，态度咄咄逼人。你不信可以问青黛……”

莫青黛忽然被叫到，愣了愣，为难地道：“哥，她们就是看上了同一件洋装……”她指了指店里最显眼处的那件衣服，“哥，要不你买下这件衣服，送给寒烟姐姐。”

然后哥哥再跟那位歌女姐姐走，这样的话，寒烟姐姐也许能好过些。

莫青黛心里是这么想的——哥哥和歌女姐姐有“那种”关系，寒烟姐姐肯定会伤心的，只能用衣服补偿一下受伤的心灵。

她希望能一碗水端平，但没想到纪寒烟不领她的好意，插话道：“衣服我不要了，我不穿被一个歌女看上的衣服。”

纪寒烟这是气急了，语气不太好，失了该有的仪态。

莫北霆闻言皱起眉头，英俊的脸上掠过一丝不悦，冷声道：“既然你不要，那就送给别人。”他扬手，叫来售货员，“把衣服包起来，送到督军府。”

他吩咐完，转头对曲嫣道：“等你把身份和地址老实交代出来，我就让人送到你家里。”

曲嫣不禁轻笑出声：“督军这是在贿赂我啊。”

纪寒烟的脸色彻底白了，心底猛然升起从未有过的危机感。自从姐姐出事后，再也没有女人有资格跟她争。但如今，似乎有了。

气氛正古怪地凝滞着，与莫北霆同行的那位洋人走了过来，望着曲嫣，情不自禁地道：“这位小姐，穿旗袍真漂亮。”

洋人不擅长中文，说的是母语。

曲嫣诧异地回头。

咦？是意大利语？

“谢谢你的夸奖。”她本能地回答。

洋人“啊”的一声，惊喜道：“小姐，你竟然会说意大利语？”

曲嫣自己也有点意外。

看来她有不少技能，自己都还未察觉。她微微一笑，不卑不亢地说：“意大利语是一种很美的语言，我很喜欢。”

洋人欣喜若狂，大步上前，想要与她握手：“太好了！我今天的运气真是太好了，竟然让我遇到了一位会说意大利语的美丽姑娘！”他热情地自我介绍，“我叫马可，不知我是否有荣幸知道美丽姑娘的名字？”

曲嫣没能与他握手，因为她被莫北霆拉着，往后退了一步。她只好笑道：“当然，可惜我没有意大利名字，你可以叫我嫣嫣。”

最后两个字，她是用中文说的。

洋人努力地学她的音，唤道：“Yan-yan……”

曲嫣点头赞道：“马可先生的学习能力真强。”

两人相谈甚欢，洋人对她的赞赏之情溢于言表，简直想跟她拥抱。

莫青黛在后面看得目瞪口呆，凑上来，在曲嫣身后小声道：“你怎么这么厉害啊？你们说的是哪个国家的话？”

如果是英语，倒不算什么，她会，寒烟姐姐也会。但刚才他们说的话，她一句都听不懂。

“是意大利语。”曲嫣回头，回答道。

“好厉害哦……”莫青黛羡慕得不行。

她的语言天赋不好，留学时学英语总是磕磕巴巴，十分辛苦。

刚才听曲嫣那一口流利优雅的外语，不用想也知道人家天赋特别好。

旁边的纪寒烟轻嗤一声：“她这种职业的人，平日接触的客人多了，会几句外语有什么稀奇。”

曲嫣最烦别人用这种阴阳怪气的语调对她说话，不客气地回击道：“那你说几句来听听？”

纪寒烟一噎。她根本就听不懂意大利语，怎么说？但她不甘心被一个歌女比下去。纪寒烟端起姿态，扬起一个笑容，上前用英语对那个洋人打招呼：“嗨，你好。”

然而洋人不仅中文不好，英语也不太好，勉强打个招呼，就不跟她说话了。纪寒烟脸上挂不住，眼眶又红了红。

洋人显然对曲嫣很感兴趣，热情洋溢地道：“Yan 小姐，我想聘请你做我的翻译，不知道你是否有兴趣？至于报酬，我们好商量。”

曲嫣还没回答，莫北霆就先开了口：“马可，你不是赶着开会吗？”

他这话是在赶人了。

洋人倒是识趣，哈哈大笑：“督军，你是吃醋了吗？你和这位美丽的姑娘一定有非同寻常的关系。”

莫北霆扬了扬唇，没有承认，也没有否认。

“懂了，懂了，那我就不打扰了。”洋人挥挥手，就先走了。

临走前，他还很遗憾地对曲嫣眨了一下眼睛。

莫北霆不动声色地挡了一下，对曲嫣道：“马可在湖城有三个情人。”

曲嫣诧异挑眉：“督军这是什么意思？”

莫北霆神色淡淡，看不出什么情绪：“字面上的意思。”

曲嫣却笑了：“督军该不会以为我见着男人就想勾引吧？我的标准很高，只有像你这样的男人，我才有兴趣撩一撩。”

莫北霆没有接话，携着她往外走。

两人走到走廊的无人角落，他单手按在墙壁上，有意将她困住。

“一次次出现又消失，欲擒故纵玩得很过瘾，嗯？”他倾身，盯着她的眼睛，带着一股压迫性的气势。

“是还挺过瘾的。”曲嫣弯眉一笑，“督军开始对我好奇了，不是吗？”

“这就是你的目的？”

“是。”曲嫣毫不掩饰地承认，“我的目的就是你。”

“这句话，有很多种含义。”莫北霆颇为玩味地道，“你做这么多事，目标自然是我。目的背后，真正的意图是什么？”

“你怎么就是不愿意相信呢？”曲嫣伸手，轻轻环住他的腰，指尖在他皮带上摩挲，“我的目的很单纯，既不是要当间谍，更不是要窃取什么情报，只想要你而已。”

“连真名都不敢说，这就是你想要我的诚意？”莫北霆没有推开她，带着一种意味深长的试探，“上次你说要我的一夜，择日不如撞日，就今天如何？”

曲嫣一点不怕，笑得甜丝丝的：“好啊，就今天，督军可别反悔。”

莫北霆扬了扬薄唇：“去你家还是我府邸？”

曲嫣接着他的话回道：“我对督军府好奇已久。”

莫北霆顺势搂住她的腰：“现在就带你去。”

曲嫣心知一定不会这么简单，但她还是笑盈盈地点头答应：“好呀。”

两人姿态亲昵，各怀心思，并肩走向百货公司楼下。

才刚走下楼梯，纪寒烟和莫青黛就追了上来。

纪寒烟来追莫北霆，而莫青黛则是为了阻止纪寒烟，以免三角关系再次爆发。

“寒烟姐姐，你等等我！”莫青黛努力拉住纪寒烟，“我们去喝咖啡吧？我听说楼下新开了一家咖啡店，里面装修得很时髦！”

纪寒烟甩开莫青黛，追上莫北霆，嗓音里带着又气又委屈的哭腔：“北霆哥！你不是答应和我一起用餐的吗？你要去哪里？”

曲嫣见她纠缠不休，有些不耐烦，开口道：“督军要带我去督军府，纪小姐也想去吗？”

纪寒烟并不看她，对着莫北霆，咬唇道：“北霆哥，你要回督军府吗？我很久没去你府上做客了，可以跟你一起回去吗？”

莫北霆却拒绝了：“下次吧。”

纪寒烟脸色微微一白，她的直觉果然没有错。北霆哥被这个歌女迷惑住了……

不行，她绝对不能任其发展下去！

“北霆哥，我姐姐回国了。”纪寒烟使出了撒手锏。

莫北霆顿时神色一变，追问道：“她什么时候被送回来的？纪家竟然没有通知我！”

纪寒烟忧伤地叹了口气“这是爸爸的意思，他不想让你一直有负担。”

莫北霆沉声道：“你姐姐现在在哪个医院？情况如何？”

“姐姐还是老样子，美国的史密斯医生跟着回来了。他说姐姐再这样下去，恐怕就没救了。”纪寒烟似乎难过得快哭出来。

莫北霆沉眸片刻，对身边的曲嫣道：“我让副官带你去督军府，等我处理完事情，晚上回来再与你兑现承诺。”

“督军这是要去医院看纪小姐的姐姐吗？”曲嫣在旁听着，心里已经明白了怎么回事。

纪寒烟的姐姐，名叫纪暖暖。

纪暖暖是个真正的大家闺秀，心性纯良，温柔婉约。当年在英国留学时，她被莫北霆的仇家绑架。

当时纪暖暖誓死不屈服，不幸遭受了那些人的轮流侮辱。

莫北霆赶来救她时，她衣不蔽体，精神崩溃，当着莫北霆的面从三层楼高的地方跳了下去。

虽然没摔死，却摔坏了脑子。

这些年，在莫北霆的安排下，纪暖暖一直在美国医院接受治疗，却始终痴痴傻傻，不见好转。

莫北霆重情重义，对她怀着深深的愧疚，提供了最好的医疗支持，同时也格外照顾纪暖暖的妹妹，也就是纪寒烟。否则以纪寒烟自己的能力，怎么可能在湖城立足，创办女子学校。

“说出来督军可能不信，我医术不错。”曲嫣心思一转，决定再做一次“好人”。

既然莫北霆不好女色，重情义，那她就要让他欠下许许多多的恩情，让他一辈子都还不清。

“哦？”莫北霆并未全信，“你学过医？”

“嗯，学过，专攻脑科。”曲嫣信口说道。

她忍痛花点积分好了，系统商城里有良药。

“脑科？”莫北霆虽然觉得过于巧合，但她人已在他眼皮子底下，很难再逃掉，姑且试一试无妨，“那行，你随我一起去一趟医院。”

“北霆哥！你真的相信她的话？！”纪寒烟震惊地尖锐叫道。

曲嫣斜睨她一眼：“试试又何妨？难道你不希望你姐姐能好起来？心思可真毒啊。”

纪寒烟气红了脖子：“你胡说！你根本就是个骗子！我绝对不相信你懂医术。你要是能治得好我姐姐，我跪下给你磕头都行！”

“哦……”曲嫣拉长尾音，扬唇道，“那你等着磕头吧。”

有些人就是爱撂这种狠话，自己找虐。

第二章

拆穿她的伪装

曲嫣和莫北霆、莫青黛、纪寒烟一起去了玛利亚医院。

纪暖暖并没有待在病房里，而是被护士陪着在医院内的大草坪散步。

曲嫣远远看着，在心中默默唤出了系统助手小七："我看资料，纪暖暖这一生都没有清醒，因为她无法面对曾经被人轮番凌辱的那段过去。我要唤醒她，但同时要替她抹去那段悲惨记忆，有没有办法做到？"

小七骄傲地回答："宿主请放心，抹去记忆的技术，我们已经达到了炉火纯青的程度。"

毕竟每次任务结束，都要替宿主清除一次记忆。

熟练工了。

"她痴傻，是因为灵魂不愿意清醒对吧？"曲嫣再次问道，"我想和她的灵魂进行一次沟通。我要在尊重她灵魂真正意愿的情况下，让她醒过来。"

"宿主可以在系统商城购买'通灵镜'，使用它与对方的灵魂沟通。"小七兴致勃勃地推销，"只要 1 万积分，买不了吃亏，买不了上当！"

"买。"曲嫣毫不犹豫地道。

"叮！恭喜宿主，成功购买'通灵镜'！已放入宿主的空间里。宿主的总积分实时更新，目前是 1189 万积分。"

"好，知道了。"

曲嫣用精神力探入空间，手中忽然多了一面小巧的镜子，她不动声色地放入自己的手提包里。

“督军，那位就是纪大小姐吗？”曲嫣走向草坪那边，若无其事地问身边的莫北霆。

“对。”莫北霆在来医院的路上大致讲述了纪暖暖的情况。他没有提及那件惨事，只说纪暖暖精神受创，跳楼受伤，头部撞到地面的石头。

“督军，你能否信任我，让我单独和纪大小姐谈几分钟？”曲嫣诚挚地说，“看在我曾帮过你两次的分上，能够再给我一次救人的机会吗？”

莫北霆眯起黑眸，凝视着她的眼睛。

她的眸子清澈明亮，犹如此刻碧蓝的天空，不沾半点阴霾。

“去吧。”他不动声色地收回锐利的目光，低沉地应允。

曲嫣嘴角轻轻上扬，浅笑道：“感谢督军的信任，或许我能给你带来惊喜。”

莫北霆淡淡地点头，不置可否。

他带她来，只是尝试一下，更重要的是能探探她的底细，并不指望她有超凡的医术。

曲嫣走向草坪中央。

一名身穿医院病服的女子正仰头望天。她长相娴静，白皙的鹅蛋脸上挂着憨厚的笑容，似乎心情很好。但曲嫣注意到，纪暖暖的眼角三角区，有一层奇异的淡灰色。

这是精神病患者的特征，常人难以察觉。

“暖暖。”曲嫣压低声音，以温柔而熟悉的口吻打招呼，“你今天过得怎么样？”

“呵呵呵呵……呵呵呵呵……”纪暖暖对她傻笑。

曲嫣示意护士先走开，她牵住纪暖暖的手，在草坪上原地坐下。

“你头发乱了，我帮你梳梳，好吗？”曲嫣摸了摸纪暖暖披散的长发，一边拿出手提包里的精致小手镜，“你拿着镜子，自己照照看。”

纪暖暖嘴角带着呆呆的傻笑，接过镜子，看着镜中的自己：“呵呵呵呵……啊啊啊，我我我我……”

她说话不流畅，只会发出单音节，一味沉浸在自己奇特的世界里。

曲嫣凝视着她，实际上暗中集中精神力进入一片缥缈的空间。

在这个缥缈的境地，她见到了纪暖暖的灵魂。

“呜呜呜！”

纪暖暖蹲在角落里哭泣，全身捆绑着带刺的荆棘。这象征着她自己困住了自己，用荆棘的尖刺自我惩罚。

“暖暖，你疼吗？”曲嫣轻轻走近。

纪暖暖抬头，见到她，哭得更加厉害：“你为什么要这么残忍，为什么要企图唤醒我？”

曲嫣蹲下来，摸了摸她的头，语声轻柔而温暖：“你别怕，我是来救你的，绝对不会勉强你。其实你把自己困住，不去面对现实，很痛苦的，对不对？”

纪暖暖悲伤地哭着，像个天真的孩子：“我也想去面对，想回去见我爸妈，见我妹妹，见北霆哥，可是我没有办法。我只要一想到那段经历……我就……”

她充满痛苦地把脸埋进荆棘中，血珠子一滴滴流下来。

曲嫣虽然知道这只是幻象，并非真实肉体受伤，但仍然感到一丝震撼。

这些年，纪暖暖都在用这种方式自我惩罚。

“那段经历，并非你的过错。”曲嫣轻轻叹息，柔声说，“你不应该为他人的错误、他人的罪恶承担责任。那不是你的责任。你要明白，你是干净美好的。你的灵魂正散发出纯白色的光芒，我看到了，非常纯净。”

“我还干净吗？”纪暖暖哽咽着问。

“当然，你怎么会因他人的污秽而觉得自己不纯洁呢？只要你的内心善良纯净，你就永远纯洁。”曲嫣语气坚定，“你灵魂散发出的纯白色光晕，就是最好的证明。”

纪暖暖慢慢抬起头，看着环绕自己的光芒，喃喃自语：“原来这颜色，是我纯洁的证明……”

“是的。”曲嫣伸出手，去解开她身上的荆棘，“暖暖，你不要再自我惩罚了。你的父母那么爱你，如果看到这一幕，他们会多么伤心？他们的心会碎的。”

荆棘上布满尖锐的刺，曲嫣一拉，那些刺就刺入了她的手掌。

她痛得哼了一声，却并没有放弃，继续用力扯开缠住纪暖暖的荆棘。

“你的手在流血……”纪暖暖呆呆地看着她，“你为何要来帮我？我不认识你啊……”

“因为你值得，只是你自己还没意识到而已。”曲嫣抬起眼眸，对她露出灿烂的笑容。

如果是她妹妹纪寒烟，那她或许就不会救了。

曲嫣耐心地解开一根又一根带刺的荆棘，手上扎满了血。

虽是幻境，但痛感是真实的。

纪暖暖看着她一直皱眉忍痛，善良地劝阻说：“你别再帮我了，你会痛死的……”

曲嫣并未放弃，慢慢地拉扯着，一边说：“我不帮你，你这辈子就毁了。你来到人间，不是为了当一辈子的傻瓜，对吧？”

“嗯。”纪暖暖的声音低沉下来，难掩悲伤，“但我太痛苦了，那些恶魔在我的记忆中一次次出现，我一次次地想起……”

“我可以帮你抹去那段不幸经历的记忆。”曲嫣双手流着血，终于解开了所有的荆棘。

纪暖暖的灵魂得到了自由，她站起身来，周身的纯白色光晕更加闪耀明亮。她舒展了一下身体，点头道：“如果可以，我真的想要忘记那段记忆。要是你能帮我抹去的话，我会永远感激你的。”

她想要“回去”。

可是她无法带着那些惨痛羞耻的回忆，不愿一次次陷入黑暗痛苦之中，不愿因为情绪崩溃而伤害自己，同时也伤害了自己身边最亲最爱的人。

“好。”曲嫣没有废话，闭目默默地说，“小七，启动清除记忆的程序。”

“叮——”熟悉的提示音响起，“已完成选择性的记忆清除！”

曲嫣睁开眼，眼前已是一片茵茵草地。

她的意识回到了现实中。

她眼前，纪暖暖仍保持着拿镜子的姿势，傻愣愣地，但纪暖暖的眼中逐渐升起了一丝生机。

曲嫣微微一笑，这代表着她正在慢慢醒来。

或许不是立刻，但用不了多久，就会彻底康复。

“暖暖，再见。”曲嫣再一次伸手摸了摸她的头，站起身，准备离开。

“啊，你别走……”纪暖暖忽然抓住了她的手。

“咦？”曲嫣诧异地回过头，“怎么了？”

“你别走……”纪暖暖只是反复说这一句话。

她的神志还没完全清醒，但本能地想留住曲嫣。

她们两人一个拉扯，一个准备走，动作似乎纠缠起来了。

不远处虎视眈眈的纪寒烟立刻飞奔过来，怒喊道：“你干什么？你对我姐姐做了什么？”

莫北霆和莫青黛也赶了过来。

曲嫣没有理睬纪寒烟，弯下腰来，温柔地对纪暖暖问道：“你为什么拉着我？你可以说清楚话的，试着张口，一句一句慢慢说。”

“你别碰我姐姐！”纪寒烟愤怒地去推曲嫣。

孰料，纪暖暖突然站起，一把推开纪寒烟，把曲嫣护到身后，磕磕绊绊地道：“你、你，不准，欺负，她。”

“啊！”莫青黛惊叫起来，“暖暖姐姐，你能说话了？我的天哪！哥，你看见了吗？暖暖姐姐开口说话了！”她惊喜地转头看向莫北霆。

“嗯，我听见了。”莫北霆英俊的脸上虽无太大波澜，但眼底也掠过震惊之色。

这几年来，纪暖暖只会说一些“啊啊啊啊”“呵呵呵呵”之类的毫无意义的词，就连美国最顶尖的脑科医生都束手无策，对她的病情半点进展都没有。

今日这个“歌女”与纪暖暖第一次见面，只花了几分钟，竟然就有这样大的成效。

是巧合？还是她真的如此厉害？

“姐姐！你说什么？！”纪寒烟无比惊愕，瞪大眼睛，“你愿意开口说话了是吗？我是你妹妹啊，我是烟烟！”

她冲上去要扯开纪暖暖和曲嫣，但纪暖暖护着曲嫣一步步后退。

“你、你……不要，过来……”纪暖暖坚定地保护曲嫣。

她此时虽然只有三分清醒的状态，但直觉上感受到了纪寒烟对曲嫣的敌意。她不知道为什么，但她肯定自己要保护曲嫣。

“姐姐，我才是你亲妹妹啊！”纪寒烟一脸愕然又恼怒，指着曲嫣，道，“这个女人，跟你一点关系都没有，是陌生人！姐姐，你清醒点好吗？”

“你姐姐才刚清醒一点，你就这样对她大呼小叫，不怕吓到她？”曲嫣从纪暖暖身后走出一步，冷冷地盯着纪寒烟。

“你才不要吓着我姐姐！我姐姐只是把你认错成了我而已，你不是也叫烟烟吗？你刚才故意这么和我姐姐说的吧，她才会愿意开口说话。”纪寒烟反唇相讥。

“住口。”莫北霆迈着长腿，走近两步，冷声斥道，“你姐姐的情况才有所好转，是吵架的时候吗？”

纪寒烟眼眶一红，委屈地咬住嘴唇。

北霆哥不再护着她了……

都是因为这个可恶的歌女！

莫北霆没再理她，对曲嫣道：“你刚才和暖暖说了什么？为什么她愿意开口说话了？”

曲嫣冲他眨了一下眼，神秘兮兮地道：“这是我的独门秘技，恕不外传。纪大小姐不出一个月，就会完全康复。”

莫北霆没有追问，只道：“回病房吧，我让史密斯医生给暖暖做一次全面检查。”

“好。”曲嫣没有异议，反正纪暖暖会一天天好起来，只是遗忘了那一小段耻辱的记忆而已。

莫北霆吩咐护士带纪暖暖回病房，同时他仍旧握着曲嫣的手，防止她逃跑。

纪寒烟跟在后面，脸上一会儿青一会儿白，复杂极了。

姐姐看起来好像要清醒了，那怎么办？当年的事……不，不用慌，当年姐姐并不知情。但如果姐姐真的清醒了，她就要给那个歌女磕头！她宁可买凶杀了这个歌女，也不要给她磕头！

到了病房之后，史密斯医生安排纪暖暖去做检查。等了许久，做完一堆检查的纪暖暖被护士推回来，已经累得睡着了。

史密斯医生面带不可思议的惊喜，说：“这简直是医学奇迹！纪小姐她的脑电波开始变得活跃，接近正常人！”

史密斯医生说的是英文，但在场的每个人都听得懂。

曲嫣心中早已有数，并不意外。

以这个时代的医学技术，也只能做一些测脑电波之类的检查。

莫北霆看了曲嫣一眼，压低声音问：“你听得懂英语？”

曲嫣轻松地点头：“嗯。”

莫北霆的眼神越发深邃。

她不仅会说意大利语，还会说英语，更懂医术，能在短短几分钟之内治疗一个痴呆儿。她究竟是什么人？什么身份来历？

太令人好奇了。

他从未如这一刻般，对一个女人产生了这么大的兴趣。

莫北霆自己都没察觉，他握着曲嫣的手更紧了一点。

“太好了！暖暖姐姐要康复了！”莫青黛欣喜若狂，大声欢呼，“太神奇了！我要封烟烟姐为我的新偶像！”

纪寒烟一怔：“为什么要封我为偶像？”

莫青黛突然尴尬，摸了摸鼻子，不好意思地说：“我说的是这个烟烟姐姐……”

她指向曲嫣。

纪寒烟的脸部肌肉不由自主地抽动了一下。

莫青黛心大，没留意，兴高采烈地跑向曲嫣，拉着她的衣袖撒娇：“烟烟姐，你太厉害了！你不仅是我的救命恩人，还是纪家的恩人！我想知道你刚才在草坪上到底和暖暖姐姐说了什么，你能告诉我吗？”

曲嫣嘴角上扬，轻轻一笑：“为什么我是你的新偶像？你原来的偶像是谁？”

莫青黛理直气壮地说：“是我哥哥啊，但现在，我决定晋升你为我心中的第一偶像了。”

曲嫣觉得她很有趣，不禁调侃道：“那你哥哥会伤心的。”

“哥，你会吗？”莫青黛转向莫北霆，“你肯定和我一样，也觉得烟烟姐很厉害吧？她会那么多别人不会的东西，我好惊讶啊，你难道不好奇吗？”

莫北霆薄唇微扬，意味深长地说：“我当然好奇，想要知道所有的答案。”

莫青黛不解其深意，直率而欢快地说：“我之前还觉得你们俩身份差距太大，不相配，但现在我觉得你们太相配了，烟烟姐这么强！”

病房内，另一个真正的“烟烟姐”脸上又扭曲了一下，隐约显出一丝狰狞。

曲嫣瞥了纪寒烟一眼，开口纠正莫青黛：“我的名字不是‘烟火’的‘烟’，是‘语笑嫣然’的‘嫣’。”

莫青黛眼睛一亮：“啊，原来是这个嫣，真好听！”

她这绝对是带着粉丝滤镜了，之前的前未来嫂子“曲嫣”也是这个字，但她从未赞美过。

“嫣嫣姐，你姓什么？”莫青黛毫无心机地问，完全没有联想到之前的未来嫂子。

曲嫣没有立刻回答，转头看向莫北霆。

莫北霆正凝眸盯着她，似笑非笑："姓氏不能说？"

曲嫣轻哼，回道："说出来怕吓着你。"

莫北霆嘴角扬起的弧度愈深："那你试试看，我看看自己会不会被吓到。"

曲嫣清了清嗓子，一本正经地道："我姓莫。"

按照原主的心愿，希望莫北霆心甘情愿地娶她，那么暂时先冠一下夫姓，也没什么不对。

"这么巧呀？"莫青黛直接就信了，天真地道，"我们太有缘分了，同姓呢！"

曲嫣笑而不语。

她身边，莫北霆暗暗用力攥了一下她的手。

曲嫣挑眉看他一眼。

他似乎是在表达对她捉弄他妹妹的不满？

莫北霆并没有当场戳破她，状似漫不经心地道："莫嫣嫣小姐，你是哪里人？"

曲嫣挺起胸膛，一腔正气地回道："中国人。"

莫青黛哈哈大笑："嫣嫣姐，你可真有趣！"

莫北霆看了一眼自家的傻妹妹，不禁摇头。

青黛这丫头，人家说什么都信。

中国人没错，但姓氏绝对是假的。

"青黛，你留在这里帮忙看着暖暖。如果她睡醒了有什么状况，就让陈副官来通知我。"莫北霆交代道。

"哥，你要走了？"莫青黛的视线落在他和曲嫣相握的手上。

她之前的判断错了。她哥对嫣嫣姐并不是逢场作戏，应该是情根深种才对。看，从百货公司到医院，这么久了，她哥都舍不得松开嫣嫣姐的手，这不是爱是什么？

"哥，你和嫣嫣姐去约会吧，我会帮你守着的，放心。"莫青黛已经忘记了纪寒烟还在病房里，笑眯眯地欢送她哥和她的新偶像。

莫北霆拉着曲嫣的手往外走，侧头在她耳边低声道："今天你逃不了。"

曲嫣再一次来到了督军府。这次不再是以那个指腹为婚的乡下未婚妻身份。她佯装好奇，左顾右盼，打量着宏伟的府邸。

“我们去书房。”莫北霆领她上二楼。

“难道不是去卧室吗？”曲嫣明眸含笑，揶揄他，“督军今日的气场，像是要把我吃了。”

“那不正合你意？”莫北霆反问。

两人到了书房，曲嫣其实已经来过一次，熟门熟路地在书桌前的椅子上坐下。她懒洋洋地倚在椅背上，仰着脸看着既英俊又冷峻的男人，慢悠悠地说：“我猜督军不是请我来风花雪月，谈情说爱的。”

莫北霆走到书桌后，从抽屉里拿出一包香烟，抽出一支点燃。他斜靠在桌边，长腿随意地伸展，修长的手指间夹着烟，漫不经心地抽了几口，掐灭在烟缸里，才不紧不慢地说：“你很聪明。”

“然后呢？”曲嫣眨着晶莹的眸子，等待他接下去的话。

“聪明人就不该在我面前耍花招。”莫北霆微微俯身，居高临下地注视她，“我并不否认你帮过我，我也不吝啬给予报酬。但前提是你坦诚你的身份，否则，别怪我采取非常手段。”

“身份有那么重要吗？”曲嫣坐在椅子上，而他站着，两人有很大的身高差。她仰着脖子凝视他深邃的黑眸，轻声道，“督军这么喜欢用身份来判断一个人的品性？”

“不要跟我绕圈子。”莫北霆两指轻捏住她的下巴，抬高她的小脸。

她脸上的粉打得非常白，看得出是有意修饰，就像她掩饰自己的身份一样。

“其实我的身份也不是什么不能说的秘密。”曲嫣推开他的手，站起身来。

两人本就靠得近，她一站起来，就撞到了他的胸膛。

莫北霆伸手扶了一下她的腰，低眸看她：“那你告诉我，你真名叫什么？我不信你叫什么莫嫣嫣。”

“我叫……”曲嫣心想，我说出来你更不信。

她不露痕迹地伸手碰了一下书桌上的东西，笔架被碰倒，钢笔滚到地上。

“哎呀，抱歉，碰倒了你的东西。”她顺势岔开话题，弯身蹲下，去捡钢笔。

她今天穿着漂亮的紧身旗袍，一弯身，大腿处开衩的地方就露出了白嫩的肌肤。

曲嫣的底子本来就好，只是被黝黑的皮肤和厚重的粗布裙掩盖了美丽。最近她养肤颇有成效，又略显丰满了一些，身材玲珑有致，该细的细，该饱满的饱满。

莫北霆眯了眯黑眸，不动声色地看着她的举动。

她这是要开始色诱了吗？

曲嫣弯腰捡起钢笔，站直身子，瞧见莫北霆的眼神，便知他又往那方面想了。

“督军是不是在想，我打算色诱你？”她扬唇戏谑一笑，“既然督军这么期待，我不做的话，好像对不起你的怀疑。”

她纤细的手指把玩着钢笔，靠近他的胸膛，用笔尖轻轻划过他的下巴，顺着往下，喉结、胸口、腹部……

她停在他的腰带上，抬眸顽皮地笑道：“督军期待的，就是这些？还需要我做得更深入些吗？”

“是我需要，还是你想要？”莫北霆高大的身躯毫无动摇，仿佛她的撩拨只是一场闹剧，引不起任何波澜。

“那就让我来听听，到底是谁想要。”曲嫣扔开手里的钢笔，伸手抱住他健硕结实的腰，把脸颊贴在他胸口，听着他的心跳。

他的心跳声很稳，但是，他身上的肌肉在逐渐绷紧。

曲嫣轻笑：“原来督军也不是对女色毫无感觉的。”她贴着他的胸膛，缓慢而优雅地抬起头来，嘲笑他，“督军这么闷骚，湖城那些爱慕你的女人知道吗？”

她挑衅得肆无忌惮，娇艳的小脸有一种张扬的美。

这是她接近他以来，第一次表现出这种态度。

莫北霆几乎可以肯定，这才是她的本性。

“你说错了。”他缓缓扬起薄唇，似笑非笑地睨着她，“我这个人，从不闷骚。想要什么，我一向很直接。”他钳住她的腰，用手掌丈量着她细腰的尺寸，突然就低头轻咬住她的下唇，“对于猎物，我从不犹豫。”

他的吻来得突然，就像一场没有征兆的暴风雨。

曲嫣诧异极了，还没缓过神，就被他搂腰抱起，坐到书桌上。

他大手一扫，把桌面上的文件全都扫落地面，倾身压下她，继续吻下去。

“你身上很香。”他嗓音微哑，薄唇游移到她颈边。

“督军的情动让我很意外……”曲嫣伸手抵住他压迫下来的胸膛。她被他狠狠吻过的唇瓣红艳如樱桃，一双明眸潋滟晶莹，带着一丝水汽般地看着他，“我还以为督军会用酷刑逼我‘招供’，没想到竟然是用美男计。”

从进书房开始，他抽烟，她就已经留意到——烟味不对劲。

她看过资料，有一种逼供手段，叫作迷魂。利用特殊草药的气味，令人神志不清，不知不觉就进入了类似于被催眠的状态。然后，对方问什么，那人就会老实回答。

“夸你聪明，果然如此。”莫北霆在她柔嫩的颈边轻咬一口，抬起头，嗓音低哑地道，“不过，我必须告诉你，想吻你是真的。”

冲动确实来得很突然。

就在她贴着他胸口，侧耳倾听他心跳的那一刻，他突然想吻她。

没有理由可讲。

“是因为我身上很香，所以才想吻我的吗？”曲嫣被他压着，上半身还仰躺在书桌上。

她知道自己身上有一股奇特的玫瑰香，似乎是从她第一次执行任务起就有了。

小七说这是系统附赠的福利，但她渐渐觉得，好像不只是如此。

它更像是一种独属于她的印记。

“你该不会想告诉我，你身上的香味有毒？”莫北霆挑眉，“我对这种香免疫。”

他军队里的精英，全部接受过专门的训练，对于这些招数早已司空见惯。

“毒倒是没有，就怕你会对我上瘾。”曲嫣对他眨眨眼，笑容娇俏，“到时候你的美男计不但没成功，反而把自己赔进去，那怎么办？”

莫北霆凝视她，目光掠过她诱人的红唇。这张小嘴能说会道，还很甜。

他嘴角微扬，带着一丝难以捉摸的弧度，审视着她的小脸，缓缓问道：“就算我赔了自己进去，也得知道栽在了谁的手上。你到底叫什么名字？”

曲嫣眨着眼，沉默不语。

她对他的迷烟毫无感觉，是否应该让他知道这一点呢？

莫北霆的黑眸渐渐眯起，盯着她清澈而警醒的眼眸。看来，她还没被影响。

他半压着她的身体不放，伸手抽出一支香烟，点燃后吸了一口。

他没有吐出烟圈，突然低头，封住了她的唇。

“咳！咳咳……”曲嫣被烟呛到，咳嗽两声，他却并未松口，继续深深亲吻。

两人的唇间弥漫着相同的冷冽烟草味，呼吸交织在一起。

一种奇妙的亲密感在空气中扩散开来。

莫北霆的吻犹如疾风骤雨，霸道得不容她有一丝挣扎，捉住她乱动的手，举过她头顶，摁在桌面上。

“今天你不老实交代，我就吻到你说为止。”他用腿压制住她企图乱踢的双腿。

“你越逼我，我就越不想说。”曲嫣非常不配合，哼道，“你吻够了，我就看到最后是谁认输。”

“小嘴太倔。”莫北霆再次封住她的唇，“欠驯服。”

他食髓知味，呼吸间萦绕着她身上迷人的香气，猛烈地汲取她唇舌间的甜蜜。

他越吻越深，两人气息渐乱。

书房内的气氛渐渐变得暧昧而火热。

静谧间，突然“砰”的一声响起！

有人一脚踹开了书房的门。

“督军，督军……对不起，对不起！”用人慌忙道歉，扭头不敢看书房内的情景，“是二少爷，二少爷他硬要闯上来，拦不住……”

曲嫣这时还被莫北霆压在身下。

踹门的是个年轻男子，一见此状，勃然大怒，掏出枪来，厉声怒喝：“大哥！你放开她！”

曲嫣惊诧，转眸看去，那年轻男子身材高大修长，轮廓五官与莫北霆有七分相似，俊美出众。

这人好像是莫北霆的弟弟，莫南宸？

“大哥，你太过分了！我叫你马上放开她，否则——”男子怒红了脸，冲进来，枪口直指莫北霆。

莫北霆波澜不惊，极其淡定，一边帮身下的曲嫣扣好旗袍领子，一边冷冷地道：“拿枪指着自己的亲大哥，这就是你的家教？”

他扶着曲嫣坐起来，身形一挡，遮住她，才冷眸看向莫南宸。

“大哥！你把人放了！”莫南宸十分愤怒，持枪的手微颤，“你居然对她意图不轨，你这种行为和禽兽有什么区别？”

“你认识她？”莫北霆冷声反问。

“当然！”莫南宸无比肯定地道，“她是白牡丹！”

曲嫣在莫北霆身后低声嗤笑。

白牡丹？那不是她随手拿的画报上的女歌星吗？好像是某歌舞厅的红牌。

她就是照着画报上的样子易容乔装的，虽然不是十分像，但也有七八分。

难怪莫南宸会认错。

“她不是。”莫北霆的语气比莫南宸更肯定。

白牡丹早就被他逮捕了。那女人是敌方间谍，潜伏在歌舞厅，专门负责搜集情报。而他身后的这个女人，虽然有点像白牡丹，但他很确定，她不是。

“大哥，你这借口也太荒谬了！”莫南宸气急了，“你说抓就抓，我问你原因，你也不肯说。现在又对她动手动脚，你根本就是看上她了，对不对？”

莫北霆迈开长腿，走向他，夺过他手里的枪，冷冷的嗓音里带着一丝微怒：“够了，别再胡闹了。只是一个歌女，你要因为她闹到什么时候？”

莫南宸不服：“歌女怎么了？我就是喜欢听她唱歌。大哥，你的思想能不能纯洁点，我对白牡丹并没有什么肮脏的想法，我只是欣赏她的才华。你不能因为要阻止我和一个歌女交往，就随便把人抓了！”

莫北霆瞪他一眼，懒得再说了：“你出去。”

白牡丹哪里是什么歌女，她是女特工。也就只有他这个傻弟弟，才会相信。

“你把她交给我，我就出去。”莫南宸说着就往书桌那边冲去。

莫北霆伸手一拦，毫不客气地拧住他的胳膊：“放肆。”

莫南宸痛得脸色涨红，忍着没喊疼，对坐在书桌旁的曲嫣说：“你别怕，我一定会救你出去。”

曲嫣拂了拂散落下来的一缕发丝，开口道：“莫二少，你认错人了，我不是白牡丹。”

莫南宸闻言一愣。

“你说的那个白牡丹，是不是月宫歌舞厅的头牌女歌星？”曲嫣微微一笑，“我并不会唱歌，很抱歉，让你失望了。”

莫南宸怔怔地望着她。

这女孩的眼睛好漂亮，这样仔细一看，确实没那么像白牡丹。

“你是……”莫南宸顿时有点尴尬，俊脸微红，“你是我大哥的女朋友？”

“不是。”曲嫣摇头，“他是在对我‘逼供’。”

书房里还残留着刚才莫北霆抽的特殊烟草味。

她不会受影响，但不代表莫南宸也不会。

她留意着莫南宸的脸色，似乎越来越红了：“莫二少，你有没有觉得哪里不舒服？”

莫南宸还没从她那句“逼供”中回过神，下意识回答：“心里不舒服。”

曲嫣忍不住轻笑：“为什么会心里不舒服？”

莫南宸在特殊烟草味的影响下，诚实回答：“我见不得这么漂亮的姑娘被我大哥糟蹋。”

曲嫣不由得瞥了一眼旁边的莫北霆，嘴角弯起揶揄的笑。

听听，糟蹋。

你看你还是个人吗？

她虽没把内心的独白说出来，但莫北霆看懂了她的眼神。

他扬起薄唇，吐出四个字：“贼喊捉贼。”

明明是她撩拨在先。

曲嫣笑而不语，把目光重新转回莫南宸，正经道：“莫二少，你是不是有旧疾？我看你眉宇间有一层淡淡的青灰色，很像是中毒了。”

她这话并非信口雌黄。

根据系统资料显示，莫二少几年前被绑架，遭莫家的仇家喂毒。虽然后来他被救出来，毒也解了大半，没有伤及性命，但余毒一直残留在体内，导致他每到半夜就会浑身疼痛，严重的时候痛得满地打滚。

他已经深受折磨好几年了，无数名医都束手无策。

“对，我中毒了。”莫南宸现在的状态，有问必答，句句诚实。

“如果我说我能治好你，彻底清除你的余毒，你相信吗？”曲嫣问。

“不信。”莫南宸眼神微微涣散，吸入的烟草味越多，他就越进入被催眠的状态。

“那你愿意让我试试吗？”曲嫣又问。

“愿意。”莫南宸听话地回道。

“你不是不相信我能治好你吗？为什么还愿意？”

“因为你漂亮。”莫南宸回答得老老实实。

曲嫣忍俊不禁，“扑哧”一笑。

太好玩了，原来被催眠的人这么呆萌。

“不许逗他。”莫北霆松开莫南宸的胳膊，走到曲嫣身边，再一次挡住了她。

显然，她对催眠烟草没有任何反应。而且，她似乎还知道这种烟草的作用，故意在逗南宸。

“我不是在逗他。”曲嫣被他挡住视线，看不到莫南宸，不满地嘟起嘴，才道，“我能治疗纪暖暖，也能治好你弟弟。督军，难道你对我的医术还有怀疑吗？”

莫北霆微皱起眉头，眸光幽深，在她娇俏的小脸上缓缓掠过：“你到底是什么来历？”

她的能力，已经超乎他的想象。

先是短短几分钟之内能让一个痴傻多年的人开口说话，现在又自称可以为他弟弟解毒。

这两种症状，根本就不是同一个医学范畴。

“如果我说，我是天上来的仙女，你信不信？”曲嫣歪了歪脑袋，调皮地眨了下眼睛。

莫北霆轻嗤：“你不如说你是天使。”

曲嫣嘻嘻一笑：“那我就是天使好了，你可以叫我‘安琪拉’。”

她在这个世界到处帮人救人，和天使也差不多了。

“你要怎么样帮南宸祛除余毒？”莫北霆发现自己竟对她的医术产生了信任。

这很不理智。

但他的直觉告诉他，她可以。

“这不重要，重要的是——我帮了督军这么多忙，督军还得起吗？”

曲嫣明眸晶亮，笑意狡黠，“如果督军还不起，那我就要督军这个人了。”

莫北霆眉梢一挑，薄唇边扬起似笑非笑的弧度：“你对我有这么大的执念？”

曲嫣摇了摇头：“我说的，是指你的心脏。”

“那就要看你有没有本事来拿了。”莫北霆这次并没有再起疑，从她出现开始，似乎就执着于要他的心。至于得到他的心之后，她想获得什么，他暂时还没有摸索到答案。

“我会继续努力的。”曲嫣一脸认真地点点头，像个努力上进的好学生。

莫北霆被她可爱的样子逗笑，幽深的黑眸泛起一丝笑意。

这么有趣的女孩，如果是个间谍，那就太可惜了。

“哎？莫二少昏倒了……”曲嫣忽然听到“咚”的一声，好像是莫南宸倒在地上的响声。

莫北霆转过身，见弟弟果然倒在地上，倒没有什么意外。

南宸吸入特殊草药，加上他原本体内的毒素，晕倒是正常，并不影响他的身体。只不过……

莫北霆上前扛起莫南宸，走出书房。

曲嫣从桌上跳了下来，跟在他后面：“督军，你要带他回房？我需要一杯温水，你能让人给我送过来吗？”

莫北霆“嗯”了一声。

他把莫南宸送回房间，放到床上，然后去叫用人。

曲嫣趁着他来回走动的间隙，悄悄和系统助手小七说道：“我要买一颗解毒丹。”

解毒丹是系统商城里最普遍的东西了。

便宜又好用。

“好的，宿主，一颗解毒丹只需要1万积分。”

“买！”

“叮！恭喜宿主，购买成功。宿主的总积分实时更新，现在是1188万积分。”

曲嫣关闭系统，手心里已经悄然多出了一颗小小的药丸。

这时恰好用人端着一杯水过来，她便对用人道：“放在床头吧。”

用人照做。

莫北霆让用人出去，对曲嫣道："你要这杯水做什么？"

曲嫣这才摊开手心，说道："我这里有一颗能解百毒的药丸，你喂二少爷吃下去吧。"

她手掌心里，是一颗白色的药丸，小小的，很不起眼。

系统太吝啬了，连个药瓶都不给，小药丸还没蚊子大。

"你确定这是能解百毒的药？"莫北霆低眸扫了一眼白色小药丸，真是小得过分。

"你怕我毒死你弟弟吗？"曲嫣蹙了蹙眉，"那我先自己吃一颗，让你放心？"

她吃倒没什么，只是会白白浪费一万积分。

虽然少，却也是她的血汗钱啊！

"南宸若在你手底下出事了，你知道你会有什么下场吗？"莫北霆眸光犀利，盯着她的小脸。

"知道。生不如死，血肉模糊，对不对？"曲嫣毫不在乎，转身就到床边，把小药丸硬塞进莫南宸的嘴里。

莫南宸意识模糊，有东西进到嘴里，下意识咽了咽，直接就吞了下去。

曲嫣知道系统的东西起效很快，赶紧离开床边，避得远一点。

果然，不出一分钟，莫南宸就突然醒过来，直身坐起，伏到床沿开始吐。

他吐出的全是黑水，满是残留的毒素。

莫北霆站在旁边冷静地观望，他当然不认为她会毒杀他弟弟，而且这么小的药丸，即使是剧毒，药量应该不足以致命。

"呕……咳咳咳咳……"莫南宸吐着吐着，眼泪都飙出来了，好半天才停歇下来。

"床头有水，可以漱口。"曲嫣好心地提醒道。

莫南宸不假思索，伸手去拿水杯，漱了漱口。

他此时才觉得舒服了些，抬起头来，看了看他哥，又看了看曲嫣，疑惑道："我刚刚怎么了？"

曲嫣率先开口："我刚刚喂你吃下一颗解毒丸，你的余毒已经彻底清除了。"

莫南宸惊愕："怎么可能？"

他大哥帮他找了多少个名医，都没能缓解他每夜发作的痛苦，她一个年轻的漂亮小姑娘有什么本事？

“是否解毒了，你到今夜亲自感受一下，就知道了。”曲嫣胸有成竹。

系统商城从不出售劣质品。

她救人也不随便救，莫北霆这人虽然看似冷酷，但他对亲人十分重情。

莫家同父同母的，只有他们三人。

莫青黛娇纵天真，莫南宸心无城府，这都是因为莫北霆将他们保护得非常好，没让两个弟妹受到外界的任何摧残打击。

她已经救过莫青黛，这次再救了莫南宸，她就不信莫北霆还能对她凶。

“难道真的解除了？”莫南宸喃喃自语。

他长期以来压在心口的一股闷气，好像确实已经散去了。

夜里的痛苦折磨，真的不会再发生了吗？

如果是真的……

他忽然开口道：“这位可爱的小姐，如果你真的帮我解除了痛苦，我一定会报答你的。”

曲嫣不禁弯唇笑起来：“好啊。”

莫北霆瞥了一眼她笑靥如花的模样，捉住她的手，拉她往外走，一边对弟弟说：“我叫用人去请医生过来替你检查，你先歇着吧。”

“大哥，你可千万不要再对这位可爱的小姐逼供！”莫南宸大声喊道，“万一她真的成了我的恩人，我就跟你急！”

莫北霆根本就不理他，“嘭”的一声无情地关上了他的房门。

曲嫣今天连续治愈了两个病患，心情挺不错，惬意地哼着小曲。

“很高兴？”莫北霆和她走在二楼走廊上，到转角处停住脚步。

“是呀，治病救人的感觉真好。”曲嫣笑眯眯地说。

“你先是救了青黛，笼络她的心，再去治暖暖，然后又来帮我二弟。”莫北霆话语一顿，眯起黑眸，“你把我身边的人一个个都收买了，有何居心？”

“督军不跟我说谢谢也就罢了，还质问我。”曲嫣鼓了鼓腮帮子，哼道，“你是不是在生气我没‘收买’你？”

莫北霆伸手轻捏住她的下巴，抬高她的脸，直视着她晶莹如宝石的眼睛：“你应该直接‘收买’我。”

曲嫣微仰着头，看着他高深莫测的英俊面容，软糯道：“我知道你对我的身份有很多疑惑，不如这样，我与你做个约定。”

“什么约定？”

“我给你一个月的时间，让你查我的身份。如果你查出来了，就算你赢。如果查不出来，你输了就要……”她稍稍停顿了一下，俏皮地笑道，“你就要做我的男朋友，和我谈恋爱。”

莫北霆挑眉：“你这是在借机逃跑？”

“才不是。我从督军府走出去，你手下的人肯定会跟踪我，我没猜错吧？我这次又跑不掉，你只管让人跟着好了。”曲嫣轻轻踮起脚，在他唇上亲了一口，“我未来的男朋友，你欠我的那一夜，我先留着，等到名正言顺的时候再来索取。”

她素手一挥，推开他的束缚，旋身跑向楼梯，回眸对他嫣然一笑：“不许不让我走哦，要不然我会以为你迷恋上我了。”

她身姿轻盈，像一只翩翩起舞的蝴蝶，跑着下了楼梯。

莫北霆深邃的眸子微眯。

如果这是欲擒故纵，不得不说，她拿捏得非常好。他的好奇心和胜负欲，被她深深地勾起。

曲嫣开开心心地离开督军府，没管后面有没有人跟踪，叫了一辆车回淮路的小洋楼。

天色已晚，她走到门前下车，拿钥匙开锁进门。

她虽然请了一位大婶帮忙打扫，但没让大婶住在这里，所以整栋三层小洋楼只有她一个人住，十分安静。

但今日安静得有些诡异。

曲嫣走过一楼客厅，不动声色地放慢了脚步。

地板上有脚印。

有人偷偷潜入了她的屋子。

这么匆忙地留下脚印，明显是来不及抹去，那么只可能是跟踪她回来的，趁着她下车给钱的那会儿先潜了进来。

莫北霆的人不会这么拙劣。

看来是另外看她不顺眼的“仇家”。

曲嫣心中已经有了七八分的笃定，那个人的名字并不算难猜。

曲嫣没有开灯，走到楼梯边时，突然有人从暗影里蹿出来，一把勒住她：“不许动！”

曲嫣轻眯起眸子，语气闲淡：“阁下是要劫财，还是要劫色？”

那人从背后劫持着她，手里拿着一把刀，横在她脖子上，刀刃往上滑动，贴住她的脸颊。他恶狠狠地说：“老实点！把值钱的东西都拿出来，我就饶你一条命。”

“我听着怎么这么不信呢？”曲嫣话音未落，手腕倏然一旋，片刻间就挣脱了那人的禁锢。

她动作迅捷，反手抓住对方的胳膊，猛地一拽，“咔”的一声卸下了对方的手臂。她接着抬起一脚，轻松地踹在他的后背。

那人瞬间发出尖声的惨叫，滚到地上。

曲嫣不禁摇头：“这么怕痛，还好意思出来行凶。我又没踩碎你的五脏六腑。”

她说着，抬脚踩在那人的胸口。

那人“噗”的一声，吐出一口血来。

“这样才是真痛，知道吗？”曲嫣像教训小朋友一样，语气循循善诱，“你刚才不应该说那么多废话，一抓住我就直接划破我的脸，这才不辜负你雇主的委托。”

她会这么推断，是因为入室抢劫根本就不需要拿刀贴着她的脸。还好她一进屋发觉不对劲就服下了系统给的大力丸，所以她这一脚踩在对方的胸口上，就如大石般沉重。

“英雄饶命……”那人惊恐地喘着气，“是我有眼不识泰山，不知道英雄身手不凡……英雄饶了我吧！”

曲嫣睥睨着他。

这人长得五大三粗，看起来彪悍，却是个中看不中用的。

会找这样的一个人来对她行凶，可见幕后主谋并没有什么经验，估计是随便找了个人。

“我可不是什么英雄。”曲嫣不急不缓地开口，“我这个人没什么爱好，就喜欢捏碎别人的手骨，或者踩碎别人的胸骨之类的。你要不要试试让我一脚踩断你膝盖骨的感觉？嘎嘣脆呢。”

那人浑身颤抖起来，这话要是放在几分钟前听到，他只会哈哈大笑。一个弱不禁风的小姑娘，能有什么力气？但现在……他感觉自己的肋骨已经被踩碎了！

这是什么可怕的力量！

“不不不，我不想试……小姐、姑娘饶命！”

“饶你一条命也不是不可以。”曲嫣脚尖用力踩了踩，不出意料地见对方痛得瑟瑟发抖，才放轻了点力气，慢悠悠地说道，“我现在问一个问题，你就老实回答一个。如果不配合，我就一根一根踩碎你的骨头。”

“你问……你问……”脚下那人只想痛哭流涕，他为什么这么倒霉，在黑市接了个活儿，以为轻轻松松就能完成，没想到居然是踏进了鬼门关。

“第一个问题，是谁给你的钱，让你潜入我的屋子的？”曲嫣弯唇浅笑，笑容温柔，“撒谎的话，我就先踩碎你的肩胛骨哦。”

“不敢、不敢撒谎……我没看到那个人的脸，就是个女孩，纱巾蒙着面。”

“哦？眼睛看到了吧，是不是丹凤眼？”曲嫣故意提供一个假信息。

“不是，是一双大眼睛。”那人不敢瞎编，老实回答。

“她要你对我做什么？”曲嫣继续问。

“让我划破你的脸，再、再……”他简直怕得不敢说下去，但感受到曲嫣脚下力气加重，马上脱口而出，“她要我毁你的容，再侮辱你！”

“啧，可真毒啊。”曲嫣松开脚，懒懒道，“你滚吧。”

那人喜极而泣：“谢谢女英雄手下留情……谢谢女英雄手下留情……”

他说着忍痛爬起来，踉踉跄跄地逃出去，仿佛后面有什么女鬼在追。

曲嫣眉眼低垂下来，眸底闪过一抹寒光。

她来这个世界不久，没有什么敌人，更不可能在湖城有仇家。对她具有如此大恶意的，就只可能是一个人——纪寒烟。

毕竟，纪寒烟也不是第一次干坏事了。

当年纪暖暖出事，纪寒烟可是个“功臣”。

曲嫣没有急于找纪寒烟算账。

一桩伤人未遂的事，就算拿出去说，也没有什么用。

不急，她是一个有耐心的猎手。纪寒烟逃不了。

在家里舒坦地窝了几天，曲嫣恢复原主的打扮，穿上土气的粗布衣裙，顶着厚厚的刘海，还把皮肤化妆成黝黑的色度。

她现在已经养得比较白嫩了，需要装扮一下才能恢复成最初的土样子。

她没有从正门出去，而是钻入地下石窖，由一条密道溜出去。

当初她租下这栋小洋房，就是看中了防空石窖。虽然通道很短，只是通往不远处的小巷子，但足够她甩开莫北霆手底下的人了。

曲嫣前往兰园公馆。

都这么多天了，她也该来收一收属于她的产业了。

“寒烟姐姐，你就别生气了，我哥不是赶你走，只是……”兰园公馆的大门口，莫青黛正在安慰纪寒烟。

她今天是陪纪寒烟来收拾东西的。

寒烟姐姐零零散散的东西实在太多了，每天都得搬一点，似乎并不愿意就这么搬走。

曲嫣远远地看着，不急不缓地走过去，开口打了个招呼：“青黛。”

“咦？这么巧……”莫青黛愣了一下，“好久不见啊。”

这不是她哥的前未婚妻吗？

这些天不知她去了哪里，就连兰园公馆都没来接收。

“嗯，真巧。”曲嫣微微一笑。

哪里是好久不见，前几天才见过呢。

“你是来收房子的吧？”莫青黛心直口快，对她有些同情，便说，“你放心吧，我哥说过的话一定会做到，寒烟姐姐已经搬走了，她只是回来拿一些未搬完的物品。”

“这位就是你常挂在嘴边的寒烟姐姐？”曲嫣转眸看向纪寒烟，佯装初次相见，客气地说，“听说是姓纪，纪小姐好。”

纪寒烟打量了她一眼，掩唇笑道：“你好，曲小姐。我也听说过你的大名。北霆哥想要解除婚约很久了，他终于做到了，只是可怜曲小姐，被督军府退婚，往后恐怕不易找到合适的人家。”

她的视线轻蔑地从曲嫣的头扫到脚。

真丑。

竟然穿着一双大红绣花鞋，土得令人发笑。

就这样一个黑炭似的乡下妹，居然占着北霆哥未婚妻的名头十几年，太便宜她了。

如今退婚，竟还抢走了她的兰园公馆，着实可恶。

“我以后会很难找婆家吗？”曲嫣一脸憨厚，似乎没听懂纪寒烟的讽刺，“我拥有这么大一座兰园公馆当作嫁妆，为什么会难找对象？”

纪寒烟脸色一僵。

“纪小姐真是个好心人。”曲嫣仿佛傻乎乎的样子，憨笑道，“你这么关心我能不能找到婆家，一定是因为你怕自己也找不到。听说纪小姐比我大两岁，是二十岁的老姑娘了，一直待在督军身边，督军也没说要娶你，唉……”她叹了口气，好像是同病相怜，“纪小姐啊，我是被退婚，你是嫁不出去，我们都是可怜人哪。”

纪寒烟被她说得脸上一阵青一阵白，咬着牙回道：“我和曲小姐不一样，我和北霆哥只是朋友。而你，毕竟曾经是北霆哥的未婚妻。可惜，北霆哥宁愿要一个歌女，也不屑与你履行婚约。”

纪寒烟在嘲讽她不如一个歌女。

曲嫣心中想笑，脸上却仍然一本正经：“这样说来，那个歌女一定是个绝世美人，能让督军倾倒，肯定非常出色吧。纪小姐也不用太伤心，输给这样的人，是很正常的。”

纪寒烟一噎，感觉胸口有一口闷气，想吐吐不出来似的。

这个乡下妹是不是傻子？

听不懂人话吗！

“曲小姐，我在兰园公馆还有一些私人物品，你不介意我慢慢搬走吧？”纪寒烟巧妙地转移了话题。

“慢慢搬，是多慢？”曲嫣直接问道。

别以为她猜不出她的打算——慢慢搬，搬上一年半载的，和霸占着兰园公馆没什么区别。

“东西都搬完就行。”纪寒烟想要糊弄她，“这么大的宅子，你也请不起用人打扫养护，就别这么急着搬进来。”

“纪小姐，你这是欺负我乡下人穷啊……”

曲嫣话还没说完，兰园公馆里面突然跑出一个人。

她定睛一看，原来是纪暖暖。

看来纪暖暖已经出院了，陪着纪寒烟来这边收拾东西。

曲嫣对纪暖暖有一份特殊的感觉，因为与她灵魂相遇过，难免多了点情谊。她仔细观察了一会儿纪暖暖——精神状态很好，蹦蹦跳跳的，温婉漂亮的脸上带着天真的笑容。

“谁在欺负人？”纪暖暖跑过来，好奇地问。

“姐，你别闹，快到我身边来。”纪寒烟去拉纪暖暖。

自从她姐能开口说话，竟然只花了几天时间就被诊断为恢复正常了，简直荒谬。

但她姐姐确实好了很多，只不过与以前相比起来，天真傻气了许多，懵懂得像是不知世事。

这样也好，她就不用担心了。

“烟烟，你别拉我。”纪暖暖挣脱开纪寒烟的手，跑到曲嫣身边，左看右看。

“姐，你在看什么？快到我这里来！”纪寒烟觉得很丢人，她今天根本就不想带她姐姐出来，傻乎乎的，和半个傻子没什么区别。

“啊，我好喜欢你啊……”纪暖暖看了曲嫣半天，忽然灿烂地笑起来，伸手去牵曲嫣的手，“你叫什么名字呀？不知道为什么，我看到你就很喜欢你。”

旁边的莫青黛看到这一幕有些错愕，怎么回事？

暖暖姐姐对她都没这么笑过，为什么突然喜欢上一个陌生的乡下妹？

“我真的好喜欢你哦。”纪暖暖握紧曲嫣的手，眼睛笑得弯弯的，“我们一定是前世就认识了，我感觉你很亲切很熟悉。你刚才说谁在欺负人？有人欺负你吗？你别怕，我保护你。”

她说着把曲嫣护到身后。

“我也喜欢你。”曲嫣温声说。

她心里其实有点诧异。

一般来说，她不会记得发生过的事情。

纪暖暖确实也不记得了，但她似乎有种特别纯净的直觉，竟对她保留着最本真的感觉，无须依靠容貌辨别。

“那我可以叫你妹妹吗？”纪暖暖笑容灿烂，“他们说我傻了好几年，已经二十几岁了。你看起来年纪小，就当我妹妹好吗？”

“姐！”纪寒烟一声怒喝，“我才是你妹妹！你不要看见什么猫猫狗狗都认亲戚好吗？”

“她不是猫猫狗狗。”纪暖暖往前站了一步，护着曲嫣，微怒道，“烟烟，你不许乱说话，没礼貌。”

“姐，你……”纪寒烟气得快冒烟了。

傻子就是傻子，带出来就是丢人现眼！

“你不用害怕。”纪暖暖转头，语气变得很温柔，哄着曲嫣，“我不会让任何人欺负你的，就算是我亲妹妹也不行。”

曲嫣弯唇：“我相信你。”

纪暖暖也弯了弯嘴角。

两人相视而笑，气氛熟悉而亲昵，仿佛认识了很久很久。

莫青黛已经惊呆了，她怎么看不出她哥的这位前未婚妻有什么特别值得人喜欢的地方？她除了同情她被退婚，也没看出什么吸引人的魅力。

“青黛——”

突然，一道男声响起。

远处，一个高大俊美的男人匆匆跑过来，无暇理会其他人，对着莫青黛，没好气地说：“臭丫头，你一大早的就出门，二哥想找你都找不到。”

“二哥，你怎么来了？”莫青黛感到意外。

她家二哥是个风流倜傥的公子哥儿，万事不关心，除了他欣赏的白牡丹，没什么琐事能让他记挂。

他今天居然记得她要来兰园公馆帮寒烟姐姐收拾东西？

“青黛，我问你一件事，很重要，很急，你一定要一五一十地告诉我。”莫南宸一脸郑重的神色。

“什么事？”莫青黛不解地问。

“前几天，大哥带了一个女孩回督军府。你知道那个女孩叫什么名字，是什么身份，住在哪里吗？”莫南宸已经连着几天都在找人。

他连续几夜都没有再发作，半夜不会再痛不欲生。

他的余毒，好像真的解了。而那个医术神奇的漂亮女孩，却不见了。

他问大哥，大哥却什么都不肯告诉他。

他查来查去，只查到青黛也认识那个女孩。

“你是说嫣嫣姐姐吗？”莫青黛听懂了，毕竟她大哥带回家的女孩，实属稀罕。

“烟烟姐姐？”莫南宸扭头看了一眼纪寒烟，皱眉道，“不是她。”

纪寒烟莫名收到了一个嫌弃的眼神，心里越发堵得慌。她今天是招谁惹谁了？一个两个都来气她！

“二哥，你误会了。”莫青黛嘻嘻一笑，“我说的是莫嫣嫣，就是大哥带回督军府的那个女孩。”

“莫嫣嫣？”莫南宸一双漂亮的桃花眼顿时亮了起来，“名字跟人一样美。你快告诉我，她在哪里？”

“我也不知道她在哪里。”莫青黛摇了摇头，余光瞥见站在一旁的曲嫣，觉得应该和二哥介绍一下，便道，“二哥，这位是大哥之前的未婚妻，叫……好像是叫曲嫣。”

莫南宸不耐烦地瞥了一眼：“怎么这么多人叫什么烟的？”

莫青黛拉了一下莫南宸，小声道：“二哥，你别这样说，她也挺可怜的。”

莫南宸毫不留恋地收回视线，转头对妹妹说：“原来大哥之前的未婚妻这么土，真是委屈大哥了。”

他音量放得低，还算顾及了别人的感受。但曲嫣耳力好，全都听见了。她忽然开口道：“莫二少，你这么说我会不高兴的。”

莫南宸莫名其妙地看向她：“你不高兴，关我什么事？”

又不是他的未婚妻。

更何况，她和大哥也已经没关系，只是一个陌路人罢了。

“我不高兴了，你就找不到你想找的人。”曲嫣回道。

“什么？”莫南宸十分诧异地说，“你认识我要找的那个人？”

“认识。”曲嫣点头，“我和她挺熟的。她喜欢穿旗袍，医术超群，人美心善，名叫莫嫣嫣。”

“对对对，她确实医术高超，又人美心善！”莫南宸一激动，大步向她走去，急问，“她现在在哪里？你不是认识她吗？我想见她！”

“你要见她干什么？”曲嫣问。

“当然是准备厚礼感谢她。”莫南宸略一停顿，伸手摸了摸左胸口，“而且……我好像对她一见钟情了。”

这几天的深夜里，那双明亮清澈的眼睛一直出现在他梦里。他也分不清是因为感激，还是因为喜欢。总之，就是想见她。

特别想。

“莫二少这么容易喜欢一个人吗？”曲嫣可没忘记白牡丹，他之前还在乎得要命。

“嗐，我跟你说这个干什么，你告诉她在哪里就行，我可以给你钱当作报酬。”

“我不要你的钱。”曲嫣垂着眸，神情温顺，却道，“你刚才让我不高兴了，我不要告诉你。”

她说着就举步迈进兰园公馆。

莫南宸跟在她后面，可怜巴巴地道：“对不起，我向你道歉，是我口无遮拦乱讲话。你别跟我生气，拜托你告诉我吧！”

曲嫣置若罔闻，不理他。

莫南宸紧跟不舍，双手合十，做请求状：“曲姑娘，你就发发善心，告诉我吧！我真的想要见到她，确认一下……”

确认自己心里的感觉到底是什么。

他活到二十岁，从未有过这种奇怪的抓心挠肝的感觉。

极度渴望见到一个人。

“那你先帮我做一件事。”曲嫣回头，指了指不远处的纪寒烟，“这座宅子已经属于我，但她迟迟不肯把东西全部搬走，你替我处理一下。”

“行！”莫南宸十分爽快，应道，“小事一桩，包在我身上。”

他向来是少爷脾气，对普通女人没什么好脸色。

大哥对纪家姐姐有亏欠，但他没有。

他走到纪寒烟面前，直接说道：“你，今天把东西全部搬出兰园公馆，否则别怪我让人帮你扔出去。”

纪寒烟面色涨红，很是难堪：“莫二哥，你……”

“你就算叫大哥也没用。”莫南宸一脸铁面无私的样子，“大哥已经把这座宅子给了别人，你还赖在这里不走，像话吗？”

“我……”纪寒烟转头左右看了看，旁边的纪暖暖不说话，莫青黛也没有帮她的意思，还有不远处那个乡下女人似乎嘴角含着嘲讽之色。

纪寒烟下不来台，脸蛋涨得通红，眼泪扑簌簌滚下来，跺脚转身就跑：“你们都欺负人！”

“你跑了没事，东西我就帮你全扔了。”莫南宸在后面补上一句。

纪寒烟脚步顿住，气得快要昏过去了。

太过分了！

为什么莫二哥要帮那个乡下妹！为什么她亲姐姐都不肯开口帮她！

全世界都在欺负她！

“烟烟，你听话，把属于那个妹妹的东西，还给她。”纪暖暖上前，又补了一刀。

纪寒烟感觉自己浑身是洞，都是被这些人扎出的洞。

太可恨了！

她会记住的！

曲嫣悠闲地看着。做人哪，还是善良点好。现在还只是开胃菜，她都还没正式动手。

“你吩咐我的事，我办完了。”莫南宸走回来，对曲嫣说，“你现在能告诉我了吧？”

曲嫣还未回答，就见兰园公馆大门走进一个颀长的身影。

是莫北霆。

“你们都在？”莫北霆见到这么多人，倒有些意外。

他在附近办事，看到巷口停着莫南宸的车，便过来看看他是否又闯祸了，没想到竟这么热闹。

“大哥，你不知道，她认识……”

莫南宸刚开口，曲嫣就打断了他：“督军，你来得正好。”她快步走过去，对莫北霆说，“兰园公馆归了我，对吧？”

莫北霆看她一眼，淡淡颔首：“我说话算数。”

“我听说，要去律师事务所办个什么手续，才算是真正属于我。”曲嫣说，“择日不如撞日，督军现在有没有空，我们去一趟？”

“可以。”莫北霆态度疏离，冷淡地说，“这件事是该了结了。”

两人往外走，莫南宸追上来，情急之下抓住曲嫣的手：“你还没有告诉我地址！”

曲嫣回眸，微微一笑：“你附耳过来。”

莫南宸把耳朵贴过去：“你快说。”

曲嫣用只有他能听到的音量，说：“淮路 58 号。”

莫南宸眼睛一亮：“好，我知道了！”

曲嫣嘴角含笑。

莫二少的性子和莫青黛挺像，心无城府，容易相信人。不过她并没有骗他，她的小洋楼确实在淮路 58 号。

曲嫣乘坐莫北霆的车，去往律师事务所。

一路上，莫北霆一眼都没施舍给她，冷漠如旧。

到事务所里，两人坐下，律师公事公办，很快就办妥手续。

结束后，莫北霆起身离开。

曲嫣跟在他的后面，走出事务所大楼，才见外面不知何时下起了大雨。

莫北霆皱了皱眉，终究还是秉持着绅士风度，开口道：“你去哪里？我送你一程。”

曲嫣站在屋檐下，摇摇头：“督军忙自己的事吧，不用送我。”

雨下得大，雨珠被风刮得扑进来，曲嫣身上的衣服被打湿。她低头去擦。

莫北霆不经意间一瞥，目光突然凝住——她颈边，有一处红痕。很像……他前几天在某人颈边留下的咬痕。

莫北霆心中惊诧，他该不会是想人想出幻觉来了？一处红痕罢了，谁都可能自己挠出来，能代表什么？

但他素来谨慎，疑心一起，便挥之不去。

他缓缓走到她身边，靠近了距离。

先前在车上和事务所里，他并不想与她过于亲近，所以保持着最大的距离。此时贴身而站，他低头就能闻到她身上的气息。

“咦？”曲嫣发现他站得这么近，两人的手臂都碰触到了一起，奇道，“督军也要避雨吗？那边还有空地。”

她指了指屋檐下的另一片地方。

莫北霆没有挪步，反而与她靠得更紧，若无其事地道：“这个位置挡风。”

好巧不巧，司机撑伞跑过来，恭敬地道：“督军，属下来接您上车。”

说着把伞移到莫北霆的头顶。

曲嫣挥挥手：“督军再见。”

莫北霆眯了眯黑眸，语气淡淡地道：“忘记告诉你，今晨我收到消息，你父亲来湖城了，可能快要到城里了。”

“啊？”曲嫣吃了一惊，“我父亲来湖城做什么？”

“前些日子，我派人去曲家村向你父母解释退婚之事。他大概是来找你的。”

“哦……”

这倒也合理。

曲父曲母虽然是老实巴交的乡下人，但疼爱女儿。

曲嫣原想着过些日子再把曲父曲母接到兰园公馆享福，看来还是不够周全。

“依我推测，你父亲会到督军府找你。”莫北霆不动声色地道，“你最好跟我一起回督军府。”

“好。”曲嫣也猜到曲父会去督军府。

毕竟她雇人送口信回曲家村，只告诉父母说，她在湖城过得很好，处理完房子过户的事再回来，没有说具体地址。

回到督军府，未见曲父，莫北霆派手下的人去查。

曲嫣坐在客厅的椅子上，等着。

用人端上茶水点心，就默默退了下去。

“饿了可以吃些点心。”莫北霆上楼去了书房，过了一会儿走下来，淡声说道。

“谢谢督军。”曲嫣客气地回道。

莫北霆走到她椅子旁边，突然“咔咔”两声，用手铐把她的手腕铐在椅背的竖直木杆上。

“嗯？”曲嫣挑眉。

干什么？审讯上瘾了吗？

“不用怕，我只是要确认一件事。”莫北霆的声音低沉和缓。他从口袋里拿出一瓶药水，倒在纱布上，“我原本没有怀疑过这个方向，但看来是我疏忽了。”

曲嫣一看他的动作，心中便咯噔一声。

哎呀，他怎么这么聪明呢。

“这是特制的药水，擦在脸上会有点刺痛，不过你不用担心，不伤皮肤，过会儿就好。”莫北霆非常有耐心，竟然还对她解释。

“我如果说不要，你会听我的吗？”曲嫣语气无奈。

“不会。”莫北霆温和地回答她。

“那你就失去机会了哟。”

“什么机会？”

“当我男朋友的机会。”曲嫣弯眸一笑，“我们不是打了赌，如果你一个月之内查不出我的身份，就要当我的男朋友吗？”

她这是等于不打自招了。

莫北霆眸光骤深，凝眸盯着她，嗓音幽沉：“果真是你？”

曲嫣只笑，不说话。

莫北霆抬起手，把浸泡过特制药水的纱布贴到她脸上，慢慢擦拭。

第三章

霸道抢婚

一层薄薄的假皮被揉搓下来，还有一些掩饰肌肤颜色的黑褐色料。

他一边轻柔地擦着，心中的震惊逐渐扩大。

这几乎是不可能的事！

曲嫣，曲家村的那个曲嫣，怎么可能会意大利语，又怎么可能会医术？她穿旗袍时的气质，娇艳优雅，顽皮起来时笑语嫣然，一点也不像是乡下长大的女孩。

“督军，你轻点。”曲嫣皱了皱鼻子，淘气地说，“我脸上的皮肤都快被你揉掉了，你是不是要给我毁容？”

莫北霆停手，扔开手里的纱布。他退开两步距离，仔细盯着她的脸。

不是莫嫣嫣的模样。

她的五官依然是曲嫣的样子，但卸掉伪装后更加精致漂亮，肤色白皙，一双明亮的眼眸眨巴眨巴的，闪着星辰般耀眼的光泽。

她很好看。

即使此时身穿土气的粗布裙褂，依然很好看，却不是莫嫣嫣的样子。

莫北霆眉头皱紧，上前撩起她厚重的刘海，让她整张小脸都露出来。

“别弄乱人家的发型。”曲嫣抱怨道。

莫北霆的手掌贴在她额上，低眸看着她，靠得很近，深深地呼吸，嗅着她身上的淡香。

这股香味，太像了。

就是它，让他起了疑心。

“你为什么要把自己肤色弄黑，把自己原本的模样弄丑？”莫北霆沉声问道。

怕被他看上？

她来湖城，实际上就是为了退婚？

难怪当初一点犹豫都没有，痛痛快快就答应了解除婚约。

“督军现在弄清楚了吗？”曲嫣微微仰起小脸，鼻尖碰了碰他的鼻尖，“知道我是谁了吗？”

莫北霆抿着薄唇，沉默不语。

似乎知道，又似乎不知道。

她身上有太多的谜团，纵使他在腥风血雨中摸爬滚打这么多年，仍无法解开她的谜题。

“其实我是曲嫣还是莫嫣嫣，根本就不重要。”曲嫣柔声道，“督军心里的感觉才重要。你对我是什么感觉，唯有你自己知道。”

她此刻才展现出真实的面目。

温婉馨香，调皮甜美。

这一面，莫北霆在原来的“曲嫣”身上，从未见过。而在莫嫣嫣身上，却是见过的。

“督军可以先放开我吗？”曲嫣晃动了下手铐，“我明白你经常需要审讯人，但我不是囚犯。”

莫北霆还未答话，就见一阵风似的莫南宸从外冲了进来。

“哥！我找到她了！”

莫南宸惊喜万分。

“你找到谁？”莫北霆转身，蹙眉道，“你说清楚点。”

“我找到莫嫣嫣了！”莫南宸难掩激动，大声宣告，“就算你不肯告诉我，我也找到了。我和她的缘分，比你跟她的更深！”

曲嫣坐在椅子上，惊讶地插话问道：“你在哪里找到的莫嫣嫣？”

莫南宸这才发现客厅里还有一个人。他转目看她，也惊讶了一下：“你是谁？好像很眼熟……”

曲嫣眨眨眼。

莫二少的眼神不太行啊。他到哪里找的莫嫣嫣，她本尊还在这里呢。

“南宸，你找到的人在哪里？”莫北霆语气微冷，命令道，“我派几名副官给你，你去把人给我带回来。”

“不用，我已经带回来了。”莫南宸转身，跑回到门外，“嫣嫣，你别怕，我已经和大哥说了，他不会阻止我们在一起的。”

他牵着一个女孩，走进来。

“督军好。”女孩优雅走来，礼貌地含笑着打招呼。

曲嫣仔细一瞧，果然挺像的。

这个“莫嫣嫣”，与她乔装易容时有接近九分的相似。

与其说像她，不如说像画报上的白牡丹。

“小七，帮我查查这人是谁。”曲嫣悄悄唤出系统助手小七，“我要看她的身份资料。”

“好的，宿主，马上为你显示。”

顷刻间，曲嫣的脑海中浮现出一张照片，就是这位假“莫嫣嫣”的模样。

系统资料里写着：白牡丹的亲妹妹，原名叫作白卿卿。

“宿主，白牡丹已被处决。”小七提醒道。

“哦……我懂了。”曲嫣关闭系统。

莫北霆逮捕了敌方间谍白牡丹，如今已经处决了。

那么，白卿卿应该是来替姐姐报仇的。

“大哥，嫣嫣是我找到的，你不要干涉我的交友！”那边，莫南宸还紧紧牵着白卿卿的手，气势如虹地对莫北霆道，“最多我们公平竞争，看嫣嫣以后喜欢谁。”

莫北霆迈开长腿，走近两步，眯了眯眸子，锐利的目光缓缓掠过白卿卿的脸庞。

他忽然开口问道：“我们之间有一个赌约，你说说是什么？”

白卿卿一脸茫然，无辜地道：“对不起……我前几天从楼梯上滚下去，撞到后脑，有些事情不记得了。”

莫北霆冷冷挑眉：“这么巧。”

白卿卿羞涩地笑了笑：“原来我和督军之间打过赌呀，我们以前的关系很好吗？”

莫北霆冷漠地看着她，没有接话。

白卿卿有些尴尬，只好转头问莫南宸：“你知道吗？”

“我不清楚。”莫南宸摇头，他确实并不知道大哥和嫣嫣的关系到底到了哪一步。

那天闯进书房，他只看见他们两人姿势暧昧，嫣嫣说被逼供，但似乎又不像。

总之，暧昧，又说不清。

“二少，我有点腿酸，可以请我进去坐一下吗？”白卿卿问莫南宸。

“当然！”莫南宸殷勤地带她到客厅，“你坐这里，我让用人给你准备茶点。”

白卿卿一坐下来，便看见旁边的曲嫣斜眼看着她。

“你是……”

“我是你娘。”曲嫣嘴角微挑，开玩笑似的道。

可不是嘛，“莫嫣嫣”这个人是她塑造出来的。

“你这个人怎么……”白卿卿愣了一下，微恼，“无缘无故怎么骂人呢？”

“为娘的怎么会无缘无故骂孩子呢？”曲嫣似笑非笑地道，“除非孩子在胡闹，做坏事。”

白卿卿完全听不懂，瞪她一眼，就不再理她了。

这次假冒别人潜入督军府，她身怀重任，哪有空和一个无关紧要的女人瞎扯淡！

“督军，你可以解开我的手铐了吗？”曲嫣抬眸，晃了晃被铐在椅背的手，发出“哐哐”的声音。

莫北霆看她一眼，走过来替她解开手铐，低声道：“到我身后去，老实待着。”

曲嫣见他眼神中隐藏着一丝警觉，心知他已经对白卿卿起疑。

她听话地走到他身后，小声道：“你小心点哦。”

莫北霆回眸看她，目光幽深难辨。

他凝望她片刻，没有说什么，回头对白卿卿说道：“你刚才和南宸在哪里遇到的？”

白卿卿很温顺，回道：“我正巧在附近散步，凑巧遇见了莫二少。他说他认识我，我好奇是怎么回事，就跟他过来了。”

“你装失忆装得很像。”莫北霆淡笑一声，带着冰冷的气息，“可惜你漏了一个细节。你不该一进门就喊我‘督军’，一个失忆的人怎么会认得我？”

“督军你误会了……”白卿卿急忙解释，“那是因为莫二少唤你大哥，我才猜到你是督军。”

“有道理，但我不信——”

话音未落，莫北霆掏出枪来，枪口直指着白卿卿的脑袋。

电光石火间，白卿卿也从怀里摸出枪来，急促地扣动扳机，“砰”的一声巨响！

曲嫣在莫北霆身后，瞧得清清楚楚，白卿卿的射击目标并不是莫北霆，而是旁边的莫南宸。

她不假思索地向莫南宸扑了过去！

子弹擦过她的手臂，划出一道血痕。

她无暇顾及这点疼痛，扭头看向莫北霆，呼喊道：“督军，你没事……”

话还没说完，她已经看清了现场的情况。

莫北霆英挺而立，手中持枪，枪口微微冒着热气。而他前面不远处，白卿卿轰然倒地，眉心一点血红——一击毙命。

督军大人的枪法果然不是吹的。

曲嫣松了口气，转回头，准备安慰一下吓傻的莫南宸，但没想到莫南宸一把推开她，奔向白卿卿，跪在尸体旁边，痛哭道：“嫣嫣！嫣嫣！你醒醒……天哪！是我对不起你，我不该带你回督军府……”他抬头，异常愤怒地瞪着莫北霆，“大哥！你是不是在战场上杀人杀上了瘾？为什么随便开枪？为什么要杀嫣嫣？你这个杀人凶手！”

莫北霆根本没理他，走到曲嫣身边，俯身查看她手臂上的伤，沉声问道：“受伤严重吗？”

曲嫣摇了摇头：“没有，只是擦伤，不要紧的。”

莫北霆不悦地瞥了她一眼：“你扑过来做什么？”

他开枪之前已经算好了对方的角度，那个假冒的女人射击方向即便射中南宸，也不可能是致命位置。

南宸这个傻家伙，是时候吃点苦头，长长记性了。

“我……”曲嫣张了张嘴，又把话吞了回去。

她提前看过资料，所以很容易就猜到，白卿卿不杀莫北霆而对付莫南宸的动机。

白卿卿的姐姐死了，她想要以其人之道还治其人之身，让莫北霆也尝尝失去至亲的痛苦。

“你什么？”莫北霆追问。

“我觉得莫二少挺好的，我挺喜欢他。”曲嫣随口回答。

“你喜欢他？”莫北霆伸手指向跪在尸体旁痛哭流涕的傻弟弟，“你喜欢他什么？”

“喜欢他深情啊。”曲嫣想了想，道，“他认准一个人，就全情投入。不像有的人，多心又多疑。”

她话中有话。

莫北霆轻扬嘴角，没有否认，转身去拿药箱，过来给她包扎手臂上的伤口。

“督军，男女授受不亲。”曲嫣见他伸手就要卷起她的衣袖，阻止道，“我们已经解除了婚约，督军不该随便看一个女人的肌肤。”

莫北霆捉住她阻拦的那只手，搁到她自己的背后去：“我是要帮你包扎伤口，哪来那么多男女授受不亲的讲究。”

他不顾这些，卷高她的衣袖，露出白皙的手臂。

上臂处，有一条血痕，是子弹擦过的痕迹。

幸好伤口不深，只是皮外伤。

莫北霆处理这种事很有经验，动作利落地替她消毒包扎。

他扎紧绷带时，曲嫣低哼一声：“疼，轻点……”

莫北霆耳朵微微一动。

这嗓音，娇软得令人心痒。

他上次吻莫嫣嫣的时候，她娇羞地低吟，就是这样的声音。

“大哥！我要为嫣嫣报仇！”另一边，莫南宸捡起白卿卿的枪，悲愤地走过来，拿枪对着莫北霆，“你太没有人性了，滥杀无辜！”

莫南宸持枪的手在颤抖。

他愤怒极了，又伤心难忍，但面对大哥，他终究不可能下手。

“我看你是眼睛瞎了。”莫北霆不闪不避，冷声嘲讽，“刚才谁奋不顾身地扑过来救你，你没看见？”

莫南宸一愣。

他震惊于嫣嫣的身亡，完全没注意是谁救了他。

这么一想，刚才嫣嫣好像的确是拿枪对准他？

为什么？！

“莫二少，不用谢。”曲嫣率先开口，微微一笑，“我救你也不是第一次了，不差这一次。”

“你……”莫南宸满脑子困惑，“你什么不是第一次？”

“你不明白就算了。”曲嫣有点赞同莫北霆的话了，莫二少果然眼瞎啊。

“你是谁？我看你特别眼熟。”莫南宸皱起眉头，打量她，“你和我在兰园公馆见到的那个曲嫣有几分像，你是她妹妹？”

曲嫣表示无语。

拜托，来个人带莫二少去看眼科吧！

这孩子的眼睛真的白长了！

“你是在这里等你父亲的吧？”莫南宸今早有听到他大哥的下属汇报，曲家有人过来找女儿，“你姐姐曲嫣呢？”

曲嫣已经无语了：“二少，你还是想想为什么那个女人拿枪对着你吧。”

莫南宸被打击得心神恍惚，喃喃道：“对啊，为什么呢……”

莫北霆在旁冷眼看着两人的对话。

这一幕，竟有点熟悉的感觉。

就像那次在书房，莫嫣嫣逗南宸。

“嫣嫣——”

一道唤声，从大门外传来。

一个衣着朴素的乡下男人，被用人领着，大步地走进来。他一见曲嫣就惊讶地说：“嫣嫣，你怎么变得这么白了？”

到底是自己女儿，一眼就认出来了。

曲嫣见到来人，浅浅一笑，开口叫道：“爸。”

曲父急忙走过来，到她身边，上下打量：“你怎么了？怎么受伤了？”

他是个乡下人，不懂城里人的礼数，没管旁边什么人，顾不上打招呼，只一心关心自己的女儿。

“没事的，就一点小伤。爸，你别担心。”曲嫣安慰道，顺便介绍，“爸，这位是督军，那位是督军的弟弟莫二少。”

曲父这才想起自己身在督军府，憨憨地对女儿呵呵一笑，然后转向莫北霆，开口就直率地说：“督军，我是来带我女儿嫣嫣回家的。”

莫北霆长眉微挑，并没有马上接话。

曲父接着说：“嫣嫣让人送口信回曲家村，说被督军府退婚了。督军也派人过来解释了，那我女儿就不能再留在这里。”

曲父虽然是老实巴交种地的，但也有他的骨气。

本以为督军府接女儿到湖城，是打算好好认识一番。他们城里人都讲究什么自由恋爱，所以他就同意让嫣嫣过来。

哪料到，嫣嫣一到湖城，就被退婚了。

“嫣嫣，你别难过，爸爸在这里，咱们回家。”曲父拉住女儿，就要往外走。

“伯父，稍等。”莫北霆忽然开口，“我和你女儿之间，还有些事情没弄清楚。”

曲父疑惑道：“婚约都没了，还有什么事？”

莫北霆的目光落在曲嫣漂亮的小脸上。她应该本来就长得好看，只是在乡下干农活晒黑了，又被衣着发型掩盖了美貌。

他第一次见她的时候，几乎没有用正眼看她，毫不在意，所以她长成什么样，他根本没留意。而如今……

“督军看我做什么？”曲嫣被他盯了半天，索性出声道，“兰园公馆的手续已经办完了，我和督军之间两清，我要跟我爸回家了。”

“你不是说，我们之间还有赌约？”莫北霆眸光深邃，意味不明，紧紧锁着她的眸子。

“和你有赌约的，是谁？”曲嫣问。

莫北霆抿了抿薄唇，低沉道：“我正在找答案。所以，你必须留下。”

“你找答案，关我什么事？”曲嫣才不顺着他，挽住曲父的手，洒脱地往外走。

她身后，莫北霆扬手一挥。

外面庭院，立即冲出来一排士兵，训练有素地挡住了二人的去路。

曲父从没见过这种场面，吓了一大跳，慌张地护住女儿，大声道：“你们要干什么！”

曲嫣温声安抚道：“爸，你不用怕，督军不会伤害我们。”她转身，娇俏小脸骤然一冷，对着莫北霆道，“督军，你吓着我爸了。”

莫北霆走上前来，对曲父道：“伯父，你不用慌，我只是想留你们在督军府做客而已。我和曲嫣本来有婚约，这次解除婚约有些匆忙，其中可能有些误会，还需要进一步谈谈。”

曲父听不懂这些弯弯绕绕，直接问道：“什么误会？婚约都解除了，难道督军还想娶我女儿？”

莫北霆一顿。他目光移到曲嫣脸上，心中竟闪过一个荒唐的念头——如果她就是莫嫣嫣，娶她也不是不可以。

“督军，你怎么不说话？”曲父不明白他心里想什么，只是说出自己的真心话，“我女儿被督军退婚已经很难堪了，我带她回去肯定要被村里人笑话。不过还好我们邻居李家的牛娃，和嫣嫣从小一起长大，他说他愿意娶嫣嫣。”

莫北霆眸色暗了暗。

才刚退婚，她就要成亲了？

曲嫣观察着莫北霆的神色，唇畔浮起小小的梨涡，故意扭头问自己的父亲：“爸，你和李牛哥说好了吗？他真的要娶我吗？他不嫌弃我被人退婚？”

“你这个傻孩子，他要是敢嫌弃你，爸就揍他。”曲父笑呵呵地说，“牛娃那孩子一直喜欢你，要不是以前你有婚约在身，咱们和李家早就结亲了。这次回去，咱们马上就办婚礼，李家的聘礼都准备好了。”

“这么快？”曲嫣弯眸微笑，“那也不错，省得被人说闲话。”她扬起下巴，指着那一排士兵，“统统让开，我要回家。你们凭什么拦着我？”

士兵们齐齐看向莫北霆，等待他的指示。

莫北霆迈开步子，走向曲嫣：“你当真要走？”

曲嫣弯了弯嘴角：“不然呢？”

莫北霆沉声道：“留下来。”

曲嫣问：“我以什么身份留下来？女孩子家是不可以随便在陌生男人家过夜的。”

莫北霆黑眸幽深，心口有种微妙的阻塞感。这种感觉来得莫名，他选择忽略不计。

他正准备叫士兵退开，放曲嫣和曲父离开，忽然有个用人从外面跑进庭院，禀报道：“督军，大门外有个自称李牛的男人，说要找姓曲的父女。”

莫北霆脸色微微一沉。

曲嫣却笑道：“督军就不要再拦着我了，我要去见我未来的夫婿了。”

她挥开前面阻拦的士兵。

那士兵见莫北霆没有反对，便让她通行。

曲嫣和曲父走向督军府大门外。

雕花铁门外，站着一个衣着朴素的年轻男子，焦急地等待。

“牛哥？”曲嫣扬手，挥了挥。

“嫣嫣！”李牛看见她，惊喜地大喊，“我可总算见到你了！你还好吗？”

曲嫣走出大门，对他微笑道：“我很好。你怎么也来湖城了？”

李牛俊秀的脸上露出一丝羞赧，不好意思地说：“我听曲爸说，你被督军府退婚了。我怕你一个人在这里过得不好，前些天就来了湖城，但我不知道你在哪里，只好每天来督军府等。刚才我在对面看见一个很像曲爸的人走进督军府，才敢大着胆子来问问。”

其实他没说，这几天他天天被督军府的人驱赶。

人家看他整天在对面望着府邸，还以为他是间谍，差点把他抓起来。

不过，这些都不重要，找到嫣嫣就好了。

“辛苦你了。”曲嫣真心道谢，“牛哥，你人真好。”

“你别跟我客气。”李牛虽然是干惯农活的乡下人，但也读过几年私塾，知情识趣，没急着提成亲的事，“我看见你没事，就安心了。”

“爸，牛哥，我看天色不早了，咱们恐怕是来不及买火车票。今晚就到我租的房子那边住一晚吧，咱们明天再商量回家的事。”

曲嫣完全没管莫北霆就在几步之遥，带着曲父和李牛去坐车。

莫北霆远远看着，并没有追赶。

他身后，一名副官见他脸色深沉，似有愠怒之色，机灵地问道：“督军，要不要派人去跟着？”

莫北霆英俊的脸上表情冰冷，薄唇微启，道：“跟！”

“是！”

副官立刻派人去跟踪曲嫣三人的行踪。

莫南宸神思恍惚地走出来，看着他大哥，问道“哥，曲嫣她妹妹走了？你们刚才说的婚约、退婚，是怎么回事？”

莫北霆不悦地皱眉，瞪他一眼：“你清醒点。曲嫣就是曲嫣，她不是曲嫣的妹妹。”

莫南宸很困惑：“那她怎么变白了这么多？”

莫北霆言简意赅地说：“乔装了。”

莫南宸更加不解：“她为什么要乔装？”

莫北霆抿唇。这也是他想不通的地方。她为什么要乔装？为什么要假扮成莫嫣嫣来接近他？难道是因为心有不甘，想要报复他的退婚？

“哥，你说，嫣嫣为什么要射杀我？”莫南宸最不明白的就是这一点，“她之前帮我解毒，是我的恩人，为什么会无缘无故对我开枪？”

“你是说被我击毙的那个女人？”

“对，难道还能有别人吗？”

莫北霆看着他懵懂的脸，几乎想要叹气，沉声道：“那个女人不是莫嫣嫣，只是一个像莫嫣嫣的女人罢了。她藏枪进入督军府，当然是心怀叵测，意图不轨。”

“她不是莫嫣嫣？那……”莫南宸彻底呆住了。

他今天满脑子的“嫣”，什么寒烟、曲嫣……现在还有一个假莫嫣嫣！

到底是怎么回事？

“曲嫣才是莫嫣嫣。”莫北霆到此时，心中已有判断。

他这么多年来行军打仗，靠的不仅仅是智慧，还有本能的直觉。

在战场上，一瞬间的错误判断就足以丢掉性命。很多时候，直觉比理智来得更准确。

曲嫣方才的姿态语调，甚至弯唇时的弧度，都与他印象中的莫嫣嫣一模一样。而且，她在对他欲擒故纵。或者应该说，她一直在对他使用欲擒故纵的手段。

“哥？你是不是傻了？”莫南宸不可思议地道，“曲嫣怎么可能是莫嫣嫣？她们两个人长得根本不一样！”

“乔装。”莫北霆只吐出这两个字。

他不再理会愣在原地的傻弟弟，转身回府。

曲嫣带着曲父和李牛，回到淮路的小洋房。

曲父一踏入这栋豪华的屋子，就目瞪口呆，震惊地问：“嫣嫣，这房子租一个月要多少钱？你哪里来的这么多钱？”

曲嫣随口胡诌：“督军给的赔偿费。”

等她卖了兰园公馆，那笔钱才叫可观。

她会把钱全部给曲父曲母。

“哦……”曲父感觉心里舒服些，倒不是贪钱，只是心疼女儿。

“爸，你去厨房看看有什么吃的，自己张罗，随便弄。租来的房子就是咱自己家，不要拘束。”曲嫣说完，看向李牛，道，“牛哥，你跟我上来一下，我有话想和你说。”

李牛也是第一次进到这么大这么豪华的房子，有些手足无措，点头道：“好的。”

曲嫣带他到二楼的卧室，关上门。

有些话，适合单独谈，暂时先不让曲父知道，省得他操心。

两人待在单独的空间，李牛脸上微红，垂头问道：“嫣嫣，你想要跟我说什么？”

“牛哥，我一直记得，小时候我掉到河里，是你把我救上来的。”

曲嫣在原主相关的资料里看到过这段。

她温声说道：“我很感激你，也很敬佩你的为人。但是……”

原主并不曾喜欢过李牛，只把他当作哥哥一般对待。

在原本的故事里，曲嫣郁郁而终，并没有成亲。而李牛，也一辈子没有娶媳妇，是个痴心人。

曲嫣对这样善良深情的人有一份同情心，不愿意他再重蹈覆辙。

“牛哥，我其实有心上人了，你不要傻傻地等着我。”曲嫣选择开门见山地说明白，或许会令他痛苦，但比他抱着虚无的希望苦苦守候要好，“我知道你人很好，但是缘分这回事没办法勉强。你放开心扉，一定会遇到真正属于你的那个姑娘。”

李牛低着头不说话，眼眶里泛着红。

他其实并不是不知道，嫣嫣只是拿他当哥哥看待。她从小就有婚约在身，未来夫婿是人中龙凤，他不敢奢望什么。这次要不是知道她被退婚，他哪敢上门提亲。只是终究……一场空。

“牛哥，你别难过。”曲嫣走近他，拍拍他的肩，“大丈夫何患无妻，你要振作起来，好好把你家的良田耕种好，担起一个男子汉应有的责任。将来，会有一个懂得你的姑娘，来到你身边。”

李牛低低地“嗯”了一声。他心里涩涩的，有点疼，不知道该说什么。

曲嫣不再多言，只是安慰地拍了拍他的肩。

两人面对面的姿势，距离比较近，从窗户外的角度看进来，似乎是在拥抱。

而在这栋小洋房的对面，有人正在使用双筒望远镜监视着这边的动静。

监察员对身边的一个小兵说：“快，回去向督军汇报，这两个男女进了卧室，抱在一起了。”

小兵多嘴问了一句：“督军要听这个吗？”

“你懂什么，对面房子里的那位，可是督军的前未婚妻。”

“已经是‘前’未婚妻了，督军还管这么多？”

“你小子是不是想找死？”监察员敲了一下小兵的脑袋，“还不快去汇报！万一迟了，说不定就酿成大祸了！”

谁知道督军怎么想，万一督军派他们监视就是为了捉奸呢？男人嘛，谁还没有过吃回头草的念头。

曲嫣和李牛谈完，见他反应还好，只是还需要时间消化沉淀。

她下楼吃了一碗曲父煮的面，便去洗漱休息。然后换上居家的睡裙，坐在梳妆台前梳头。

自从养得白胖之后，她的脸蛋更好看了，饱满的苹果肌，粉嘟嘟的唇瓣，笑起来梨涡浅浅。身段也更丰满一些，玲珑有致，秾纤合度。原主太瘦了，不是很健康。

曲嫣把刘海往两边梳，用小夹子夹住，露出光洁的额头。

“哎，我可真好看……”她笑嘻嘻地对着镜子自言自语。

一阵风声从窗外灌入，忽地掀起窗帘。

曲嫣身形微微一顿。

她感觉到，有人潜入了房间。

这里是二楼，那人应该是用吊索暗中攀爬上来的，动作很利索。

她不动声色地从梳妆台抽屉里摸出一把手枪，这是她早前为了防身买的。

“把枪放下。”

低沉磁性的男声，在窗帘那边响起。

曲嫣绷紧的神经一松，她还以为是纪寒烟那女人又搞什么花样。她把枪塞回抽屉里，站起，转身浅浅一笑：“稀客啊，督军怎么不走正门？有爬墙的爱好吗？”

莫北霆一身黑色劲装，冷冷看着她：“家里有男客人在，你穿成这样？”

“嗯？”曲嫣低头，看了看自己的睡裙。

真丝绸缎的料子，柔滑贴身，领口开得比较低。

“督军说的男客人，是指你自己吗？”她抬头，似嘲非嘲地笑道，“爬墙的夜贼，管这么多？”

莫北霆当然听得出她的嘲讽。

婚，是他主动退的。她有气，也是难免。

“你做这么多事，就是为了报复我？”他直截了当地问。

“你要这么理解也行。”曲嫣不否认，杏眸微弯，明艳潋滟，“你也可以想成是，你对我很重要，所以我才对你花心思。”

莫北霆轻眯黑眸。

她的确是莫嫣嫣，她也不再掩饰。但是，他仍然有许多谜团未能解开。

“据我所知，你一直在曲家村长大，连湖城都没来过，你从哪里学的意大利语？”莫北霆缓缓走近她，锐利地问，“你出神入化的医术，又是从哪里学的？那次船只被劫的事，你又从何处得知？”

“我有义务回答你吗？”曲嫣歪了歪头，顽皮地说，“既然我要报复你，当然不会让你好过。督军大人，这种心里藏着许多谜团的感觉，是不是很难受？”

“唯一的解释——”莫北霆话语一顿，眯紧黑眸，薄唇吐出后半句，“你不是曲嫣。”

曲嫣挑了挑眉。

这个世界的男人真是太执着于探究真相了。从某种意义上说，她确实不是曲嫣。当然，她不可能承认。

“我不是曲嫣，难道你是？”她微讽地说，“难道我父母会认错我？我还能窃取属于‘曲嫣’的所有记忆吗？”

不好意思，其实她能。

莫北霆沉眸凝视着她，目光停留在她晶亮活泼的眼眸上。这双眼睛太有灵气，时而狡黠，时而娇俏，仿佛不需言语就能倾诉衷肠。

“督军，我想告诉你，我在追求什么。”曲嫣正了正色，认真地说，“一个人的外貌无论怎么变，社会外界给予什么样的头衔和荣耀，都不是最重要的。看待一个人，要看他最本真的心性。如果督军只能以外在的身份来判断我，我会对你很失望。”

她不是在狡辩，也不是在绕圈子。

她在各个小世界、各个故事中穿梭，每次都有不同的身份，但那又如何？她始终只是她自己。

“你说得没错。”莫北霆点头。

但他是一个天生理性的人。

“我要说的都说完了，督军可以走了，我要休息。”曲嫣开始逐客。

这时，卧房外面突然响起敲门声。

“叩叩——叩叩——”

“嫣嫣，你睡了吗？”是李牛的声音，“我想来想去，还是有几句话想和你说。如果你还没睡的话，可以开门吗？”

“牛哥，你稍等！”曲嫣扬声回应。

她随即压低音量，对莫北霆小声道：“督军可以走了。”

莫北霆眸光一扫，落到她微敞的睡衣领口，语声微冷：“你就穿这样去开门？”

曲嫣才不管他高不高兴，回道：“我这样穿怎么了？门外是我的未来夫婿，他有什么不能看的？”

莫北霆抬手扯过挂在旁边衣架上的一件大衣，把她裹住，并且扣牢每一颗纽扣：“不要跟我顶嘴。就这样去开门。”

“你要热死我吗？”曲嫣不悦地去解扣子。

莫北霆眸色幽暗，掐住她的腰，微怒道：“我们之间还没理清楚，你还妄想勾引别的男人？”

“我们之间有什么没理清楚？”曲嫣反驳道，“我们原本是有个赌约，但我输了，你不用勉强做我男朋友，从此一身轻松了不是吗？”

莫北霆狠狠盯着她的眼眸，心口萦绕一股怒气，莫名而汹涌。他活了二十多年，从未如此被一个女子耍得团团转。

她，真是好样的！

“嫣嫣？你房间里有人吗？我怎么好像听到有声音？”卧房外，李牛淳朴的声音传来。

“牛哥，你听错了，没别人，只是一只老鼠跑过去了。你等等，我赶走老鼠就给你开门！”曲嫣大声回应道。

“嫣嫣，那你赶紧开门，我帮你赶老鼠！”李牛在门外担心地喊道。

“不用不用，我自己来！”曲嫣捏了一把莫北霆的手臂，压低声音道，“督军还不走？”

莫北霆掐紧她的腰，在她耳边道：“谁是老鼠，嗯？”

曲嫣嘴角弯起一个调皮的弧度：“谁当真，就是谁。”

“好话坏话，都让你一个人说尽了。”莫北霆在她小巧的耳朵上轻咬了一口，以示惩戒。

“督军是属狗的吗？”曲嫣抬手捂住耳朵，微恼地瞪他一眼，“上次咬我脖子，这次咬我耳朵，难道我是给你磨牙用的吗？”

莫北霆捏了捏她鼓起的脸颊，改变了主意：“把外面的人弄走，我还有话和你说。”

“但我没有话和你说了。”曲嫣推开他，不管他走不走，径自走向房门。

她才往前走了两步，感觉后面腰上一紧，整个人忽然腾空，一晃眼就被抱到了床上。

男人俯身压下来，紧盯着她的眼眸：“你当真要与门外那个乡下男人成亲？”

“乡下男人怎么了？比你好。”曲嫣被他压得动弹不得，嫌他重，踹了他一脚。

莫北霆迅速伸手，捉住她乱动的脚踝。

曲嫣扭腰一转，抬起另一条腿，继续往他身上踹去。

莫北霆反应极快，侧身闪避，顺便长臂一伸，又把她捞回怀里。

两人滚来滚去，床板发出“嘎吱嘎吱”的动静，这让外面的李牛急得不行，他大声叫道：“嫣嫣？老鼠抓到了吗？你快开门，我帮你啊！”

“好……”

曲嫣刚一开口，才发出半个音，莫北霆便俯身封住了她的粉唇。

曲嫣“嗯嗯”抗议了两声，被他霸道地吞没了。

外面，李牛听着房内没了动静，担心曲嫣出事，一把拧开了门把手，口中大声道：“嫣嫣！我进来了！你别怕，我帮你抓老鼠……”

他话未说完，一冲进来就看见曲嫣被个男人压在床上，而她正挣扎着。

李牛勃然大怒，随手抄起一把木椅子，就砸了过去：“淫贼！放开嫣嫣！”

莫北霆护住身下的曲嫣，翻身一滚，两人落地，木椅砸在床上乒乓作响。

“淫贼！还不快点放开她！我跟你拼了！”李牛见他还抓着曲嫣不放，气得脖子通红，大吼一声冲上去。

“别打架！牛哥，你退开，这是督军大人！”曲嫣急忙制止。

她主要是怕李牛受伤。

莫北霆的身手，她没什么好担心的。

“他、他是……”李牛脚下突然停住，一脸愕然，“他就是你的……”

前未婚夫？

李牛这时才看清对方的脸，英俊不凡，一身黑衣显得高大挺拔，气势逼人。他忽然有点自卑起来，讷讷道：“嫣嫣，这个督军……他为什么会在你房里？”

曲嫣甩开莫北霆的手，走向李牛，解释道：“督军是来和我说清楚的，他马上就走了。”

李牛不解地道：“说清楚什么？”

曲嫣回答：“说清楚以后婚嫁各不相干。”

李牛一听，忘记了自卑，怒视莫北霆：“婚都已经退了，还来说这些，是一个男人该有的行为吗？”

莫北霆挑了挑眉，斜视了曲嫣一眼。他什么时候说过这句话？倒是她，曾经说过。

曲嫣回视他一眼，退婚就等于以后婚嫁各不相干，她也不全是胡说八道。

“嫣嫣，你放心，我不管你是否被退婚，我就喜欢你！”李牛义愤填膺，一心想要为曲嫣出头，暂时压下了先前被拒绝的难过，大声道，“我要娶你！我会给你幸福！”

他说得斩钉截铁。

曲嫣微怔，走近一些，小声道：“牛哥，我不是已经和你说过了……”

李牛向她使了个眼色，嘴上说道：“我非娶你不可！”

曲嫣看懂了他的眼神暗示。这个憨厚的男人，是在为她打抱不平，给她面子。

“嫣嫣，我们也不要等到回曲家村了，就在这里选个黄道吉日，成亲！”李牛不甘心，满心只想着要为曲嫣撑腰，故意当着督军的面说道，“在我眼里，你就是最美的新娘！”

曲嫣决定领他的情，微微一笑，配合道：“好，我们选个吉日，就在这里完婚。晚些时候，我们再回曲家村补办酒席。”

莫北霆盯着二人，黑眸深处泛起一丝冷怒。

这是做戏给他看？难道以为他会愚蠢到看不出来？

“督军，到时候如果有空，欢迎你来参加我的婚礼。”曲嫣向他浅浅一笑，“我会给你送请帖，还有青黛和暖暖。”

“好，我等着收你的喜帖！”莫北霆怒气冲冲地说，“我看你这场戏怎么收场！”

他不吃这一套！

曲嫣轻悠悠地挑起眉梢，逐客道：“督军请吧，等我和牛哥定好日子，自然会让人送帖子到督军府。”

她当然知道，他聪明，一眼就能看穿她和李牛在一唱一和。但那又怎样，她就想看看，他是不是真的毫无波澜，坐视她成亲入洞房。

“你最好说到做到。”莫北霆拂袖而去，颀长的背影显得冷硬而寒凉。

怒气在他胸膛里一阵阵翻滚。但是理智告诉他，这一切只不过是这女人的手段伎俩而已。他不会上当！

曲嫣没有去理会莫北霆是什么心情，等他走了，才对李牛说：“牛哥，谢谢你。我知道你是为了替我撑腰，才说出刚才那番话。”

李牛有些腼腆，低头道：“我只是见不得你被欺负……”

曲嫣道：“关于我们要假装成亲的事，如果你有为难之处，请一定要告诉我，不必勉强。”

李牛虽憨厚，但并不傻。他已经隐约感受到，嫣嫣之前说有心上人，那人可能就是督军大人。但那个督军大人冷冷的，对嫣嫣并不好。

他愿意帮嫣嫣假装成亲，只要嫣嫣能得到幸福，让那个督军大人懂得珍惜她，他做什么都没关系。

“我不勉强。”李牛抬起头来，坚定地说，“我们就按照刚才说的，挑选一个吉日在这里假成亲。”

“那好，我先想个理由让我爸回曲家村，免得解释不清楚，害他老人家操心。”曲嫣思索了会儿，又说，“牛哥，我很感激你这样帮我，以后你也让我帮你一次，到时你别拒绝。”

她已经想好，如何回报他了。

在这个世界上，恐怕只有她最清楚他想要什么。

“好。”李牛点点头，并没有放在心上。

莫北霆回到督军府，关上书房的门。他胸口萦绕的那一股莫名怒气，久久不散，挥之不去，令他异常烦躁。

他从柜子里拿出一瓶洋酒，倒出一杯，一饮而尽。辛辣的酒液从喉咙滑下，落到胃里引起一阵抽搐。

他这才想起，今天因为曲嫣的事，他连饭都没顾得上吃。

这个该死的女人，一而再，再而三地对他耍手段。他绝对不会上当！

“哥！哥！你在书房里吗？”外面，莫青黛在敲门，“我有事情想问你，很着急，很想知道！”

莫北霆深吸一口气，略微平复了一下情绪，才扬声道：“你有什么事？”

“哥，我能进来吗？这样讲不清楚。”

“进来吧。”

莫青黛推门而入，一脸急切，发出一连串的疑问：“哥，我听二哥说，曲嫣就是莫嫣嫣！我的天哪，这怎么可能？是不是他弄错了？但是我又转念一想，暖暖姐姐是被莫嫣嫣治好的，她见到曲嫣第一面就很喜欢。难道暖暖姐姐的直觉才是最正确的？”莫青黛太震惊了，捂着额头道，“我太傻了！我怎么一点也认不出来呢？她可是我的新偶像啊！”

莫北霆听她叽叽喳喳一通说，心底那股烦躁之气又涌了上来，皱眉道：“曲嫣要成亲了，她说会给你发喜帖。”

莫青黛“咦”了一声，惊讶道：“她跟谁成亲？她和大哥你不是那种关系吗……”

曲嫣假扮成莫嫣嫣的时候，和大哥确实很暧昧。大哥第一次主动带女人回家，那她怎么突然就要和别人结婚了？

大哥怎么办？

“哥，你喝酒了？”莫青黛眼尖，瞧见书桌上的酒杯，马上明白了，同情地道，“哥，你也别太难过。你若是舍不得她，就去追吧。以哥哥你的魅力，一定能手到擒来。”

莫北霆脸色微寒。

追女人？他的人生字典里没有这三个字。

“哥，你别怪我说话直接啊。如果你不追，我新偶像那么优秀，你恐怕要失去她了。”

莫青黛对她大哥的脾性太了解了。大哥的人生中只有宏图大业、保家卫国，根本就没有什么情情爱爱，更没有女人这种生物。他这次难得对一个女人感兴趣，说不定连他自己都不清楚“感兴趣”代表什么。

“哥，虽然我不知道一个乡下女孩子为什么会懂那么多，但她厉害就是厉害。我不管她是谁，她救过我，我喜欢她。”莫青黛语重心长地说，“铁树十年才开一次花，哥哥你说不定一辈子就动这一次心，要好好珍惜啊！”

她“教育”完哥哥，吐了吐舌头，转头就溜出书房。

好爽啊，哈哈！从小到大，都是她和二哥被大哥拎着耳朵教育，今天终于轮到她翻身做主了，哈哈！

不过，她说的都是真心话。她很希望她的新偶像能成为她的大嫂。

莫青黛离开后，书房里再次寂静下来。

莫北霆俊脸沉冷，拿起酒瓶，又倒出一杯，一饮而尽。

心动，一辈子只有一次吗？

未免太夸张了。

曲嫣找了个借口，对曲父说，牛哥难得来一次湖城，她想带牛哥四处逛逛，长长见识。

曲父看她被退婚后并没有太伤心，又有李牛照顾着，便放心让两个年轻人留下培养感情。

曲嫣给了曲父一些黄金，骗他说是督军给的赔偿费。

曲父说，他帮她存起来，以后给她当嫁妆。

等曲父走后，曲嫣就开始筹备成亲的事。

她其实也摸不准莫北霆到底会有什么反应，但她无所谓，大不了这次不成，她继续攻略，很多撩人的招数还没用上呢。

“嫣嫣，你还有什么东西要买的吗？我陪你接着逛。”纪暖暖自从知道曲嫣要结婚，比她还上心，整天陪着她东逛西逛，购买婚礼所需的物品。

“你已经帮我买了大半屋子的东西了。”曲嫣笑道，“再这么下去，你们纪家就要找我算账了，怪我骗你的钱呢。”

跟纪暖暖逛街很愉快，唯一不好的就是她爱抢着付钱，曲嫣一次自己给钱的机会都没有。

“我喜欢你，给自己喜欢的人买东西有什么不对吗？”纪暖暖已经恢复得很好，她的记忆停留在当年十几岁的时候，性情如昔，纯真心善。

“暖暖，我一直想问你一个问题。”曲嫣拉她到商场的一张长椅上坐下，神色认真地问道，“你以前是不是喜欢莫北霆？”

纪暖暖一愣。

曲嫣沉默了片刻，不知道该怎么说才合适。她必须攻略莫北霆，但她不希望因此而伤害到暖暖。

“嫣嫣，你为什么这么问？”纪暖暖很聪明，看穿了她的为难，反问道，“是不是因为，嫣嫣你喜欢北霆哥？”

曲嫣抿了抿红唇，垂眸道：“我不想骗你，我对他确实有……”

有不一样的感觉。

并且，有不得不“主动争取”的原因。

纪暖暖歪着头，追问：“你对他确实有什么？”

曲嫣摇摇头：“别说我了，明明是我先问你的呀。”

纪暖暖嘻嘻一笑：“我对北霆哥的喜欢，并不是你想的那样。我们两家从小就走得近，北霆哥很优秀，我很敬仰他，但他性子冷，我喜欢温润如玉的男孩子。”

她一边说，一边用眼角余光悄悄瞥向长椅侧面的转角墙壁。

那堵墙后面，北霆哥就站在那里。

这几天，北霆哥好像一直在暗中追查嫣嫣的行踪。

她猜，北霆哥一定很喜欢嫣嫣。

那她就做件好事，帮他问一问，嫣嫣心里到底怎么想的。

“我回答完了。嫣嫣，该你回答我了，你对北霆哥究竟是什么感觉？”纪暖暖锲而不舍地问道。

“既然你不是爱慕他，那我就放心了。”曲嫣松了口气，这样一来，她就不用担心伤害到她了。

“这么说来，你是真的喜欢北霆哥？”

曲嫣没有回答，拉起纪暖暖：“我肚子饿了，我们去吃东西吧。”

纪暖暖只好遗憾地点点头：“好吧。”

对不起，北霆哥，我只能帮你到这里了。

两人离开之后，转角的墙后，男人迈开长腿，从暗处走了出来，英俊的脸上神色幽深，眉宇微皱。

她对他，究竟是什么感觉？

喜欢？

不喜欢？

她的心思，比他自己的更难捉摸。

曲嫣选的黄道吉日很快就到了，她把淮路上的小洋楼布置得喜气洋洋，红绸彩带，一片欢庆之气。

纪暖暖和莫青黛一早就到了，围着曲嫣打扮。

“嫣嫣，你穿上嫁衣可真好看。”纪暖暖帮曲嫣梳头，笑眯眯地说，“在我眼里，你是最好看的女孩子。”

“你也很好看呀。”曲嫣弯了弯嘴角，看着镜中的自己。

红艳嫁衣，薄施粉黛。

乌眉明眸，白皙精致的小脸，确实很美。

“要我说，嫣嫣姐姐，如果你选择西式的婚纱，会更美的。”莫青黛在旁边撇了撇嘴，叹气道，“可惜，你要嫁的人不是我大哥，不能当我嫂子。”

大哥也真是的，这么多天了，也不见他来找嫣嫣姐。

追女孩子都不会！

白瞎他长得那么英俊的好皮囊！

莫青黛在心里嘀咕着，开口又道："嫣嫣姐姐，你要不要再考虑一下？其实我二哥也不错，他对你就特别感兴趣。"

“莫南宸？”曲嫣转眸，轻笑一声，“他别来烦我，我就万幸了。”

自从莫南宸知道了她就是莫嫣嫣，简直像着了魔一样。

整天守在她这栋小洋楼外面，流水似的礼物往里面送，说是给她的谢礼。不知道的人恐怕要以为，这是送聘礼，一箱又一箱的。

“我二哥虽然傻气了一点，但他人很好的。”莫青黛积极地推销自家两位哥哥，“你那位牛哥，看着挺忠厚老实，可是……”她生性直率，有话憋不住，还是说了出来，“嫣嫣姐姐，我觉得你跟他不太般配。你那么厉害，什么都会……”

想来想去，还是她大哥才配得上嫣嫣姐姐，可恨大哥在情路上不争气啊！

莫青黛感觉自己操碎了心，眼看着嫣嫣姐姐今天就要嫁人了，大哥却连个人影都没见着。

“好了，青黛，你别说了。”纪暖暖温柔地劝阻，牵起曲嫣的手，“嫣嫣选择谁，我们都要支持她的决定。走吧，时辰快到了，我们下楼去。”

曲嫣忍不住抬起手，摸了摸纪暖暖的头：“暖暖，你真好。”

她大概是这个世上最善良、对她最好的女孩子了。不知道以后还有没有机会在别的世界相遇。

“嫣嫣姐，我不好吗？”莫青黛吃醋，噘起了嘴。

“你当然也好。”曲嫣捏了一把她的脸颊，笑嘻嘻地说，“我的两个好姐妹都这么好，我还嫁什么人。臭男人哪有你们香。”

三人说着笑闹成一团。

嘻嘻哈哈了一会儿，曲嫣才一左一右挽着她们下楼。

她没有披什么红盖头，终究不是真结婚，没必要。

“嫣嫣。”李牛早就在楼下厅里等着了，看到一身红色嫁衣的她，顿时眼睛一亮。

就算今生无法娶到她，有这样一次圆梦的机会，他也心满意足了。

“牛哥。”曲嫣走到他身边，轻声道，“谢谢你。”

李牛摇头：“别这么说，我愿意的。”

曲嫣道：“我知道你们李家十几年前走丢了一个女儿，你妹妹李梅，是不是？”

李牛诧异了一下：“怎么突然说起这个？”

曲嫣微微一笑：“我帮你找到她了，等我们的‘婚礼’结束，她应该就到达湖城了。”

李牛又惊又喜，不敢置信地张大嘴巴：“这、这怎么可能？你真的找到她了？！”

曲嫣含笑点头：“是真的。我不会拿这种事与你开玩笑。”

她说过要回报他的恩情。

他妹妹李梅自幼走失，被拐卖到山沟沟里，死于不久后的一场战乱。

这是命数。

但她要逆一次命，即使会因此遭受惩罚，失去了系统的支持，在这个任务里无法再开启系统商城。

“是，真的吗？”李牛激动得说话有点结巴，“我妹妹她还好吗？她这些年过得怎么样？我爸爸妈妈太想她了……”

李牛的眼眶瞬间红了。

他妈妈因为小女儿的丢失，十几年前就哭得眼睛半瞎，从此成了心病。

如果妈妈知道妹妹平安无事地找回来了，一定高兴坏了！

“她在山里吃了些苦，但还好，收养她的那对老夫妇人不坏，只是需要一个女儿陪伴养老，让她干些体力活。”曲嫣拍拍李牛的肩膀，“以后你们一家人就可以团圆了。”

李牛眼眶湿润，抓住曲嫣的双手，满心感激地说：“谢谢你！嫣嫣，我太感谢你了，我嘴笨，不会说……以后你有什么需要，我一定帮你办好！”说着，他竟向她跪下，“我替我爸妈谢谢你。”

曲嫣连忙扶住他：“牛哥，你别这样，我受不起。”

她扶不动他，干脆也跟着跪下，总不能白白接受别人的跪拜。

在外人看来，他们就像一对面对面行夫妻跪拜礼的新人。

莫北霆冲进来时，看到的就是这一幕——

男女双手相握，热泪盈眶，跪地对拜，仿佛深情至极！

莫北霆胸中猛然蹿起一团烈火，理智无法阻止他的行动。他失控地从腰间拔出手枪，对着天花板“砰”地开了一枪！

“不许拜堂！”他厉声喝道。

在场的人都被这突如其来的枪声吓了一跳。

“哥！”

莫青黛正要跑过去阻止大发雷霆的大哥，却见他直奔曲嫣而去。

莫北霆一把抓住曲嫣的手腕，强硬地把她拉起来，凶狠地说：“跟我走！”

“你放开嫣嫣！”李牛吓得连忙爬起来。现在这情况和嫣嫣预计的差不多，他要帮她把戏演完。

“你最好不要追出来。”莫北霆神色森冷，拿枪指着李牛的脑袋，“子弹可是不长眼的。”

李牛僵住，一动不敢动。

莫北霆不再理他，拽着曲嫣一路往外走。

“大哥！”莫青黛在原地大喊，“你是要抢亲吗？你抢了就要负责啊！如果你没有给我找到一个大嫂，我会鄙视你一辈子的！”

“嫣嫣……”

纪暖暖满心着急，想要追上去，却被莫青黛拉住了手：“暖暖姐姐，你放心，我大哥不会伤害嫣嫣姐的。让他们俩自己讲清楚吧，我们不要掺和。”

纪暖暖看看她，又看看僵在原地的李牛，不禁心生浓浓的同情。她举步走过去，安慰地拍拍他：“你别难过，该是你的就是你的，不是你的强求也没用。”

李牛收起刚才配合演戏的表情，淡淡一笑：“谢谢你的安慰，我没事。”

曲嫣被莫北霆拽出了小洋楼。

外面停着一辆黑色汽车，她被硬塞进了车子。

“咔嚓”两声，她又一次被铐在特制扶手上。

“督军，你应该知道，这手铐困不住我。”曲嫣意指最早的那次码头事件。

“手铐困不住你，那就由我来困住你。”莫北霆英俊的眉目冰冷，怒火藏在寒冰之下，隐有破冰之势。

“你不是不在乎我嫁给谁吗？为什么还要困住我？”曲嫣明知故问。

莫北霆抿紧了薄唇，黑眸锁着她：“你如愿了。”

曲嫣挑起秀眉：“我如什么愿了？”

“你做这么大一场戏，不就是等我上钩，引我过来抢亲？”

“既然督军这么聪明，为什么还上钩了呢？”

莫北霆沉着脸，不语。

他自己也想知道为什么。他一向是理智且善于自控的人，明知她在使手段，他竟还是控制不住冲动。甚至，他在来的路上，心底有一股想要烧毁整栋小洋楼的暴虐欲望。

曲嫣见他不说话，并不逼他，独自望着窗外的风景，安静地欣赏。

车子一路开往码头。

“你要带我去哪里？”曲嫣被他解开手铐，但下一瞬又是“咔”的一声，莫北霆把他的左手和她的右手铐在一起了。

“上船。”莫北霆带她登上一艘小船。

显然，是他事先安排好的。

船夫目的明确地驶向一座小岛。

“督军，这是食物，还有您吩咐准备的东西。”下船时，船夫把一个大麻袋递给莫北霆。

莫北霆单手拎着麻袋，另一只手与曲嫣的手锁在一起，走入小岛。

“这是无人岛吗？”曲嫣好奇地四处张望，“你想要做什么？我们要在这里过夜？”

“今天不是黄道吉日吗？”莫北霆瞥了她一眼，语气冷冷地道，“我们就在岛上成亲。”

曲嫣：“……这是求婚的语气？”

莫北霆没有接话，不知在生谁的气，脸色阴沉。

他领着她来到小树林里的一处空地，那里已经搭建好一间小木屋。

“老实待着，别妄想逃跑。”他解开手铐，冷声道，“没有船只，你哪里也去不了。”

他没再理她，步入木屋。

大麻袋里，准备着一套男式的中式婚服。

他给自己换上。

曲嫣完全没有想要逃，悠闲地坐在木桌子旁，随手拿起盘子里的一颗花生，香香地吃了起来。她等了片刻，莫北霆从里面出来，身姿英挺，穿着与她一样的中式婚服。

他身上与生俱来的冷酷气质，被这艳红色一冲，莫名地多出了几分喜气。

曲嫣“扑哧”一笑：“督军，你为什么不准备西式礼服？”

莫北霆横她一眼，语声冷冷地说：“那你为什么买中式嫁衣？”

曲嫣长长地“哦”了一声，恍然大悟：“原来你跟踪我，知道我买了中式嫁衣，所以你也买了中式的婚服。”

莫北霆不承认，也没否认，扯了扯衣袖，有些别扭。

这身衣服，换作从前，谁敢叫他穿，他就要一枪毙了对方。但如今，他居然自愿穿上了。

简直……该死！

曲嫣看他从麻袋里拿出龙凤蜡烛，不禁“咦”了一声，说道：“督军果然筹备周全，把什么东西都准备好了，但是我没有答应要嫁给你呀。”

“你做这么多事，不就是不甘心被我退婚？”莫北霆摆放龙凤蜡烛的手一顿，转头看她，“你想要的不就是我娶你？我如你所愿，你还有什么不满足？”

曲嫣轻嗤了下：“督军这语气，这态度，不情不愿还凶神恶煞的，哪个女孩子愿意嫁给你？”她站起身，伸展了个懒腰，舒展一下坐了半天车和船的身体，懒懒道，“就当我是不甘心被你退婚，那么到现在，我已经报复够了。这场好戏，也该收场了。督军莫要当真，我并不是真的想要与你成亲。”

莫北霆脸色很冷，黑眸幽深而波动，压抑的火焰似乎即将冲破冰封。

“就算督军把我困在岛上，我也不会同意嫁给你。”曲嫣不怕死地继续道，“没有真情的婚姻，我不屑一顾。督军对我的感情，有牛哥对我的十分之一吗？”

莫北霆双手猛地握紧，再也压制不住喷薄的怒火，一把掐住她的细腰，俯身逼近她的小脸，咬牙道：“曲嫣！你到底想怎么样？”

曲嫣不惊不惧，一脸无动于衷的样子：“不想怎么样，就是游戏结束了，督军请离我远一些。”

莫北霆狠狠盯着她仿佛凉薄的眸子，猛一低头，咬住她的唇瓣：“你玩我？！”

他心底的怒火骤然蔓延，熊熊燃烧。

他将她用力压倒在木桌上，怒道，“既然你敢玩火，我就让你知道玩火的下场！”

他一把掀起她的裙摆。

然而嫁衣繁复，她里面还穿着一层层的内衫，他不耐烦地撕扯开她的衣领。

“督军要强来，我肯定是抵挡不了的。”曲嫣任由他撕扯，冷淡地道，“但是就算你强占了我的身，我的心也只会恨你无耻。”

莫北霆的动作顿住。他眼底隐隐泛红，怒视着她：“曲嫣，你究竟想要我怎么样？”

她设局引他来抢亲，他做了。她想要他娶她，他也同意了。她到底还有什么不满意？

“我想要你……”曲嫣抿了抿红唇，嗓音轻柔了下来，“我知道你唯我独尊惯了，霸道惯了，但人与人之间的相处不是这样的。你若想娶一个女孩子，首先应该准备婚戒或聘礼，单膝下跪来求婚，不是吗？”

莫北霆半压在她身上，伸手捏住她小巧的下巴：“我没有探究你的种种可疑，没有逼问你身上的秘密，这还不算让步？这还叫霸道？”

曲嫣弯了弯漂亮的眉眼，微微扬起脖子，“啾”的一声亲在他的唇上：“那我奖励你一下。”

她笑起来的样子很甜，像她柔软甜美的唇瓣。

莫北霆既恼怒，心头又有一股说不出的甜蜜。

这个该死的女人，打一巴掌又给一颗糖，偏偏他又下不去手！

“别生气，我再亲你一下好了。”曲嫣又亲了他一口，像一只偷吃蜜的小狐狸，笑得坏坏的，又甜甜的。

莫北霆手掌握住她的后脑，低头狠狠地吻下去。

骂不得，打不得，那他只有狠狠地亲她，亲到她求饶。

莫北霆的吻，猛烈而霸道。

他仿佛带着对自己的气，又像是对她生气，恶狠狠地吻上去，却渐渐变成了无法自控的沉沦。

她甜软得令他上瘾。

曲嫣细白的手指紧揪着莫北霆的衣领，说："你等等，我还有话想和你说……"

"巧言令色，我不听。"莫北霆再次吻下，如疾风骤雨，狂烈席卷。

他的吻出奇地火热，不像他冷冰冰的外表，反而更像是喷发的火山。他积蓄已久的莫名怒火、莫名情愫，在这一刻彻底爆发开来。

"嫣儿……"他在她唇间低语。

曲嫣被他吻得迷迷糊糊，心底忽然闪过一种奇怪的熟悉感。她似乎曾经也被人这样吻过……激烈而狂热，令人战栗。但记忆太模糊了，渺茫似烟雾，无法触摸。

"你竟然走神？"莫北霆察觉到她的分神，心中一怒，脱口道，"你在想你那位牛哥？"

"牛哥？"曲嫣眨了眨眼。

"你还在记挂着他？"莫北霆见她没有否认，眸光渐暗，掠过一层阴霾。

虽然他很确定，她和李牛只是在做一场戏。但据说他们俩青梅竹马，从小一起长大，想必有一些情谊。

"我偏不告诉你。"曲嫣伸手抵住他的胸膛，推了推，"督军，你是不是有什么奇怪的癖好？就这么喜欢把人压在桌子上？"

她趁他直起身子的一瞬间，灵巧地逃出他的束缚，说道："今天婚是结不成了，我不嫁牛哥也不嫁你。"

她说着往木屋外面跑。

外面是一片葱郁的树林，不远处是来时的水路，岸边停靠着船只，但船夫不知去了哪里。

曲嫣心想，要不是她为了帮李牛找妹妹，遭受惩罚，没法开启系统，就可以学个速成的开船技巧，从岛上逃走，气死莫北霆。

"不许动！"

一道刻意压低的低喝，突然在她身后响起。

曲嫣浑身一僵，感觉太阳穴上被顶着一把枪。

“敢开口叫喊，我就一枪毙了你！”挟持她的陌生男人凶狠地威胁。

他拖着她，往林子深处走去。

曲嫣没有叫嚷，十分配合。

这种时候装强硬气是没用的，静观其变才是上策。

绑匪的动作很迅速，显然是训练有素的绑匪，一路挟持着曲嫣来到小岛的背面。

曲嫣在心中冷静地分析，莫北霆估计以为她要脾气跑开了，而她也来不及留下什么痕迹。但这个绑匪似乎并不打算马上要她的性命，应该另有图谋。

“把她绑起来！”

绑匪把曲嫣推进一个小山洞，里面守着十几个壮汉。

曲嫣的双手双脚被绳子捆绑起来，她见一个壮汉要拿布条塞她嘴巴，赶紧开口道：“别！我有洁癖。你们想要什么，我都配合你们就是了。”

“小姑娘倒是识相。”壮汉嘿嘿一笑，“那你知道我们想要什么吗？”

曲嫣眼珠子骨碌碌一转，狡黠地道：“各位英雄图谋的肯定不是女色这么低俗无品的东西。只有大计划、大抱负才配得上各位的英姿。”

那壮汉听得挺满意，扔开布条，放她一马：“反正这里偏僻，你就算喊破喉咙，也没有人会来救你。”

曲嫣乖巧地点头：“我不会喊的。”

就如她所猜测，这些人并不是冲着她的“色”来的。很明显，也不是求财。

她虽然无法开启系统，但也不慌，就静静地待在小山洞里。

几名壮汉守在洞外，为首的绑匪似乎在跟一个人对话。距离有点远，听起来模模糊糊。

不过曲嫣的耳力特别好，闭眼凝神，静心倾听，倒是听清楚了七七八八。

“你确定姓莫的真把这个女人放在心上？”

“当然！我怎么敢骗你，怎么敢骗你们五爷？”

其中一道嗓音是刚才绑架曲嫣的那个男人。而另一个声音……

曲嫣不禁挑了挑眉，居然是纪寒烟。

这件事，有意思了。

“如果姓莫的不上钩，不肯把东西交出来，你就别怪老子下手无情！”绑匪冷冷道，“老子可没有什么不杀女人的规矩。”

“您放心吧，呵呵……”纪寒烟心里有些怕，脸上堆起讨好的笑容，“假如北霆哥真的不来，你们就把那个女人杀了，也没什么损失。我下次还帮你们做事。”

她会和五爷合作，原本也是巧合。

昨天她偶然撞见了五爷，不小心听到五爷想要拿回那批货物，她突然脑中灵光一闪，就主动站了出来，说可以帮忙。

她本来的想法是，让五爷的手下绑架曲嫣，只要北霆哥不愿意用货物来交换曲嫣，那就刚好可以撕票，她就不必自己脏了手。但如果北霆哥愿意……

不，不可能的！

在北霆哥的眼里，事业才是最重要的！

女人算什么？曲嫣算什么？

可是……北霆哥这些天茶饭不思，整日跟踪着曲嫣，分明就是被那个狐媚子迷惑住了！

纪寒烟想起这些，就气得直咬牙。她已经听纪暖暖说过，曲嫣就是那个歌女莫嫣嫣。

这个女人用乔装勾引的手段，把北霆哥和莫二少都迷得神魂颠倒。她现在就是赌北霆哥不会来，让曲嫣被这些人撕票，一枪杀了！

想想就解气！

“原来又是这种毒计啊……”曲嫣在山洞里偷听了会儿，已经明白了来龙去脉。

当年对付纪暖暖，纪寒烟用的也是类似的法子。

那时，纪家有意要把暖暖许配给莫家，纪寒烟偷听到父亲和老督军的谈话，心生不忿，种下恨意。

后来的那次绑架案，绑匪原本要绑的是莫青黛，谁知阴差阳错，不小心绑错了纪寒烟。

纪寒烟巧舌如簧，竟说动了绑匪，让他们以为莫北霆深爱着纪暖暖，这才导致纪暖暖后来的不幸。

“这种女人，活在世上只会害人……”曲嫣在心里自言自语。

等她脱险后，是时候收拾纪寒烟了。

该搜集的证据，这段时间她都搜集得差不多了。

而此时另一边，莫北霆正疯狂地寻找着曲嫣。

他寻找未果，却在折回木屋时发现门口放着一封信。

信上写得明明白白，要他用一船的枪支，孤身一人去交换曲嫣，否则曲嫣活不到天亮。

莫北霆周身冷寒，黑沉的眸底涌起一层浓烈的杀气。

敢威胁他？敢动他的人！

活腻了！

曲嫣等到天黑，饥肠辘辘，那些绑匪也没有个动静。

“老大，姓莫的该不会不敢来吧？”一个壮汉问为首的绑匪。

“等到天亮，他要是不来——”绑匪冷哼一声，转头瞪着曲嫣，“你男人如果不管你死活，你就认命吧！”

“谁说他是我男人了？”曲嫣不以为然地撇了撇嘴，“我今天才刚拒绝跟他成亲，说不定他怀恨在心，巴不得我死呢。”

她说归说，心里对莫北霆还是很有信心的。就算他对她没有感情，看在她救过他弟弟妹妹的分上，也肯定会来救她。至于怎么救，她就不清楚了。

天色越来越暗，岛上虫鸣声声，倒有些静谧幽远之意。

“老大！那边来人了！”

突然有人大喊一声。

远处的海岸，停泊着一艘船，船上下来一个男人，他高大英俊，气势迫人。

莫北霆踩着军靴，一步步朝山洞这个方向走过来。

“站住！”

绑匪带着几个手下上前，持枪对着莫北霆:“姓莫的！你再走近一步，我们就开枪了！”

莫北霆停住步伐，冷眸睥睨：“你们要我孤身一人前来，我来了。”

“我们要的东西呢？”绑匪大声问。

“在船上。”

绑匪推出一个小弟：“你，去船上搜！”

随即又对莫北霆道："姓莫的，把身上的枪和匕首都给我扔出来！"

莫北霆微挑眉梢，俊脸冷漠，解下腰间的枪夹，扔到地面上。

"等等！"绑匪对莫北霆的赫赫威名终究有恐惧，临时改变主意，道，"你把枪捡起来，对着自己的大腿开一枪！"

莫北霆眯了眯黑眸。

那绑匪见他不动，立刻指挥手下把曲嫣押出来："你不对自己开枪，就别怪我在你女人身上开一个洞！"说着就把枪口对准曲嫣的后背。

莫北霆的眸底迅速闪过一抹冷芒。他没有发怒，冷静地俯身，捡起地上的枪，毫不犹豫地"砰"的一声射向自己的大腿！

"莫北霆！"曲嫣忍不住惊呼一声。

"没事。"莫北霆语声淡淡，听不出一丝痛意。

但曲嫣看见他额头上瞬间渗出一层冷汗，他大腿的裤管一下子就被鲜血染湿。

"老大，我已经上船搜查过，没有问题，就跟咱们上次被劫回去的那艘船数量一样。"搜船的小弟回来汇报。

"很好。"绑匪满意地点头，嘲讽道，"想不到大名鼎鼎的煞神莫北霆居然还是一个多情种，为了个女人，什么都不顾了。"

"少废话。"莫北霆冷声道，"你们想要的东西，给你们了。现在，该把人放了。"

"把人放了没问题，但我忽然很想看看，督军大人为了一个女人，到底可以牺牲到什么地步？"绑匪兴味盎然，不怀好意地在曲嫣背后推了一把，"你既然可以射中自己的一条大腿，那不如把另外一条腿也给射中了吧。"

"我劝你适可而止。"莫北霆手里的枪缓缓抬起，"我这支枪里的子弹，也许不够杀光你们所有人，但让你一个人死，绰绰有余。"

绑匪慌忙躲到曲嫣身后："你别乱来！杀错你的女人可别怪我！"

莫北霆嘴角扬起一抹冷傲的弧度，不紧不慢地道："怎么，只听说过我煞神之名，没听过我'神枪手'的称号？"

绑匪噤若寒蝉。

就是顾虑着这一点，他才没有让手下一拥而上，齐齐开枪。

因为，即使只在半秒之间，莫北霆也有本事将他先射杀了。

他非常惜命，这个险，他不冒。

“行！你现在往边上退！”绑匪不再玩什么无聊的把戏，大声喝道，“等我们都上了船，自然会把你的女人还给你！”

莫北霆面无波澜，拖着受伤的左腿，一步一步往侧面空地退开。

绑匪带着曲嫣和一众手下，奔向岸边。

等到众人都上了船，他们才把曲嫣推下了岸。

曲嫣扭头，只见那帮绑匪启动船只，开船远去。

“你有没有受伤？”莫北霆远远地扬声问道。

他一边问，一边缓缓拖着腿走向她。

“我没事。”曲嫣摇了摇头。

她被绳子绑着手脚，动不了，刚刚被推下船时，有些擦伤。

莫北霆走到她身边，拔出靴子里的匕首，替她割断绳子。

“手掌和脚踝都擦破了。”他查看她的伤口，沉声道，“再忍耐一会儿，我安排了人来接应我们。”

“我这点皮外伤，不要紧的。你的枪伤……”曲嫣低头看他的大腿，鲜血浸湿了他的军裤裤管，布料粘在伤口上，一定很痛。

“一枪而已，算不了什么。”莫北霆抬眼，眯眸眺望海面，眼底闪过一丝狠厉。

“你在船上做了安排？”曲嫣捕捉到他的眼神，恍然道，“难怪……”

她话音未落，只听远处海上传来砰然巨响！

火光骤然蹿起！

那艘船爆炸了，漫天火光，黑烟滚滚！

曲嫣望了半晌，不禁说道：“督军果然不打没有把握的仗。”

她这话是在夸他。

但他似乎并不高兴，不悦地皱了皱眉：“即使没有把握，我也会来救你。”

曲嫣“嗯”了声，故意道：“我知道你会救我。因为我之前救过你的弟弟和妹妹，你欠我人情。”

莫北霆皱紧了眉头，沉眸凝视着她。

她就是这么想的吗？他孤身涉险，不顾一切地来救她，她却以为他只是在报恩？

“督军是个重情义的人，有仇必报，有恩必还，我懂的。”曲嫣不管他是什么表情，自顾自地说，“督军今天舍命救了我一回，咱们就算两清了。以后，桥归桥，路归路，各走各的，有缘再见。”

“曲嫣。”莫北霆突然唤她的名字。

“嗯？”曲嫣疑惑地抬头看他。

“你这张小嘴……”他冷不丁倾身，覆住她微张的唇瓣，“欠吻。”

他有些恼，在她唇上轻咬了几下。

曲嫣吃痛，身体后缩：“什么欠吻，我看你是欠揍！”

她抬手，在他肩头拍了一下。

她没用多大力气，他却低低地痛哼一声。

“怎么？肩头也受伤了吗？”她一时不察，凑过去查看。

才刚一靠近，就被他捧住脸颊，再次被吻住。

“狡猾！”她生气地挣扎道。

“别动，我腿上的伤口疼。”

曲嫣一听，便停止了挣扎。

莫北霆眸底闪过一丝笑意，捧着她的小脸，深深地吻了下去。

痛也值得。

为救自己想救的那个人，原来痛楚也能变成痛快。

“你快放开我……”曲嫣被他吻得喘不过气来。

这个男人也太疯狂了，身受枪伤却不管不顾，就不怕流血而亡！

曲嫣轻轻推开他，小脸微红，瞥了一眼他受伤的大腿：“血越流越多了。”

“嗯。”莫北霆不以为然地说，“血热，自然流得快一点。”

“什么血热？”曲嫣愣了一下。

莫北霆捉住她的手，按在自己的胸口。

曲嫣感觉到手心下，他的肌肉紧实，心跳似乎有点快。

“你这是失血过多引起的心悸。”她回过神来，假装不懂他的意思，一本正经地说，“你必须马上就医，否则可能会因心悸而昏厥。你的手下什么时候才来接应我们？”

“真的不懂？”莫北霆挑了下眉梢，倒也没逼她，回道，“再过几分钟应该就会到。”

“对了，有件事差点忘记告诉你！”

曲嫣忽然想起纪寒烟还藏在岛上。

那些绑匪上船后被炸死了，但纪寒烟并没有上船。纪寒烟一定还躲在岛上的某个地方。

“什么事？”莫北霆问。

“这次绑架我的主谋，除了那个五爷，还有一个帮凶。”曲嫣没有卖关子，直接道，“她就是纪寒烟，你关照呵护了好几年的小青梅。”

莫北霆俊脸骤然一沉：“纪寒烟？这件事与她有关？”

他救人心切，只来得及布局营救，暂时没空彻查。但不难猜测，这次的事是他的宿敌五爷做的。

这其中竟然还牵扯了纪寒烟！

“对，就是她。”曲嫣留意着他的神色，继续道，“她做的坏事还不止这一件，当年纪暖暖被绑架，遭受凌辱……也与纪寒烟有关系。”

莫北霆眸光微动，敏锐地看着她：“你为什么知道这么多？”

“难道你还怀疑我是间谍？”

“不。”莫北霆嗓音低沉，隐有些波动。

他怀疑的方向并不是这个，而是……她身上有太多秘密。

神秘到令他不安，说不出的不安。

并非怕她对他不利，而是一种失去控制的感觉。

“你相信我就好，别问那么多。”曲嫣懒得再编故事，像莫北霆这样理性的人肯定不会相信什么“天上仙子”“天使”之类的传奇说法。

她干脆什么都不告诉他，只说：“纪寒烟还在这座小岛上，等你的人到齐，让他们搜岛，把她找出来，带到督军府，我要与她对质。”

这一天，她等好久了。

有点手痒。

正说着，海面上不远处驶来好几艘船，用灯光闪烁着特殊的节奏。

“我的人到了。”莫北霆沉声道。

手电筒闪烁的节奏，是摩斯密码。

确认是他麾下的人无误。

“可算来了，再不来你的血就流光了。”曲嫣扶住他的手臂，想帮他省点力气。

他虽一声都没哼，但枪伤怎么可能不痛，他的脸色都微微发白了。

“心疼我？”莫北霆扬起薄唇，偏过头，忽然亲了她脸颊一下，“既然心疼我，就不准嫁给别的男人。”

曲嫣顿时就松开他，凉凉道：“督军，你还是自己站好吧，我看你精神好得很。”

莫北霆似笑非笑地睨着她。

她若不关心他，就不会一而再、再而三地提及他流血的事。

“船来了。”曲嫣不理他，看着渐渐靠岸的船只，径自率先登船。

船上下来几个副官，莫北霆吩咐他们安排人手搜岛，这才登上船。

回到督军府的书房，莫北霆召来军医。

“你先出去。”莫北霆对旁边的曲嫣说，“你被关了一天，大概也饿了，到楼下让用人给你送些吃的。”

“我在你船上偷吃了船夫的糕点，现在不饿。”曲嫣嘻嘻一笑，“你赶我干什么？怕我看到你痛苦的惨状？”

“我是怕你看到血肉模糊的场面，吓得尖叫。”莫北霆反过来嘲笑她。

“我才不会。”曲嫣干脆接过军医手里已经消完毒的镊子，“我来吧，你忍着点，子弹必须取出来。”

军医被她的举动吓了一大跳，慌忙说：“这位小姐，兹事体大，您千万不能乱来啊！”

督军的身份何等尊贵，如果他牺牲在战场上那是光荣，如果死在一个女人手里那就成了笑话！

“让她来。”莫北霆抬手，制止了军医的话，“我倒是要看看，还有什么是你不会的。”

曲嫣蹲下来，在他的椅子边，侧着小脸抬起眼眸浅笑，说：“督军胆子真大，我自己都不确定我会不会，只是想试试而已。”

她隐约觉得自己会。应该在哪个任务里做过，再不然就是系统给她培训过。

“你只管试，试得不好，小心你的脑袋。”莫北霆吓唬她。

曲嫣才不怕，她拿着医用镊子，小心翼翼地观察他的伤口。

他的裤管已被剪开一个洞，碎布料混着血粘在他伤处，强行扯开一定很痛。

“我需要先把这些碎布清理掉。”曲嫣熟练地对军医说，“消毒药水，麻醉针，给我。”

军医犹豫地看了莫北霆一眼。

“给她。”莫北霆沉声命令。

军医只好服从地把东西交给曲嫣。

曲嫣将消毒药水倒在莫北霆的伤口上，抬头看了他一眼，他疼得额上全是冷汗，却依然英气冷硬，抿紧薄唇一声不吭。

“我现在给你打麻醉针。”曲嫣停顿了一下，问军医，“这麻醉剂的效果怎么样？”

她不清楚这个时代的麻醉针效果如何，估计做不到全身麻醉，只能进行局部麻醉。

“效果不错的……”军医也快冒冷汗了，这位小姐什么都不懂，竟然还敢揽这种活，她是不是活腻了啊！

“哦，那就好。”曲嫣低头，在莫北霆大腿处打了一针。

她动作灵活而迅速，毫不拖泥带水。

对于血肉模糊的场景，她毫无畏惧，很快就取出了子弹。

“医生，包扎伤口的事，就留给你了。”处理完棘手的部分，曲嫣站起来，笑吟吟地对医生说，“我的技术还可以吧？”

“很好！很好！请问小姐是在哪个医学院读过书？”医生惊讶得大开眼界，这么利落快速的手法，比他厉害多了！

这位小姐，真人不露相！

曲嫣笑而不答。

反正她身上的秘密已经够多了，就让它们永远成为秘密好了。

莫北霆眼神幽深，紧紧地盯着她。

他唯一可以确定的是，她绝对不是普通的乡下姑娘。或许，她身上曾有过奇遇。

第四章

死亡也不能将我们分离

“大哥！你没事吧？！”莫青黛忽然闯了进来。

她刚刚还在暖暖姐姐家做客，看见大哥派来的副官，说要请暖暖姐姐到督军府一趟。

她回到家才听说大哥受了枪伤！

“北霆哥，你受伤了？”纪暖暖跟在后面，也关心地问。

“小伤，不要紧。”莫北霆面色微白，但神色淡定，“暖暖，这么晚把你叫过来，是因为有件事需要你在场。”

纪暖暖乖顺地点头：“好的。”

她也不问是什么事，就往曲嫣身边靠去，挽住曲嫣的手臂，小声说悄悄话：“嫣嫣，北霆哥抢亲之后，对你好不好？他有没有欺负你？你们发生了什么事，为什么会受伤？你有没有伤到哪里？”

她一问就是一连串，曲嫣都不知道从哪里回答起，微笑道：“暖暖，你别这么担心我，我很好。”

只是恐怕等一会儿，暖暖的心情会不太好。

她虽然忘记了那段不幸的往事，但如果知道自己的亲妹妹歹毒地设计她，难免会伤心。

曲嫣在回来的船上，已经和莫北霆约定好，只提当年绑架案中纪暖暖很快就被救回来了，不提她遭受过什么惨事。

“大哥！”又一声惊呼，从书房门口传来。

莫南宸同样是刚回家，才听一个副官说，他大哥受伤了。

他着急地冲上来，发现曲嫣在场，顿时眼睛一亮：“嫣嫣！”

他先是看了一眼他大哥，见他好端端地坐着，只是腿上缠着纱布，应该没什么大碍，就兴高采烈地跑到曲嫣身边，“嫣嫣，我可算见到你了！想死我了！”

他这些天，每日守在淮路小洋楼外，但嫣嫣就是不见他。

害他思念成疾！

“莫二少。”曲嫣向他点点头，眼角余光瞥见莫北霆的俊脸微微沉了下来。

“嫣嫣，你为什么不肯见我？”莫南宸气呼呼地说，“我听大哥说，你要嫁给那个什么牛哥。你要嫁人，不如嫁我啊！”

“这个嘛……”曲嫣看着莫北霆，他的神情更加冷峻了几分，一时兴起，含笑回答，“也不是不可以，如果你真心爱我的话，我可以考虑考虑。”

“真的吗？”莫南宸欣喜若狂，激动地抓住她的手，“我当然爱你！你考虑嫁给我吧！”

曲嫣垂下眼眸轻笑。

莫二少孩子心性，他的喜欢不等于爱。

他看到她，除了感激，就像遇见了一个新奇的玩具，充满好奇，仅此而已。

“你不说话，我就当你答应会好好考虑了。”莫南宸紧紧握住她的小手。

突然“砰”的一声，一只水杯飞过来，砸在莫南宸的胳膊上。

水杯落地，碎成了满地碎片。

莫南宸吓了一跳，连忙跳到一边，避开碎片，捂着有些疼痛的胳膊，抱怨道：“大哥，你干吗打我？”

“我打你已经算轻了。”莫北霆冷冷地道，“下次再乱摸，整只手废掉。”

“什么乱摸？我哪有乱摸，我只是牵了一下嫣嫣的手。”莫南宸辩解。

“谁允许你牵她的手？”莫北霆眸色冰寒，森然瞪他一眼，才转头对曲嫣道，“过来，坐到我旁边的位置。”

“大哥！你这样就太不讲理了！”莫南宸虽然怵他大哥的眼神，但还是不服气，“嫣嫣已经答应我，会考虑和我的婚事。你争取不到嫣嫣的芳心，不能把气撒到我身上啊。”

莫北霆没理他，沉眸看着曲嫣，薄唇微启：“你自己说。”

曲嫣眨了眨眼：“我要说什么？”

莫北霆眸光一凛，气息逼人：“你懂我什么意思。”

曲嫣耸了耸肩：“好吧。”她转头看向莫南宸，解释道，“我刚才说，如果你真的爱我，我会考虑。但是，莫二少，你并不爱我。你对我的感觉就像之前对白牡丹，只是一时的新鲜和欣赏罢了。这不是爱情。”

莫南宸愣了愣：“这不是爱情，什么才是爱情？”

曲嫣没有回答。

这个问题，是千古难题，每个人都应该自己寻找答案。

“二少，督军这样的才算是爱情。”被迫看了半天兄弟争女人戏码的医生，轻咳了两声，开口道，“督军为了救这位小姐，自己在自己身上开了一枪。如果这都不算爱，那还有什么算是爱情呢？”医生脑补着壮烈深情的场景，不禁动容，“我听说，督军孤身一人，勇闯危险的岛屿，如同屠龙骑士，救下了遇难的公主！骑士虽然身受重伤，却赢得了爱情！”

曲嫣听着抿了抿红唇，忍住笑，哪有这么夸张。

莫北霆暗暗瞪了她一眼，无声地问：“怎么，我不是救了你？”

曲嫣点点头，小声地说：“是，屠龙骑士，你好！”

莫南宸竟然听得眼含热泪，转目看向莫北霆，眼神中充满了崇拜和向往：“大哥！你太英勇了！如果嫣嫣弃我选你，我是服气的！”

曲嫣忍俊不禁，“扑哧”一声笑出来。

莫二少太逗了。

她就说吧，喜欢不等于爱，果然一下子就放手了。

“督军大人，纪寒烟已押到。”

书房外，一名部下前来禀报。

莫北霆神色一沉，扬声道：“带上来！”

片刻后，纪寒烟就被人五花大绑地押了上来。

她神色狼狈，身上有些擦伤，可能是企图逃跑时摔倒弄的。她一看见纪暖暖就大叫：“姐姐！你快救我！”

纪暖暖一脸茫然，错愕道：“北霆哥，这是怎么回事？为什么要把烟烟绑起来？”

莫北霆语声冷淡：“你让她自己说。”

纪暖暖去问纪寒烟：“烟烟，到底发生了什么事？你快跟姐姐说。是不是你做了什么调皮的事，惹北霆哥误会了？”

纪寒烟大哭起来：“姐姐，我什么都没做过！我是被人陷害的！”

纪暖暖见妹妹痛哭流涕，模样狼狈，不禁心疼，走到她身边，半跪着摸摸她的头，柔声道：“烟烟，你别哭，你慢慢说。姐姐在这里，不会不管你。”

曲嫣看着纪暖暖这样温柔善良，心里轻轻叹了口气。

等到真相揭开，暖暖一定很难过。

但纪寒烟这样歹毒的女人，留在暖暖身边，迟早会再害暖暖一次。

长痛不如短痛。

“我来说吧。”曲嫣站出来，清脆道，“纪寒烟做过什么狠毒的事，让我一件件数给你们听。”

“你胡说什么！我哪有做过什么狠毒的事？”纪寒烟擦了一把眼泪，怒瞪曲嫣，“我知道，你看我不顺眼。你以为北霆哥是因为我才向你退婚，你根本就是在恶意报复我！”

“烟烟，你别乱说……”纪暖暖不同意，不让她骂曲嫣，“嫣嫣绝对不是那种人。”

“姐！你一口一个嫣嫣，在你心里，到底哪个嫣嫣才是你亲妹妹！”纪寒烟愤怒地注视着纪暖暖，“你配做我姐姐吗？从小到大，爸妈只会夸你优秀，天天用你来教训我！他们对外只提你这个宝贝女儿，从来没说过还有个小女儿叫纪寒烟！”

“烟烟，原来你一直都是这么想的吗？”纪暖暖惊愕不已。

她不知道，原来自己的妹妹对她有这么大的怨气。

“你看！就是你这副嘴脸，装无辜，装善良，所以从小只要有什么错，爸妈就只打我一个人！”纪寒烟回忆起小时候，越想越恨，“小时候你跟在北霆哥后面跑，爸妈就会笑眯眯地说，两家有缘分。一提到我，他们就责备我不守礼数，女孩子追着男人跑不像话！”

“那是因为当年我年纪小，不懂事……”纪暖暖无可奈何。

七八岁的事情了，怎么还翻出来算账呢？

烟烟追着北霆哥，她倒是不知道。也许是她失忆的那段日子。

“只有你出事后，爸妈才开始重视我！”纪寒烟冷冷一笑，“他们捧在手心里最宝贝、最优秀的女儿变成了傻子，他们才肯培养我，关注我。”

所以，纪家根本就不应该有两个女儿！纪暖暖就不应该存在！有她纪寒烟一个就够了！

曲嫣在旁边听得简直叹为观止。

这是什么三观？自己不优秀，还怪别人太优秀？自己不善良，还怪别人心地好？

“督军。”曲嫣凑到莫北霆耳边，小声道，“我前几天安置了两个证人，在淮路的一间屋子里，你帮我派手下去把人带过来吧。”

莫北霆淡淡点头，并没有问她为什么会提前准备好证人。

曲嫣走到纪寒烟面前，居高临下地俯视着她，清声道：“怨天怨地怨姐姐，你怨够了没有？”

纪寒烟恨恨地瞪着她：“关你什么事？我和我姐姐之间的事，你少插手！”

“我偏要插手，你能拿我怎么样？”曲嫣扬起嘴角，慢条斯理地说，“你还想再绑架我一次？继续跟那个五爷合作？这次没弄死我，你很失望吧？”

纪寒烟眼神闪烁了一下：“你胡言乱语什么？我听不懂你在说什么！”

“听不懂没关系，我有证据。”

“你有什么证据？”

纪寒烟不信，她与五爷的合作没有外人知晓，没留下任何把柄。

虽然她在岛上被北霆哥的人找到，但她可以辩解自己是被抓的，然后趁机逃脱，却困在岛上，找不到出路。

“当然是你真面目的证据啊。”曲嫣慢悠悠地道，“不过，别急，我们慢慢来。我先说说，你当年对你亲姐姐做过什么吧！”

“你这个女人满口胡言！”纪寒烟转头对莫北霆喊道，“北霆哥，你千万不要相信她！她行为鬼祟，之前假扮歌女接近你，绝不是什么好人，说不定是哪个军阀安插的特务！”

“反咬我一口？不错不错。”曲嫣拍了拍手掌，表示赞许，“只是很可惜，你说的这些事，督军大人之前早就怀疑过了。他要是不信我，我现在还能站在这里吗？”曲嫣转眸，俏皮地朝莫北霆眨了一下眼，“是不是，督军大人？”

莫北霆没有回答，却淡淡地点了点头。

纪寒烟震惊地睁大眼："北霆哥，你千万不能相信她啊！她是间谍，是特务！你想想，她一个乡下妹，为什么懂得乔装，为什么处心积虑地接近你？你想想啊！"

莫北霆黑眸冷冷眯起，寒声道："你是在教我做事？"

"不、不，我不是这个意思……"纪寒烟急于想取得他的信任，讨好道，"北霆哥这么聪明，一定知道谁是好人，谁是坏人，你心里肯定已经有数了。"

"没错，我确实心中有数。"莫北霆突然扬手，冷喝道，"把人带上来！"

纪寒烟一愣。

只见两个士兵押着一个男人上来，一脚踢在他的膝盖窝："跪下！"

纪寒烟一看到那个男人，顿时脸色发白。是五爷的副手，陈秘书……她就是通过陈秘书和五爷交涉的。

"督军！饶命……"陈秘书跪地，脑袋后面被士兵的枪指着，吓得浑身颤抖，"我只是给五爷打工的，我什么都不知道啊……"

"想要活命，就老老实实回答我的问题。"莫北霆坐在椅子里，不动声色，但浑身染血的冷厉杀气难以掩饰。

"我回答、我回答……"

"这次小岛绑架案，是谁出的主意？"莫北霆问得直截了当。

"是、是……"陈秘书小心翼翼地抬起头，瞥了一眼旁边的纪寒烟，"是她……是她向五爷献策，说有一位曲小姐是督军的心上人……"

"你诬陷我！"纪寒烟大声反驳，"我没有！我根本就不认识什么五爷！这个人在诬陷我！"

"陈秘书，如果你拿不出证据，证明自己的清白，就别怪我在你脑袋上开两个洞。"莫北霆目光冰冷地盯着陈秘书，仿佛在看一个将死之人。

陈秘书一个激灵，马上把老底都交代出来："督军饶命！我有证据！我有！"

他颤抖着手，从口袋里摸出一张黑白照片："这是纪寒烟和五爷见面的证据，我偷拍的……"

本来想留着勒索纪寒烟这个蠢女人，但如今还是性命要紧。

"什么照片？！"纪寒烟脸色更加白了一分。

"纪寒烟，你不是说你不认识五爷吗？"曲嫣拿过那张照片，扔在纪寒烟的面前，“你可别说这张照片里的人不是你。证据确凿，敢做要敢认，懂吗？”

“我……”纪寒烟死咬着不认罪，“我是见过五爷，那又不代表什么？机缘巧合认识的，多聊了几句话而已。”

“你认不认，其实不重要了。”曲嫣环顾房间里的人，视线掠过莫北霆、莫南宸、莫青黛、纪暖暖，“你生命中最重要的亲友，从此以后都不会再相信你。你在他们心中，已经定了罪。”

纪寒烟一震，抬头看向众人。果然，每个人都愕然且鄙夷地看着她，就连她姐姐也一脸失望地摇头。

“就算他们在心里给我定了罪，那又怎么样？我是无辜的，你们没有证据！”纪寒烟狠狠咬牙，心想亲友有什么用？她不在乎！

“你这个人怎么这么健忘？”曲嫣漫不经心地挑起秀眉，“我刚刚才说过，我有证据。”

“那你拿出来啊！”纪寒烟见曲嫣一直只是逞口舌之快，笃定她并没有证据，只是在吓唬她，“你空口白牙，把我往死里整，你太恶毒了！”

“我恶毒？”曲嫣不禁“啧”了一声，“我真恶毒起来，怕你受不住。”

她在这个世界简直不要太善良，各种救人。

“督军，人带来了。”

书房外，有士兵禀报道。

淮路离督军府不远，副官带着士兵开车过去，很快就把曲嫣说的两个证人带过来。

这两人，一个是中年妇女，一个是彪形大汉。

那妇女一走进来，纪暖暖就先认了出来，惊讶地唤道：“杨奶妈？”

这个中年妇女，是她和烟烟小时候的奶妈，在纪家工作了很多年。她最近恢复正常，烟烟说杨奶妈多年前就辞工回老家了。

“大小姐……”杨奶妈看到纪暖暖，“扑通”一声就跪下了，老泪纵横，“我对不起你！是我对不起你……”

纪暖暖赶紧上前扶她：“奶妈，你有话好好说，不要向我下跪，我受不起。”

“不，我就算跪死在这里也不足以赎我的罪……”杨奶妈向她磕头，痛哭道，“当年我不是故意害你的，是二小姐拿我小儿子威胁，叫我引你去那间教堂，才导致你被绑匪劫走……受了那么多罪……”

“什么？！”纪暖暖难以置信，震惊道，“当年我出事，不是意外吗？”

“不是，是二小姐蓄意安排，让绑匪来绑你。二小姐说你是莫大少爷的心上人，让绑匪利用你去威胁莫大少爷。”杨奶妈口中的“莫大少爷”就是莫北霆。

纪暖暖极其愕然，扭头，愣愣地看向妹妹纪寒烟。

纪寒烟面色苍白，嘴唇有些颤抖，一时间竟没想出如何辩驳。

纪暖暖见她如此，只觉得仿佛晴天霹雳。难道……杨奶妈说的是真的吗？她的亲妹妹，恨她恨到这种地步？

“纪寒烟，我给你准备的证据，还满意吗？”曲嫣轻轻拍着纪暖暖的后背安抚，然后指向那个彪形大汉，“还认得他吗？当年绑架案里，唯一还算有点良心的人。是他最后向督军通风报信，救回了暖暖。”

纪寒烟疯狂摇头：“我不认识！我不认识！”

那彪形大汉向她鄙视地呸了一口：“我见过没良心的，但没见过这么毒的女人！活生生把自己姐姐往火坑里推。当年要不是你故意引纪大小姐去那间偏僻的教堂，我们又怎么有机会抓她？”

纪寒烟跌坐在地，满脸冷汗。

完了……这些细节，如果都对上了，她狡辩也没用！

“我们本来是要抓莫家小姐的，谁知抓错了你。你倒是嘴巴利索，说服了我们老大，改抓你姐姐。你说你姐姐出门都有保镖跟着，只有在教堂里，保镖才不进去。”彪形大汉的供词很详细，“你还说，你父母从小就觉得你姐姐优秀，不把你放在眼里，你姐姐才是他们捧在手心里的千金宝贝。”

纪寒烟额头上的冷汗越来越密。这话……她刚刚才说过……

“你还说，你父母觉得你姐姐和莫家有缘，总是教训你要守礼数，不该追着男人跑。”

纪寒烟一震。这句话……她刚刚也说过……

“你说你姐姐死了最好，让我们绑架你姐姐，她才是最值钱的。”

纪寒烟脸色苍白，颤抖着看向莫北霆，祈求道：“北霆哥，我没有……你信我……我真的没有……”

莫北霆连一个眼神都不屑给她，厌恶地说：“你真让我恶心。来人！把她给我押去警察局，跟局长打个招呼，不用留情，直到她吐露实情为止。”

“不、不不……”纪寒烟全身抖得像筛糠，“北霆哥，你不能把我送去警察局，我会死在里面的……看在我们相识这么多年的分上，你不要这么残忍地对我……”

莫北霆冷漠地补上一句：“传我的话出去，纪寒烟曾犯过的罪行，严格按照律法去判，该无期就无期，该死刑就死刑。”

纪寒烟闻言四肢一软，差点昏死过去。

按照律法判？

北霆哥这句话放出去，警局和法庭那边都会加重判刑。那她……是要被枪毙的！

不！她不想死！

“姐姐！”纪寒烟尖叫，“姐，你救我！我们是亲姐妹啊！你救救我！”

纪暖暖泪流满面，已是泣不成声。

她当年被绑架，虽不记得发生了什么，但她隐约感觉到，一定是很惨很惨的事。如果不是这样，她又怎么会变傻了好几年，又怎么会失去记忆？一定是因为不愿意清醒地活下去。而这一切的罪魁祸首，竟然是她从小一起长大的亲妹妹……

她对烟烟那么好，有什么好吃的好玩的，都先让给她。她到底哪里做错了？才让烟烟积累了那么深的怨恨？

她不懂……

“暖暖。”曲嫣张开双臂，抱住纪暖暖，在她后背轻柔地抚摸，“你从来都没有错，明白吗？不管以前发生过什么，你都是最纯净最善良的暖暖。你的灵魂散发着纯洁的白光，你是天使，相信我，暖暖。”

纪暖暖在她的怀抱里感受到一丝熟悉的温暖和安慰。好像曾经在哪里也听过这样的话，获得过这样的赞许与爱。

“嫣嫣……”她埋在曲嫣的肩头痛哭。

“姐！你看看我啊！我才是你的妹妹啊，就算我做错了什么，你也要再给我一次机会啊……”纪寒烟还在撕心裂肺地大喊，“你救救我！你不能这么残忍冷血，眼睁睁地看着自己的亲妹妹去死！你不能这么无情无义！”

曲嫣伸手捂住纪暖暖的耳朵，温柔地说：“暖暖，我们不听这些歪理。每个人，都要为自己的行为负责。谁也不能替别人承担人生，你不必，也没有这样的义务。”

纪暖暖心痛难耐，哭着哭着身子发软，晕了过去。

“昏睡了也好。”曲嫣扶住她的身体，怜惜地摸摸她的头，“等你睡醒了，事情就过去了。你自己的崭新人生，才刚刚开始。”

曲嫣叫莫青黛过来帮忙。

莫青黛早已惊呆了，好可怕！她和一个这么可怕的女人亲密来往了这么久！只要一想到这个，她就忍不住浑身起鸡皮疙瘩！

“督军，纪寒烟的事，就交给你处理了。”曲嫣对莫北霆道，“我先照顾暖暖。”

莫北霆皱了皱眉。

他怎么感觉，她对暖暖比对他好多了？

“来人！还不快把这个女人给我拖下去！”莫北霆一不悦，脾气就更暴躁，对手下命令道，“今晚就给我用刑，如果不肯招，打死为止！”

“是，督军！”

立刻有两个士兵上来，去押惊恐颤抖的纪寒烟。

“督军……她失禁了……”士兵微愣，指着地上的一摊黄色液体。

莫北霆极度厌恶，起身离开了书房。

莫南宸看了半天狗血大戏，这时才回过神，赶紧去扶腿受伤的大哥。他小心翼翼地绕开那摊黄色液体，十分嫌弃地说：“做坏人做到你这份儿上，也太丢人了。但凡你有点傲气，我还夸你一句骨头硬。啧啧……”

曲嫣把纪暖暖安排在莫青黛的房间，见她昏睡中仍在流泪，不禁叹息道：“我把真相揭开，难免会伤到暖暖。”

莫青黛坐在床边陪着，摇头说：“嫣嫣姐姐，你没有做错。如果因为怕受伤就纵容坏人逍遥法外，那这个世界还有天理吗？”

“我也是这么想的。”曲嫣弯唇一笑，“小青黛，你看起来傻乎乎的，其实心里很通透嘛。”

“我哪里傻乎乎了？”莫青黛嘟起嘴，不满地说，“而且，我只比你小一岁，怎么就成‘小青黛’了？”

“好好好，你不傻，你是天真可爱。”曲嫣笑着看她，回想起第一天莫青黛接她进城时，那副嫌弃的样子，“你还记不记得，以前你嫌我土，嫌我是乡下妹。”

“啊？”莫青黛慌忙站起来，“嫣嫣姐姐，对不起！你是生我气了吗？我那时候……”

她咬咬嘴唇，无法辩解。

当时她确实充满了偏见，一方面是为大哥不值，另一方面是气父亲随便把家传玉佩给人。

不管怎样，她都错了。

错就要认。

“嫣嫣姐姐，我错了，你能原谅我吗？不论你想要我怎么补偿你，我都愿意。”莫青黛祈求地看着她。

“我没生气啊。”曲嫣笑眯眯地捏了一把她的脸颊。

“如果你不生气的话……那你可以做我大嫂吗？”莫青黛忽然问。

曲嫣挑了挑眉梢：“这话，是你自己想问，还是你大哥想问？”

莫青黛老实地回答：“是我自己想问。我大哥这个人，从小就特别严肃，板着脸不爱笑。以前他对暖暖姐姐还不错，但那只是因为暖暖姐姐人好，大哥对她，就跟对我一样。”

后来大哥一直庇护纪寒烟，只是因为自认有愧于纪家，所以百般容忍。

“嫣嫣姐姐，我实话跟你说吧……”莫青黛神秘兮兮地压低嗓音，“我大哥从小到大就没追过女孩子，更没交往过女朋友。湖城那么多名媛闺秀、艳丽歌星爱慕大哥，却没一个能被他多看一眼。”

“嗯？”曲嫣奇道，“他都二十七岁了，一次恋爱都没谈过吗？”

系统资料里，没有这方面的详细提示。

难怪，莫北霆冷硬得像个钢铁直男，原来从未开窍啊。

“是呀，嫣嫣姐姐，我跟你说哦……”莫青黛一脸八卦，凑到曲嫣耳边，“有一次，二哥想给大哥介绍个女朋友，带那个女孩子回来吃饭。你知道大哥见到人之后，怎么说吗？”

“怎么说？”

“他说‘我对香水过敏，你们吃吧’。”莫青黛想起这事就忍不住哈哈大笑，“然后大哥就走了！那个女孩子气得想打二哥！”

曲嫣不禁也笑起来：“人家女孩子为了表示重视，喷点香水怎么了？你大哥真的……”

太直了！

“你们在说什么，这么好笑？”

房门口，莫北霆拄着单边拐杖，走进来。

他虽然步履缓慢，身姿依然英挺，充满军人的冷峻气质。

“没有！”莫青黛心虚，扯了一下曲嫣的衣袖，暗示地眨了眨眼，“我们是在说大哥你英勇不凡，从没打过败仗，特别厉害！”

曲嫣嘴角微扬，似笑非笑。

莫北霆一看她这神情，就知道她们俩是在偷偷说他的坏话。

“你跟我出来一下。”他对曲嫣说。

“大哥，你不准欺负嫣嫣姐姐哦！”莫青黛怕自己闯祸，赶紧解释，“刚才都是我在胡说八道，嫣嫣姐姐什么都没说！”

“你怕我打她不成？”莫北霆牵住曲嫣的手，握在掌心里。

“哦……”莫青黛立马明白了。

大哥哪里舍得“教训”嫣嫣姐姐啊。

她想多了。

曲嫣跟着莫北霆走到外面走廊，说道：“纪寒烟的事，对暖暖打击很大。等暖暖醒来，也许会求情，到时候你就宽容一点吧，至少留条性命。”

莫北霆黑眸深邃地看着她，没有开口。

“怎么？不可以宽容吗？必须枪毙？”曲嫣不解，疑惑地问道，“无期徒刑，让纪寒烟坐一辈子牢，这样很难办吗？”

莫北霆凝视她片刻，才缓缓开口：“你和暖暖交情很好？就这么关心她？”

“是啊，她喜欢我，我也喜欢她。”曲嫣毫无隐瞒地说，“我不想她受到任何伤害，如果可以，我想护她一世。”

莫北霆眼神微暗。

“有什么问题吗？”曲嫣不明白他为什么会有这种奇怪的表情。

“没有。”莫北霆抿了抿薄唇，淡声道，“纪寒烟的事，你不用操心，我会处理妥当。”

“那就好。”曲嫣点点头，就准备返回房间看纪暖暖。

她刚转身，手腕一紧。

莫北霆抓住她，略一用力，将她拉进怀里。

“干吗？等会儿青黛出来就看见了……”曲嫣顾虑着他的腿伤，没有乱动挣扎。

“看见就看见。”莫北霆似乎心情不太好，俊脸微沉，“你就这么急着回去照顾暖暖？”

“对啊，我怕她醒来看不见我，会钻牛角尖。”曲嫣心想着，她可能还需要再开解一番纪暖暖。

“你既不打算嫁给那个李牛，也不情愿嫁给我，就是因为这个？”莫北霆紧紧盯着她的眸子。

她明亮晶莹的杏眸，满是对纪暖暖的关切。

她从没用这种眼神看过他。

“嗯？什么？”曲嫣眨了眨眼睛。

该不会……他以为她喜欢女生？

“如今虽然兴起新思想浪潮，但是……”莫北霆知道西方国家有不少先例，但是，她不可以！

“但是什么？”曲嫣弯了弯眉眼，笑得狡黠，“我喜欢暖暖，想照顾她，有什么不可以？我爹妈都没反对，督军大人就更没有立场干涉了。”

“你——”莫北霆猛一咬牙，扔开拐杖，不顾自己腿上的伤口是否裂开，扣住她的腰，低眸逼视，“你不可以喜欢暖暖！我不允许你报复我之后就这样离开！”

“我没走，我不是在这里吗？”曲嫣故意调侃。

“嫁给我！”莫北霆心头涌起一股无名业火，既怒且堵，烧得他濒临失控，“做督军夫人，不好吗？”

“不好。”曲嫣摇了摇头，“你并不是心甘情愿向我求婚的。”

每次他都是因为被激怒，才说要娶她。

这不算心甘情愿，系统都没提示她任务完成。

“在你的定义里，怎样才算我心甘情愿求婚？”莫北霆沉声问道。

“当你不因外界任何人、任何事，只因为纯粹地想要和我在一起，想要娶我为妻，那才叫心甘情愿。”曲嫣伸手抵在他的胸膛，仰起小脸，轻声说道，“督军大人不懂什么是爱，只知道征服与占有。”

莫北霆眯了眯黑眸，反问道：“那你爱我吗？”

曲嫣微微一怔。她没想到，他竟会这么直接地问出这个问题。她来到这个世界之后，一直以攻略他的心态在做任务，并没有投入真心。或许她对他有一些特殊的感觉，但……

爱吗？她从未自问过。

“呵。”莫北霆冷冷一笑，眼底浮起一丝不自觉的痛意。

他松开了她，转身走向楼梯。

曲嫣望着他的背影，不知为何，竟看出了几分寂寥和凉薄。

曲嫣站在原地良久，背靠着冰冷的墙壁，心中亦有几分复杂的滋味。

她唤出许久没有联系的系统助手小七："小七，我现在不能动用系统商城，但是否可以查看任务的进度条？"

"宿主，很抱歉，不能。"小七回道，"不过，这个世界的任务难度是 SSS 级，所以有一个特殊待遇——宿主可以选择是否这辈子都留在这个世界，这样就能够拥有足够长的时间攻略目标。"

"这辈子都留在这个世界？"曲嫣蹙眉沉吟，"我还要再考虑考虑。"

"宿主，根据以往你做任务的成功纪录，有一个关键点，你总是以真心换真心。所以，你无往不利，从未失败。"

曲嫣点点头："我明白了，谢谢你，小七。"

小七兴高采烈地回道："预祝宿主圆满完成任务，在每个小世界里都过得幸福快乐。"

曲嫣轻轻一笑，关掉了系统。

真心换真心吗？

那她知道怎么做了。

纪寒烟被判刑入狱之后，她原先创办的女校就没了校长。

曲嫣决定接手，同时邀请纪暖暖和莫青黛帮忙，一起为这个世界的教育出一份力。

曲嫣卖掉了兰园，搬进了学校的宿舍居住，将手头上的大量资金投入学校，免费招生，尤其是贫苦家庭的女孩子。只要她们有一颗渴望识字读书的心，她就愿意接收。

莫青黛感动不已，她的新偶像果然了不起！她没有崇拜错偶像！偶像又提升了一个高度！

"嫣嫣，学校宿舍简陋，你不如搬来和我住？"纪暖暖已经渐渐从妹妹伤害她的阴影中走出来。

就如曲嫣所料，她去求了莫北霆，求他留纪寒烟一条命。

纪寒烟这辈子注定要在牢狱里度过——这还要多亏她有一个善良的好姐姐，否则在牢里可能比死更惨。

"如果我搬去和你住，某人会误会得更深。"曲嫣嘻嘻一笑，"你应该知道是谁吧？"

"北霆哥？"纪暖暖忍不住也笑起来，"他总是吃我的醋，觉得我霸占了你。以前我都不知道他是个会吃醋的男人，也只有你，才能制服得了他。”

“让他先误会着吧。”曲嫣觉得，莫北霆这样聪明绝顶的男人，迟早会想明白的。

他心底真正在乎的，应该是那日她没有回答他爱不爱的问题。

她现在虽然并未决定一辈子留在这个世界，但她想好了，要真情实意地在这里生活。

“嫣嫣，我是说认真的，你搬过来住，我们好有个照应。昨天我听我爸说，战事又紧张起来了，北方已经打起来了。”纪暖暖担忧地说道，“北霆哥恐怕马上就要出征了，虽然我们在湖城还算安全，但最好是团结在一起。”

“确实是要打仗了……”曲嫣低声喃喃。

按照这个世界的轨迹，接下来就是长达六年的战争。

莫北霆将是结束这场持久战的功臣，他会开启一个新纪元。

“暖暖，学校这边的事情，我都一一教过你和青黛。再过一阵子，你们俩应该都能独当一面了。”曲嫣轻拍纪暖暖的肩膀，温声道，“你很适合当校长，性格温和善良，又自幼受中西结合的教育，底蕴深厚。”

“嫣嫣？你这话是什么意思？！”纪暖暖一惊，“你要离开了吗？你要去哪里？”

“我准备把我乡下的父母，还有牛哥一家都接到湖城来。一旦战事发生，曲家村就很危险。”曲嫣缓缓道，“而我，我要随军出征。”

纪暖暖瞪大了眼睛，无法置信：“你要去打仗？你一个手无缚鸡之力的弱女子，怎么打仗？”

曲嫣不由得笑了：“我哪里手无缚鸡之力了？更何况，我是准备去当医生的，不用那么辛苦。”

纪暖暖一把抱住她：“不要去，嫣嫣，我舍不得你受战乱的苦……”

“暖暖，我还需要你帮我一个大忙。”曲嫣拍拍她的背，哄道，“我父母和牛哥一家过来之后，你可以帮我照顾他们吗？我这两天就去买一栋房子，让他们住，你有空去看看他们，好吗？”

“这还需要说吗？我肯定会帮你照顾他们的！”

“我会留一些黄金给你们。战事开始之后，一定会通货膨胀，只有黄金才是硬通货。”

曲嫣已经做好周全的打算。她在这个世界的朋友和亲人，她希望他们都能好好地活着，并且有尊严地活着。

“原来你早就都想好了……”纪暖暖很失落，但她没有忘记，她说过会无条件支持嫣嫣的每个决定。

“嗯，我想随军打仗，除了为乱世出力之外，还有一份私心。”曲嫣坦诚地说，“我想跟在督军身边，我想和他有更多的时间相处，我想帮他在这条路上走得不那么辛苦。”

莫北霆将会在无数次的大小战役中受伤。

军功赫赫，却也伤痕累累。

用血换来的太平盛世。

“嫣嫣，你心里一定是爱北霆哥的吧？虽然你不说。”纪暖暖浅浅一笑，指向不远处，“北霆哥来了。”

夕阳余晖下，宿舍走廊那头站着一个高大英俊的男人。

淡金色的光芒落在他周身，染得他宛如神祇。

他遥遥望着曲嫣，嘴角扬起一抹淡淡的笑意。他听到了，她说她要随他一起出征。

曲嫣转眸，与他相望，樱唇轻弯，甜甜地一笑。

真心与否，爱或不爱，时间会证明。她就不信，历经几年乱世烽火，赢不来他心甘情愿的一句“嫁给我”。

战事爆发后，曲嫣被莫北霆安排在最安全的后方支援队。虽说这也算参军，但曲嫣与莫北霆几乎碰不到面。

他在战火的第一线，常常音信全无。

曲嫣一想起就气愤，她怕什么上前线？她明白莫北霆顾虑她的安危，可将她留在后方支援队，那她参军还有什么意义？！

于是，在一个夜黑风高的夜晚，曲嫣趁难得见到莫北霆，悄悄爬上了他的军用车。

“下去！”

刚上车，莫北霆就发现了她。

这是一辆军用卡车，后车厢坐满了士兵。

曲嫣看见几个士兵带伤，立刻机智地喊道：“我是军医，我来帮大家处理伤口换药！”

她出示了自己的军医证明手册。

那些伤兵不敢回应，谨慎地望向莫北霆：“督军，您看……”

曲嫣知道他们行程紧急，路过后方只是因为顺路，而这些伤兵的伤都是草草包扎，就又上路了。

曲嫣伸手到背后，假装摸索药箱，偷偷从空间里取出一个备用的药箱。她上次因为帮李牛找妹妹李梅，已经无法开启系统商城，但她自己的空间还是可以用的。

“治伤要紧，督军一定不会眼睁睁地看着你们伤口感染发炎，带病去上战场的。”曲嫣一开口就给莫北霆戴高帽。

莫北霆从前座回头瞪她一眼，终究还是没舍得开口赶她走。

事实上，战事爆发的这几个月，他竟出奇地想念她。

她在他梦里出现了无数次。

仿佛从此就长驻在他梦境里，蛮横得不讲理。

“谢谢督军！”曲嫣嘻嘻一笑，开始给伤兵们检查伤口。

车子一路颠簸，她忙得不亦乐乎。

莫北霆时不时回头看她一眼，见她丝毫不觉苦累，俏丽的小脸笑容灿烂，内心深处不禁闪过一丝微妙的悸动。

她是他见过最奇特的女子。明明看起来娇弱得像一朵易折的鲜花，却坚韧得令他诧异。

她一个女孩子，追他追到军中，如果说不感动，那是假的。

“在前方扎营吧。”

天色蒙蒙亮的时候，车子才停下，在一处山脚下扎营。

莫北霆支好帐篷，把曲嫣唤过来，问道：“忙了一整夜，还不累？”

曲嫣钻进帐篷里，倒头就躺下，咕哝道：“累死了，让我躺一会儿。”

“明知辛苦、明知危险，为什么还要跟过来？”莫北霆把自己的水壶递给她，“喝点水。”

“当然是因为你啊。”曲嫣侧了侧身，支起手肘，枕着脑袋，瞧着他，“我要陪你经历每一场战役，我要为你包扎每一处伤口。”她说着补充了一句，“当然，你不受伤才最好。”

“你真的要一直陪着我？”莫北霆坐到她身边，低眸凝视她。

她素颜白皙，不施粉黛，却依然清丽娇艳。

她晶亮的双眸仿佛映着天上的星星，总是那么明亮，那么闪烁。

在艰苦的战争日子里，他每每想起这双灵动有活力的眼眸，就仿佛得到了一丝慰藉。

“嗯！”曲嫣用力点头，“就算你赶我走，我还是会冒险潜到前线来找你。”

“威胁我？”莫北霆微扬薄唇，低笑了一声。

“对啊，我就威胁你。”曲嫣轻哼，娇蛮地说，“你尽管赶我走好了，到时候我在找你的路上遇到危险，就都怪你！”

她在耍赖。

莫北霆眼底笑意渐浓，屈指在她额头上弹了一下：“你这样会让我误会。”

曲嫣摸摸自己的额头，眨眼道：“你会误会什么？”

“误会你……”莫北霆停顿了片刻，才道，“误会你爱我爱到不可自拔，才不顾一切地奔向我。”

曲嫣又眨了眨眼，眸光狡黠，却不说话。

“你舍得抛下暖暖一个人在湖城吗？”莫北霆调侃道。

“你这话问得……”曲嫣嘟了嘟嘴，没好气地说，“你应该早就知道我和暖暖之间只是纯粹的朋友情谊。”

莫北霆抬手，揉了揉她的脑袋。

他知道。

但他不知道，她对他到底有几分感情。

更何况如今战火四起，国家有难，他无法给她任何承诺。

战争无情，他做好了随时为国捐躯的准备，又怎能拖累她一生呢？

“我知道你心里怎么想的。”曲嫣坐起身来，凝眸与他对望，轻轻地说，“我尊重你的顾虑，不会强求你改变任何想法。你也不能要求我放弃自己的决定。”

她与他，各有坚持。

他以国为先，她以他为先。

即使有冲突，但总会有冲突结束的那一天。

“傻姑娘。”莫北霆忍不住展开手臂，倾身去抱她，将她紧紧揽在怀里。

他抱得很用力，像是把心底无法诉说的情感都倾注在这个拥抱里。

等到战事结束，他不管她爱他几分，他都要娶她。

战乱的日子异常艰难。

第一年，莫北霆受了几次轻伤，曲嫣一声不吭地帮他包扎。

第二年，他的新伤旧伤越积越多。肩胛骨处被子弹射穿，留下一个深深的弹孔。

第三年，他带兵收复了被敌人占领的升城，设为根据地。他让曲嫣留在升城，不要再跟着他餐风饮露，穿梭枪林弹雨。

曲嫣自然不肯同意，掐着他腰间的痒痒肉，逼他继续带上她。

第四年，莫北霆打赢的仗越来越多，军队的士气越来越勇。他的身上又多了两处枪伤，还有无数条旧伤疤。

曲嫣每次看到这些狰狞的疤痕，都会轻轻地亲吻一下，说："它们都是你的勋章。这个国家的历史，会记住它们。"

每当这种时候，莫北霆就会狠狠地吻她。

毋庸置疑，这个世界上再也不会有人比她更了解他——他的抱负，他的牺牲，他的隐忍。她什么都懂。

第五年，持久的战争终于隐约见到了曙光，胜利似乎就在眼前。

这漫长的五年，莫北霆经常忍不住拥抱曲嫣、亲吻曲嫣，但每一次他动情到失控边缘，就强迫自己停下。在无法给她终身的承诺之前，他不想做一个贪图一时欢愉的男人。

"督军，不好了！"这日，军队驻扎在一片荒废的田野旁。一个小兵慌张地跑过来，禀报，"曲医生在田里抓田鼠时，不小心踩到地雷了！"

"什么？！"

莫北霆闻言一震，立刻狂奔而去。

不远处的荒废田野里，曲嫣站在一个稻草人旁边，手里还拎着一只努力挣扎的田鼠。

"霆哥！你别过来！"曲嫣大声喊道，"这附近不知道有多少地雷，还不确定，你不要乱踩！"

她把手里的田鼠一扔，抛到荒田里，那田鼠叽叽喳喳地叫，飞快逃走。

曲嫣很聪明，用这只田鼠做试探，莫北霆这几年与她的默契已无须言语赘述，立即踩着田鼠落地的位置，与她靠近了一些。

"霆哥，你就站在那里，不要再走近了。"曲嫣轻轻吸了一口气，冷静道，"我现在不动，地雷不会引爆，你不许冲动。"

她在执行任务的世界里是不会死的。但是，如果被地雷一炸，缺胳膊少腿，那她以后就是个残疾人。

万一倒霉，被炸到脑袋，她还死不了，岂不是要吓死人，还丑得惊悚……

曲嫣想想那画面，就忍不住打了个寒战。

“嫣儿，你别怕。”莫北霆离她只有两臂的距离，放缓嗓音，温声道，“地雷而已，我能救你。”

“你怎么救我？”曲嫣并不怎么害怕，但很生气，“我知道你在想什么，你要过来替换我的位置，对不对？我跟你说过很多次了，不管发生什么事，你都要以你自己的生命为第一位！”

莫北霆沉眸不语。

他确实答应过她很多次。但又怎么可能做得到？她总说他的命比她重要，因为他要为这个国家结束战乱，建功立业。可是，她不知道，她已经变成了他心上的一块肉。如果她死了，他的心也会溃烂而亡。

“霆哥，你原路退回去，离我远一点。我自己能拆雷。”曲嫣回忆了一下，以前莫北霆教过她拆雷的方法，模模糊糊还记得七八成。可她从来没有动手拆过，光凭理论不知道能不能行。

但这话，她是不会告诉他的。

“我有十足的把握，霆哥，你快退远一点。”曲嫣一脸笃定。

“不，你没有。”莫北霆已经非常了解她，长达七年的相处，她眼神的一个闪烁，他就知道她心里并没有底。

他凝眸望着她，语声低沉而缓慢：“乖，听话，换我来。你要相信我拆雷的技术。”

“我并不是不相信你拆雷的本事……”曲嫣摇了摇头。

地雷在她脚下的泥地里，所以不能先挖出来再拆。

唯一的办法，就是他过去替她踩雷。而两人替换的瞬间，才是最危险的。

“你不信我能把你平安换出来？”莫北霆故意问。

“当然不是！”

“那就行了。”莫北霆对她扬唇一笑，俊脸温柔而沉稳，“相信我，把你自己交给我，这样就行了。地雷在右脚下，是吗？”

他举步，向她走过来。

“别过来……”曲嫣拼命喊，“你站住！”

他置若罔闻，脚步异常坚定，走到她身边，沉声道：“嫣儿，你听着。我喊一、二、三，最后一声就抱起你抛出去。你护住头，落地翻滚，尽快跑远些。”

“我不！”

莫北霆充耳不闻，不给她阻止的时间，开始喊数：“一、二、三——”

尾音方落，他抱起她，奋力一抛，将她抛向田野的软泥地。

同一时间，他一脚踩入她原先右脚的位置！

曲嫣落地滚了几圈，飞快爬起来，还来不及看清楚莫北霆的样子，就听“轰”的一声炸响！

“霆哥！”她失声尖叫。

地雷猝然炸开，莫北霆整个身子震得飞起，又重重落下。

曲嫣飞奔过去，浑身血液似都涌到心口，心颤得厉害。

“霆哥……”她跪到他身边，手指颤抖地放到他颈边。

还有脉搏……

地雷炸伤了莫北霆的双腿，许多金属碎片扎入他的后背，鲜血淋漓，触目惊心。

他双眸紧闭着，面色苍白，已然昏死过去。

曲嫣不敢随便挪动他，在心里疾呼系统助手小七：“小七！我需要买药！”

“对不起，宿主，你在这个世界已经无法再开启系统商城，买不到药。”

“那他会死吗？”曲嫣急切地问，“莫北霆是这次故事的男主角，他肩负着保家卫国、开启新纪元的重任。他不可能会死的，对不对？”

“原本确实如此。”小七如实回答，“但自从你来到他的世界后，他的人生轨迹就发生了一些变化。比如，他冒死为你踩雷。所以，他会不会死，就无法确定了。”

“我不允许他死！”曲嫣怒声道。

她关闭无用的系统，看向正在奔来的士兵们。

她一定要救活莫北霆！绝不允许他因为她而死！

莫北霆被士兵们抬上担架。

所有医疗人员都赶来，为他取出碎片，止住出血。

只有曲嫣没有参与。

大家都以为她被吓傻了，倒也没有责怪她的无情。

曲嫣坐在一个小角落里，闭目聚精会神。

“宿主！你不能这样做！”小七感应到她在做禁忌之事，自动启动，焦急地阻止道，“宿主，你在触犯规则！”

曲嫣不予理会。

她的灵魂神识飘荡在缥缈虚无之地，透过袅袅腾腾的雾气，她依稀看见底下的三千小世界。

有高楼大厦的先进时代，有古风古韵的时代，有仙气缭绕的修仙世界，有尸横遍野的末世……

她知道这些都是系统创造出来的小世界。

她此刻不想探究真实与虚幻，她只打算进入医学昌明的现代，从医院里“偷”一些东西放进自己的储物空间里。

“宿主！你快住手！”小七急得不行，之前的电子音变成了急迫的尖锐音，“宿主你在犯规！你违反了与系统的契约，将要遭到反噬！”

“反噬就反噬吧！”曲嫣不顾一切，从一家医院里搜刮了自己需要的东西。

小七眼见她完成了一系列动作，急得直跺脚——如果它有脚的话。

“宿主，你接下来在这个世界的日子会很艰难！”小七心疼自家宿主，语气中竟带了一丝生气，“宿主，你完成任务后就立刻离开吧，不要一辈子留在这里。否则你此后的几十年，都会遭受心绞痛的反噬。”

“这些，等以后再说吧！”

曲嫣急着去看莫北霆的情况。

这个时代的医学技术还很落后，以往被雷炸伤的士兵，大多因为断肢后感染并发症而死。

莫北霆的双腿被炸伤，但幸运的是没有断，只要他能挺过感染这一关，就一定能活下去！

果然如曲嫣所料，莫北霆到了夜里就开始高烧不退，呼吸微弱，已是一脚踏进了鬼门关。

几位老医生摇头叹息，神情凝重。

没有别的办法了，即使立刻紧急送督军去大城市的医院，也来不及了。

督军现在的状况，根本经不起旅途的颠簸，恐怕车还没开出几里地，督军就已经咽气了。

“曲医生，我知道你和督军大人之间情深义重。”一位老军医拍了拍曲嫣的肩膀以示安慰，“节哀……督军的辉煌战绩将永载史册。”

老军医见惯了战场的残酷，无数重伤的士兵在他眼前死去，但看到硬朗如铁人般的莫北霆倒下，眼底还是浮起了泪光。

“唉……”他叹着气，退出了临时搭建的简陋木屋。

小木屋里，安静了下来。

再也没有外人。

曲嫣终于有机会，她偷偷从空间里取出医疗用品。她把抗生素注入药袋，给莫北霆挂上吊针。

“霆哥，吃药……”她轻伏在床头，在他耳边温柔道，“你放心，我一定不会让你死。相信我，好吗？”

她知道他听不见，也没有力气张嘴吞咽药丸。

她把退烧消炎的药片放入自己口中，咬碎后喂入他口中，再用水喂进去。

一次不成，就两次、三次……总有一次他能咽下去。

“霆哥，你身上被地雷碎片划伤的地方很多，但这些都不会致命。”她低声对他说道，“真正让你痛苦的，是免疫力突然下降，病菌肆虐。我已经为你找到了我能拿到的最先进的药。”她的声音轻柔，如同清甜的微风，“剩下的，就要靠你的意志力了。你一定舍不得离开我，对吗？就算只是为了我，你也会醒过来的，对吗？”

她一边照看着点滴的药瓶，按时更换药物，一边对他轻声细语。

她以为莫北霆听不见，但实际上，莫北霆在身体虚弱时，意识却异常清晰，他清楚地听到了她的话。

他感到困惑——嫣儿是从哪里找到的最先进的药？

曲嫣在病床前守到天亮，用从现代医院“偷”来的额温枪为莫北霆测量体温。

他还有些低烧，但已经退了很多，情况不再那么危急。

曲嫣微微松了口气，照这个趋势下去，一周后应该就能度过危险期……

接下来的十几天，曲嫣每晚都悄悄给莫北霆挂水、打针、喂药。

莫北霆从最初的退烧、苏醒，到逐渐恢复体力，大半个月后已经可以拄着拐杖下床。

留守驻扎的小队士兵们欢呼雀跃："天佑我国！天佑督军！"

最让人目瞪口呆的是那群医生。

几个老医生大呼不可思议，他们思来想去，最后得出结论——督军钢铁般的身体和意志，才创造了医学上的奇迹！

曲嫣每每听到这些议论，就躲在角落里偷笑。

什么叫钢铁打造的身体？

钢铁侠吗？

"躲在这里傻笑什么？"莫北霆双手拄着拐杖，脸色还苍白，但他如墨般的黑眸闪着光芒。

"他们在夸你，夸上天了。"曲嫣笑嘻嘻地道。

莫北霆低下头，在她额上亲了亲，笑道："要夸，也该夸你。"

曲嫣不解："为什么要夸我？我照顾你是应该的。"

莫北霆不语。

这些日子她衣不解带地照顾他，什么事都要亲力亲为，确实很辛苦。但他指的并非这个。

"怎么不说话呀？"曲嫣觉得他怪怪的。

这几天他精神好多了，却总是用一种幽深的目光凝视她，好像有什么话想说。

"没什么。"莫北霆看着她明亮的杏眼，忽然道，"嫣儿，嫁给我吧！"

"啊？！"曲嫣一愣。

这么突然？他是受了什么刺激？

之前几年他虽没有明说，但她明白，他想要等到战乱结束，国家太平，才去安排终身之事。

今天是怎么了？

"叮！"系统提示音冷不防地响起，"恭喜宿主，完成任务！宿主在SSS级难度的世界里，可以自由选择是否在此度过此生。请选择'是'或'否'——"

曲嫣怔了怔，唤出系统助手小七："小七，我现在任务完成了，必须马上做决定是否离开这个世界吗？"

"是的，宿主。"

曲嫣抬眸，凝望着眼前高大英俊的男人。他正专注地看着她，墨黑瞳仁里倒映着她的脸庞，好像这个世界再大，他眼里也只有她一个人。

“嫣儿？”他在等待她的答复。

系统也在等待她的选择。

曲嫣弯唇一笑：“我先不答复你。”

莫北霆轻轻挑了挑眉梢：“嫌我没有送花送戒指吗？还是没有给聘礼？”

曲嫣故意嘟起嘴，假装生气地说：“是的。哪有人求婚像你这么随便的。”

莫北霆扬起嘴角微笑：“我并不打算给你聘礼。”

曲嫣装出更生气的样子：“你太吝啬了，督军大人！”

莫北霆俯下头，在她鼓起的腮帮子上亲了一口：“小傻瓜，嫁给我后，我所有的一切都是你的。你不需要聘礼，有我就足够了。”

“按照你这个逻辑，那我的财产，也是你的吗？”曲嫣存心抬杠。

“我的是你的，你的还是你自己的。”莫北霆望着她晶亮调皮的眼眸，唇边扬起的弧度渐深。

她身上的秘密那么多。如果她不说，那就只是属于她的秘密。他会永远尊重她，爱她，护她。

“这还差不多。”曲嫣嘻嘻一笑，满意地点头，“等到战事结束，我们再结婚吧。”

她这话等于是答应他的求婚了。

莫北霆眸光突然一亮，任性地将拐杖扔开，展开双臂紧紧抱住她，喊道：“嫣儿，我爱你。”

他的告白声，响亮而清晰。

不远处正在操练的士兵们纷纷看过来，大胆地起哄道：“督军！我们也爱你！”

曲嫣“扑哧”一声笑了出来。

莫北霆才不管士兵们如何起哄，低头寻到她的唇，狠狠地吻了上去。

在这一瞬间，曲嫣回答了系统：“我选择留下。”

第六年，战乱终于平息。

虽然大获全胜，但战争是残酷的，国内百废待兴。

曲嫣和莫北霆回到了湖城。

“呜呜……大哥！嫣嫣姐！”莫青黛冲出来迎接，热泪盈眶，一把抱住莫北霆，然后又松开，去抱曲嫣。

“嫣嫣，我好想你啊！”纪暖暖也冲过来抱住曲嫣。

旁边，还站着李牛和莫南宸。

这几年，李牛和莫南宸都在学校任职，一个做行政工作，一个教书，倒是有模有样，都颇有出息。

“我也想你们。”曲嫣轻轻叹息，张开双臂，把两个女孩都抱住了。

她们已长成了成熟漂亮而又有风韵的女子，却还是那么热情直率。岁月不曾磨灭她们本真的天性。

“大哥，你们结婚了吗？”莫南宸悄悄用手肘撞了一下莫北霆，“我和青黛是不是应该改口叫嫣嫣姐嫂子了？”

莫北霆毫不客气地点头：“先叫嫂子，我们很快就会举办婚礼。”

“哇哦！”莫南宸吹了个口哨。

“恭喜。”李牛在一旁儒雅地含笑道喜。

他这六年间，在嫣嫣投入大量资金的学校里，一边工作一边读书学习。

虽不敢自认学富五车，但也算脱胎换骨。

还有他妹妹李梅，是嫣嫣救她出火坑，才有机会回家团聚，与他一起读书识字，做一个对国家对社会有用的人。

他甚至他全家所有人的命运，都是因为嫣嫣而改变的。

此恩，如同再生父母。

“嫣嫣……”这一声呼唤，来自曲父曲母。

他们看起来神采奕奕，旁边还站着两个曲家弟弟，是一对双胞胎。

曲嫣惊喜道：“爸，妈，他们俩就是你们在信里提到的双胞胎弟弟吗？”

她当年把曲父曲母接到湖城，不久后他们就怀上了这对双胞胎。

“对。阿尧，阿煜，还不快叫姐姐？”曲母微笑着催促道。

“姐姐！”两个可爱乖巧的男孩大声叫道。

“乖。”曲嫣摸摸他们的脑袋，觉得这一切真圆满。

她当初留下了黄金，让家人可以丰衣足食，上学读书。在战乱的年代，能够如此安稳，已是天大的幸福。

“都别站在门口了，快进屋再说！”莫青黛拉着曲嫣，招呼着一帮人一起进督军府。

当年的督军府，如今已经改成了莫宅。

是莫青黛和纪暖暖的主意，让大家全都住在一起，方便互相照应。

也亏得督军府够大，才住得下这么多人。

曲嫣挽着莫北霆的手臂，踏入久违的屋子。她悄声在他耳边道："高傲的督军大人，你可还记得，当年你怎么退我婚的？"

莫北霆无奈一笑："陈年旧账，你今天要跟我清算吗？"

曲嫣不放过他，惟妙惟肖地模仿着他当年的语气，复述："你我之间与陌生人没什么两样，毫无感情基础，就算结婚了也只会是一场悲剧。"她冲他调皮地眨眨眼，"悲剧哦？那我们还结吗？"

莫北霆停下脚步，揉了揉她的头发，无奈而宠溺地道："我错了，求夫人宽宏大量，原谅我当年的愚蠢无知。"

"谁是你夫人呢？"

"不是夫人，那是亲爱的老婆可好？"莫北霆低声一笑，"等过几日我向未来岳父岳母提亲，咱们就结婚。"

曲嫣眉眼弯弯，笑而不语。

莫北霆又摸了摸她的头，手势温柔而深情。

在结婚之前，他还有一件事要做……

众人帮曲嫣和莫北霆接风洗尘，一番畅谈之后，夜色已深，大家各自散去休息。

曲嫣睡到半夜，忽然感觉有人开门进来。她擦了一把额头的冷汗，在棉被下按住心口，若无其事地开口："霆哥？"

"又做噩梦了吗？"莫北霆进房，在她床边坐下，伸手替她擦了擦滑落鬓边的汗珠。

近一年，她夜里总是如此。问她怎么了，她说做噩梦。但他知道事实真相并非如此。

"对啊，毕竟亲身经历了好几年的战场惨烈，难免会梦到那些血腥之事。"曲嫣一贯用这个理由来解释。

其实她没有做噩梦。

她自从救活了莫北霆之后，就遭受系统契约之力的反噬。每到子夜，即便在睡梦中，都会心痛如绞。

没有一夜例外。

"起来喝点水吧。"莫北霆扶她起身，不动声色地将右手端的碗递到她唇边。

“好。”曲嫣没有多想，她本来就睡得口渴，接过碗就一饮而尽。

她喝完，觉得味道有点奇怪，疑问道，“这水，为什么有一股铁锈味？”

莫北霆没有回答。

曲嫣“啪”的一声拉开旁边的电灯开关，低头去看空碗。

碗底，果然残留着一点血色。

“霆哥，这是什么水？”她抬眸，十分困惑。

她当然不会怀疑莫北霆要害她，但是……他奇奇怪怪的，要干什么？

“符水。”莫北霆低叹一声，终是开口道，“嫣儿，你苦心瞒我这么久，我本来不应该戳破你。但这份苦，根本就不是你该承受的。”

“你是指……”曲嫣瞬间就明白了。

原来他早就知道她夜里心绞痛的事！

“我想了很多办法，试着派人去寻找那些所谓的得道高人。”莫北霆倾身，轻柔地抱住她，低沉道，“找到的大部分是江湖骗子，只想骗钱罢了。当日你为我盗取良药，我不知道你是从何处取得，但你遭受了天谴，我不能坐视不理。”

曲嫣惊讶片刻，回过神来，问：“刚才那碗符水，你从什么人手里买来的？”

这种骗术，不会有用的。

“并不是从任何人那里买的。”莫北霆的嗓音越发低沉，缓缓道，“说出来不怕你笑话。自从知道你夜里心绞痛后，我就每晚暗自祈祷，希望这份痛能转移到我身上。不知是否心诚则灵，我们在回程的路上，我听到了一个奇怪的声音。”

曲嫣听得目瞪口呆。

铁血铮铮的督军大人，竟然每晚都在偷偷为她祈祷，甚至为了她变得迷信起来……

“那声音古怪，在我脑海中出现，说，如果用我的血入水，让你喝下，就能替你承受痛苦。”莫北霆极其无奈地轻叹一声，“虽然荒唐，但我愿意一试。”

“这么奇特吗？”曲嫣愣了愣，皱眉问道，“那个奇怪的声音，你能描述一下吗？”

“像是机器运转的声音，又有点儿可爱，很难形容。”莫北霆又道，“我从未听过这种声音，不似人类，不似动物。”

“这样啊……”曲嫣心中一动。

难道是……

莫北霆亲了亲她的发梢，扶她重新躺下：“乖，别想那么多，你接着睡。只是一碗掺了我血液的水而已，即便无效，也不会有什么害处。”

曲嫣乖乖闭上眼睛。

她在心里呼唤出小七，故作凶狠地逼问：“说！是不是你干的好事？糊弄着莫北霆玩儿？”

小七支支吾吾：“宿主，你说什么？”

曲嫣恶狠狠地说：“你不老实交代，我就跟你解除绑定关系！我要换一个新的系统助手！”

小七可怜兮兮地回道：“宿主，你别把我换掉……”

“那你就老实说！”

“宿主，事情是这样的。”小七被迫无奈，只好全盘托出，“宿主暂时不能开启系统商城了，但我以前赚取的宿主佣金积分，可以在系统商城购买道具。我看宿主在这个世界夜夜受苦，所以就……”

“所以你就购买痛楚替换的方法，哄着莫北霆去用？”曲嫣生气道，“你擅自行动，也不跟我商量一声？！”

“如果跟宿主商量，宿主肯定不会同意的……而且反噬之痛只能转移，不能解除。”小七的声音越来越小。

它跟随宿主的时间越久，好像就越有自己的意识。它开始心疼宿主，不想看到她受苦受痛。它隐约感觉到了，人类所说的友谊。但宿主现在好像不太开心……

“痛楚替换的这件事，能撤回吗？”曲嫣虽然生气，但也不是不知道小七的一片好心。

“宿主如果要撤回，就要亲自去系统商城购买道具……”

“你这不是废话吗？

她如果能开启系统商城，上次也不必违规闯入其他小世界了。

“那就没办法了。”小七乖乖认错，“对不起，宿主。下次我知道了，应该要先和你商量。”

“你记住今天说的话，再有下次，我真的会很生气很生气！”曲嫣无奈，木已成舟，她再怎么责怪小七也无济于事。

曲嫣接连试了几晚，她的心绞痛症状果然没有再出现。而莫北霆，真的代替她承受了痛苦。

他的忍耐力太强，在她面前装得若无其事，好像只是被蚊子叮了一口般，算不上什么痛。但她亲身感受过，知道有多疼。

未来的日子漫长，他要忍受这种煎熬几十年。

真是太傻了。

“你一点都不像我最初认识的督军大人了。”曲嫣嗔怪道，“以前你多孤傲的一个人，理智又清醒，现在怎么变傻了呢？”

莫北霆将她的手放入自己臂弯，转眸凝视她：“不是变傻，是你教会了我一个字。”

“什么字？”

“爱。”

他嘴角微微上扬，英俊的脸上满是深情与温柔。

今日是他与嫣儿的大喜之日。

她不想要张扬，就在教堂里交换戒指，宣誓。

底下坐着他们的亲朋好友，都是他与她生命里最重要的人，足矣。

“我莫北霆，今日发誓——娶曲嫣为妻，不论祸福、贵贱、疾病还是健康，都爱你、敬你、宠你、护你，直至死亡。”

莫北霆嗓音清亮，一字一句缓慢而郑重地道。

曲嫣甜蜜含笑，重复这段话，自己还加上了一句：“死亡也不能将我们分离。生生世世，我们还要再相遇，再相守。”

莫北霆眸光一动，重重点头道：“是，生生世世，我们都要在一起，我都要认出你。”

他掀开她的头纱，亲吻她的唇瓣。

唇间无声低语——

嫣儿，我爱你。

曲嫣和莫北霆度过了幸福甜蜜的一生。

如果要说有遗憾，那就是莫北霆的心疾，每到子夜就会发作半个小时。

他从不让她担心，忍耐力极强，笑说：“痛着痛着就习惯了，我已经对它免疫，嫣儿不需要担心。”

莫北霆后来从名利场退了下来，陪着曲嫣做教育事业。

两人鹣鲽情深，一生为民造福。

他们虽无子嗣，但非常恩爱，羡煞旁人。

而纪暖暖，与李牛朝夕相处，渐渐生情。李牛请纪暖暖为自己改名，她便取了“温良”二字——李温良，人如其名，温润如玉，品性纯良。

他们两人结婚后生下一儿一女，甚是圆满。

莫青黛却一生未嫁，是个潇洒的自由主义者，号称只恋爱不结婚。

莫南宸天生就是痴情种子，后来被一个电影女明星征服，老老实实做了“成功女星”背后的男人……

曲嫣再次睁开眼睛的时候，已经置身于白茫茫的系统空间。

人世间数十年，如白驹过隙，一晃而过。

“恭喜宿主完成任务，目前总积分 1688 万。需要马上启动清除记忆的程序吗？”小七问道。

“等等。”曲嫣心底有一个深藏了几十年的疑惑，“为什么我和霆哥不能有孩子？我的身体明明没有问题。”她敏锐地猜测，“在之前的任务中，我是不是也无法生育？”

“是的，宿主。”小七如实回答。

“为什么？”

“因为宿主所生的孩子，会与宿主有灵魂羁绊。”

曲嫣皱眉：“这是什么意思？有羁绊，就不能生？”

小七耐心地解释：“宿主一旦诞下有灵魂羁绊的孩子，‘死’后就一定会想要找到那个孩子的灵魂。以前就有任务执行者因为这样，到处乱闯三千小世界寻找孩子，导致大乱。系统为避免这种动荡再次发生，所以禁绝了这件事。”

“原来是这样……”曲嫣若有所思，“系统真是厉害。”

如果有机会，她倒是想见识见识系统的真身。

一个能创造出三千小世界的“神明”，到底是什么样？

“宿主，你先好好休养精神力吧。”小七为她开启记忆清除的程序，一边交代道，“等你醒来，没有情感牵绊，一身轻松，再来选择下个世界的任务难度。”

“嗯。”曲嫣闭上眼。

她眼前仿佛还浮现着莫北霆的容颜。

她与他甜蜜相守几十年的记忆，犹如电影般一帧帧掠过。

慢慢地，画面淡去……直至空白。

她知道，会再相遇的。即使她什么都不记得了，灵魂也会认出他。

半个小时后。

曲嫣醒来，灵魂经过温泉般的能量滋养，精神力焕发。

“宿主，这次你想挑选什么任务？”小七介绍道，“SSS 级别以上的难度，宿主就可以自由选择是否在小世界里停留一辈子。”

“好，就选 SSS 级别的难度。”曲嫣打开光屏，随手点了一下，选中了一个小世界。

“完成 SSS 级难度的任务之后，宿主将得到 500 万积分。当积分满 1 亿分，宿主就可以回到现实世界，并恢复全部的记忆。”

“嗯，知道了。”

“即刻为宿主开启下一个世界——”